本书为云南省哲学社会科学规划项目"云南古代词史研究"（YB2012071）最终研究成果。

本书由大理大学文学院学科队伍建设经费支持出版。

A Study on the History of
Ci-poetry in Ancient and Modern Yunnan

云南古近代词史研究

张若兰　著

中国社会科学出版社

图书在版编目(CIP)数据

云南古近代词史研究 / 张若兰著 . —北京：中国社会科学出版社，2024.3
ISBN 978-7-5227-3244-2

Ⅰ.①云… Ⅱ.①张… Ⅲ.①词（文学）—词曲史—云南—近代 Ⅳ.①I207.23

中国国家版本馆 CIP 数据核字(2024)第 051758 号

出 版 人	赵剑英
责任编辑	慈明亮
责任校对	郝阳洋
责任印制	戴　宽

出　　版	中国社会科学出版社
社　　址	北京鼓楼西大街甲 158 号
邮　　编	100720
网　　址	http：//www.csspw.cn
发 行 部	010-84083685
门 市 部	010-84029450
经　　销	新华书店及其他书店

印刷装订	三河市华骏印务包装有限公司
版　　次	2024 年 3 月第 1 版
印　　次	2024 年 3 月第 1 次印刷

开　　本	710×1000　1/16
印　　张	17.5
插　　页	2
字　　数	301 千字
定　　价	99.00 元

凡购买中国社会科学出版社图书，如有质量问题请与本社营销中心联系调换
电话：010-84083683
版权所有　侵权必究

目 录

绪 论 ……………………………………………………………… (1)
第一章　元代云南词坛 …………………………………………… (7)
　第一节　元代云南本土词人及词作 …………………………… (8)
　　一　张景云及其词作 ………………………………………… (8)
　　二　高氏《失调名》"词"及阿蕴、杨天甫等"词"之考辨
　　　　分析 ………………………………………………………… (9)
　第二节　元代云南外来词人及词作 …………………………… (11)
　　一　赵顺及其涉滇词作 ……………………………………… (11)
　　二　刘秉忠及其涉滇词作 …………………………………… (12)
第二章　明代云南词坛 …………………………………………… (14)
　第一节　明代云南词坛概略 …………………………………… (15)
　第二节　词风乍开欣有作——明前期云南词人兰茂及其词作 …… (17)
　第三节　渐成风气渐有声——明代中后期云南词人词作 …… (21)
　　一　滇籍名宦杨一清及其词作 ……………………………… (21)
　　二　大理名士杨士云及其词作 ……………………………… (22)
　　三　宦游词人钟世贤及其词作 ……………………………… (25)
　　四　何邦渐、何蔚文及其词作 ……………………………… (27)
　　五　木公、木增及其词作 …………………………………… (30)
　　六　诗冠一方词有骨——张含及其词作 …………………… (33)
　　七　忠烈词人李思擤及其词作 ……………………………… (35)
　　八　词写畇町见乡情——建水词人包其伟及其词作 ……… (36)
　　九　明末滇云第一词人赵炳龙及其词作 …………………… (38)
　　十　闺秀词人赵尔秀及其词作 ……………………………… (44)
　　十一　明代中后期云南本土其馀词人及其词作 …………… (44)

第四节　明代滇云外来词人及词作 …………………………………（46）
　　第五节　明代云南词的特点与价值 …………………………………（61）
　　　　一　明代云南词人之分布 ……………………………………………（61）
　　　　二　明代云南词作之题材 ……………………………………………（62）
　　　　三　明代云南词之形式与风格 ………………………………………（64）
　　结　语 ………………………………………………………………………（66）
第三章　清代前期云南词坛 …………………………………………………（68）
　　第一节　清代前期云南词人词作概略 ………………………………（69）
　　第二节　清前期云南本土词人及词作 ………………………………（71）
　　　　一　安宁词人段昕及其词作 …………………………………………（71）
　　　　二　词写山水多佳意——生于滇云历四方的词人刘坊及其
　　　　　　词作 ………………………………………………………………（75）
　　　　三　蒙化词人张锦蕴及其词作 ………………………………………（77）
　　　　四　清前期其馀滇籍词人及其词作 …………………………………（78）
　　第三节　清前期楚雄府词坛状貌 ……………………………………（80）
　　第四节　清前期入滇词人之作 ………………………………………（87）
　　　　一　寓滇词人倪蜕及其词作 …………………………………………（87）
　　　　二　施用中及其涉滇词作 ……………………………………………（94）
　　　　三　清前期其馀滇外词人及其涉滇词作 ……………………………（96）
　　结　语 ………………………………………………………………………（99）
第四章　清代中期云南词坛 …………………………………………………（103）
　　第一节　山雨欲来风渐起——乾隆滇云词坛概况 …………………（106）
　　　　一　咏花传奇皆有情——魏定一及其词作 …………………………（107）
　　　　二　晋宁词人段时恒及其词作 ………………………………………（114）
　　　　三　宜良词人严焜及其词作 …………………………………………（117）
　　　　四　其馀滇云本土词人及词作略述 …………………………………（120）
　　　　五　滇外词人在滇云词坛的存在情况 ………………………………（121）
　　第二节　堂堂溪水出前村——嘉道滇云词坛 ………………………（124）
　　　　一　词寄彩虹衷素传——谢琼及其词作 ……………………………（125）
　　　　二　蕉心展处见词心——严廷中及其词作 …………………………（132）
　　　　三　水云深处筠帆现——戴䌷孙及其词作 …………………………（156）
　　　　四　白族词人杨载彤及其词作 ………………………………………（165）

    五　抱真在心韵自淳——陆应谷及其《抱真书屋诗馀》……（172）

    六　漱芳怀玉一词人——喻怀信及其词作……………………（180）

  结　语……………………………………………………………（189）

第五章　晚清民国云南词坛……………………………………………（191）

  第一节　石禅老人真词人——赵藩及其《小鸥波馆词钞》………（196）

  第二节　《骚涕》有泪出胸臆——陈荣昌词论及其词作…………（217）

    一　陈荣昌的词学观念与词论………………………………（218）

    二　陈荣昌的词作及其价值…………………………………（228）

  第三节　清末至民国滇云其馀本土词人及其创作…………………（241）

    一　咸同间滇云本土词人及词作……………………………（241）

    二　光宣至民国云南本土词人及词作………………………（256）

  结　语……………………………………………………………（265）

馀　论……………………………………………………………………（268）

参考文献…………………………………………………………………（270）

后　记……………………………………………………………………（274）

绪 论

　　自夏商至近代，中国古典诗歌的发展风雨数千年。其间，足以入心动意、怅触情怀、传咏千古的佳作可谓鳞次栉比、恒河沙数。创作这些佳构以及无数传世却声名未显之作的文人骚客，共同吟咏出中国古代诗歌长河的声息脉动，共同熔铸了中国古代诗歌峻岭的血脉精魂。若以《诗经》之出现为文学创作自零散而规模化的标志，则中国古代诗歌以引人瞩目的形象现身于世，也已有近三千年之久。若以隋唐之际为词之滥觞期，则词之问世距今亦有一千四百馀年的时间。

　　云南一地，其情况却与国内主流诗坛差异明显。滇云僻处天南远陬，有一定规模的汉文学经典诗歌样式的创作时间甚短，不过千馀年而已。换言之，云南一地较主流文化区域的经典诗歌样式创作晚出近两千年！如此概括，是据可考文献的记载，在唐代之前并无可以确认的云南作者创作的汉文学作品出现。虽然，在唐代前已有《行人歌》《白狼王歌》《僰道谣》的问世，并被视为云南"声诗之始"[①]"为西南夷人作诗歌见于记录之最早者"[②]，被赋予首开先声的地位，实则上述原本就极为寥寥的作品，其归属和性质还极其模糊，难以确认其身份为云南之作，又或是属于滇外文学之创作[③]。

---

① 李根源辑：《永昌府文征》，云南美术出版社2001年版，第8页。
② 李根源辑：《永昌府文征》，云南美术出版社2001年版，第239页。
③ 《行人歌》（又作《兰沧歌》《渡兰沧歌》），记载于常璩《华阳国志·南中志》，三言六句，各版文字略有出入。据常璩、郦道元等之记载及诗意，当为汉代赴永昌征戍开边之军士所作，非滇人之作，然当作于滇中。《白狼王歌》，包括《远夷乐德歌》《远夷慕德歌》《远夷怀德歌》三章，初载于《东观汉记》《后汉书·南蛮西南夷列传》。据《后汉书》记载，此三诗之作，因"永平中，益州刺史梁国朱辅……在州数岁，宣示汉德，威怀远夷……今白狼王唐菆等慕化归义，作诗三章……"三诗原非汉文，一般认为《后汉书》之所录为其汉文意译，《东观汉记》所录为其汉文音译。《僰道谣》，初载于《华阳国志·南中志》，《水经注》等亦收入。此诗为四言八句，其产生约在汉晋间。冯良方认为"最早不过汉武帝时期，最迟不当晚于东晋"。自诗意看，此诗亦有极大可能是滇外入滇行商之人所作，未足完全确定为滇人之诗。

唐代则可视为云南一地真正意义上的汉语诗歌创作之始。此期见诸文献记载的诗歌已有数首，如题为骠信①所作之《星回节》（又作《星回节游避风台与清平官赋》）、题为赵叔达所作之《奉和骠信星回节》（又作《星回节避风台骠信命赋》）②、杨奇鲲所作之《岩嵌绿玉》《途中诗》（又作《游东洱河》）③、段义宗之《题大慈寺芍药》等④、题为释道南所作之《玉案山》二首等，共约十首诗歌。显然，此期滇云的汉语诗歌创作远不能以有规模相称。相对于彼时主流诗坛风流云集、蔚然生秀的局面，云南一地的汉语诗歌创作为数无几，且部分诗歌尚未完全入格入体。如骠信之《星回节》尚有汉语与民族语言杂糅之处，可见当时作诗风气初开，多民族文化共生伴随、汉语创作尚不纯粹。而赵叔达奉和之作则既有"波罗毗勇猜"等民族语言，又有"河润冰难合，地暖梅先开"等颇为到位的汉语表达，两种表达杂糅于一诗，读来不免龃龉之感。倒是杨奇鲲、段义宗等的汉诗创作，情韵兼到，如杨奇鲲《岩嵌绿玉》云："天孙昔谪下天绿，雾鬓风鬟依草木。一朝骑凤上丹霄，翠翘花钿留空谷。"此作咏写大理石，诗中之"绿玉"是尔。诗作着想奇妙浪漫，将大理石比喻为天仙所遗下的翠翘花钿，颇觉可读。其《途中诗》中有"风里浪花吹更白，雨中山色洗还清"等句，堪当赵藩"已觉唐音宛可听"（赵藩《仿元遗山论诗绝句论滇诗六十首》）的赞誉。此外，值得关注的还有赵

---

① 据《新唐书·南诏传》，骠信，为"夷语君也"。此"君"所指为谁，学界尚有歧说，或认为即寻阁劝，或认为乃隆舜。据《南诏野史》所载，寻阁劝即位后第二年正月"群臣上尊号曰骠信"，又兼以《旧唐书》曾记载崔佐时出使南诏，寻阁劝曾"赋诗饯之"，故而笔者以为"寻阁劝说"有相当依据和合理性。

② 赵叔达为南诏之清平官。此诗以五律为体。

③ 杨奇鲲，叶榆（今云南大理）人。《岩嵌绿玉》为咏大理石之作，而《途中诗》似作于杨奇鲲奉命入蜀朝僖宗途中。杨奇鲲为南诏较为著名的文人，计有功《唐诗纪事》卷八十"杨奇鲲"条引孙光宪《北梦琐言》云："奇鲲有词藻……"

④ 段义宗，一说为南诏之布燮，布燮，即清平官（《新唐书·南蛮传》），一说为大长和国布燮（后蜀何光远《鉴诫录》）。关于段义宗诗歌到底有哪些，现在学界未有定论。后蜀何光远《鉴诫录》记载段义宗诗共五首，即《题大慈寺芍药》《题三学院经楼》二首、《思乡》《题判官赞卫有听妓洞云歌》，并赞曰："如此制作，实为高手"，"雅俗之间，无不缮写《洞云歌行》者也。"《全唐诗》仅收《听妓洞云歌》及《思乡》二诗，题作"布燮"所作。因姓名未详，后人对布燮之所指尚有争议。杨士云以为董成所作，（民国）《大理县志》亦谓《听妓洞云歌》及《思乡》二诗从董成家藏稿中辑出。未知孰是。从诸记载可见，段义宗不少诗歌作于出使后蜀期间，且在蜀地颇有流传，见文学之交流往还。

和。天成二年（927）九月，"云南使赵和于大渡河起舍一间，留信物十五笼，并杂笺诗一卷，递至阙下"（《旧五代史·唐书·明宗纪》）。按，此"杂笺诗"究竟为何性质，因记载有限，其实尚不明确。然既为赵和欲"递至阙下"之作，故不当为滇外诗人诗作。其可能性有二，一为赵和自己所作之诗卷，二为南诏时期至公元927年，云南或大理一带的诗歌集萃。不管是赵和之作，抑或是滇诗的合集，皆为已见的滇诗成卷的最早记载，亦可见至中原王朝的五代时期，滇云诗歌已经有了一定的发展。然而，总的来看，滇中汉语诗歌创作纵比自身之历程，自然有所进步，不过如横向对比彼时的主流诗坛，则数量少至可怜，实在难称规模化[①]。

至宋代，滇云一地汉诗创作见诸记载者却不增反减，残句"言音未会意相和，远隔江山万里多"，作者当为大理国人李观音得。其事亦见范成大《桂海虞衡志》，大略为：宋孝宗乾道癸巳年间，李观音得等至衡山议市马购书，于货物清单末附诗一首。可惜的是，《桂海虞衡志》仅录诗二句，未见全璧。不过，自残句观，此诗平仄音律已颇到位，诗笔醇熟。行役商人尚能如此，可见大理国时期，滇云的诗歌创作并未弦断响绝，而应该是在南诏时的基础上续有发展与创作的。然而正如滇人袁嘉谷所慨："滇在唐时，诗已成卷。时蝉联为寂寂，因玉斧一挥，蜀道遂阻，滇人欲购书通聘，均道邕州，李观音得'远隔江山万里多'遂为仅见。"（袁嘉谷《卧雪诗话》卷二），宋时滇诗毕竟寂寥了。

唐宋时期，云南的汉语诗歌创作从风格到体式上向中原靠拢并逐渐接轨，产生了一些宛然主流之音的作品，虽数量有限，但毕竟已见发展。然而，就词体而言，云南在唐宋阶段却是一片让人遗憾的空白。

自隋之滥觞、唐五代之发展直至两宋之由盛而盛极难继，词这一新兴文体以较为迅猛的态势在不长的时段中走过春夏的美好，留下"一代之文学"的辉煌与荣光。可惜的是，在此期间，云南却无一首词作问世，着人感喟。错过了词体发展的黄金时期，云南古代词作又将以何种面目，出现于何时何人之手，其后续的发展、风貌等又是如何？诸如此类问题，便颇值得期许和关注了。以此为起点，本书专力研究云南古近代词之建构发展史。以下，首先对本书的研究范畴作简要说明。

[①] 虽然，因战火兵乱等原因散佚的可能性是存在的，但是中原主流诗坛所作亦经战乱，因此，唐代云南诗歌留存数量如此有限，仍与创作基数和传播广度、影响力度等息息相关。

本书所研究的云南古近代词史，着力针对云南这一偏远之域的词之发展历程及有关内容作研究。

本书所指的古代及近代，涵盖自云南词初萌的元代直至民国。未截然以1840年近代之始划断本书的研究范围，是因为清代滇云词的发展之传续性不应割裂。同时，部分词人生卒跨越清末至民国，然而由于其创作传统及渊源本自清而来，其创作既有传统又有新时代背景下的新境，具有充足的研究价值与意义。

本书研究之词作，包含三类：第一类，云南籍文人学士所作之词；第二类，在云南有较长生活时间或其创作成熟于云南的文人学士所作之词；第三类，关乎云南的词作。此处之"关乎云南"，指词作描写之风物、经历、情感等与云南有关，比如，其所写为云南之景物，又或其所写为在滇之经历，再或其酬赠唱和的对象为云南籍人士等，皆"关乎云南"，为本书的研究题中应有之义。

对上述对象进行系统而较为深入的研究，是笔者一直以来非常感兴趣的课题。一则由于笔者一直致力于对词进行研究，二则是因云南古代词人词作以及由其活动构建的词坛、由其流变发展链接的词史，研究相对较为薄弱，与其自身之价值尚有较大差距。

首先，云南古近代词籍的整理和校注甚少，使得云南古近代词之状貌未能得以全面呈现。

近年来，云南古近代文学典籍的整理得到推进，然而，对词籍整理的力度尚不够。笔者近年来致力对《滇词丛录》《滇词丛录二集》等作整理，并评注其中部分作品，深感云南古近代词佳作尽有，值得关注之处亦多，然而对云南古近代词籍的搜集和整理尚有较大空间。所幸，《全滇词》今已问世，虽不无沧海遗珠，却已蔚然大观，更为全面把握梳理云南词史提供了较为扎实的文献基础。然可为之事尚多。

其次，从学术研究的关注度来看，迄今尚无云南古近代词史的专著，仅有数篇论文专论云南古近代词史或词作。

云南古近代词史尚无研究专著。云南古代文学史研究的代表作主要有张福三《云南地方文学史》（古代卷）（云南人民出版社1997年版）及孙秋克《明代云南文学研究》（云南人民出版社2010年版）等，诸作有筚路蓝缕的开拓之功，然多着力研究诗文，虽提及个别词人词作，但未及深入研究，故而留下词史研究的一定补裨空间。

云南古近代词史研究的论文虽有却不多。陈力《云南古代曲子词》（《云南民族学院学报》1990年第3期）有开辟之力，第一次初步勾勒了云南古代词的发展线索（起步于元，发展于明，较盛于清）。马福荣《滇词略论》（《楚雄师专学报》1995年第4期）依托《滇词丛录》分析元明清著名云南词人及作品。此后，赵佳聪《彩云深处稼轩风——论稼轩词对滇词的深远影响》（《上饶师范学院学报》2005年第5期）专力辛弃疾对滇词的影响，视角较新。总的看来，现有论文为云南词史的进一步深入研究奠定了相当的基础，但因篇幅或研究角度所限，或粗绘线条，或专力一点，对云南古近代词的研究尚不尽充分，留下研究的补裨空间。其馀的研究，则或着眼于个别词人，或对某一作家、某一地域文学进行研究，间或论及其间所涉及的词作，皆非专门的词史研究路径。

关注和研究的不充分，并不等于云南词价值的不足。云南词的创作起步虽晚，但发展态势不错。元代，云南始有二三词作。明代取得初步发展，兰茂、木增、赵炳龙、何蔚文、张含等参与创作。杨慎在滇与六君子唱和为词，弘宣词风。清代至民国，云南词人数量激增，唱和不绝，倪蜕、戴絅孙、陆应谷、谢琼、严廷中、喻怀信、赵藩、陈荣昌、陈度、钱瑗等存词较多，颇为可读。上述词人在云南举足轻重，在全国亦有影响，曾得况周颐等名宿"后来之秀"① 等称许。

同时，云南词自具特点。题材上，云南词凸显本地风物和历史，如陈圆圆及永历帝在滇之事的大量赋咏彰显了历史价值。传播方式上，驿站、寺庙题壁及次壁上韵之词的大量存在，显示出特殊经济、地理环境对词作传播的影响。风格上，云南词坛并未过多受"曲化"或"尊体"的影响，而是传续着质朴本真的高浑之音。云南词的特性形成是地域文化（包括民族性）影响下选择性接受外来影响的结果。从地域文学与文化交流、影响、选择的角度分析云南词史，对观照落后民族地域与主流文化区的关系具有参考价值。

对上述问题的细致梳理和深入分析尚有待展开，且对之系统的研究是深入研究云南文学地域性特征与突出价值的重要组成部分。

有鉴于此，本书拟在梳理云南古近代词史发展的纵向脉络之外，着力

---

① （清）况周颐：《蕙风词话续编》卷二，《蕙风词话 人间词话》，人民文学出版社1960年版，第163页。

关注如下几个问题：首先，梳理云南古代词人的具体分布与结构（如地域、民族、家族分布与结构等）；其次，寻绎云南古代的词学活动（如词人交往、词坛唱和、词学交流、词脉传承等）；再次，探究云南古代词的风格与地域特征（如起步情况、题材选择、传播方式、审美风格等）；最后，分析云南古代词史发展脉络及特征形成的具体原因（如地域影响、对外交流、文体牵引等）。

希望通过对上述问题的寻绎与挖掘，使得云南古近代词史的面貌得以较为全面而真实地呈现，使得云南古近代词史面貌形成的深层原因得以较为有力地揭示，使得云南古近代词史作为云南古近代文学史的有机组成部分的价值得以较为合理地概括。

第一章

元代云南词坛

筚路蓝缕期的滇云文学，受到外来影响较为突出。儒学的推进，无疑为汉文学在滇云的发展提供了良好的契机和动因。不过，在元代，相对于诗歌创作的稍见声响而言，滇云词坛尚只有极为零星而偶然的声音，几乎微不可闻，依然显示出鲜明的滞后性。

元至元十五年（1278），中庆路总管张立道"首建孔子庙，置学舍，劝士人子弟以学，择蜀士之贤者，迎以为弟子师"（宋濂等《元史》卷一六七《张立道传》）。至元十九年（1282）夏四月，"命云南诸路皆建学以祀先圣"（宋濂等《元史》卷八一），以中央政府以自上而下的诏命形式掀开了云南学校规模化教育的新篇章。元前的学校情况虽不无散佚失考之虞，但不难看出，元前云南的学校教育远未普及，元代是云南学校教育推进与铺开的关键时期，儒家思想与教化在云南各地也逐渐推进。这样的接轨合流，其根源在于元代的云南被纳入大一统版图之下，获得了有力的治理和统辖，从而在经济文化诸方面逐渐一体化，亦为文教开拓式推进提供了基础。然而，这一推进并非完成式，而是渐进的过程，也就是说，元代的学校及儒学教育并未在云南各级府县完全实现，如鹤庆府之府学开设于元代，而剑川、顺州等地则开建于明初，丽江、中甸等地则至清始建学校。这也正可与元代云南科举举士的情况相印证：终元之世，云南仅出现进士六人，且皆出自昆明，可见当时儒家教化与思想的影响尚未在云南全境形成压倒性态势，区域发展的不均衡性依然很突出，教育风气先开的昆明一地则成为领跑者。

与大一统的实现和教育逐渐推进相应的，元代云南的汉语诗歌创作得到一定发展。

此期，云南出现第一部别集，作者为段福（又名信苴福），集名《征行集》，惜已亡佚。段福之作存世者当有二①，皆为汉语诗歌。其馀零星之作尚有段光《凯旋》、段明之"长驱虎旅势威宣""雄兵一日破重关"二首，杨天甫《长寿仙曲》一首，高蓬《答梁王》一首，共近二十首作品，其数量较唐宋有一定突破。

词自隋代滥觞，唐五代初兴，至宋而大盛。降至元代，词体已渐行渐衰，非复文坛的主要增长点。云南的词史却在元代方掀开扉页，被学者视为云南第一词的作品方才出现。不过，云南一域虽错过了词发展的黄金季节，词在滇云大地的啼声初试却表征着云南文学与中原主流文学创作区域的进一步接轨合流。这，终究是值得欣慰的开始。

元代滇云传世之词数量极少，不过寥寥数首，其中尚有一二性质是否为词尚可斟酌的作品。赵藩之《滇词丛录》于卷上及卷下"闺秀"中共收滇云元代词三首，作者为张景云、赵顺、高氏，马兴荣《滇词略论》于元代亦仅及此三作。陈力之《云南古代曲子词》则列元代云南词人张景云、杨天甫、赵顺、阿穤、高氏，较赵藩与马兴荣皆多。

第一节　元代云南本土词人及词作

从现存作品来看，被目为云南本土文人所作的元代词，大略不过三数首。其中，体式为词而毫无疑义的，是张景云之作，亦可视为滇云词人初试啼声者，而其馀"词作"，其性质尚待考辨。

一　张景云及其词作

（康熙）《云南府志》卷十二《人物志·乡贤》云："张景云，字天祥，中庆人，优于理学，能文章，授登仕郎。"②登仕郎，为文散官名，唐始置。元升为正八品，乃掌管宗卷、钱谷的属吏。中庆，路名，辖境相

---

①　按《云南古代汉文学文献》之考录，景泰《云南通志》收入段福《世祖陛玩春衫纪兴》及《春日白崖道中》。（万历）《云南通志》又载其《翠华台扈从诗》，"然与《世祖陛玩春山纪兴》内容相似，韵相同"，当为后人改作。《陛玩春山纪兴》又被收入《全元诗》，题作忽必烈作，当为将题中"世祖"二字误为作者。

②　（康熙）《云南府志》，《中国地方志集成·云南府县志辑》第1册，凤凰出版社、上海书店、巴蜀书社2009年版，第313页。

当于今云南昆明市和禄丰、安宁、晋宁、易门、宜良、嵩明等县地，明洪武十五年（1382）改云南府。可见，张景云为云南本土昆明一带的作家，而其《减字木兰花·谢人贻茉莉一株，植之盆中》为确凿无疑的词作。据赵藩《滇词丛录》，"此词及赵副使一词（即赵顺《满江红》）钞自鹤庆王廉家旧杂录中"①，可见得来颇为不易。张景云此词为：

> 华发如雪，十二楼寒深见月。翠袖香笼，细雨疏帘满院风。
> 高情亲许，一掬香泥分种与。今日花前，恰好飞琼下九天。②

此词发端以喻，妙传茉莉碧叶白花之清幽气象与韵味，含蓄而兼婉转之致。其后"翠袖香笼，细雨疏帘满院风"则花人双写，是花耶？是人耶？落笔蕴藉而兼风流。此词之下阕稍逊色于上阕，然而直笔书写，亦见对友人的感激之忱。总的看来，张景云此词虽远远不足称为上佳之作，但作为筚路蓝缕的滇词开山之作，却也不落下乘，而是能词气停匀，境意相称，间有巧思，且风味清绝，不入曲风，似于词道已有习染，而非初学之作。

二 高氏《失调名》"词"及阿槛、杨天甫等"词"之考辨分析

被视为云南词作之首开风气者为段功妻高氏词《失调名·寄段功》（又题作《玉娇枝词》《促段功归》《风卷残云·自度曲寄段平章》）。关于此词之记载，见诸《南诏野史》《滇载记》《蜀中广记》《南诏事略》诸书，各版文字及题名有小异。

此作究竟是否为词，其实尚有疑问。遍考词谱，并不能找到与此作相吻合甚至较为近似之格律体式。此作亦不合散曲之格律，部分典籍中，此作题为《玉娇枝》或《玉娇枝词》，然而其格律与散曲《玉娇枝》（亦作《玉交枝》）之差别仍然非常明显，难以牵合，不知何据而题其调为《玉娇枝》。至赵藩辑刊《滇词丛录》时，将此作收录于"闺秀"词中，题为《风卷残云·自度曲寄段平章》。此处之调与题，当为赵藩所拟。盖赵藩精通诗词，审此作之格律，觉前人诸调题皆有未妥处，故而以此词之第一

---

① 赵藩辑：《滇词丛录》，《云南丛书》第46册，中华书局2009年版，第24213页。
② 廖泽勤编著：《全滇词》，黄山书社2018年版，第4页。

句为调，题为"自度曲寄段平章"。这种处理既依从前人之公论而将此作定性为词，又对前人舛误处略加修订。不过，赵藩《滇词丛录》所录此作较他版少了数句，依然有未审处。如果不去纠结其性质身份，而姑且依从众人之论将高氏此作视为词作，则此作是否即滇词首开先声之作，亦在未定之间。盖据段功等人事，此词之作当在元至正二十二年（1362）后，此时距离元之覆亡不过寥寥数年，此作之产生时间比赵顺及张景云之作更晚是极有可能的。若姑且不论其性质及先后，这首"词"作究竟如何呢？姑以题作《玉娇枝词》的文字较为完整的版本为据略赏。词云：

  风卷残云，九霄冉冉促。龙池无偶，水云一片绿。寂寞倚屏帏，春雨纷纷促。蜀锦半床，鸳鸯独自宿。珊瑚枕冷，泪滴针穿目。好难禁，将军一去无度。身与影立，影与身独。盼归来，只恐乐极生悲，冤鬼哭。①

  此作用笔较显纯熟，情感真挚，情景逼真。发端境界高阔而苍凉，得情景相生之妙。其后"寂寞倚屏帏，春雨纷纷促。蜀锦半床，鸳鸯独自宿。珊瑚枕冷，泪滴针穿目"诸句历述高氏独自凄寥的情景，切切楚楚，足动人心。"好难禁"三字直笔概括高氏内心之苦，引出段功不归之念。"身与影立，影与身独"句新警。结末，高氏再直笔写"盼归来"之意，又出以告诫之忧"只恐乐极生悲，冤鬼哭"。联系此词之创作背景，高氏之担忧、思念、怨慕、伤感，种种情绪更能淋漓毕现。不过，总的来看，用语造境比较浅近，且口语与书面化的雅驯诗语混杂，尚见不协处。早于《玉娇枝》词问世的《金指环》一作，传为阿禧所作。据（明）杨慎《南诏野史》（袁嘉谷跋本）记载："以段功退兵之功，以女阿猛②妻之。梁王以公主宴，酬歌《金指环》云：将星挺金枝。"③ 阿禧所歌之《金指

---

① 《滇词丛录》本题作《风卷残云·自度曲寄段平章》，此版本为："风卷残云，九霄冉冉逐。龙池无偶，水云一片绿。寂寞倚屏幛，春雨纷纷促。蜀锦半床，鸳鸯独宿。好语我将军，只恐乐极生悲，冤鬼哭。"此本少数句。

② 袁嘉谷跋本《南诏野史》作"阿猛"，馀各典籍多作"阿禧"。

③ （明）杨慎：《南诏野史》卷中，和生弟、王水乔主编《大理丛书·史籍篇》，云南民族出版社2012年版。

环》，实为一首或二首七言古体诗，与词毫无关涉①。

与高氏《玉娇枝》及阿禨《金指环》大致问世于同一时段的尚有杨天甫《长寿仙曲》，其风味体式也颇不似词。此作云："蒙氏钟王气，驾驭万乘唐。南龙光对北金锁，东洱水朝西点苍，四面固金汤。江绿春杨柳，岸清古雪霜。屏障龙吟梅破玉，竹林鹤立菊舒黄，四季景如妆。此生诚庆幸，有眼睹明王。"《长寿仙曲》，并不见诸词牌。从名字来看，较为接近的是《长寿仙》。然而，杨天甫之作与词牌《长寿仙》格式差异非常大，难以混作一谈。因此，笔者认为，杨天甫此作更接近于五言与七言间错之诗歌，而五言七言错杂之形式，或许已有白族文学中盛行的山花体之约略痕迹②。

如此，则高氏、阿禨、杨天甫之所谓词作，其实尚可斟酌其性质，不当径直以词目之，谓为滇词之始，则更有未允之处。

第二节　元代云南外来词人及词作

较之部分元代所谓云南本土词作之妾身未明，外来文人却以其虽数量不多的创作开辟了滇词，可谓真正意义上的拓荒斩棘。在主流文坛声名不显的赵顺以及影响颇大的刘秉忠均曾入滇，并留下与滇云相关的词作。不过，虽然刘秉忠显声于主流文坛，然而对滇云而言，赵顺的影响却远远大于后者。

一　赵顺及其涉滇词作

赵顺，生平见诸《滇词丛录》小传记载。据之可见，赵顺名由坦，字顺甫，为宋燕懿王之后。赵顺随宗人翰林学士赴元丞相伯颜军前讲解被留。宋亡之后，赵顺为云南副都元帅爱鲁辟入滇，任帅府副使，于是定居

---

① 《金指环》一般引作："将星挺生扶宝阙，宝阙金枝接玉叶。灵辉彻南北东西，皓皓中天光映月。玉文金印大如斗，犹唐贵主结配偶。父子永寿同碧鸡，豪杰长作擎天手。"据其声韵及内容，可视为七言一诗，亦可视为七言四句的两首诗歌，但皆与词无涉。

② 明代杨黼有《词记山花·咏苍洱境》一碑，其中诗歌，皆为三句七言、一句五言的形式，成为白族文学最常见的山花体。

于云南剑川。①赵顺存词《满江红·至云南,于役东西,感成此阕》一作,词云:

> 凭眺江山,勉抛谢、劳生行李。问往事、西番东爨,蠹残野史。望祭碧鸡人已去,来宾白马吾宁比。且经营、草昧彩云乡,存宗祀。　　汉丞相,崇祠峙。唐节度,丰碑圮。剩奥区幽宅,拓开田里。铜鼓渊渊良夜月,金沙浩浩朝宗水。看深潭、黝黑蛰龙蟠,乘雷起。②

此词虽以感慨羁旅行役于滇中的苦楚发端,但其后笔势捭阖纵横,滇中之风物典故、人事往史皆淋漓挥洒笔端纸上。从王褒遥望而祭金马碧鸡之典,到诸葛祠堂、韦皋事迹,直至云南一地非常盛行的铜鼓,又及金沙江、黑龙潭等自然人文风物……全词皆盎然着滇味滇韵,境界也比较阔大,虽然难称佳作,却也颇见骨力,且风格质朴苍劲,不落俗笔,因而颇为滇人赏爱,赵藩亦将此作录为《滇词丛录》之第一词,可见其影响与地位。

二 刘秉忠及其涉滇词作

在元代政坛及文坛影响力较大、名声颇著的刘秉忠亦曾入滇,并在其词作中写及滇云点滴。

刘秉忠(1216—1274),自号藏春散人,河北邢台人,兼擅诗文词曲,为元初著名文学家。元宪宗三年(1253),刘秉忠随忽必烈征大理,故入滇云,却停留未久。刘秉忠《藏春集》中共有四作笔涉滇云。《临江仙》云:

> 同是天涯流落客,君还先到襄城。云南关险梦犹惊。曾记明月底,高枕远江声。　　年去年来人渐老,不堪苦思功名。倾开怀抱酒多情。几时同一醉,挥手谢公卿。③

---

① 赵藩辑:《滇词丛录》,《云南丛书》第46册,中华书局2009年版,第24213页。
② 廖泽勤编著:《全滇词》,黄山书社2018年版,第3页。
③ 廖泽勤编著:《全滇词》,黄山书社2018年版,第1019—1020页。

此词上阕写及在滇云时关险路难，明月底，枕江声，如此情境，多年后尚历历在目，梦魂犹惊。其馀诸词则或将"乌蛮瘴雾"与"紫塞风沙"并提，或云"漠北云南路九千"，只将滇云作为曾到之地略提一笔，并无具体描写。因刘秉忠入滇时短，其词作对滇云词坛的影响便远不足以与赵顺相较，不过，却也有足引思。云南一地的文学史，包括词史，从来便不仅仅属于滇云本土作家。云南的词史是由云南本土词人及众多寓居流宦云南的文人所共同构筑的，且正是这些外来文人，对云南词的发展产生了重要的推动作用。赵顺如是，刘秉忠如是，明代的杨慎、倪蜕等莫不如是。

总的来看，云南词在元代方有作品问世，所作极少，能称为一流的佳作亦尚未见。虽然雏凤新声、乳燕初啼，亦有弥足珍贵处，但确乎只能视为中原词风最初流及滇云遐荒的一点回声，且回声极细极微，几无可闻。

第二章

明代云南词坛

　　明代，是云南政治大一统的稳定期。伴随着政治一体化的进一步巩固，云南一地的思想与文化也愈见内地化，殊方异域的特征逐渐消减。伴随着移民的大量进入，教育的进一步铺开，思想教化的空前强化，云南的汉文学经典样式创作也迎来了发展的极好契机，并取得了突破性进展。云南出现了一些值得关注并在主流文坛引起一定回响的文人及作品。兹略举数例，以见一斑。

　　张含，明代文学家，其诗名甚著，其诗"上猎汉魏，下汲李杜"（杨慎《张愈光诗文选序》），"与安宁杨文襄为有明一代滇中二大家，质之海内无愧色者也"（赵藩《重刊明张禺山先生诗文集序》）。

　　释读彻（后改号苍雪），明末清初云南诗僧。读彻与当时著名文人如吴伟业、钱谦益等有交往酬唱。吴伟业认为其诗"苍深清老，沉着痛快，当为诗中第一，不徒僧中第一"（吴伟业《梅村诗话》），所得评价极高。

　　此外，明代滇云的杨一清、木公、担当等亦有诗名，出入滇云，文交亦广，在当时文坛有较大影响。

　　与中原主流文坛的进一步接轨，为云南词坛在元代啼声初试的基础上进一步发展奠定了基础，词之创作渐兴便是自然而必然的了。不过，毋庸讳言的是，这一时期的滇云本土词创作，其偶然化和稚嫩处依然较为突出，诗馀而为之的情况也比较明显。谪戍滇云的著名文人杨慎，却在滇云漫长的谪戍生涯中，将其词的创作和理论研究推向巅峰，并且引领滇云词坛，造就词坛的相对兴盛。这，极为鲜明地凸显了外来文人对滇云本土文学的影响和带动力量。

第一节　明代云南词坛概略

明代滇词的整理和收集是持续而未尽的。清末赵藩所辑之《滇词丛录》，录明代云南词人八人共三十八首词作。(光绪)《湖南通志》等存录明代滇人钟世贤等未见于《滇词丛录》的多首词作。《全明词》录有张含、包其伟等多首词作。又据《新纂云南通志》，可知明代云南词人尚有董难，著有《雪堂词》，惜已不存。收录明代滇词最全的当为《全滇词》，存录明代词人十六人，近百首词作①。笔者又自史志等中辑录出零星词作数首。同时，云南诸文人有大量的赠序、寿序，实为帐词。② 按明人帐词通例，应是文后有词，而帐词中的文多数收入作者别集中，词则多半未蒙收录。因此，滇云本土词人的创作数量相较于元代，确实有较大的突破。

若据《滇词丛录》收录元代云南词作之例，将仕宦或贬谪至云南之人的词作也目为云南明代词之组成部分，则如杨慎、林俊等人尚有大量词作。为严谨起见，仕宦于滇云为时较短且存词与云南无直接关联、难以确考的词人及其作品，本书暂不纳入云南词的范畴。值得一说的是杨慎，杨慎贬谪云南，后半生多在云南度过，词之创作亦多在云南，其关乎云南或作于滇云的词作自当目为明代云南词的组成部分。兹列明代云南词人如表 2-1、表 2-2 所示：

表 2-1　　　　　　　　明代云南词人词作概况

词人	籍贯	身份	时代或生卒年	存词
兰茂	昆明市嵩明县杨林	隐士	1397—1476	六首
杨一清	昆明市安宁	官员	1454—1530	二首
杨士云	大理太和	官员	1477—1554	六首
钟世贤	建水	湘潭教谕	嘉靖三十二年湘潭教谕	八首
何邦渐	大理浪穹	官员	万历间贡举	二十二首
木公	丽江	官员，土知府	1494—1553	一首

---

① 按，《全滇词》尚收录有郭文《竹枝》一首，笔者以为《竹枝》不宜目为词作，故不据录。

② 帐词，亦作幛词，后文将有详细解说，此处不赘述。

续表

词人	籍贯	身份	时代或生卒年	存词
木增	丽江	官员，土知府	1587—1646	四首
赵炳龙	剑川	官员	崇祯举人	十三首
包其伟	建水	不详	不详	十二首
何蔚文	大理浪穹	举人	永历丁酉举人	一首
李思揆	云南南宁	布衣	不详	三首
张含	云南保山	为官，归隐	1479—1565	六首
葛慎修	通海县河西	不详	其父葛见尧为万历间人	一首
何可及	剑川	官员	万历己未进士，任涉县知县	一首
王正宪	石屏	不详	不详	
刘存存	不详	建水知州刘僖之女	永历间人，殉难于兵中	一首
朱奕文	宾川		崇祯己卯举人	二首
熊师周	大理		庠生	一首
赵尔秀	剑川	赵炳龙孙女	不详	二首

表 2-2　　　　　　　　　明代非滇籍词人词作表

词人	籍贯	入滇原因	时代	存词
花伦	浙江杭州	谪戍	洪武间人	《水仙子》一首，据杨慎《词品》云："花有辞藻，其后谪戍云南，有题《杨太真画图·水仙子》一阕云：……其风致不减元人小山、甜斋辈。滇人传唱，多讹其字，余为订之云。"
朱衮	湖南永州	出补云南参议	弘治间人	存词二首为在滇时所作
张羽	江苏泰兴	任云南巡抚	弘治间人	《金菊对芙蓉·寿沐国公词》
周复俊	江苏昆山	官至云南左布政使	嘉靖间人	《忆滇南》三首，见对滇云之情
杨慎	四川新都	谪宦	嘉靖间人	《全明词》录词约三百六十八首，《全明词补编》二首，其中可确认为在滇之词者一百一十余首
章士元	江苏苏州	流官	嘉靖间人	（雍正）《建水州志》存词一首
马朴	陕西同州	流官	万历间人	《全明词》存词六十九首，可确认为在滇之作一首
吕师濂	浙江	曾游滇南	明末清初在世	一词写及滇云

以上表 2-1 计二十馀位云南本土词人，词作近百首，数量尚不足为

大观，仅显示出一定的发展态势。杨慎本人的词作多数作于谪戍滇云期间，若将之纳入，则明代云南词就颇为可观了，不仅在数量上有所突破，其影响力也更引人瞩目。杨慎之外，非滇籍的文人流寓或为官于滇者，间或有词作传世，如花伦、朱裒、张羽、章士元，然存作极少。此外如曾至滇云之林俊等人虽有词作十数首，但难以判断是否在滇所作，且其词作无关乎滇人滇事，便不纳入考察范围了。

第二节　词风乍开欣有作——明前期云南词人兰茂及其词作

当今学界对明朝的时期划分多采取三段法，即公元 1368—1464 年为明代前期，公元 1465—1620 年为明代中后期，公元 1621—1644 年为明末至清初的易代之际。据此划分，滇词创作相对集中于明代中后期至明末，而明代前期的词人词作则数量相对较少，兰茂堪为其中之代表。

兰茂之生平，见诸《明史·隐逸》、（乾隆）《云南通志》《大清一统志》《云南府志》等，兹综赅以述其生平如次：兰茂，字廷秀，号止庵，别号和光道人，嵩明杨林人，洪武三十年丁丑（1397）生，卒于天顺四年庚辰（1460），年七十四［兰茂之卒年有歧说，一说卒于成化十二年丙申，即公元 1476 年，年八十，兹采距兰茂存世之时较近之（正德）《云南通志》所说］。读书过目成诵，潜心理道，淹通经史。兰茂著作甚富，（正德）《云南志》著录其《玄壶集》《鉴例折衷》《经史馀论》等十九种，今多不存。其流传至今者尚有《玄壶集》《医门揽要》及《云南丛书》所收之《声律发蒙》《滇南本草》《韵略易通》等，《滇南本草》《韵略易通》《性天风月通玄记》被称为"兰氏三书"。其诗文尚见诸（近代）李文汉所辑之《杨林两隐君集》及《滇诗丛录》《滇文丛录》等总集。兰茂创作有一定成就，虽在滇外声名不著，但在滇中却影响甚大。兰茂一生，隐逸以终，为云南隐士之代表，从其自抒己怀的文学作品来看，隐逸是他在不为世用之下的选择，这种选择有一定的无奈，正所谓志士投闲，鸣声不平。观其诗文之作，隐约可见郁塞之气，时出壮伟之声，并兼得清劲之骨气，如"男儿特立天地间，才不见用何惭颜"（《端午日》）、"坚刚钟素节，孤迥抱明心"（《竹》）皆是。其隐逸之自在生活屡见诗中,如"爱景每于花下醉,避寒常是日高眠"(《送春曲》其三),而其孤洁自赏、清高迥抱更屡屡见诸其抒写隐逸或咏物述怀之作,如"众草焉能望,无人亦自香"(《兰》)、"尽堪娱冷眼,偕隐结忘年"(《紫菊》)、"自得云中老,何辞霜雪侵"(《松》)等,俱见胸怀。

兰茂并无词集留存于世,仅在《滇词丛录》中收录六首。此六首,题材非常集中,四首为联章《行香子·四时词》,其馀二首皆为送行地方官朝觐而作之贺词。比较有意思的是,兰茂这些词作均与当时的主流词坛的创作风气相应相和,显示出合流的倾向与良好的对接态势。其《行香子·四时词》为:

> 红杏芳菲。庭草葳蕤。满乾坤、生意熙熙。山明水秀,鱼跃鸢飞。更雨轻轻,风淡淡,日迟迟。　我老无为。对景忘机。笑欣欣、童冠相随。酒瓢诗卷,到处提携。向鸟声中,花影下,夕阳晖。
>
> (春)

> 雨霁梅黄。化日舒长。白莲开、嫩绿池塘。婆娑散影,檐卜吹香。更有薰风,无热恼,自清凉。　濯足沧浪。静坐禅床。任蜂衙、蚁阵奔忙。身心不动,物我相忘。看水连天,云出岫,月流光。
>
> (夏)

> 识破浮沤。总是何楼。放闲身、物外悠游。黄花淡景,竹筒清讴。尽任天然,收累遣,把心修。　月淡云收。雨过泉流。更风蝉、老树吟秋。自然潇洒,无限清幽。胜访蓬莱,寻阆苑,觅瀛洲。
>
> (秋)

> 山碧藏云。水落无痕。岁将阑、万物归根。蓬窗雪霁,纸帐春温。好看梅花,习静坐,掩柴门。　养气调神。寡欲离嗔。乐陶陶、清世闲人。壶中日月,静里乾坤。胜广参禅,勤问道,远寻真。
>
> (冬)①

---

① 廖泽勤编著:《全滇词》,黄山书社2018年版,第5—6页。

兰茂之《行香子·四时词》分写春夏秋冬,各作皆能拈出一时风物之特色所在。然而其着力点非在景色之渲染与描摹,而是结合四时而写一己生活与感受,力陈高隐山林之乐、游心世外之趣。四词用语通俗平白,其风味颇有似曲之处,谐俗流易。值得注意的是,据孙秋克《再说〈金瓶梅词话〉卷首〈行香子〉》所论,元末明初,以《行香子》为调分咏四时并表现隐逸情怀,是极为盛行的。① 兰茂此词正以《行香子》为调,以近曲之味写世外之乐,可见兰茂此组词之创作颇与当时主流词坛契合。同时,《行香子》分写四时的形式一直流行至明末,风味变化甚少。生于嘉靖三十九年、卒于崇祯十五年的徐奋鹏创作了《行香子·四时自得口头歌》一组,分春、夏、秋、冬次第述闲居自得之乐。比如,其一春词云:"小小庭轩,矮矮栏杆,湘帘外、草色凝烟。满腔生意,与道悠然。人静悄,花艳冶,鸟间关。 一个壶天,几点青山。相对处、意兴俱恬。敲推诗句,检束心田,得闲时饮,醉时歌,倦时眠。"这种绵历弥久的情况,亦见以《行香子》咏歌四时的广受欢迎,而兰茂之作,风味近曲,正与主流词坛同声相应,遥作回响。兰茂一生,并未离开滇中,而其词作却与主流词坛遥相呼应,亦可推见至明代,云南已能比较及时有效地感知滇外文坛风尚的变化与潮流,并在一定程度上加以回应。兰茂的另两首词作也是非常主流化的。其《鹧鸪天·饯嵩明太守龙公》云:

    五马骎骎谒帝京。挥鞭不顾雪山轻。闲将麦秀歌回首,留下棠阴绿满城。 新雨露,旧簪缨,五云天上贺升平。从今大展经纶手,砥柱严廊在老成。②

据(民国)《嵩明县志》卷七"职官",正统间(1436—1449)龙姓官员仅龙得辉为嵩明知州,而兰茂卒于天顺年间,恰与龙得辉在世及为嵩明太守之期有交集,故可推知龙得辉即为此词中之龙太守。兰茂之《满庭芳·贺龙太守朝京金旗帐》亦当为龙得辉所作。词为:

    皓首壶浆,黄童竹马,饯公万里朝天。满城冠盖,簇拥似登仙。

---

① 孙秋克:《再说〈金瓶梅词话〉卷首〈行香子〉》,《河南大学学报》2007年第6期。
② 廖泽勤编著:《全滇词》,黄山书社2018年版,第6页。

共羡风流太守,诗书富、德厚才全。承恩命,分符作郡,治教过前贤。　　六年。贤父母,甘棠遗爱,悠久留传。羡兹时报政,行色欣然。指日名魁上考,天颜喜、更有高迁。来春看,重迎五马,花映锦袍鲜。①

此词为典型的幛词。幛词,又作帐词、障词,幛是旧时作为庆吊礼物之布帛,如喜幛、寿幛之类,皆题字其上而悬之。幛词的体式一般前为骈文,后缀一词。元末明初,幛词之风已渐呈弥漫之势。存身于幛词中、以应酬为目的之词,殊少文字的独特性、文学的审美性和情感的动人性,尤以官场送行词为典型。现存的官场送行词,多以"送某某(多数标明官职)+地点或事件(如考绩、考满、朝觐、致仕等)"为题,如邵宝《水调歌头·送吕宪副之云南》、鲁铎《谒金门·送徐大尹入觐》等。这类词作多半近谀人颂,不离对被送者前程的赞美和祝愿之词,"从今岁岁乔迁"等祝愿之语不绝于耳,使人不由捏鼻。综观明词,正如赵尊岳批评所云:

明人习于酬酢,好为谥莫,宦途升转,必有幛词,申以骈文,贻为致语,系之小令,比诸铭勋,而惟务陈言,徒充滥竽,附之金荃之列,允为白璧之玷。②

单单从文学成就与审美价值来看,兰茂这两首作品其实并无太多可鉴可赏之处。不过,若将文学视为社会生活习尚的映现,则此二作正见彼时云南之官场风气,亦与主流官场影随声应,云南文坛之创作风气与彼时主流文坛是紧密相接的。

兰茂之外,滇云明代前期词人之作并无存世者,故此无可论说。

---

① 廖泽勤编著:《全滇词》,黄山书社2018年版,第6页。
② (民国)赵尊岳:《惜阴堂明词丛书叙录》,赵尊岳辑《明词汇刊》,上海古籍出版社1992年版,第4页。

第三节 渐成风气渐有声——明代中后期云南词人词作

降至明代中后期,云南词坛渐近兴盛,渐有风味。此期之词人词作总数虽仍不足蔚然大观,但纵比于云南本地已有较为明显的上升趋势。总的来看,词人词作的题材更为广泛,风味也多样化,在文学性和审美价值上更为突出。

一 滇籍名宦杨一清及其词作

杨一清,可称为明代云南政坛与文坛第一人。杨一清(1454—1530),安宁籍人,出生于广东化州,后随父定居湖南巴陵。成化八年,杨一清中进士,后为内阁首辅。杨一清工于诗文,与李东阳齐名。其《石淙诗稿》由李梦阳、康海等加以评点。杨一清对当时主流文坛之风尚有引领之功,如朱庭珍《筱园诗话》所言:"二公(杨一清、李东阳)倡复古之说,李、何(李梦阳、何景明)从而继起,大振其绪,王、李(王世贞、李攀龙)再继法度,复衍宗风,本一派相传而下……"[1] 又,赵藩《仿元遗山论诗绝句论滇诗六十首》之《大学士杨一清》一作云:

> 将相功名一代中,
> 诗歌卓有杜陵风。
> 后先七子休腾踔,
> 合与茶陵角两雄。[2]

杨一清之诗文创作虽在当时名声大盛,但在后世的声名和影响却远逊李东阳,不过,在滇人心中,杨一清却堪称第一位让滇人奉为楷模、为之骄傲的本土文人。杨一清虽出生不在云南,且居滇时间不长,对故乡却实

---

[1] (清)朱庭珍:《筱园诗话》卷二,《云南丛书》第47册,中华书局2009年版,第24825页。

[2] 蓝华增笺释:《云南诗歌史略——赵藩〈仿元遗山论诗绝句论滇诗六十首〉》,云南人民出版社1988年版,第47页。

是切念萦怀，这自其晚年自号"三南居士"之"生于云南"以及其别号石淙、其集名为《石淙诗稿》等皆可见。所谓石淙，便是云南安宁螳螂川边石岩水流之景。杨一清于成化二十年（1485）归乡祭祖，见此景壮伟丽绝，便从此号"石淙"，且作诗文书写胜景，遂使安宁温泉天下有名。身在京畿文坛中心的杨一清也多提拔推重滇云文人，对云南文人与滇外世界的交流起了重要的连接作用。

杨一清涉笔于词不多，其词作不见录于《滇词丛录》，仅《石淙诗稿》中存词二首。其一为《菩萨蛮》：

> 繁华尽向春光了，暑中独爱庭葵好。倾心苦为谁，老天应自知。夜深清露滴，晓起金杯侧。忽扮道家妆，瑶池飞羽觞。①

此词从创作来说，可以算作入体入格，不入当时流俗曲化之弊。不过，此词只算中庸之作，少了些独特之美与精到之妙。杨一清另一首词为《减字木兰花·荷池　池种荷花，开时红白间错，若云锦然》，词云：

> 春光归去，满目繁华无觅处。池上芙蕖，濯濯红香秋雨馀。　灿然云锦，如此天机谁管领。把笔微吟，吾识花中君子心。②

杨一清此词咏写荷花，亦未能臻上乘之境，流于习语俗套。不过，杨一清为云南文坛之领军人物，影响大而深远，故而拈出其词，以全滇词之貌。

二　大理名士杨士云及其词作

杨士云，滇云名士。《滇系·人物》："杨士云，字从龙，亦号九龙山人，正德丁丑进士，改翰林院庶吉士，授给事中。以养母乞归，不复出。嘉靖初，诏强起之，补宫寮，辞疾不就。人问其故，曰：'吾岂能俯仰人以求进乎？'居里二十馀年，郡县罕见面。乡人不知婚娶丧嫁之礼，士云条析教诱，令易奢为俭，通国化之。自少至老，手不释卷。又精风角，每

---

① 廖泽勤编著：《全滇词》，黄山书社2018年版，第7页。
② 廖泽勤编著：《全滇词》，黄山书社2018年版，第7页。

中夜步观星纬，或喜或叹，不以语人。所著有《皇极》《天文》《律吕》诸书。"① 记录杨士云生卒最详确者为（明）李元阳之《户部左给事中弘山杨公墓表》，云："点苍山五台峰之麓，有隐君子曰弘山先生，以嘉靖甲寅秋九月八日卒，年七十有八。是冬十二月二十四日葬于弘圭山先茔之次"②"生于成化丁酉六月十日，世为太和喜洲人。"③ 据此可知杨士云生于公元 1477 年，卒于公元 1554 年。《墓表》所述杨士云经历亦详，云其"少力学，工于文辞，督学使小试，大奇之。弘治辛酉以诗经荐云贵乡试第一，上春官失意，乃游太学。……正德丁丑登舒芬榜进士，以文望改翰林院庶吉士，由是名动公卿。"④ 于其归乡后之景况生涯，则谓其"闭户读书，一坐十年。吏于土者欲一见而不可得"⑤，"先生古貌秀爽，谈论亹亹，喜汲引来学……先生之一言一行，无非教乡间风后进之懿矩"⑥，皆可资参发。杨士云之词，据题材约略可划归两类，第一类为酬赠道贺之作，包括《归朝欢·送姜时川东归》《喜迁莺·送蔡龟崖邦伯入觐》《谒金门·贺丁酉魁选》《谒金门·赠诸贡士会试》《谒金门·赠游湖诸子》五作。第二类为写景，仅得《金菊对芙蓉·雪后望苍山》一作。

总的看来，杨士云之词，用笔可称娴熟，格律平仄也比较符合词体的规范，显示出对词体创作已有不错的驾驭能力。其酬赠之词中，比较可赏的是《归朝欢·送姜时川东归》一作。词云：

兰省仙郎清庙器，几年暂借临边寄。铁冠寒映柏台霜，玉帐牙旗风细细。折冲樽俎里，坐清六诏尘氛息。想胸中，甲兵数万，范老真

---

① （清）师范：《滇系》六之一《人物》，《云南丛书》第 10 册，中华书局 2009 年版，第 4947 页。

② （明）李元阳《李中溪全集》卷九，《云南丛书》第 21 册，中华书局 2009 年版，第 11316 页。

③ （明）李元阳《李中溪全集》卷九，《云南丛书》第 21 册，中华书局 2009 年版，第 11318 页。

④ （明）李元阳《李中溪全集》卷九，《云南丛书》第 21 册，中华书局 2009 年版，第 11317 页。

⑤ （明）李元阳《李中溪全集》卷九，《云南丛书》第 21 册，中华书局 2009 年版，第 11317 页。

⑥ （明）李元阳《李中溪全集》卷九，《云南丛书》第 21 册，中华书局 2009 年版，第 11316 页。

堪比。况有文章兼节义,曾伏青蒲流血涕。天弧今见倍光芒,南斗也应相退避。政成行奏最。准拟天曹书第一。奈云山,无端入梦,闲却经纶计。①

此词为送别姜时川东归而作。姜时川,其人不详。此词乍看,似乎充溢着官场送行词之俗套与习语,所谓"政成行奏最。准拟天曹书第一",等等,颇觉尔尔。但是,细读则发现,此词所写并非普通的官场送行,而是送给一位辞官不做、归去梓里的人物。词以褒美姜时川的经世之才入笔,"折冲樽俎里,坐清六诏尘氛息。想胸中,甲兵数万,范老真堪比",写得不凡,境意凛然豁然,读来有击节之妙。下阕"况有文章兼气节",赞美姜时川才华横溢,若朝觐考绩,当得高评。最后,却陡然转笔,结以"奈云山,无端入梦,闲却经纶计",寥寥十二字,却力重千钧,陡然回波一转,力挽狂澜,之前的赞美便不再有习套的虚事阿谀之感。着一"奈"字,弥见叹惋之情,似见杨士云因如此高才命世之人,却心有云山之念,抛却功名,而扼腕叹息。《喜迁莺·送蔡龟崖邦伯入觐》则为典型的官场送行词了。词中之"当年杜母,而今召父""赐燕南宫优渥,还赐袭衣朱绿。召对后,看立登台省,羽仪朝著"等语皆落入习套,不免于俗。杨士云类似之作尚有《谒金门·贺丁酉魁选》,词云:

花生笔,五色光连奎壁。四十名中标第一,丹桂飘仙籍。 画鼓红旗风细,绿酒金花如醉。试看南宫还得意,胪句传枫陛。②

此词乏善可陈,为酬应之交际所作。而作为一方名士,杨士云也以词勉励和鼓舞本地士子学人,比如《谒金门·赠诸贡士会试》所谓"着意状头须占取,他人休让与"即见其寄望之切。其《谒金门·赠游湖诸子》一作写得有些意味。词云:

鲲鹏翼,背负青天云气。直上扶摇九万里,六月天池息。 斥鷃蓬蒿飞起,自信抢榆控地。应羡抟风兼击水,逍遥溟海内。③

---

① 廖泽勤编著:《全滇词》,黄山书社2018年版,第8页。
② 廖泽勤编著:《全滇词》,黄山书社2018年版,第9页。
③ 廖泽勤编著:《全滇词》,黄山书社2018年版,第10页。

此词一力借用《庄子》之《逍遥游》中"北冥有鱼，其名曰鲲……"文字，词作气势宏大，运化得宜，以大鹏之志勉励诸学子，见前辈学人殷殷之念与切切之嘱。

杨士云写景之作传于今者，则仅见《金菊对芙蓉·雪后望苍山》。此词为：

> 玉削芙蓉，冰凝菡萏，寒光摇荡晴空。见银涛万叠，珠树千重。霓裳鹤氅堪披去，驾白龙、直向云中。昔年金母，也曾相会，醉嵝山红。　　于今独伴寒釭。把一杯浊酒，当作元功。想瑶台仙子，潇洒谁同。自从别后无消息，但飞琼、梦里相逢。倚阑凝睇，梅花香信，又报东风。①

《滇系》五之一《山川》云："点苍山在大理府城西五里，高千馀仞，盘亘百馀里—云高六十里，盘亘三百里，介龙首龙尾两关之间，前衿榆江，碧澜万顷，皆环溪水，联络为带，亦曰灵鹫山。有十九峰，环列内向，如抱弓然。山椒悬瀑，注为十八溪，翠峦条分，青嶂并峙，如大鸟之连翼将翔也。"② 此词上阕以写景为主，叠用"芙蓉""菡萏""银涛""雪浪"等比喻，力摹苍山雪后景致。次则以想象之词，状山之如神仙境界。下阕笔锋陡转，直变为心境的抒写，兼有怀人之感，词意在若有若无之间，颇有几分镜花水月、耐人寻味之感。总的来看，词笔醇熟，境意皆有佳处。

三　宦游词人钟世贤及其词作

钟世贤，明代临安卫（今云南建水）人，嘉靖三十二年（1553）为湘潭教谕，曾参与编修《湘潭县志》。钟世贤词不见于《滇词丛录》，汪超《全明词辑补42首》辑补其词八首，今《全滇词》亦见。

钟世贤所存之"潇湘八景"联章词在明代云南词中堪称上品，兹尽录如下，以见其貌。联章皆调寄《浪淘沙》：

> 日暮大江横，水阔云平。谁知云水总无情。蓦地酿成秋夜雨。滴

---

① 廖泽勤编著：《全滇词》，黄山书社2018年版，第8页。
② （清）师范：《滇系》五之一《山川》，《云南丛书》第10册，第4866页。

尽残更。　　点点打窗声，纸帐寒生。芭蕉叶上最凄清。多少离人眠不得，坐到天明。（潇湘夜雨）

霜落洞庭秋，四宇云收。影摇孤月翠光浮。何处仙人吹玉笛，黄鹤楼头。　　不洗古今愁，只管清幽。琉璃盘内水晶球，照彻君山千万尺，便是瀛洲。（洞庭秋月）

远水接天浮，渺渺扁舟。去时花雨送君愁。今日归来黄叶落，又是深秋。　　聚散两悠悠，白尽人头。片帆孤影下中流。载得古今多少恨，付与沙鸥。（远浦归帆）

无处着烟霞，漠漠平沙。几行雁阵晚风斜。写破一天秋意思，飞过渔家。　　切莫近蒹葭，莫近芦花。好来此地作生涯。只恐夜深边塞上，惊起胡笳。（平沙落雁）

烟锁梵王宫，隐隐疏钟。一声遥在月明中。恼杀归鸿留不住，付与西风。　　过耳总成空，何事匆匆。少年催作白头翁。今古相推敲不尽，此恨无穷。（烟寺晚钟）

薄暮大江寒，流水潺潺。渔翁家住蓼花湾。到老不知城市路，无事相关。　　日落半衔山，倦鸟知还。半轮斜影画图闲，收拾纶竿沽一醉，暂且偷闲。（渔村夕照）

山市近山城，微雨初晴。晓来岚气扑天清。道是似烟烟又重，似雾还轻。　　莫怪不分明，望眼花生。碧纱笼里有人行。说与画家难着笔，空寂无声。（山市晴岚）

云暗楚天遥，万木萧萧。朔风剪就素花飘。画角数声吹不散，一片琼瑶。　　压损腊梅梢，冻倒渔樵。月明无影玉生苗。只恐飞来双鬓上，白了难消。①（江天暮雪）

---

① 廖泽勤编著：《全滇词》，黄山书社2018年版，第12—14页。

此组词作，词笔老到，境意皆佳，时见高情远思，出离尘垢之上，使人读来欣然怡然。"渔村夕照"之"日落半衔山，倦鸟知还。半轮斜影画图闲，收拾纶竿沽一醉，暂且偷闲"见脱俗之情。"潇湘夜雨"一作则将雨声人情融于一炉，词笔雅洁清致，"蓦地酿成秋夜雨"等句下笔精到，可谓写景之佳作。再如"洞庭秋月"之"霜落洞庭秋，天阔云收。影摇孤月翠光浮"，"平沙落雁"之"几行雁阵风斜，写破一天秋意思，飞过渔家"，"山市晴岚"之"晓来岚气扑天清，道是似烟烟又重，似雾还轻"，等等，都在予人如在目前之感的同时兼有留白，使人能领其神韵。自此组词作而观，钟世贤传世之词虽少，但功底极佳，所作词味甚足，境意两妙，故而在明代云南词人中允推大家。

宦游在外的滇籍词人，或者出滇终以归滇，或者出滇而未归。总的看来，前者为多。这类词人，实承担着滇中文学（包括词学）创作与滇外交流之重任，汲取滇外文风及创作之精华，与滇外文人交流，为滇中文人树名扬声，皆有赖于是。故而，宦游之滇籍文人词人及其交往、创作情况等应是研究云南文学对外交流史极为重要的视角。惜钟世贤词虽佳，而生平资料见诸记载者太少，未克深入。然而，窥斑可以见豹，从钟世贤之创作，确可感知滇云词坛的长足进步以及与滇外世界接轨的不断加深。

四 何邦渐、何蔚文及其词作

明代云南文学可称蔚然生秀，而多民族文学家族的出现更有力地彰显了汉文学及汉文化影响力的强大。其中，位于大理府洱源县境内的白族何氏家族作家群体号为"祖孙五代六诗人"，规模可观，颇为引人瞩目。此家族之作者、文学创作及作品流传情况大致为：

何思明，字志远，嘉靖癸卯举人，历官通判，有政绩，《滇诗拾遗补》录其诗二首。

何邦渐，何思明长子，字北渠，一字文槐，万历间官下邳知州，有《初知稿》，有词见于《滇词丛录》。

何鸣凤，何邦渐之侄[①]，字巢阿，万历举人，崇祯间官四川郫县知县，升安徽六安州知州，有《半留亭稿》《嵩嶅集》。

---

① 各方志及小传多作何鸣凤为何邦渐之子，然据周锦国考证，《初知稿》卷六末尾有"男何源长源受汇辑，侄何鸣凤翔凤校梓"，故何鸣凤当为何邦渐之侄儿。参见周锦国《明朝洱源"何氏作家群"作家亲属关系及生平》，《大理学院学报》2009年第5期。

何星文，何鸣凤子，何蔚文兄，崇祯间岁贡，与何蔚文于国变后同隐于宁湖（即茈碧湖），著有《何氏琴谱》等。

何蔚文，何鸣凤第五子，字稚元，号浪仙，永历举人，九岁能诗。因逢明清易代之变，故隐居宁湖，有《浪槎稿》，《滇词丛录》存其词。

何素珩，字尚白，隐于宁湖，"往往乘一小舟，以琴樽自随，出入烟波中"①。有诗传世。

以上即为洱源何氏家族之五代六诗人简况。何氏家族之诗人，其诗歌多清远有高致，如何素珩之"湖头草绿雨初收，携鹤囊琴自泛舟。朱弦不入时人调，一曲平沙天地秋"洵称佳作。在六诗人中，有词传世者仅何邦渐与何蔚文。兹将二人之基本情况及词作录析如下。

何邦渐生平见诸《大理府志》《滇系》《大清一统志》诸书，与《滇词丛录》有异，且更详，综辑得其生平如次：何邦渐，浪穹人，万历间由选贡历官无为、下邳知州。其调下邳时，深山穷谷皆来遮道进食，卒后建祠祀之。归里后，刚介端方，人咸敬畏。周锦国《明朝洱源"何氏作家群"作家亲属关系及生平》对何邦渐生平考证较详："生于公元1547年，卒于公元1626年以后，享年80岁以上。为隆庆元年丁卯科选贡，公元1579年任四川棠山县县令，后到安徽庐州凤阳府任通判，再到无为州任知州、下邳州任知州，公元1594年秋辞职，公元1595年离职回乡，任职15年。"②

何邦渐存词二十二首，涉及官场送行、怀古咏吊及风景题咏三类题材。自数量来看，风景题咏类因何邦渐以十九首联章词题咏苍山十九峰，故而成为其词作最突出的存在。此组词作俱以《巫山一段云》为调，分咏苍山斜阳峰、天马峰、佛顶峰、圣通峰、豹隐峰、玉局峰、龙泉峰、灵鹫峰、观音峰、应乐峰、雪人峰、兰峰、三阳峰、鹤云峰、白云峰、莲花峰、五台峰、沧浪峰、云弄峰十九峰。此组联章题下有小序云："此赵松雪原题十二峰之调名也。榆郡朱杰侯仿而作十九峰词，余亦效颦，少为山川壮色，群峰自南徂北"③。可见，以《巫山一段云》联章咏苍山非是何

---

① （清）周沆纂修，杨圭杲点校：《浪穹县志略》，洱源县政协文史资料委员会、洱源县地方志编纂委员会翻印，1989年，第112—128页。

② 周锦国：《明朝洱源"何氏作家群"作家亲属关系及生平》，《大理学院学报》2009年第5期。

③ 廖泽勤编著：《全滇词》，黄山书社2018年版，第16页。

邦渐首倡，而是朱杰侯仿赵孟頫之旧作而为，其实已见受滇外前人文学影响的痕迹。遗憾的是，首倡者之作已亡佚不存。何邦渐十二作皆存，如《巫山一段云·苍山应乐峰》词云：

> 华胥难得到，似是此山间。地灵隐隐八音宣，湘瑟并奇传。
> 圣代鸣珂里，尧封击壤年。熙融化境奏钧天，弦管太平仙。①

苍山应乐峰，为点苍山自南而北之第十峰。（乾隆）《大理府志》卷五《山川》云："其峰十九，中一峰特尊，是曰中峰。中峰之北，为观音，为应乐……诸峰剑簇矛攒，岩岩之气有似岱宗，神物所宫，阴晴乍变，故蜡屐之徒莫有能蹑其顶者。"② 何邦渐此词亦写苍山，却与杨士云之作风味大有不侔。杨士云词着力于对雪后苍山之景象作细腻而精到的描写，而何邦渐之词却略似赞体之文，词人借华胥乐国、湘妃鼓瑟等典故，极力渲染应乐峰迥非人间、恍若仙境之感。下阕染颂圣台阁之味，稍有遗憾。综观何邦渐之十九峰联章词，借山川而颂圣不独见诸应乐峰一首，如"沧浪峰"之"蓬山瑶水乐无疆，世不减羲皇"、"云弄峰"之"而今呈瑞兆，五色应龙楼"、"天马峰"之"还应一识九方皋，结矧献当朝"等皆是。当然，其中亦间有佳句，如咏"斜阳峰"之"千仞雄南嶂，横江跨玉虹"、"沧浪峰"之"身依云汉迥，目极海天长"等句尚可称有气象，不过，总的来看，诸词新警度不足，情景未能浑然，习套之语乃至生硬之辞不少，故而难称佳作。何邦渐词的另一类题材则为官场应酬词，此类词作有《满庭芳·送摄县顺州牧李苾擢永昌郡丞》及《帝台春·贺邑大夫立云李父母考取荣封》共二首，此二作则官味更浓，习套更甚，入明人障词之流俗，虽见接轨于彼时主流文坛风气，奈何实乏文学之美，便不再赘引。

何氏家族存词于世者尚有何蔚文。何蔚文生平亦见诸《滇系》，"何蔚文，号稚元，浪穹人，鸣凤第五子，邦渐之孙。志称邑人能诗自邦渐

---

① 廖泽勤编著：《全滇词》，黄山书社2018年版，第16页。
② （乾隆）《大理府志》卷五《山川》，《中国地方志集成·云南府县志辑》第71册，第136页。

始,然邦渐之文名如《法象论》其最著者,蔚文之诗殆较胜于邦渐云"①。又说何蔚文,字稚玄,为永历丁酉(1657)举人,著有《浪槎稿》等。然据周锦国考证,何蔚文并非何邦渐之孙,而系其侄孙。②何蔚文存词仅一首,调寄《好事近》:

> 听说选蛾眉,对镜把零花抹。堕马学妆官样,旧衫儿轻脱。　金钱偷卜问佳期,喜鹊何偏聒。好事分明近,望梅愈添渴。③

此词见于《滇词丛录》,词后有赵藩附注,云:"是科解首为王肇兴,蔚文亚之。临轩覆试,蔚文列十三,共取二十人,将考选为翰林。中书命候试,而清兵入滇,遂不果行。此词蔚文候试时作也。蔚文后归隐以终。"④由此可知,何蔚文创作此词,乃是借女子入宫候选之情态心境描摹,写自己候试之急切心情与难抑之喜悦。词写得生动有致,活画出待选女子,其实亦即何蔚文自己的种种情态,亦可以词证史,聊见文人之心。

五　木公、木增及其词作

丽江府之木氏土司家族及其文学创作历来也是云南古代文学研究中较受关注者。木氏土司家族为纳西族,世代镇守于边境,为明朝皇帝屡次嘉奖。从文学创作的角度来看,这也是明代纳西族唯一有相当规模的文学家族,且由于其在政治上和地方上的相当影响力,木氏家族的文学创作在当时就受到了相当的关注和认可:"云南诸土官,知诗书,好守礼义,以丽江木氏为首。"(《明史·云南土司传》)又据孙太初所鉴,木氏诸种著作中,流传至今者当不下十种⑤,已可称大观,况有亡佚不见之作,可谓绵

---

① (清)师范:《滇系》六之一《人物》,《云南丛书》第10册,中华书局2009年版,第4952页。
② 周锦国:《明朝洱源"何氏作家群"作家亲属关系及生平》,《大理学院学报》2009年第5期。
③ 廖泽勤编著:《全滇词》,黄山书社2018年版,第29页。
④ 赵藩辑:《滇词丛录》,《云南丛书》第46册,中华书局2009年版,第24217页。
⑤ 陈友康《古代少数民族的家族文学现象》云:"又据著名文物鉴定家孙太初先生目验,木氏流传至今的著述共有11种。另有见诸方志著录的木青撰《玉水清音》、木增《竹林野韵》及木高、木东、木旺诗集失传。"文章见《民族文学研究》2004年第3期。

历浸润，蔚然生秀。木氏家族的文学创作，代表人物主要为木公、木高、木东、木旺、木青及木增。其中，有词存世者为木公与木增。

木公，为木氏家族文学首开之人，有《雪山始音》《隐园春兴》《雪山庚子稿》《万松吟卷》《玉湖游录》《仙楼琼华》共六部诗集。明代谪宦于云南的著名文学家杨慎与木公有交往，并选取木公114首诗作加以评点，编为流传较广的《雪山诗选》。木公存词仅一首《西江月》，见录于《全滇词》。词原刻于石鼓之上，词后尚有散曲一首，后署"皇明嘉靖廿七年，龙集戊申，仲春吉日，镇西大将紫金主人弹剑歌"①。《西江月》词云：

> 帅领雄兵百万，威威如虎加翎。搏霄哮吼若雷霆，谁敢纵横慢令。 北虏西戎豺犬，逆天逆地逆神灵②。今朝扫尽此膻腥，永享太平馀庆。③

此词略显粗露，却也有赫然之气，凛然之威，与木公之身份和行事相符。

作为木氏家族文学殿后之军的木增，其词却与木公题材及风味迥别。木增生平见诸《滇绎》《大清一统志》等诸书。据诸书得木增之生平如次：木增，字长卿，一字生白，号华岳，生于明万历十五年（1587），卒于清顺治三年（1646）。万历二十五年（1597）十一岁时袭土知府职。天启二年（1622），其子木懿长成，遂五上奏疏，让政于子，隐遁玉龙山南麓"解脱林"。

木增之文学交游亦广，且对木氏家族文学创作有保存和传扬之功，故而钱谦益云："雪山之诗得传中土，增之力也。"（《列朝诗集》丙集《丽江木知府》）木增的创作诗词兼有，其词现存四首，但是，其一组词作名为《十隐词》，组词原当有十首，惜《滇词丛录》仅录其中二首，馀作难见。另一组则为《浪淘沙》二首。此外，据其《芝山云薖集》目录，木增存词尚有《水龙吟》联章四首分写春夏秋冬、《鹧鸪天》联章四首分写渔樵耕牧、《行香子》山居二首、《清江引》五首、《浪淘沙》四首以

---

① 廖泽勤编著：《全滇词》，黄山书社2018年版，第12页。
② 此句不符合《西江月》词律，当衍一字。
③ 廖泽勤编著：《全滇词》，黄山书社2018年版，第12页。

及《满庭芳》《醉蓬莱》各一首。如此,木增词之创作总数约为三十馀首,惜存世不过十之一二。木增存世之词所写皆归隐之感,山林之悦。如《浪淘沙》其一云:

> 遁隐雪山深,一操瑶琴。山猿野鹿识无心。藤榻高眠殊自得,抱膝长吟。　午憩柳溪阴,道侣相寻。黄庭一卷伴幽林。樗散无拘心活泼,一醉开襟。①

此词写高隐山中之乐。木增为人清旷薄名,远俗之念由来已久,一旦脱樊笼、返自然,其喜乐欣然之情便跃然纸上笔端。雪满深山,高士操琴,猿鹿知其无机心而相亲相近,复得高眠长吟,兼以空谷足音,友人相寻,正得道家清静无为之妙心。其二则为:

> 遁隐雪山幽,罕接宾俦。披吟杜句却生愁。不信吾身都是客,寄影蜉蝣。　白发喜驯鸥,坐对江楼。夕阳远浦数渔舟。细柳新蒲无限感,宫殿江头。②

此作则别有怀抱,颇耐讽咏。词之上阕云"披吟杜句却生愁"。结合下阕所写来看,此处之"杜句"指唐代诗人杜甫之诗句。"不信吾身都是客"句,见沧桑落寞之感慨。下阕则以写自己归隐之高致发端,忘机鸥鸟,似有自得其乐之感。"夕阳远浦数渔舟"亦见萧散之态。然而,词之结尾却陡然一转,化用杜甫《哀江头》之"江头宫殿锁千门,细柳新蒲为谁绿"句意。杜甫《哀江头》为安史之乱中为唐王朝近乎倾覆而感慨所作,今昔盛衰之感,孤臣泪下之心,历历其中。木增此处用细柳新蒲、江头宫殿之句,或是为明朝之覆亡而发?

木增之《十隐词》,现存其二。自存作观之,此组作品紧扣"隐"之主题,历历写隐之经历、隐之生活与隐之感悟。其中"影摇棋局最可人,翠涛满目""鹤梦初恬,那管山僧剥啄"等句,颇见山中清越高远之境。

---

① 廖泽勤编著:《全滇词》,黄山书社2018年版,第20页。
② 廖泽勤编著:《全滇词》,黄山书社2018年版,第21页。

六 诗冠一方词有骨——张含及其词作

张含，字愈光，一字用光，为永昌张氏家族之冠冕人物，被推为明代云南诗坛翘楚。张含生于公元1479年，卒于公元1565年，少年得志，举于乡，后不乐仕进，游梁、宋间为李梦阳所知，与杨慎友善，学者称禹山先生。

张含之词，录于其《禹山诗集》中，然并未单列，而是将仅有的六首《生查子·寄升庵》混编在诗歌中。兹移录如次：

其一
相思望海云，日夜愁心切。不见海中花，只见天边月。　遥怜盖世才，放逐声光烈。岁久节旄寒，凛凛辉冰雪。

其二
怅望碧鸡关，迥在青山里。滇海在关前，月色盈池水。　离魂海月遥，别梦山云起。相望不相逢，岁岁常如此。

其三
阙下阻风云，徼外多烟雾。尚想碧泉游，同醉花深处。　频年不见花，想杀曾游路。对月怆离怀，雁札随云去。

其四
山遥别恨长，信断离情苦。独雁鸣孤栖，几点芭蕉雨。　愁深不忍听，嘿嘿牵千缕。雨歇鸟初鸣，策杖寻江浦。

其五
欲将酒破愁，自觉霜堆鬓。江阔雁鸿迟，帘静芙蓉影。　高林秋气深，小屋猿声近。无计奈愁何，目极连然郡。

其六
秋风树杪来，晓梦惊胡蝶。起看草堂前，满地梧桐叶。　碧鸡关路长,迢递音书隔。何日到螳川,彦会攻愁寂。①

此组词作,风味迥别于主流词坛当时流行之风、通常之貌,而有汉魏乐府古歌那种朴拙劲烈、高拙瘦骨之感。词寄杨慎,情感深挚,用笔直切,丝毫不入彼时词作落笔似曲的窠臼与凡俗,亦不带一丝香艳气息。其中情景交融的佳句颇多,如"离魂海月遥,别梦山云起。相望不相逢,岁岁常如此""对月怆离怀,雁札随云去""独雁鸣孤栖,几点芭蕉雨""江阔雁鸿迟,帘静芙蓉影。高林秋气深,小屋猿声近"等,皆极耐讽咏吟味。

此组作品值得注意之处还在于,组词之风味近诗。在明代中后期,词不似词的现象并不罕见,但是,词而下似小曲的现象最为突出,亦即学者常说的明词曲化之弊病。此期云南词人与主流文坛的词人一样,多非专职词人,他们首先是文人,其次才是词人,又或仅是创作过词的文人。同时,至明代,词在本质上已经相当的诗化,是抒情文学的一体。因此,词的价值、功用与诗文已没有确定不移的界限,相互的联系也是剪不断,理还乱。此期有部分词作并不通过各种手法引入诗句文典,风格与诗或文却有极大的相似性,而去典范词风甚远,或似文,或似古风,或似乐府,或似民歌。不论这些词是作者刻意而为的求似之作,还是无意暗合的贯通所得,这类词作的存在都给词带来了不同的韵味和新异的美感。比如,王慎中之"不见高人频挂想,况对花前明月上。花香月色凑芳新,高人不见谁为赏……"(《归朝欢·月夜怀丘集斋》)极似唐代歌行。董份的《玉楼春》极有古诗味:"闲愁已不堪春暮,别思何当向南浦。漫空柳絮玉为霄,满池桃花红作雨。人随芳草天涯去,独对流莺窗下语。香车游遍艳阳时,岂忆河梁离别处。"李攀龙的《长相思·秋夜咏怀》"秋风清,秋月明,秋雨梧桐枕上声。秋梦不分明。秋蛰鸣,秋鸟鸣,秋雁行行天际横。秋思最伤情"与李白的《三五七言》"秋风清,秋月明,落叶聚还散,寒鸦栖复惊。相思相见知何日,此时此夜难为情"韵味极似。而在云南,则有张含之《生查子·寄升庵》组词,卓然有汉魏乐府古歌风骨。其实,联系张含之文学创作观及其诗风,不难看出,张含存世之词为如此风味并非偶然,是与他的诗文创作

---

① 廖泽勤编著:《全滇词》,黄山书社2018年版,第10—11页。

重汉魏风骨以及诗歌风味是有密切联系的。

七 忠烈词人李思撰及其词作

李思撰为云南南宁（今云南曲靖）著名文人李希撰之弟，其传记见于《滇系》《滇诗略》等。《滇词丛录》之李思撰小传云："李思撰，字鹤胎，南宁人，布衣。能诗文，善草书。流寇陷曲靖，大骂不屈，断左右手，绝而复苏。后以笔缚肘，抄书六十馀万言。人呼为断臂翁。著《闲云轩集》。兹得其自书词三首，亟录之。"[1] 毫无疑问，李思撰之忠烈刚毅乃是赵藩一见其词三首便"亟录之"的原因。比较有意思的是，录于《滇词丛录》中的李思撰三词为一组联章，题作"和朱卓月三首"。词调为《行香子》，词云：

> 人情春梦，世事浮沤。不须到、勒马停舟。和盘打算，齿硬舌柔。到也无烦，也无恼，也无愁。　蛆攒蚁聚，蜗角蝇头。总不如、淡泊优游。花翻玉牒，锦簇金瓯。却也有秦，也有汉，也有周。

> 天伦乐事，尽足徘徊。也不须、着意安排。徼天之幸，无害无灾。有香一炉，书一卷，酒一杯。　粗衣淡饭，一日两回。使不着、弄巧争乖。曾无冰炭，不惹尘埃。到也不惊，也不怕，也不猜。

> 败絮敝襦，无惭丈夫。皇家事、让彼大儒。醉乡无税，酒国无租，也尽潇洒，尽快乐，尽安舒。　役役逐逐，欲何为乎。算不定、富贵荣枯。饶君定得，他会乘除。切莫颠倒，莫孟浪，莫糊涂。[2]

此组作品，一读便生熟悉之感，盖其风味与兰茂之《行香子》四时词非常之近似。在前文论兰茂词时曾道及，以《行香子》四时词之形式写归隐高逸之乐事心怀，为元末以来词坛的流行风尚，而李思撰此组作品正与兰茂之作类似，是此风流及云南的典型产物。由此亦可见，云南词创作之风虽然晚开，但是在风气一开之后，便迅速与主流词坛的创作好尚相

---

[1] 赵藩辑：《滇词丛录》，《云南丛书》第46册，中华书局2009年版，第24217页。
[2] 廖泽勤编著：《全滇词》，黄山书社2018年版，第30—31页。

八 词写畇町见乡情——建水词人包其伟及其词作

包其伟，字平修，建水人。建水，今云南建水县，为明代临安府所领四州之一。包其伟之生平见于（雍正）《建水州志》卷之八"文学"："包其伟，字平修，博学擅诗文，得意疾书，万言立就。尤工书法，尝兀坐斗室，忘饥寒，肆力于书。著作甚富，以家贫未能刊传于世。"①

包其伟传世之词为一组《渔家傲》联章，分叙建水十二月风俗，《滇词丛录》选录其中之三，馀作尽录于（雍正）《建水州志》等当地方志。此组作品题作《畇町月节十二首》。畇町，建水之古称。月节，则指旧历一个月，因月相变化的节律而为农历一个月。联章所写为畇町之岁时风俗，因其有相当的资料价值，故而全录于此：

> 正月畇町春已透。琼楼碧树烟光凑。官样衣裳风满袖。香橘柚。椒杯占断江南秀。　士女嬉游夜转昼。笙歌杂乱莲花漏。月下秋千疏柳扣。灯节后。佳期约在花朝又。

> 二月畇町花气晓。绿窗沉静啼春鸟。楚管秦筝弹未了。思浩淼。碧桃红杏迎芳沼。　袖拂鸾笺情兴杳。寻春渐觉春腰袅。侣燕俦莺如意少。歌窈窕。紫骝嘶入梨花杪。

> 三月畇町无积雪。南郊北社青相接。露井新烟炊不歇。烹玉屑。坟头祭扫清明节。　插柳佳人光比月，红裙皱损榴花折。芹藻蒲瓜香未绝。杯言缀。东风吹乱啼鹍舌。

> 四月畇町迎佛会。兰膏一沐千金费。随喜法筵无贱贵。松雨吠。通宵鼓钹风翻贝。　斋罢佛婆花底背。蒲团（趺）［跌］②坐谈三昧。往有美人清婉倍。贪拾翠。行行带落丁香佩。

---

① （雍正）《建水州志》卷之八《文学》，《中国地方志集成·云南府县志辑》第54册，第122页。

② （雍正）《建水州志》卷十二《艺文·诗》及《全滇词》原俱作"趺"，当为形近而误。

第二章　明代云南词坛

五月畇町无恶夏。水边林下①开精舍。往往仙人来税驾。碧云夸。至今留餐冰壶话。　鱼恋谷花侬下坝。雕盘雪藕来花下。长日围棋清兴乍。诗酒罢。荷风早放炎蒸假。

六月畇町幸小筑。薰风亭馆无烦燠。竹簟方床人倦读。开画轴。新诗写得毫端秃。　溽暑雨疏梅正熟。松明火遍田家谷。击缶吹箎下平麓。祈田叔。焕文山下烟霞矗。

七月畇町秋乍颖。花香月暖如春景。乞巧穿针池上炯。看焕岭。岚翻翠叠千层影。　令到梧桐浑未省。焚蒿渐入中元境。月下听砧相对永。银汉耿。边城想自今宵冷。

八月畇町秋婉娈。长渠浅碧芙蓉倩。狎鹭亲鸥情未倦。明月玩。平分秋色来家宴。　桂子婆娑和露荐。冰壶濯魄云成片。一曲霓裳莺和燕。醒酒面。香风剪剪生团扇。

九月畇町秋意久。菊花开遍泸江口。村市扬幡朝北斗。祈寿耇。茱萸先浸重阳酒。　明月芦花同白首。登高谁让谁先手。醉吟落木寒生肘。霜降否。一声雁鸿来衰柳。

十月畇町泉水冻。浮梁又往看岩洞。花爆灯球烘石空。春酒瓮。游人似作游仙梦。　南北声喧齐拍弄。神鱼跃得凡心动。别有乾坤看鸾凤。偕伯仲。仙舟省失桃源众。

十一月温泉如甑釜。樱桃未谢海棠吐。北寺南山新卉谱。游人虎。帘间暖气蒸鹦鹉。　嵩祝既成归祭祖。和羹剪韭享童羖。个养微阳非小补。逢九数。空中鹳鹤飞寒羽。

十二月畇町风解箨。海棠初醒胭脂弱。凤历新颁春又作。相踊跃。闹厅鼓打年欢乐。　开遍茶花红灼灼。村妆野艳缘城薄。土鼓

---

① 《全滇词》作"子",据(雍正)《建水州志》改。

迎牛争绣错。分岁酌。千家爆竹惊寥廓。①

此组词写峒町景物节俗及岁时活动，能将景物之描摹、人情之晕染、风俗之传写相融，不无逼真传神处。自其词，可知其地当时风俗胜景之大要。比如第七作"七月峒町秋乍颖"中有"乞巧穿针池上炯。看焕岭，岚翻翠叠千层影"，词中之乞巧风俗便见于方志。(雍正)《建水州志》卷之二"风俗"云："七夕　女子穿针，设瓜醢醋，祭天孙女乞巧。"② 池上，水池边，联系下句而析，所指或为建水之泮池。至于焕岭，所指当为焕文山，(雍正)《建水州志》卷之一"山川"云："焕文山，在城南四十里，雄峙郡南，层峦千仞，中列三峰，苍翠插天。原名判文山，嘉靖二十一年提学副使赵维垣易判曰焕，为文醮告。至今称焕文山。"③ 至于词中之"岚翻翠叠千层影"，即旧志十景之"学海文澜"。(雍正)《建水州志》卷之一《山川》记云："泮池汪洋澄澈，广十馀亩。每朝曦乍启，翠点波心，净碧无痕，焕文诸峰倒影入池中，清风徐来，漾泂荡漾，文澜万顷。"④ 如果联系史志之记载来看，可知包其伟词所述是精确到位的，且融入一定的情感，韵味自比史志刻板平平之文更足。略可道及的是，杨慎在贬谪云南之后有《渔家傲·滇南月节》组词，共十二首，其各首之发端为"正月滇南春色早""二月滇南春嬾婉"等，包其伟此组作品与杨慎之作相似乃尔。杨慎在嘉靖十三年（1534）应王廷表之邀赴阿迷州途中，曾短期寓留于临安府，并与当地名士相交。然因包其伟生卒年不详，故难以判断此组联章词之创作是否有可能受杨慎之影响。

九　明末滇云第一词人赵炳龙及其词作

当岁月荏苒至明末，为金戈铁马激荡而起的并非慷慨建功的万丈豪情，而是山河破碎、身世浮沉、门荒铜驼、歌感黍离的易代之悲。云南虽

---

① 廖泽勤编著：《全滇词》，黄山书社2018年版，第26—29页。
② (雍正)《建水州志》卷之二《风俗》，《中国地方志集成·云南府县志辑》第54册，第156页。
③ (雍正)《建水州志》卷之一《山川》，《中国地方志集成·云南府县志辑》第54册，第56页。
④ (雍正)《建水州志》卷之一《山川》，《中国地方志集成·云南府县志辑》第54册，第63页。

第二章 明代云南词坛

僻处一隅，却在这一场腥风血雨中书写了浓墨重彩的一笔。在甲申之变，明朝政权覆灭之后，南明桂王朱由榔小朝廷以云南为基地，持续进行了多年的反抗，使得云南的文人士子前所未有地与国家之危亡、社稷之存续血脉相连，也使得明末至清初的易代之际，云南多有关乎家国感慨的诗词问世，与国内主流文坛同其步伐，同其心曲。

就词之创作而言，赵炳龙极为典型。赵炳龙，字文成，亦字云升，晚号楸园老人。云南剑川人，著有《居易轩集》《宝岩居词》。赵炳龙生于明万历三十六年（1608），于崇祯壬午（1642）参加壬午乡试①，卒于公元 1697 年。在南明桂王朱由榔称帝之永历时授户部员外郎。桂王败后，赵炳龙隐居剑川石宝山而终。总的看来，赵炳龙于明亡后追随永历帝，颇见忠君之忱，其词多清丽缠绵，沉处动人，哀处悲凉。自词题及其表面所写来看，其词之主要内容不外乎咏物怀人、伤春感秋。然而，细究深读，则不难感受到，赵炳龙部分词作实是别有机杼，寄托遥深的，尤其是他在词题中明确纪年之作，虽词题多托以伤春春尽，实则暗与永历小朝廷之危亡有莫逆之合，一心家国。

当然，赵炳龙亦有部分词作但涉景物或风月。比如其《清平乐·秋意》云：

露晞清晓，茉莉涵香小。帘幕中间人悄悄，不奈秋寒料峭。
薏腾倦眼慵开，愁心萦绕天涯。惆怅几枝金粟，西风吹下庭阶。②

此词以淡笔短章写秋意，正可谓境意相融。词人虽未以浓墨渲染悲秋之绪，然"悄悄""倦眼""愁心""惆怅"等语，亦流露出伤感之思。结句得以景结情之妙，留有馀不尽之韵。这类词作，情调并不高亢，读者可以感知并体会到赵炳龙心中之愁绪。再如《南乡子·雨窗》词云：

细雨入（寒窗）[窗寒]，觉道春衣件件单。悄向碧阑干外望，花残。一片伤心景怕看。　　何事可追欢，诗又无成酒又干。饮向甜

---

① 赵炳龙生年有公元 1608 年及 1617 年两说，因赵炳龙诗《忆昔篇·寄段存蓼先生》中自述"十六泮水游，二六魁滇池"，知其中举是其二十六岁时，然对赵氏中举之时间，则有崇祯癸酉（1633）及崇祯壬午（1642）两说，由此推测的赵炳龙生年也便有异。

② 廖泽勤编著：《全滇词》，黄山书社 2018 年版，第 23 页。

乡寻好梦，缘悭。（总有）［纵有］相思梦也难。①

此词可谓伤哉痛哉之至！细雨入窗，发端颇得五代词人冯延巳笔致。全词清新而兼真切，寄深情于景物与人之感触相融之际，得五代及宋初风味。然而，其所写亦难以实征有亡国之感，黍离之悲。再如其《思帝乡·秋闺》所写则更显然无关家国之情了。词云：

秋日晴，纤体怯罗轻。渐觉晓妆楼外，早寒生。　楼下玉簪初放，露香清。折取簪云鬓，独含情。②

此词清新蕴藉中自有风流宛转之态，抒写闺中女儿秋日情怀，能于细腻处传真写意，词风自然轻快，亦稍有民歌小曲风调，不着沉重之感，但饶清致之韵。其《望江南·秋夜》一作则写得颇精致：

秋宵永，银烛澹生光。宝篆静回香缕细，花瓷清泛雪涛凉。幽韵沁诗肠。③

词以工笔细写熏香的烟气细袅盘旋，鲜白的茶沫在瓷盏中浮光，可谓情境历历。这与此词烹炼形容词以妙传情境之真相关，"永""澹""静""细""清""凉""幽"等兼有真切与自然之妙，得秋夜清幽如水之神韵。其间"宝篆静回香缕细，花瓷清泛雪涛凉"对仗工致可赏。上述这类词作，还有《传言玉女·蜡梅次钱开少韵》《点绛唇·秋夜》等。诸作或沉挚或清远，皆无遥深托意和家国之思。

赵炳龙另一类词作则大不同于上述诸作。此类词作虽寄题为离思送春，却似有家国之意。其中，最为明显的是赵氏数首在词题中直接有纪年之作。尤其是赵炳龙分别作于公元 1660 年、1661 年、1662 年的三首词

---

① "寒窗"二字，《滇词丛录》及《全滇词》俱作此，疑有误。据《南乡子》词谱，"细雨入寒窗"句当为"仄仄仄平平"，尾字入韵，疑"寒窗"二字当为"窗寒"之倒讹。"纵有"，《滇词丛录》原为"总有"。《全清词·顺康卷》作"纵有"。据词意，《滇词丛录》及《全滇词》诸本当为音近而误。廖泽勤编著：《全滇词》，黄山书社 2018 年版，第 24 页。

② 廖泽勤编著：《全滇词》，黄山书社 2018 年版，第 24 页。

③ 廖泽勤编著：《全滇词》，黄山书社 2018 年版，第 25 页。

作。首先是《满江红·庚子立秋前三日》：

> 乍雨还晴，早带着、三分秋意。闲捡历、看看残暑，炎威无几。蕉叶倚风罗袖薄，荷花出水明妆洗。细看他、桐叶碧阴阴，含憔悴。
> 诉不了，离情思。说不出，愁滋味。望美人南国，断魂千里。入夜烛煤清泪泻，隔帘钗影琼华碎。问铜驼、何处□伊家，蛮烟里。①

庚子，即明永历十四年（清顺治十七年），为公元 1660 年，时永历帝在缅甸。永历十三年，郑成功、张煌言再次大举北伐，入长江，连陷瓜洲、镇江，围南京，东南大震。清总督郎廷佐以卑词请宽三十日，继以骑兵夹击，郑成功大败，退还厦门，从此不能再进。清攻永昌，朱由榔奔缅甸。此词直接用了寓指亡国的铜驼之典。而"问铜驼，何处□伊家，蛮烟里"更与当时朱由榔已奔缅甸之史实相吻合，盖蛮烟本指南方少数民族地区山林中的瘴气，亦代指南方民族地区，以"蛮烟"暗写滇云至缅甸一带，正合符契。词人亡国之痛无可掩抑，曲笔寄托，正可与时事相对应。词以写景起笔，上阕平平，至蕉叶倚风、荷花出水句，尚有三分明快之感。换头处桐叶碧阴、憔悴支离，已渐次点染凄凉之味。写至下阕，词人伤痛哀婉之情，几欲喷薄而出，南国美人，断魂千里，意在言外，当为彼时永历帝逃奔缅甸之事而发。烛煤泻泪，琼华影碎，一种伤心，跃然纸上。词末结以荆棘铜驼之典，痛伤亡国之思，已是历历在心。《如梦令·离思》亦相似：

> 点点远山云护，寂寂离亭烟锁。约略是伊家，倩个梦儿寻去。何处，何处，骠国瘴烟吹雨。②

骠国，为 7 世纪至 9 世纪缅甸骠人在伊洛瓦底江流域建立的古国。《旧唐书·骠国传》谓："骠国，在永昌故郡南二千馀里，去上都一万四

---

① "问铜驼，何处□伊家，蛮烟里"，《滇词丛录》原为"问铜驼何处伊家蛮烟里"，《全滇词》标点为"问铜驼、何处伊家，蛮烟里"。然据《满江红》词谱，此句当为"中中中、中仄仄平平，平平仄"，可知"何处"前或后脱一字，以阙字符补之。廖泽勤编著：《全滇词》，黄山书社 2018 年版，第 25 页。

② 廖泽勤编著：《全滇词》，黄山书社 2018 年版，第 24 页。

千里。其国境东西两千里，南北三千五百里。"结合永历帝逃奔其地的史实，此词于表面之轻快外，便显得别有衷肠了。赵炳龙作于公元 1661 年的《醉春风·辛丑送春感作》亦甚沉痛：

  娇鸟枝头语，报春春且住。毕竟春光不肯留，去，去，去。那用年年，将侬断送，落花飞絮。 春在斜阳渡，人归芳草路。几度红楼望远江，误，误，误。烟水迷离，云山杳渺，知他何处。①

辛丑，明永历十五年（清顺治十八年），公元 1661 年，正可谓是南明春将尽时，词题作"送春"，正在若即若离之间，寄意深微。"报春春且住"一句，点化辛弃疾《摸鱼儿》词之"春且住，见说道，天涯芳草无归路"入词。"毕竟春光不肯留"，深寓留春不得的奈何之感与回天无力的深切之哀，与辛词之"惜春常怕花开早，何况落红无数"同其悲凉。此词之作，正当永历帝逃奔在缅甸之际，故而词人有红楼远望及烟水云山之叹。结末"知他何处"，流露作者切念在心却无奈无力之痛。

作于公元 1662 年的《浣溪沙·壬寅春尽感作》则以"春尽"为题眼：

  正是春光欲老时，生憎莺嘴衔花枝。断肠谁与续游丝。 划地东风欺梦短，连天芳草费相思。此情只好落红知。②

此词命意似指向永历帝之薨。壬寅，永历十六年（清康熙元年），公元 1662 年。是年，吴三桂以弓弦绞死朱由榔。金钟《皇明末造录》卷下云："壬寅永历十六年（1662）春三月十三日，上回云南城，各官出郊迎接。上入公馆，各官进见。上闭目不视，奏语不答。四月二十五日，上暴崩，东宫亦遇害。是日晴天无云，忽霹雳大震，云雾塞天，大雨，平地水深三尺，滇人老稚悲恸。"③ 从前词之"送春"，至此词之"春尽"，国终亡而人终逝。词中"正是春光欲老时，生憎莺嘴衔花枝"似关涉传永历

---

① 廖泽勤编著：《全滇词》，黄山书社 2018 年版，第 25—26 页。
② 廖泽勤编著：《全滇词》，黄山书社 2018 年版，第 26 页。
③ （清）金钟：《皇明末造录》卷上，《清代云南稿本史料》，上海辞书出版社 2011 年版，第 35 页。

帝为吴三桂以弓弦勒毙之事。全词所写，当即永乐帝薨逝与复国梦断之伤，其旨亦借伤春之情而书写，词句工致清丽，情感含蓄蕴藉。"此情只好落红知"，端的是凄凉入骨，无奈满心。

由上述作品不难感知，赵炳龙存世之词虽并无直接以亡国为题者，却有不少作品表面抒写感怀、伤春等题目，实则内里另有乾坤，壶中天地皆关乎家国兴亡之慨。比如，《秋波媚·春暮》虽无纪年，似亦与上述诸作机心同运。词云：

> 海燕双双立画阑，相对语春残。韶光空去，飞花如卷，落絮成团。　绮窗无恙东风隔，芳信误青鸾。不堪回首，斜阳丝雨，依旧江山。①

此词创作时间不详，其间深味颇耐涵咏，疑为伤悼亡国之作。春残花落，芳信已误，东风相隔，青鸾何处？语意含蓄深厚，似为伤春而兴感。结句则隐约伤悼亡国之意。"不堪回首"四字直接移用南唐后主李煜"故国不堪回首月明中"旧句，着人感喟。"斜阳丝雨，依旧江山"更寓江山依旧、人事已非的深沉思致，与朱彝尊《卖花声·雨花台》之"燕子斜阳来又去，如此江山"同一机杼。

当然，赵炳龙之词，亦有部分作品亦因其所言在蒙昧之间，故而难以坐实。比如其《虞美人·丙申秋雨夜怀旧》：

> 不关羁旅悲长夜，别有凄凉者。银屏一曲枕前山，还向旧经行处、细寻看。　分明记得端溪路，总把芳期误。为谁回首最沉吟，已被雨声滴破、隔年心。②

词题之丙申，即清顺治十三年，明永历十年（1656）。此词发端颇得李清照"新来瘦，非关病酒，不是悲秋"之妙，否定之笔，着人遐想追思。其下以银屏枕山与旧经行处连写，似乎其所怀之"旧"当为女子。下阕则着墨于"芳期"二字，亦染几分旖旎之色。结句则一片悲凉，

---

① 廖泽勤编著：《全滇词》，黄山书社2018年版，第24页。
② 廖泽勤编著：《全滇词》，黄山书社2018年版，第22—23页。

"破"字力透纸背，耐人寻味。此词词旨为何，亦有难定处。观赵炳龙词，每多亡国之音，故得"哀以思"之韵，兼以笔致含蓄，多借写景怀人抒写，故而词旨每有"寄托遥深"之处，然此词之所谓"怀旧"，是否有遥深之托意，抑或端为旧绪前情而写，当不必坐实以贻胶柱鼓瑟之讥。

赵氏家族文学渊源深厚，自元之赵顺以来，代有其人，赵炳龙之孙女赵尔秀亦为词人。主要活动于明末清初，姑附于此。

十　闺秀词人赵尔秀及其词作

在女词人中，赵炳龙之孙女赵尔秀水平明显高于明代滇云有词作传世的女子刘存存。这显然有家族文学深厚习染和有序传承的影响。《滇词丛录》存赵尔秀词二首，一为《潇湘神·即景》。词云：

> 湖水流，湖水流，蓼花苹叶总成秋。隔岸珠帘闲不卷，细风吹雨入窗楼。①

此词风致婉媚，深得词之本色韵味与闺音之正。词触笔淡染，"总成秋"三字妙见词人心曲。"隔岸珠帘闲不卷，细风吹雨入窗楼"，笔致精到，情景在目，情致缠绵含蓄，馀韵袅袅，实为佳作。其二为《点绛唇》：

> 划地西风，乱吹落叶连阶拥。天寒云冻，残菊秋如梦。　曲曲回廊，倚遍雕阑空。箫谁弄。几声哀送，台□无归凤。②

此词较之前作稍显质实，但也不失流利自然之致。滇云女性词人甚少，仅得三五，而明末便有其中二位，见女子作词之初声，弥足珍贵。

十一　明代中后期云南本土其馀词人及其词作

明代云南尚有其馀数位词人，因各人词作数量不多，其典型价值亦不

---

① 廖泽勤编著：《全滇词》，黄山书社2018年版，第981页。
② 台□无归凤，《滇词丛录》及《全滇词》俱为"台无归凤"，据《点绛唇》格律，此句当为"中仄平平仄"，知"台"后脱一字。廖泽勤编著：《全滇词》，黄山书社2018年版，第981页。

第二章　明代云南词坛

那么突出,故并入"其馀词人"大致介绍,从而得明代云南词之全貌。

葛慎修,号谨庵,云南河西人,葛见尧之子。其词《清商怨·赠人》为:

> 柔荑手,琼浆酒。微风吹月移疏柳。漏声恶,寄情薄,万种相思,几宵离索。错,错,错。　　罗纨旧,春姿瘦。韩郎搴得香魂透。灯花落,书情阁。黄槐伊尔,青楼难托。莫,莫,莫。①

此词调寄《清商怨》,然而体式与《清商怨》相去甚远,显然有误。不难发现,此词之词牌实为《钗头凤》,且为步陆游《钗头凤》韵的追和之词。无须讳言,此词境界去陆游唐婉二作远矣,并无太多真情实感,倒似为步韵而步韵,显得颇为空泛雷同。

王正宪,字崇度,石屏人。存作为《倦寻芳·送孙玉章广文告归曲靖》。词为:

> 曲阳鸿儒,屏郡学师,历舜清昼。共羡胡公,大启两斋文绣。陡思归,辞荣罢,庆睛觑破官场透。② 我等伦,动骊歌,正是春风时候。此行去,潇湘可乐,耄耋同胞,畅饮□□③。应叹蜗名蝇利,俗情空斗。有子趋庭堪继后。九经及第仍还旧。倘遇人,话龙湖岛,形常瘦。④

此词亦为官场送行之词,然因所送之人为滇中同乡,且其行不为朝觐升迁调任,而是告老归乡,故而亦有劝勉之语,稍得清雅之意。

何可及,存词二首于(康熙)《剑川州志》,为《南歌子·赠浙中羽士》联章一组。其中,第一首较可读,便引录如次:

> 苒苒中秋过,萧萧两鬓华。寓身化世一尘砂。笑看潮来潮去、了生涯。　　方士三出路,渔人一叶家。早知身世两鏊牙。好伴骑鲸公

---

① 廖泽勤编著:《全滇词》,黄山书社2018年版,第31页。
② 《全滇词》此数句作"陡思归,辞荣罢庆,睛觑破官场透"。据《倦寻芳》词谱改之。
③ 《全滇词》此数句作"耄耋同胞畅饮,应叹蜗名蝇利"。据《倦寻芳》词谱补阙字。
④ 廖泽勤编著:《全滇词》,黄山书社2018年版,第176页。

子、赋雄夸。①

此词读来尚有超然洒落之感，虽未臻上乘，却也有可涵咏之处。

刘存存，有一词见存于《滇词丛录二集》，为《西江月·感沙事》，词云：

> 泼眼杨花处处，出群沙燕纷纷。山南山北正氤氲。直待何时方定。一枕朝来风雨，几篇昨暮诗文。猩红鸭绿不须云，且对菱花自镜。②

就词的质量来看，此作其实并不出群，也无甚独特之美感，不过，这首词作应该是滇云较早的女性词作之一，故而亦将之列出。

第四节　明代滇云外来词人及词作

明代曾宦滇或流寓、谪戍至云南的文人，为数已多，来源亦广。其中名望较著者有李贽、林俊、谢肇淛、杨慎等。诸人中，有词传世者则相对较少。林俊、谢肇淛、程本立等虽有词，然而存词皆寥寥，且难以判断是否为在滇所作。因此，难以纳入本书的研究范围。唯独杨慎，声名最著、对云南影响最大，在滇存词亦超过百首，为明代中期滇云文坛及词坛之巨擘。其馀如花伦、张羽、朱衮等人可视为滇云词的作品，亦于本节末附论。

杨慎（1488—1559），字用修，号升庵，四川新都人。杨慎于正德六年（1511）举进士第一，授翰林编修，后以大礼议直谏忤旨，失世宗意，于嘉靖三年（1524）谪戍云南永昌卫，在滇数十年，终卒于贬所。

杨慎著述本丰，于词道更浸淫深而影响大。杨慎存词近三百首，且有《词品》《词林万选》等词论词选。杨慎存词可考见最早之作，约作于其二十岁时。此后，杨慎状元及第又入翰林，尝邀词客携酒歌其小词。可见，杨慎年少时已颇喜为词，所作应已有数，然记载不详，难以

---

① 廖泽勤编著：《全滇词》，黄山书社 2018 年版，第 14—15 页。
② 廖泽勤编著：《全滇词》，黄山书社 2018 年版，第 981 页。

实考。大致知其于正德六年（1511）为翰林，时年二十四岁。其后正德年间至嘉靖三年，杨慎屡有诗作可考，却无可考作于此期的词作。至嘉靖三年七月，三十七岁的杨慎谪戍永昌卫，是年秋冬，杨慎及其妻黄峨经湘黔入滇，在江陵作别，杨慎有《临江仙·戍云南江陵别内》一词。嘉靖四年正月下旬，杨慎经交水入滇，开始在滇谪戍及文游滇云的历程。

  杨慎的词学论著多作于滇，词集亦刊行于滇云。《升庵长短句》三卷、《续集》三卷于嘉靖十六年丁酉（1537）杨慎五十岁时重梓，滇人杨南金为之序，云："太史公谪居滇南，托兴于酒边，陶情于词曲，传咏于滇云而流溢于夷徼。昔人云：'吃井水处皆唱柳词。'今也不吃井水处亦唱杨词矣。"① 此书于嘉靖初有刻本，题为"门生叶榆韩宬拜书，门生南华李发重刻"。约于同年，升庵撰《填词选格》《古今词英》《词苑增奇》《填词玉屑》《诗馀辑要》诸词学论著或选本。② 嘉靖十九年，《升庵长短句》四卷为滇人唐锜诠次重刻，嘉靖二十二年（1543），《升庵长短句》重梓。同年三月一日，杨慎撰《词林万选》梓行。嘉靖三十年（1551），杨慎著《词品》六卷、《拾遗》一卷，并为文序之。可见，在滇云的时期确是杨慎词学观念形成和总结书写的关键时期，亦是杨慎作词的重要时段。可考见的杨慎在滇之作如表2-3、表2-4所示。

表2-3   杨慎在滇可考词作编年列表

词作	时间	地点	题材
《鹧鸪天·乙酉九日》	嘉靖四年（1525）	安宁	节令感怀
《鹧鸪天·丙戌九日》	嘉靖五年（1526）	永昌	节令感怀
《沁园春·己丑新正》四首	嘉靖八年（1529）	大理	节令感怀
《误佳期·壬辰元夕》	嘉靖十一年（1532）	昆明	节令感怀
《踏莎行·甲午新春书感》二首	嘉靖十三年（1534）	安宁	节令感怀

---

① 赵尊岳辑：《明词汇刊》，上海古籍出版社2012年版，第345页。
② 倪宗新：《杨升庵年谱》卷十八，中央文献出版社2013年版，第409页。

词作	时间	地点	题材
《江月晃重山·壬寅立春》四首	嘉靖二十一年（1542）	云南①	节令感怀
《千秋岁·壬寅新正二日寿内》	嘉靖二十一年（1542）	云南	寄赠感怀
《渔家傲·月节词》十二首	嘉靖二十二年（1543）②	临安	节令纪俗
《鹧鸪天》（恰喜高秋爽气新）	嘉靖二十三年（1544）	安宁	节令感怀
《黄莺儿》（夜雨滴空阶） 《黄莺儿》（霁雨带残虹） 《黄莺儿》（丝雨湿流光）	嘉靖二十五年（1546）	大理	赠答寄情
《浣溪沙·丙午十二月，碧鸡关路旁梅》	嘉靖二十五年（1546）	昆明	纪游咏物
《临江仙·丁未新正寄简西峃》	嘉靖二十六年（1547）	昆明	酬赠寄怀
《鹧鸪天·戊申初度》	嘉靖二十七年（1548）	昆明	感怀
《七犯玲珑》四首	嘉靖二十七年（1548）	昆明	感怀
《于中好·己酉新春试笔》	嘉靖二十八年（1549）	昆明	感怀
《鹧鸪天·壬子元夕前高峣海庄与王云岩、丘鸿夫、张子中、李继培小饮》	嘉靖三十一年（1552）	昆明	纪游感怀
《临江仙·可渡桥喜晴》二首	嘉靖三十一年（1552）	宣威	纪游感怀

表 2-4　　　　　　　杨慎在滇不可考作时之词

题材类型	词作	判断依据及创作情况
写景纪俗	《滇春好·寄李南夫、钱节夫、毛东镇》四首	滇春好，历写滇中景物，李南夫等，俱滇人。
	《菩萨蛮·楚雄春归》	楚雄，在滇。
	《浣溪沙·高峣带雨》	高峣，在昆明西。
	《鹧鸪天·高峣岸梅》	高峣，在昆明西。

---

① 此四首词作之系年系地似有可刊。壬寅年，杨慎在川，然据此组词作词意，有"故乡迢递水云连。归未得，思发在花前""螳螂川上花开"等句，知此组词作当作于在滇时。姑存于此。

② 此组词作又题作《渔家傲·滇南月节》《临安月节渔家傲词》未署年月，其跋文中有"予流居滇云廿载"，故倪宗新《杨升庵年谱》将组词系于此年。

续表

题材类型	词作	判断依据及创作情况
咏物	《雨中花·龙宝寺紫荆》	龙宝寺，在云南安宁。杨慎入滇后，于嘉靖四年二月抵达安宁，先后在安宁寓居长达二十年之久
	《山花子·咏软枝条同心山茶花》	山茶为滇中名花
	《山花子·咏红边分心小山茶》	山茶为滇中名花
	《浣溪沙·咏蒙段时遗笺，伪公主桂所制，上有印记》	据词题，可知其作于滇且关于滇中物
	《满江红·曝栝潜夫词，忆李中溪种玉园梅》	李中溪，即李元阳，滇人
	《莺啼序·高峣海庄十二景图》	高峣，在昆明西①
咏史	《六州歌头·吊诸葛》	王廷表有记
	《西江月·廿一史弹词第一段总说开场下场词二首》二首	廿一史弹词，杨慎作于在滇期间
	《南乡子·廿一史弹词第二段说三代开场词》	廿一史弹词，杨慎作于在滇期间
	《西江月·廿一史弹词第二段说三代下场词》	廿一史弹词，杨慎作于在滇期间
	《临江仙·廿一史弹词第三段说秦汉开场词》	廿一史弹词，杨慎作于在滇期间
	《西江月·廿一史弹词第三段说秦汉下场词》	廿一史弹词，杨慎作于在滇期间
	《西江月·廿一史弹词第四段说三分两晋开场下场词二首》二首	廿一史弹词，杨慎作于在滇期间
	《清平乐·廿一史弹词第五段说南北朝开场词》	廿一史弹词，杨慎作于在滇期间
	《西江月·廿一史弹词第五段说南北朝下场词》	廿一史弹词，杨慎作于在滇期间
	《点绛唇·廿一史弹词第六段说十六国开场词》	廿一史弹词，杨慎作于在滇期间
	《西江月·廿一史弹词第六段说十六国下场词》	廿一史弹词，杨慎作于在滇期间
	《临江仙·廿一史弹词第七段说隋唐开场词》	廿一史弹词，杨慎作于在滇期间
	《西江月·廿一史弹词第七段说隋唐下场词》	廿一史弹词，杨慎作于在滇期间
	《定风波·廿一史弹词第八段说五代十国开场词》	廿一史弹词，杨慎作于在滇期间
	《西江月·廿一史弹词第八段说五代十国下场词》	廿一史弹词，杨慎作于在滇期间
	《蝶恋花·廿一史弹词第九段说宋辽金夏开场词》	廿一史弹词，杨慎作于在滇期间
	《西江月·廿一史弹词第九段说宋辽金夏下场词》	廿一史弹词，杨慎作于在滇期间
	《西江月·廿一史弹词第十段说元朝开场下场词二首》二首	廿一史弹词，杨慎作于在滇期间

---

① 杨慎之高峣新居落成于嘉靖丁未年，并有"海庄十二景"题咏。《海庄十二景图》当作于此后。

续表

题材类型	词作	判断依据及创作情况
思乡	《西江月》"紫塞朝朝烽火"	有"带得边愁无那""家山万里岷峨"等句
	《江城子》"滇南春似锦江春"	"滇南春似锦江春"可见为在滇思乡之作
	《南歌子·羁怀》	有"不信一身流落,向南州""万里家山路"等句
	《渔家傲》"千里有家归未得"	中有"可怜长作滇南客"之句
	《鹧鸪天·易门小饮》	易门,在滇
	《鹧鸪天》"为喜新凉入酒杯"	中有"天教一派滇南景,逐我多情万里来"
酬唱	《柳梢青·次遥岑楼韵答姜梦宾、杨从龙、张天翼》	遥岑楼在安宁,杨从龙即杨士云
	《满庭芳·感通寺赠承道玄、杨伯清》	感通寺,在滇之大理
	《浣溪沙·游感通寺赠冰壶》二首	感通寺,在滇之大理
	《浣溪沙》"小岁新阳好物华""滇海明珠照永昌"二词	二词联章,其二有"滇海明珠照永昌"句,知为滇中女子而作
	《殿前欢·感通寺赠承冰壶炼师、董西羽征君》二首	感通寺,在大理。董难,滇人①
	《沁园春·自寿兼谢钝庵》	钝庵,即杨门六学士之王廷表。王廷表,字民望,号钝庵
	《渔家傲·寄李中溪仁夫》	李中溪,即李元阳,滇人,为杨门六学士之一
	《翠楼吟·代送大理蔡太守》	大理,在滇
	《临江仙·寄简西峃》	简西峃,即简绍芳,江西人,弱冠入滇,与杨慎相遇,遂成莫逆
	《浣溪沙·高峣雨中喜简西峃至》	高峣,在昆明西,杨慎在其地有"碧峣精舍"
	《浣溪沙·高峣晚晴招简西峃》	高峣,在昆明西
	《落灯风·正月十七日留简西峃》	简西峃,见前
	《喜迁莺·寄胡在轩且约高峣之会》	胡在轩,即胡廷禄,杨门六学士之一。高峣,在昆明西

---

① 董难(1498—1566),字西羽,号凤伯山人,太和(今属大理)人。据倪宗新《杨升庵年谱》:"难幼警敏,六岁初属对偶,长而手不释卷,习举子业,受《春秋》,酷好吟咏,遂弃旧业。升庵谪居永昌,往来苍洱间,每考索群书,必自董生。寓荡山写韵楼,辑注《转注古音》,亦惟董生侍笔砚。涉历游览,必以董生相随,谓人曰:'西羽时有奇思,山水间不可少此人。'不乐仕进,以其终身。工诗文,著有《百濮考》。精于书法,字学升庵。卒,葬圣应峰荡山之原。"倪宗新编:《杨升庵年谱》,中央文献出版社2013年版,第330—331页。

续表

题材类型	词作	判断依据及创作情况
酬唱	《木兰花慢·春日闲居，寄简西岀》	简西岀，见前
	《满江红·十一月六日，鲁泉董太守过宿高峣》	高峣，在昆明西
	《昼夜乐·中秋董太守席上》	董太守，即《满江红·十一月六日，鲁泉董太守过宿高峣》之"董太守"。词有"螳螂川上清秋节"，螳螂川，为滇池之出水口
	《鹧鸪天·壬子元夕前，高峣海庄，与王云岩、丘鸿夫、张子中、李继培小饮》	嘉靖壬子，为1552年。高峣，在昆明西
	《一剪梅·戏简西岀宿杏花楼》	简西岀，见前
	《青玉案·昆明邝尹升万州守歌》	昆明，在滇
	《鹧鸪天·寿张月坞》	张月坞，滇人
	《酒泉子·避暑江山平远亭，招简西岀不至》	简西岀，见前
	《临江仙·四会东畮》	东畮，即贾维孝，滇人①
	《临江仙·寄刘建之》	词有"温泉剩有馀春"，当与安宁有关
	《朝中措·安宁太守吴密斋帐词》	安宁，在滇
纪游纪事	《思佳客·西庄》	其中有"弹声林鸟山和尚，写字寒虫水秀才"句。据（清）褚人获《坚瓠补集·禽虫名》："滇中有虫名水秀才"
	《人月圆·泛大理海子》	大理，在滇。海子，所指即洱海
	《菩萨蛮·大理普宁寺中秋》	大理，在滇
	《临江仙·可渡桥喜晴》二首	可渡桥，在云南宣威②
	《忆王孙·重宿禄品》	禄品，在滇
	《鹧鸪天·易门小饮》	易门，在滇
	《鹧鸪天·雨中凉甚独酌》	词中有"天教一片滇南景，逐我多情万里来"之句
节序	《庆春泽·安宁元夕》	安宁，在昆明附近
	《江月晃重山·壬寅立春》四首	嘉靖壬寅，为1542年，杨慎在滇
	《忆王孙·大理九日》	大理，在滇
	《定风波·沾益冬至》	沾益，在滇

---

① 贾维孝，字若曾，号东畮，杨林人，著《剩语闲咏稿》。
② 倪宗新：《杨升庵年谱》系此词于嘉靖三十一年壬子（1552年），云："九月，升庵第七次返蜀，西还复至泸。……升庵离滇及途中有诸诗词纪其事。"

据表2-3及表2-4的不完全统计,能够确定为杨慎关乎云南的词作约一百一十馀首。其馀尚有诸多思乡怀归之作,因题旨未明确道出,故虽疑为在滇所作,却不敢径收入表中,以免有失严谨。前述词作中,酬唱之作甚多,咏史之作亦众。实则,由于未能确认之故,杨慎在滇之思乡词在表中体现不多,然数量亦应不少,便自其思乡词始述罢。

因杨慎谪戍永昌、有家难归的经历,对故乡及亲人的牵念是杨慎心中挥之不去的情意结,故于词中反复吟咏不倦。其思乡之词,有的借景言情而不流于直露剀切,如《南歌子·和王海月》云:

> 黄鹤蓬莱岛,青凫杜若洲。愁人寂夜梦仙游。不信一身流落、向南州。 万里家山路,三更海月楼。离怀脉脉思悠悠。何日锦江春水、一扁舟。①

此作虽有怨慕之感,却不无温厚婉转之致。"不信"二字,何等沉郁,读来触动情肠。杨慎另有部分思乡之作以相对直接的笔触抒写情感,正所谓血泪书成,得真情之妙,如《浪淘沙》其二:

> 去燕又来鸿,节序匆匆。秋声半夜搅梧桐。惊起南窗千里梦,满地西风。 欹枕听寒蛩,离思无穷。归期又误菊花丛。遥想玉人肠断处,屈遍春葱。②

又如《渔家傲》:

> 千里有家归未得,可怜长作滇南客。愁见陌头杨柳色,伤远别。多年去国曾攀折。 望断乡山音信绝。那堪烽火连三月。夜夜相思头欲白。心似结,五更梦破闻啼鴂。③

------

① (明)杨慎:《升庵长短句》卷二,赵尊岳辑《明词汇刊》,上海古籍出版社2012年版,第357页。

② (明)杨慎:《升庵长短句》卷一,赵尊岳辑《明词汇刊》,上海古籍出版社2012年版,第352页。

③ (明)杨慎:《升庵长短句》卷二,赵尊岳辑《明词汇刊》,上海古籍出版社2012年版,第358页。

其馀思乡之词中"一发中原,孤踪万里,折尽丹心""熟知津路无劳问,惯听阳关不解愁""世事今成白首,归心已付东流。替人憔悴替人愁,笑杀长亭古柳"等,皆沉痛入心。这类词作皆是心中有情有感,故而以词为陶写之具,痛浇胸中块垒,因此即便不事雕琢,却能更让读者觉有沉重之力,直指之切。

杨慎在滇期间的词作,题材亦甚广泛,不独思乡盼归的直切动情,亦有快哉之风,豪俊之气,其感怀之淋漓深切,有足动人,比如《沁园春·己丑新正》四作,皆作于公元1529年。其一云:

> 甚矣吾衰,叹天涯岁月,何苦频催。奈霜毛种种,三千盈丈;丹心炯炯,一寸成灰。三径秋荒,五湖天远,儒术于吾何有哉?君知否,盼行云不住,流水难回。　　寂寥谁与徘徊。好事者,惟输曲秀才。恁昏花老眼,底须窥牖;支离病脚,最怯登台。思发花前,人归雁后,百感中来强自裁。狂歌好,只清风和我,明月休猜。①

此词读来觉凛凛有稼轩风。其四起句"愁汝休来"则与辛弃疾《沁园春·将止酒,戒酒杯使勿近》的开篇"杯汝来前"用笔略近。杨慎最得意之作《六州歌头·吊诸葛》亦作于在滇期间。王廷表《升庵长短句跋》云:"吾友升庵杨子……尝语表曰:'李冠、张安国《六州歌头》声调雄远,哀而不伤,于长短句中殊为雅丽,恨少有继者。'乃援笔为吊诸葛词,其妥帖排戛可并苏辛而轧张李矣。表尝评杨子词为本朝第一,而《六州歌头》在《升庵长短句》中第一。杨子笑曰:'子岂欲为稼轩之岳珂乎?'"② 可见杨慎颇以此词自傲。词为:

> 伏龙高卧,三顾起隆中。割宇宙,分星宿,借江东。祝春风。端坐舌战狙公。激公谨,连子敬,呼翼德,挥白羽,楚江红。乌鹊惊飞,虎踞蚕丛地,炎焰重融。吞吴遗恨在,受诏永安宫。尽悴苍穹。鉴孤忠。　　念行营草出师表,心匪石,气凌虹。岁去志,年驰意,

---

① (明)杨慎:《升庵长短句》卷二,赵尊岳辑《明词汇刊》,上海古籍出版社2012年版,第359页。

② (明)杨慎:《升庵长短句》卷三,赵尊岳辑《明词汇刊》,上海古籍出版社2012年版,第369页。

早成翁。目断咸潼。出五丈，屯千井，旗正正，鼓咚咚。天亡汉，将星陨，卯金终。巾帼食槽司马，生魄走，死垒遗弓。遣行人到此，千古气填胸。多少英雄。①

此词确实才雄气壮，有吞吐之慨，得诸葛之精魄。有意思的是，王廷表虽云杨慎此词可轧张李，实则此词的结尾基本套用了李冠（一作刘潜）《六州歌头·项羽庙》的结句"遣行人到此，追念痛伤情。胜负难凭"。全词确实牢笼了诸葛亮一生的事迹和经历，却不无铺排史实之感，不能浑融无迹。因此，此词虽是杨慎着意而为的咏史之作，却远不如他为《廿一史弹词》随意而作的《临江仙》（滚滚长江东逝水）得借《三国演义》的东风而尽人皆知。不过，总的看来，杨慎的《廿一史弹词》多首开场词及下场词皆可目为怀古咏史之作。除"滚滚长江东逝水"一作外，《西江月·廿一史弹词第五段说南北朝下场词》亦佳。词云：

飒飒西风渭水，萧萧落叶长安。英雄回首北邙山，虎斗龙争过眼。　闲看灞桥杨柳，凄凉露冷风寒。断蝉声里凭阑干，不觉斜阳又晚。②

此词不泛用套话，而能做到一定程度的情景交融。其馀之作亦有兼得情景之妙的佳句，如"乐游原上草连天，飞起寒鸦一片""昨日羯鼓催花，今朝疏柳啼鸦"等。总的来看，这些怀古之作多数书写的是类似"是非成败转头空"之感，或道以"恰似南柯一梦"，或概云"是非成败总虚名"，又或是"富贵繁华春过眼""百年光阴弹指过，成得什么功果""功名富贵笑谈中，回首一场春梦""龙争虎斗漫劬劳，落得一场谈笑"等等，所作既多，亦难免有些套话。

从杨慎的酬唱词，则大略可见杨慎在滇的交游情况。诚然，杨慎在滇云文坛及词坛影响甚巨。诚如滇人朱庭珍《筱园诗话》中所说：

（杨慎）壮年戍滇，足迹遍于三迤，而在迤西尤久。滇中风雅，

---

① （明）杨慎：《升庵长短句》卷三，赵尊岳辑《明词汇刊》，上海古籍出版社 2012 年版，第 367 页。

② 廖泽勤编著：《全滇词》，黄山书社 2018 年版，第 1115 页。

实开于升庵，故有杨门六君子之称，时以媲苏门六君。文采风流，极一时之选，亦吾滇艺林佳话也。①

若说滇中风雅，开自杨慎，未免离实而有夸大之嫌，但是杨慎对云南文坛和词坛之影响却实在是不可小觑的。据表2-3及表2-4统计，杨慎在滇时所作或与滇人交往所作之酬唱词近三十首，其中一首为寿妻，两首为官场送行，两首为与官员交往宴会而作。其馀诸作则多为杨慎与友人酬唱赠答之作，其中涉及胡廷禄、李元阳等杨慎在滇之至交文友。杨慎其馀词作尚提及张禺山，即张含，亦见二人有词道之交流切磋。这些作品往往景情兼写，或怀人，或感慨，或招游，或忆旧，情多真挚，景能在目。如《浣溪沙·高峣晚晴招简西峃》云：

云露山尖水见沙，生烟漠漠树横斜。晚来晴景属诗家。　　天碧远粘千里草，霞红互缀一丛花。谪仙桥上望仙槎。②

此词读来有信口之妙，恍如与友对话，历述眼前所见之美，而寓盼友前来共赏之忱，笔触虽淡，却实见友情之深挚。杨慎尚有"何日棠舟，兰棹飞下，云涛千转"（《喜迁莺·寄胡在轩且约高峣之会》）切表期盼之情，"白头未定西归计，愁听箜篌蜀国弦"（《鹧鸪天·壬子元夕前，高峣海庄与王云岩、丘鸿夫、张子中、李继培小饮》）倾诉思乡之苦，"青衫不湿江州泪，已许狂歌托圣朝"（《鹧鸪天·易门小饮》）抒发心中积感，"倩横玉叫云，把寥天吹彻"（昼夜乐·中秋董太守席上）纵写豪情淋漓……这些词作，均见杨慎在滇交游之情与心中之感。

诸文友以及官员对杨慎的敬重仰慕、交游谈宴，确可慰藉杨慎在滇之枯闷，故而杨慎在滇之词也非一味悲凉沉痛。同时，滇中风物之美也时时浸润杨慎内心，并见诸笔端词笺，故而杨慎在滇词作除有朋远来之乐与趣、情与意，也有滇云风花雪月之美，且弥见杨慎对滇云这一异乡的喜爱。在他的笔下，有两组作品集中书写滇云风景。一为《滇春好·寄李南夫、钱节夫、毛东镇》，此组词共四首，词调作《滇春好》，实即《忆

---

① （清）朱庭珍：《筱园诗话》卷二，《云南丛书》第47册，第24825页。
② （明）杨慎：《升庵长短句续集》卷二，赵尊岳辑《明词汇刊》，上海古籍出版社2012年版，第375页。

江南》词调。词为：

> 滇春好，韶景媚游人。拾翠东郊风袅袅，采芳南浦水粼粼。能不忆滇春？
>
> 滇春好，百卉让山茶。海上千株光照水，城西十里暖烘霞。能不忆滇花？
>
> 滇春好，翠袖拂云和。雅淡梳妆堪入画，等闲言语胜听歌。能不忆滇娥？
>
> 滇春好，最忆海边楼。渔火夜星明北渚，酒旗风影荡东流。早晚复同游。①

此组词作风味与用语，尤其结句，颇与白居易《忆江南》三首有相似之处。白词结句分别为"能不忆江南""何日更重游""早晚复相逢"，杨慎则次第改为能不忆滇春、滇花、滇娥以及"早晚复同游"。组词拈出滇云之春色、花卉、佳人及海边楼诸胜，小中有大，情意真挚，足为滇云佳胜之传写。杨慎尚有一组《渔家傲·滇南月节》。此组词又题作《临安月节渔家傲词》，约为杨慎在滇二十馀载而在临安府时所作，然所写之景事则不限于临安一地，传写滇云风物人情更为细腻，杨慎自序云："宋欧阳六一作十二月鼓子词，即今之《渔家傲》也。元欧阳圭斋亦拟为之，专咏元世燕京风物。予流居滇云廿载，遂以滇之土俗，拟两欧为十二阕。虽藻丽不足俪前贤，亦纪并州故乡之怀耳。"②兹移录于此，以见其貌：

> 正月滇南春色早，山茶树树齐开了。艳李夭桃都压倒。妆点好。园林处处红云岛。　彩架秋千骑巷笊。冰丝宝料星球小。误马随车天欲晓。灯月皎，碧鸡三唱星回卯。

---

① （明）杨慎：《升庵长短句》卷二，赵尊岳辑《明词汇刊》，上海古籍出版社2012年版，第365页。

② （明）杨慎：《升庵长短句》卷二，赵尊岳辑《明词汇刊》，上海古籍出版社2012年版，第370页。

二月滇南春嬿婉，美人来去春江暖。碧玉泉头无近远。香径软，游丝摇曳杨花转。　　沽酒宝钗银钏满，寻芳争占新亭馆。枣下艳词歌纂纂。春日短，温柔乡里归来晚。

三月滇南游赏竞，牡丹芍药晨妆靓。太华华亭芳草径，花饤饤。罗天锦地歌声应。　　陌上柳昏花未暝，青楼十里灯相映。絮妥尘香风已定。沉醉醒，提壶又唤明朝兴。

四月滇南春迤逦，盈盈楼上新梳洗。八节常如三月里。花似绮，钗头无日无花蕊。　　杏子单衫鸦色髻，共倾浴佛金盆水。愿拜灵山催早起。争乞嗣，蛛丝先报钗梁喜。

五月滇南烟景别，清凉国里无烦热。双鹤桥边人卖雪。冰碗啜，调梅点蜜和琼屑。　　十里湖光晴泛艓，江鱼海菜鸾刀切。船尾浪花风卷叶。凉意惬，游仙绕梦蓬莱阙。

六月滇南波漾渚，水云乡里无烦暑。东寺云生西寺雨。奇峰吐，水椿断处馀霞补。　　松炬荧荧宵作午，星回令节传今古。玉伞鸡枞初荐俎。荷芰浦，兰舟桂楫喧箫鼓。

七月滇南秋已透，碧鸡金马山新瘦。摆渡村西南坝口。船放溜，松花水发黄昏后。　　七夕人家衣襮绣，巧云新月佳期又。院院烧灯如白昼。风弄袖，刺桐花底仙裙皱。

八月滇南秋可爱，红芳碧树花仍在。园圃全无摇落态。春莫赛，玫瑰彩缕金针繲。　　屈指中秋餐沆瀣，遥岑远目天澄派。七宝合成银世界。添爽快，凉砧敲月胜竽籁。

九月滇南篱菊秀，银霜玉露香盈手。百种千名殊未有。摇落后，橙黄橘绿为三友。　　摘得金英来泛酒，西山爽气当窗牖。鬓插茱萸歌献寿。君醉否，水晶宫里过重九。

十月滇南栖暖屋，明窗巧钉迎东旭。哑鲁麻①香春瓮熟。歌一曲，酥花乳线浮杯绿。　　蜀锦吴绫熏夜馥，洞房窈窕悬灯宿。扫雪烹茶人似玉。风动竹，霜天晓角肌生粟。

十一月滇南云幂野，漕溪寺里梅开也。绿萼黄须香乘马。携翠斝，墙头沽酒桥头泻。　　江上明蟾初动夜，渔蓑句好真堪画。青女素娥纷欲下。银霰洒，玉鳞皴遍鸳鸯瓦。

---

① "哑"，《明词汇刊》本作"速"。按，哑鲁麻，大理之水酒饮品，故改之。

十二月滇南娱岁晏，家家玉饵雕盘荐。安息生香朱火焰。槟榔串，红潮醉颊樱桃绽。　苔翠甗瓺开夜宴，百夷枕粲文衾斓。醉写宜春情兴懒。妆阁畔，屠苏已识春风面。①

此组词作将滇云风物与人情书写淋漓而细腻，其间字句，流溢着欣喜与欢悦之意，读来快意爽心。从滇云的节令、风光、民俗到饮食，杨慎以津津乐道和欣然于兹的笔触加以传写，笔下风情，如"八节常如三月里。花似绮，钗头无日无花蕊"的人花相映之美，"冰碗啜，调梅点蜜和琼屑"的佳肴之魅，"水云乡里无烦暑""园圃全无摇落态"的气候之宜，都着人向往之至。

总的看来，杨慎在滇的词作，其主要题材与其诗歌大致相近，依然以"描绘滇云的人文历史和旖旎风光，抒发被贬谪边地的抑塞不平之气以及和滇云文人的师友之情"② 三题为主。其词作中，尚有部分闺情嬿婉之作，因不详其创作时地，故而难以考察。从风格来看，杨慎在滇之作或沉郁厚重，或清新明爽，或痛快酣畅。其风格之殊，往往与题材相关。杨慎之词中，确也有部分下笔随意而入曲之作，这在明代中后期实在难免，盖时风如此，白沙在涅，也不免有与之俱黑之作。不过，杨慎在滇之词总体是比较合乎词格而有词味的，其情感颇多真挚，写景也能细腻传真。唐锜为杨慎《升庵长短句》作序云："其思冲冲，其情隐隐，其调闲远悲壮，而使人有奋厉沉窀之心。其寄意于花鸟江山、烟云景候、旅况闺情，无怨怒不平而有拳拳恋阙之念。□平其气，敛其材，忘于兴，而□□□然者，亦不知其所以然矣。"③ 此评虽有溢美，然"寄意"而"出于自然"却实可为杨慎词之写照概括。

此外，明代尚有花伦等亦曾入滇，并留下在滇或与滇云相关的词作，亦于此略述。

花伦，浙江杭州人，明洪武朝进士，曾谪戍云南。杨慎《词品》录其《水仙子·题〈杨太真画图〉》一首，并云："花有辞藻，其后谪戍云

---

① 此组词作各版异文甚多，兹以《明词汇刊》本《升庵长短句续集》卷一为据，个别有错误之处加以校改。赵尊岳辑：《明词汇刊》，上海古籍出版社2012年版，第370—371页。

② 孙秋克：《明代云南文学研究》，云南人民出版社2010年版，第120页。

③ （明）杨慎：《升庵长短句》卷二，赵尊岳辑《明词汇刊》，上海古籍出版社2012年版，第346页。

南，有题《杨太真画图·水仙子》一阕云：……其风致不减元人小山、甜斋辈。滇人传唱，多讹其字，余为订之云。"① 此词为：

> 海棠风、梧桐月、荔枝尘。霓裳舞、翠盘娇、绣岭春。锦裀嬉、金钗信、香囊恨。痴三郎、泥太真。马嵬坡，血污游魂。杨柳眉，侵颦黛损。芙蓉面、零脂落粉。牡丹芽、剪草除根。②

《水仙子》，既系北曲曲牌名，亦为词牌名，然此作之体式与北曲与曲子词中同调之作均相去甚远而稍近北曲之体，姑存于此。据杨慎所云，此词曾在滇云广为传唱，至多讹误。从艺术性来看，此词并不出众，前半多堆叠与杨太真有关之典事，后半则显力道，见沉伤。

杨慎之外，亦有数人为滇外入滇文人，且在云南词坛留下雪泥鸿爪，如张羽、朱衮等皆是。

张羽（1467—1536），字凤举，号东田，江苏泰兴人。张羽为弘治丙辰（1496）科进士，历官淳安知县、江西道监察御史、云南巡抚等。在滇时，张羽与沐府有所交往，并留下情深意长的词作《金菊对芙蓉·寿沐国公词》。词前有小序云："今年冬十月廿三日，玉冈先生逢其初度者适三十年，而予万里来滇，得称觞致词为寿，亦一胜会也。顾聚合不可常，而玉冈仁静宜老寿。后三十年，予东西南北未可期也。而年年生日，纵令一歌此词，公庶几忾然兴怀，犹如东田之在座耳。"③ 词为：

> 黄缀庭槐，碧收营柳，朝来画戟霜凝。更烟霏瑞脑，日丽雕甍。华阶鹤舞南飞曲，降阿母、青鸟低鸣。又何须用，金貂换酒，银甲弹筝。　　相共祝取长生。记当年此日，光岳钟灵。喜干戈将印，不负蜚英。旧家燕子归来惯，见滇海、万里波澄。群仙道是，人间元老，天上长庚。④

---

① （明）杨慎：《词品》卷六"花伦太史词"，《词话丛编》第1册，中华书局1986年版，第535页。
② （明）杨慎：《词品》卷六"花伦太史词"，《词话丛编》第1册，中华书局1986年版，第535页。
③ 廖泽勤编著：《全滇词》，黄山书社2018年版，第1025页。
④ 廖泽勤编著：《全滇词》，黄山书社2018年版，第1025页。

沐国公，指沐昆，字元中，号玉冈，为明中叶镇守滇云的沐氏黔国公，喜好文学。此词为祝寿之作，自不免于谀颂溢美之词以及攀附神仙天上之语。不过，词之小序情意真切，足为此词添彩，又兼词之上阕发端写景细腻，华美中尚有金戈之气。下阕以燕子归来写滇海澄清，见祝愿之意，结想亦不落俗。

朱裒，字子文，永州卫人，生卒年不详。明弘治壬戌（1502）进士，选庶吉士，迁监察御史，后任南礼部郎中，出补云南参议。所著《白房集》附词若干，其中二词为在滇时所作。二词均为饯别同仁之作，为典型的官场送行词。兹录《满庭芳·饯赠林少伯奉表朝贺乐章》一作以观其貌，馀不详述：

南国春光，昆明花满，薇垣化日初晖。赤凤瞥见，文采故应稀。共说三山穴好，向文明、一一雄飞。朝天去，安排律吕，容与款金扉。　炉香含绶紫，东风梅外，新样班衣。笑吴儿骑竹，误喜君归。滟滟武夷春酒，落君手、谁复相违。时艰在，巨川舟楫，仍恐挽来非。①

周复俊（1496—1574），江苏昆山人。嘉靖壬辰（1532）进士，官至云南左布政使。其存词中有三首题作《忆滇南》。此组联章之词牌实为《忆江南》，词为：

滇南好，所忆是澄潭。金马楼船春载泛，碧鸡歌舞月方圆。能不忆滇南。

滇南乐，常记在滇中。三春穤麦家家熟，十月桃花树树红。何日更相逢。

滇南忆，佳丽属昆明。垂柳影边飞棹影，卖花声里杂莺声。是处有吹笙。②

---

① 廖泽勤编著：《全滇词》，黄山书社2018年版，第1026页。
② 廖泽勤编著：《全滇词》，黄山书社2018年版，第1118页。

此组词略同杨慎之《滇春好》，亦为仿白居易旧作而为，其序自陈："白傅有《忆江南》三首，予甚爱其辞，而予游滇南也久，俯仰今昔，不无白傅之思。漫效其体，亦赋三篇。"[1] 由小序可见，周复俊对滇云有较为深厚的感情，故模仿白居易之"江南好，风景旧曾谙"诸作而作《忆滇南》三首，分别写及滇云景胜佳丽。其中，"三春舞麦""十月桃花"一联对仗工稳而景致宛然，盎然田间生趣。"垂柳影边飞棹影"一联亦是秋丽婉转，足可动人。

明代曾游历经行于滇并留存与滇云有关词作的词人，以杨慎为巨擘，影响大而创作多。其馀诸人多为江浙籍人，存词虽寥寥，却也见其滇云印象。诸人多因为官或谪戍而远赴滇云，在滇期间所作之词应有一定传唱度和影响力，如杨慎、花伦之词便有见诸典籍的传唱记载。其馀诸人的词作亦应有所传播，这对滇云词坛的"风雨兴焉"亦有"积土成山"之劳。诸人部分词作或非在滇云所作，却也有功于滇外人士对滇云风景之美、人情之厚的了解与印象的建立。

第五节 明代云南词的特点与价值

前文历数明代云南词人及其代表作品。其中，明代云南词之总体状貌虽可自其间略窥，却难免"大珠小珠落玉盘"之零散，而少一线贯珠，故而本节从几个方面对明代云南词加以总结。

一 明代云南词人之分布

（一）明代云南词人之民族分布

明代的云南本土词人中，身份及民族不详者五人。多民族词人七位，分别为木公、木增、何邦渐、何蔚文、杨士云、赵炳龙、赵尔秀。其中，木公及木增为纳西族词人，而二何一杨二赵均为白族词人。自明以来，云南多民族作家投身汉文学经典文学样式创作渐多，这在词坛亦显然可见。值得注意的现象还有，何蔚文、何邦渐所在的何氏家族木公、木增所在的木氏家族是明代云南家族文学的典范代表，在诗文创作上成就颇高，也未

---

[1] 廖泽勤编著：《全滇词》，黄山书社2018年版，第1118页。

缺席于明代云南词史中。多民族家族文学现象由明绵延至清，数量及成就均相对突出，这与各民族的汉化融合现象和此时期云南科举、文教的兴盛关系密切。

(二) 明代云南词人的区域分布

明代云南词人兼有本土与外来作家，且无论本土作家，或外来作家，都有鲜明的流动性和兼容性。本土作家的流动可析分为三类：第一类，祖籍云南，生于外域，与云南文坛交往密切。典型代表为杨一清，祖籍云南安宁，出生于广州，在政坛与文坛彪炳一时，对云南文人颇多奖掖，交往亦频。第二类，云南出生的词人，因科考和仕宦出滇，与滇外文坛词坛交往。其中，部分词人退隐辞官后复归于滇云，如杨士云、张含等。部分词人终老他乡或归属不详，如钟世贤等。第三类，云南出生的词人，未曾长期离滇，主要生活及创作均在滇中，但也表现出一定的流动性，即在滇云范围内的流动，如朱奕文等。

与多民族作家及家族文学的集中地域相对应，云南词的创作重心之一是在以大理为中心的滇西北地区，由保山、大理至洱源、剑川、丽江的滇西北一线，词脉绵延。有意思的是，这一线路正是洞经音乐传播的重要线路。另一重心在昆明，虽兰茂、杨一清二人词作不多，但是，二人是云南文人的重要领袖人物，亦是文坛交往的核心人物。另外，杨慎贬谪云南保山，除在保山、大理等地交游唱和，尚寓居昆明多年，与昆明文士交往酬唱亦多。因此，杨慎在滇多年，以其流寓之迹为线索，可以追踪创作之迹与词坛交往的活动。

(三) 明代云南词作的时间分布

明代云南词总数不多，且亡佚甚多，因此对创作时间的梳理不尽翔实，本书仅根据现有词作分析。明代云南词创作高峰有二，一为嘉靖年间，二为明末清初的易代之际。究其原因，嘉靖年间创作之盛，与杨慎的贬谪入滇关系不可谓不密切。而明末清初是国内词坛整体的创作高峰，是时风云激荡，开清代词学复兴之先，而云南词坛亦遥领此风。

二 明代云南词作之题材

明代云南词作之题材既有同于主流词坛之处，亦有属于自己的特色。综观明代云南词坛之作，相对较为突出的题材有如下几类。

（一）赠贺应酬

明代云南词创作的突出题材首先是赠贺应酬之词。这类词作的主要功能在于实现世俗的社交应酬价值，而丧失词作为经典文学样式独立的审美特征。此类词作，云南本土作家约八首，杨慎也有数作属于此类题材。

这类词作在明代云南词中的兴盛并非个别现象，而是植根于明代词坛整体的俗化氛围之中的，亦见滇云词风与主流文坛的遥应。

（二）山水风景

明代云南山水风物词数量较多。此类词作包括节序、山水、风景、花木等。本类词作以咏物为主，当然，也间或融入作家的人生感慨或情绪。若是借题发挥，似写春咏景而实关乎家国大事、废兴深喟者，不在此类。

本土作家中，创作本类题材较为突出的有包其伟、钟世贤等，作品共计近五十首，外来作家杨慎亦极为突出。包其伟与杨慎之词均以《渔家傲》为调，以月节为序，对云南的风光和风土人情作详细记录和描写。此外，苍山被多次咏及。钟世贤历宦在外，所写《浪淘沙》联章"潇湘八景"，境意相会，洵称佳构。

（三）感慨言志

此类词作的主题有四，一是羁旅行役的个人之叹，二是怀人思远的悠然之念，三是栖隐遁迹的逍遥之悟，四是家国巨变的废兴之感。当然，在这四类主题中，前两种主题时有重叠之处，而第三主题多兼有景物或节序的描写，第四主题则又多隐藏在感春伤春之词中。其中，赵炳龙的羁旅之词与怀人思远情感颇真，家国巨变的感慨也最为深挚动人。兰茂与木增则分别在四时的捕捉和雪山的叙写中抒发遁隐逍遥之意。

（四）酬唱赠友

张含与杨慎等的唱和词较多，《生查子·寄升庵》六首即是典型。杨慎亦多此类酬赠唱和之词。酬唱赠友词实可串联词坛活动的脉络。应该说，云南词在明代的发展，与杨慎本人的倡导和力行关系密切。此外，诸家唱和之作并不算多，仅得寥寥数首。这也可见此期的词坛活动尚是初步发展，尚未风流云集。

综上，明代云南词的题材选择，可见与主流词坛既有趋同，亦有一定的疏离。趋同表现在以词谀颂之举颇为盛行。疏离则更值得关注。明代中后期是词坛香风浸染、艳帜斯张的时期。此时的云南词作却极少涉笔这样的题材，仅有寥寥一二词作而已。流连山水风景之作，抒发隐逸之感的词作却较为突出。这显示出云南词题材别于主流的特色。

三 明代云南词之形式与风格

（一）形式

明代云南词所用的词牌兼有长歌短调，其中木增有自度曲十首，曰《十隐词》。应酬贺赠之词，多用寓意吉祥之长调，如《喜迁莺》《满庭芳》《归朝欢》等，当然，也有小令如《谒金门》之类。其馀词调中，《渔家傲》《浪淘沙》有数组联章创作，因此高踞前列。

明代云南词在形式上最为突出的特点要数联章词的大量存在。在云南本土作家创作的近百首词作中，联章之词近六十首，占将近六成。这些联章词多数为写景之作或写景中兼抒写一定的人生理想（主要是归隐避世之思），而涉及其馀题材的仅占其中极小的份额。滇外作家亦有近三十首联章词，亦可谓洋洋大观。兹将明代云南联章词类列如表2-5所示：

表 2-5　　　　　　　　　　明代云南联章词简表

题材	作者	词作
单纯写景	钟世贤	《浪淘沙·潇湘夜雨》《浪淘沙·洞庭秋月》《浪淘沙·远浦归帆》《浪淘沙·平沙落雁》《浪淘沙·烟寺晚钟》《浪淘沙·渔村夕照》《浪淘沙·山市晴岚》《浪淘沙·江天暮雪》
	何邦渐	《巫山一段云·斜阳峰》《巫山一段云·天马峰》《巫山一段云·佛顶峰》《巫山一段云·圣通峰》《巫山一段云·豹隐峰》《巫山一段云·玉局峰》《巫山一段云·龙泉峰》《巫山一段云·灵鹫峰》《巫山一段云·观音峰》《巫山一段云·应乐峰》《巫山一段云·雪人峰》《巫山一段云·兰峰》《巫山一段云·三阳峰》《巫山一段云·鹤文峰》《巫山一段云·白云峰》《巫山一段云·莲花峰》《巫山一段云·五台峰》《巫山一段云·沧浪峰》《巫山一段云·云弄峰》
	包其伟	《渔家傲·畇町月节十二首》
	杨慎	《滇春好》（四首）、《渔家傲·滇南月节》（十二首）
	周复俊	《忆滇南》（三首）
写景兼寓人生之思	兰茂	《行香子·四时词》（四首）
	木增	《浪淘沙》（遁隐雪山深）、《浪淘沙》（遁隐雪山幽）（二首）
		《十隐词·清樾干章》《十隐词·迤逦芝林》（二首）
寄友抒怀等其他题材	张含	《生查子·六阕　寄升庵》（六首）
	李思摸	《行香子·和朱卓月三首》
	杨慎	《沁园春·己丑新正》（四首）、《江月晃重山·四阕壬寅立春》（四首）

从表2-5的统计来看，写景或写景兼抒怀的词作占据了绝大部分篇幅，仅张含和李思撰的九首词作不属此类题材。可见，联章之体在明代云南词坛的盛行，实与题材选择中半壁江山用以写景的情况是相应的。

(二) 风格

1. 出位之思

曲化

据笔者之见，嘉靖以来，主流词坛的总体走向是全面的俗化。具体表现在功能上的应酬化及风格的曲化等方面。在云南，以词应酬赠谀的俗恶之风已经浸染，但风格的曲化尚不算显著，不过，亦非无迹可寻。

明代云南词中，曲化之痕较为显著的有七首《行香子》。此七作均用以表达隐逸离世、自在无拘的人生态度。其中，一组为四时联章，一组为和人之作。

在明代，以联章之体分写四时，表达此类思想和情感的词作并不鲜见，甚至成为习套。云南著名隐士兰茂的《行香子·四时词》风味谐俗，大类时人同调同题之作。李思撰的《行香子·和朱卓月三首》风味更俗，更见曲之泼辣直切。

诗化

自宋以来，词之题材与风格早已不再限于艳科，云南词中更有风味极近诗歌之作，其中的典型就是张含之作。其《生查子·六阕　寄升庵》颇有高古之感，读来总觉似五言古诗，无论意境、用语和表达方式，均与词的典范语感和风味相去甚远。

2. 本色之味

云南其馀词作曲化的痕迹则不那么明显，诗化亦非主流，大多数词作有词之本色，其风格更近于唐五代北宋的浑然天成，而少有南宋时期的精心雕琢，肆发之情多，而安排之功少。其中部分词作还能较为明显地看出元音时期词作的影响与传承，如张景蕴的《南乡子·秋兴》颇有模仿冯延巳的痕迹，杨慎的《滇春好》《渔家傲·滇南月节词》则很有白欧之韵致。

明代云南词多数语言较为浅近，典故的化用不甚突出。这当然也比较符合明词的整体风貌，但多数明代云南词浅近而不流于曲化，虽浅而有味，却能境意俱足，时见高情逸致，其间温厚含蓄者，如赵炳龙诸作，实已臻词之佳境，置之名公钜手间，亦无愧色。

综上，明代云南词作曲化之迹较少，语言偏于浅近，风格相对更接近于唐五代至北宋时期的词风。这一特点的形成，可从以下几方面加以分析。

首先，与云南词发展起步较晚有关。明代云南词处于初步发展阶段，尚未发展到对词的技艺和审美趋向做自觉探讨的阶段，而雅化和技巧化是进一步发展之后的要求了。不可忽略的是，明代云南词的初步发展毕竟在主流区域的词体发展已经成熟之后，所面对和能供选择词体的库存资源（包括典范词风、审美趋向、具体技巧等）已经大备。因此，明代云南词人并非被动地面对单一资源而不得不接受其影响，而是自主接受外来影响，并加以选择和吸收。在选择之后，明代云南大多数词作呈现的是近于自然、疏于雕琢的风味，而非镂玉雕琼、慕雅苦吟的趋向。

其次，与云南其馀文体发展有关。明代云南曲风未炽，散曲和剧曲创作较少，因而曲风对词风的影响也自然较弱。彼时，主流词坛曲化之象确实明显，然而明代云南曲风未盛，词亦为初兴，文人对词曲的体认，都未及深入，有意或无意的出位也就不那么普遍了。当然，明代云南词坛并非与世隔绝的存在，其中也间有词作沾染曲风，如《行香子》词七首均是曲风袅袅，这正见主流词坛的影响。

最后，与明代云南经典汉文学样式的总体风貌有关。明代云南诗歌之题材亦多山水景物，其风格清新而少雕琢，部分作品甚至显得直白浅近。这是云南古代经典汉文学较为共通的特点，是在云南特殊的地域文化环境的影响下形成的。云南地处偏远、山河阻隔、风物秀美的地理环境，民族众多、汉化未深、贫穷落后的人文环境都对其地域文学有不可忽略的影响。

结　语

明代是云南词的重要发展时期，词人及词作的数量有所增加。值得注意的是，明代云南词作无论在题材上还是在形式上，风格上都表现出与当时主流词坛的一定疏离。当然，趋同之处自然是存在的，比如应酬之风的蔓延以及主流词坛风行的《行香子》四时词在滇云的嗣响等。不过，更值得注意的是明代云南词表现出的个性特征。在题材上，在词坛香风熏染之时，明代云南词表现出清远之致，山水风物和隐逸之思突出，艳科色彩极为淡泊。形式上，明代云南词半数以上的词作以联章为体。这与联章之体在明代云南词人笔下用以承载山水景物题材有关。在风格上，明代云南词总体上比较本色，虽间或有诗化或曲化之作，但究其大要，词作偏于唐五代北宋之风，着墨不浓，雕琢不甚，多自然之感发与抒写。其中的佳作，或情思婉转，或境意悠然，颇耐吟咏。总的来看，明代云南词作成就虽不如清代，但在云南文学与文化整体发展的背景下，亦是取得了值得关注的成就，具有其独特的价值，映现了特殊地域文化的色彩。

第三章

清代前期云南词坛

清代云南文学创作得到空前发展，这在学界早已形成共识。元代初步有序展开、明代有较大发展、清代臻于鼎盛的儒家教化推进态势，正与元明清时期云南文学发展的态势极为契合。因此，清代云南文学的鼎盛渊源有自，既是自然，亦为必然。

在这样的文学与文化大背景下，清代滇词取得远迈前代的成就也是必然。陈力在《云南古代曲子词》一文中将清代滇词的创作发展概括为两点，一是作家队伍壮大，二是创作数量丰富。[1] 队伍之壮大与数量之丰富，自然是纵向上与此前的滇词相比。相较于唐宋的缺席、元词的寥寥以及明代的不过百数，清代滇词确实取得了极大的发展。除词作数量远迈前朝之外，清代滇云词人尚有数部专门的诗馀别集，显示出词的创作已取得了一定的独立地位，更加受到重视，这也是发展的一大表现。至于发展的原因，马兴荣先生《滇词略论》曾概述道："清代是词的兴盛期，也是滇词的兴盛期。滇词兴盛的原因，一是清词兴盛的大环境的影响，二是明代滇词已有一定的基础。"[2] 此论虽简，却具有高度的概括性和涵纳性。

由于清代滇词创作较为兴盛，作家作品较多，且发展有一定的阶段性，因此，将清代滇词分为三章。本章关注和研究的是清代前期滇云词人词作，下一章则专力于清代中期滇云词坛之状貌，末章关注晚清至民国滇云词之发展。

---

[1] 陈力：《云南古代曲子词》，《云南民族学院学报》1990年第3期。
[2] 马兴荣：《滇词略论》，《楚雄师专学报》1995年第4期。

第一节　清代前期云南词人词作概略

根据文学史的一般界定，清代前期主要是指顺康雍时期。此期上延明末文学之风潮，下开乾嘉文学之兴盛。就滇词而言，此期词人及词作已有足称者。兹将基本情况列出如表3-1、表3-2所示。

表 3-1　　　　　　　　　清前期滇云词人基本情况表

词人	籍贯	身份	时代或生卒年	存词
张景蕴	云南蒙化	学官	康熙间在世	二首
高奣映	云南姚安	白族，土知府	1647—1707	四首
刘坊	福建上杭人，生于云南永昌	未仕	1658—1713	八首
徐日新	云南楚雄	举人，学官	顺治庚子贤良方正恩拔优岁	二首
陈祚隆	云南剑川	举人，官员	康熙癸卯举人	四首
徐崇岳	云南保山	举人	康熙癸卯举人	二首
孙申之	云南石屏	举人	康熙己酉举人	二首
段昕	云南安宁	进士	康熙庚辰进士	四十四首
李含和	云南鹤庆	举人，官员	康熙丁卯举人	四首
徐松	云南宜良	诸生	雍正间封修职佐郎	四首
赵河	云南通海	举人	康熙壬午举人	一首
赵城	云南通海	进士	康熙乙未进士	一首
张汉	云南石屏	进士	康熙癸巳进士	三首
唐联芳	云南禄丰	举人，官员	康熙乙酉举人	二首
熊载	云南昆明	不详	与修《康熙元谋县志》	二首
王孝标	不详	不详	康熙间郎棨同时或稍后	三首
王允恭	黑盐井	岁贡	康熙间	六首
杨璿	黑盐井	岁贡	康熙间	三首
李禹鳞	黑盐井	生员	康熙间	一首
段绎祖	云南剑川	举人，学官	康熙辛酉举人	五首
李载膺	云南石屏	举人，学官	康熙甲子举人	二首
左麟哥	云南蒙化	土知府	雍正间即父位为土知府	一首

续表

词人	籍贯	身份	时代或生卒年	存词
尹文林	云南云龙	贡生	雍正间贡生	一首
赵淳	云南赵州	进士，官员	雍正丁未进士	六首

表3-2　　　　　　　　清前期滇外词人基本情况表

词人	籍贯	入滇原因	时代或生卒年	存词情况
徐嗜凤	江苏	官云南永昌府推官	顺治间在世	二词离滇后写及滇云
倪蜕	江苏松江	隐士，居昆明	约1667—1736	《滇词丛录》存词九十四首
程封	湖北江夏	官石屏知州	顺治间	存词一首与滇云相关
李符	浙江	曾游滇云	1639—1689	其词《百字令·初度日自赠》提及曾到滇云昆明
许嗣隆	江苏	曾典试云南	康熙二十一年进士	《忆江南》一首回忆在滇云
吕琨	山东	曾任云南南宁知县	康熙二十一年进士	《滇游草》存词二首
纳兰常安	满洲	曾为云南按察使	康熙三十二年举人	存词二首与滇云有关
倪蜕	江苏松江	隐士，居昆明	1667—1736	《滇词丛录》存其词九十四首
郎棣	辽东	监生，宦滇官员	康熙间在滇为官	《光绪永昌府志》存词一首，（康熙）《楚雄府志》存词二首，《黑盐井志》存词十二首
刘自唐	陕西	官禄丰知县	康熙四十五年进士	（康熙）《禄丰县志》存词四首，写禄丰景物
施用中	江西	曾官云南	康熙时在世	《全滇词》存词三十七首，俱与滇云有关
彭学曾	松江	寓元谋，与县令莫舜鼐同修纂《康熙元谋县志》	康熙时在世	（康熙）《元谋县志》存词五首
牛奂	河南林县	贡生，宦滇官员	康熙二十一年楚雄知府	（康熙）《楚雄府志》存词二首
陈金珏	江苏苏州	康熙吏部候选州同，在滇为幕宾	康熙间为蒙化府幕宾，与修府志	（康熙）《蒙化府志》存词四首
蒋旭	安徽凤阳亳州	拔贡，宦滇官员	康熙三十四年任蒙化府同知	（康熙）《蒙化府志》存词一首
唐祖命	江苏晋陵	不详	1663—1719	《殢花词》存《沁园春·滇南送丁韬汝入蜀》二首

续表

词人	籍贯	入滇原因	时代或生卒年	存词情况
刘邦瑞	辽宁奉天	监生，宦滇	雍正四年任白井盐课提举司	（雍正）《白盐井志》存词四首
沈慰祖	江苏苏州	曾任云南学正	雍正八年庚戌进士	（乾隆）《石屏州志》存词一首

据表 3-1、表 3-2，除籍贯不详者一人外，清前期滇云籍或出生于滇云的词人共二十四位，滇云以外之词人十八人，数量基本持平，显示出外来者在滇云词坛中较为突出的地位与存在价值。自词人身份与民族来看，则既有土知府，亦有隐士、生员、学官、知府等。自词作的存录情况来看，除《滇词丛录》这一滇词总集外，各地府县志成为零星分散词作的重要载体，有文献保存之力，尤其是楚雄府（含黑盐井、白盐井、琅盐井）的方志存词较多，在相当程度上体现了一地词学活动的状貌。

第二节 清前期云南本土词人及词作

清代前期，滇云本土词人创作较为突出的有段昕等，其馀词人词作则显得较为零星，依然有馀事偶为的倾向。此期词人有部分时跨明清，具有一定的后先延续性。总的看来，此期本土词人创作成就不算太高，仅段昕堪称杰出。

一 安宁词人段昕及其词作

此期滇云本土作家中，存词最多的词人是云南安宁段昕。存留至今的段昕词作共四十四首，见于《皆山堂诗馀偶存稿》，其中二十馀首见录于《滇词丛录》。段昕，于康熙庚辰年（1700）举进士，《滇词丛录》之小传云："段昕，字浴川，安宁人，康熙庚辰进士，官连城知县，行取部曹补户部湖广司主事，著《皆山堂诗》，附词。"[1] 段昕为滇产文人，后游宦于外，其词作虽难臻主流词坛一流境界，却已远迈楚雄府诸生词作之上。段昕存词中，小令及中调约二十首，馀皆长调。从数量看，小令、中调与

---

[1] 赵藩辑：《滇词丛录》，《云南丛书》第 46 册，中华书局 2009 年版，第 24231 页。

长调基本持平。就题材论，段昕词广涉闺情相思、写景咏物、酬赠交游、写怀寄意、纪事纪行、怀古咏史等诸多题材，尤其长调之作题材丰富，各题写来均能入体入格，时见新警，动人心处所在多有。总的看来，段昕之长调格精调雅，入体合度，显然在词道中已有较深的习染，功底可见。比如其《满庭芳·春晴偶感》：

  天腻新霞，帘开积翠，霏霏雨织窗前。轻寒轻暖，零乱入春衫。早是花时过也，芳尘净、绿媚红酣。香泥软，阿谁年少，玉勒拂丝鞭。　　妆楼人欲醒，梨云浴雪，草黛留烟。恨东风易老，心事谁传。试看陌头杨柳，颦欲皱、渐上眉尖。相思意，个人知否，梦里卜金钱。①

此词自景物发端，初写春晴之景，再以"春衫"暗点景中之人。再转笔写景，"绿媚红酣"四字颇传雨后春物之神。上阕结句点出陌上少年，又引出下阕之妆楼中人。词多想象语，下阕亦如闺情相思，而词句清雅有韵。全词用语细腻传神，炼字高而入妙，如"腻""媚""酣""软""浴""留"等形容词与动词，皆恰如其分，使景如在眼前。总的来看，此词难称新警，却洵足见词人之功底匪浅，习染已深。此类词作在段昕笔下颇多，其间佳句迭出纷呈，比如"尽眉间，一片愁心，送作柳梢颦皱"（《东风第一枝·寒食郊游》）、"几点疏星，半天秋水，荡出清光一片"（《拜星月慢·中秋对月》）、"多情自许，况天逼山青，叶翻风紫"（《齐天乐·秋夜对月》）、"看老翠欲流，新黄又吐，供我追陪"（《瑶台第一层·一沤庵看桂花和韵》）、"绣添宫线，梅浣寒香，天送半帘春色"（《应天长·长至日寿戴筼岩广文遇雪》）等，皆能首尾妥帖，句意精到，律调精雅。段昕长调中还有数首风格偏于超旷、豪宕或沉伤之作，这类词作寓写情怀，以词为陶写之具，故而情感真挚，略无胭脂气，而有士大夫凛然之风，如《满江红·黔中和壁上韵》《大江东去·晚渡黄河，和夏少师碑上韵》《满江红·谒岳忠武王祠，和王碑上韵》《扬州慢·扬州怀古》《望海潮·饮采石矶蛾眉亭有怀太白》等皆属此类。此类词作中，《扬州慢·扬州怀古》一首颇可读：

---

① 廖泽勤编著：《全滇词》，黄山书社2018年版，第88页。

翠馆烟花，画船箫鼓，可怜佳丽扬州。尽海潮来去，不洗满江愁。试寻问、芜城旧迹，堤荒衰柳，月冷迷楼。只无情邗水，年年还是东流。　　平山槛外，金焦铁瓮，空涌瓜洲。想小杜风流，史公血泪，一派沉浮。我亦梦中过此，闲步到、廿四桥头。问江都好否，半天风雨淹留。①

此词怀古而隐有伤今之情，全词能融景物于人情，牵合古今，感慨良多，情亦深挚，读来沉伤。段昕长调中，《沁园春·渡扬子江遇大风》一首与其馀诸作风格颇有不同，读来使人有击节之兴、浮白之思。兹移录如次：

秋水长天，一苇航之，四顾徘徊。忽海门渐涌，金山沸雪；燕矶风起，铁瓮奔雷。帆影乱飞，江声浩荡，扑面龙腥浪喷开。笑舟人，问余家何处，几度曾来。　　予言万里初回。比博望、槎头气壮哉。看簸梁掀宋，惟馀残垒；淘庾洗鲍，涤尽凡才。鲛女弄珠，石城如画，咫尺江云入酒杯。颠狂甚，喜过龙蛇窟，近凤凰台。②

此词以叙事的笔法记录渡江遇风之所见所言所行所历，词于大气壮阔处见胸襟，豪迈激荡时见情怀，允推佳构。写景之"海门渐涌，金山沸雪；燕矶风起，铁瓮奔雷。帆影乱飞，江声浩荡，扑面龙腥浪喷开"，真切而雄阔，见彼时江风之恶与江浪之浩。以此壮且险之境为铺垫，其后，作者与舟人的对话便颇见苏轼"竹杖芒鞋轻胜马，谁怕。一蓑烟雨任平生"的旷达与豪迈了。或许是因作者面对江风巨浪时颇有淡然自若之态，便引舟人问"余家何处，几度曾来"。作者回答是从万里之外刚回，又感叹这样的景象，比直犯牛斗的天槎气象更为壮阔。自景而史，作者想及"簸梁掀宋，惟馀残垒；淘庾洗鲍，涤尽凡才"的沧桑与淘洗。至接下来的"咫尺江云入酒杯"更使读者不由击节叹赏，直欲与之共浮白吟啸。结句以"颠狂甚，喜过龙蛇窟，近凤凰台"收束全词，有戛然而铿锵之韵。意犹未尽间，段昕之气骨风怀已历历可见，着人叹赏。此词较之段昕

---

① 廖泽勤编著：《全滇词》，黄山书社2018年版，第91页。
② 廖泽勤编著：《全滇词》，黄山书社2018年版，第92页。

其馀长调，风格显然差异甚大，这自然与题材和彼时心境有关。不过，能驾驭不同题材而出以相应之风格，亦见段昕积淀之深与功力之厚。段昕的小令，则有可赏亦有可訾议处。其《法驾导引·六首赠玉冠子道士》只可视为酬应和宣道之作，缺少文学情味与欣赏价值，幸而其馀小令可喜者甚多，如《南柯子·春晓有怀》：

> 好梦留人睡，闲愁不肯醒。忽闻杜宇一声声，道是不如归去、最分明。　困柳沾晴雪，飞花扑粉尘。芳草东风燕子轻，春为多情易老、况于人。①

此词甚有自然感发之力，臻北宋浑成之境。其中虽有"困柳沾晴雪"这样雕饰稍精的句子，却更有"春为多情易老、况于人"这样的妙句。其《海棠春·惜春》亦称佳作，词云：

> 春归可是来时路。最销魂，雨中烟树。情系柳丝长，吹来又吹去。　小叠红笺书恨字。倩燕子、寄将心事。燕子自双双，不解相思意。②

此词之妙处除情牵柳丝、吹去还来之外，构思与感物之高在下阕。下阕以欲寄燕传书起兴，又以"燕子自双双，不解相思意"收束，见无限感慨，无穷落寞，使人想及"桃花春水绿，水上鸳鸯浴""落花人独立，微雨燕双飞"等佳句的人单物双的强烈对比映衬，却又不与之雷同，而自有新意。除此词外，段昕写闺阁情思的小词佳作尚有不少，比如《相见欢·春起》词云：

> 一帘黛草蒙烟。恨缠绵。卖花声过、费尽买花钱。　情欲醉，天明未，起来难。蛾眉未醒、羞影镜台前。③

此词状闺人情态，入微入情，读来如在目前。其《一斛珠·春愁》

---

① 廖泽勤编著：《全滇词》，黄山书社 2018 年版，第 82 页。
② 廖泽勤编著：《全滇词》，黄山书社 2018 年版，第 85 页。
③ 廖泽勤编著：《全滇词》，黄山书社 2018 年版，第 81 页。

亦可赏：

> 依旧依旧，镜波红晕香罗透。雨丝风片黄昏候。想断肠人，是处天涯有。　前春消瘦今还又，馀花片片飞红溜。垂杨处处含颦皱。何事人归，常在春归后。①

此词写闺人春愁，发端以"依旧"叠用领起，虽见红香粉意，却已含情将诉。"雨丝风片"句用《牡丹亭》之语典，愈见情致婉转。下阕直云前春消瘦今春亦是消瘦，与发端之"依旧"相牵合照应。其后次第写景。结末之"何事人归，常在春归后"以问句收束。此问自然无解难答，却留馀味萦绕。段昕此类小词颇得五代北宋词自然浑成之妙，写得细腻入微，情致动人。其馀如《鹊桥仙·秋思》之"西风一夜作秋声，飞叶逐，相思而起"、《满庭芳·雪中闺思》之"相思何处梦，琼瑶满路，月漾蝉纱"、《贺新郎半·春闺》之"殢春愁，病是三分，肠回几曲"等也是情思具足的佳句。

二　词写山水多佳意——生于滇云历四方的词人刘坊及其词作

刘坊（1658—1713），原名琅，字季英。刘坊原籍为福建上杭人，因其祖父曾为永昌通判，刘坊出生于云南永昌，至十九岁始离开滇云而出游。清兵攻陷云南，刘坊一家八十馀口殉难，刘坊虽未殉难，却终生未仕，亦未娶妻。其著作结为《天潮阁集》。刘坊存于此集中的词作计八首，皆为写景或纪游之作，其《西江月·南岳上封诸景》联章共六首，有序自明其游踪心迹，可略见其生平。序云：

> 予以丁巳春游南岳，次上封寺。主僧天曙大师赏予独深，留予寓者三月。既而别去，随军入粤东。其年十月，复自粤归，淹留逾月，乃为衡州之行。明年三月，再至上封避暑，遂栖迟半年。己未秋，乃别天公归闽南。计往来上封三年，凡其寺之左右诸胜，予无不盘桓而搜索焉。因作长短句十二章记之。十馀年来，遂遗其半。今天公过化，而予潦倒风尘，未有底止。回思祝融，有负山灵之约，不胜中夜

---

① 廖泽勤编著：《全滇词》，黄山书社2018年版，第82页。

魂椒。爰录六词，以志当时于几案间耳。①

此序读来，颇有沧桑之感、流离之思，而当年之词，虽仅留其半，却已能窥斑见豹，知其风味。总的看来，这组词作尚难称入高格，所写之景虽不为不佳，却少了独特的韵致，比如其《西江月·望月台》云：

山势高连银汉，蟾光清映平川。今宵月色正愁人，多恐征人怕见。　四野虫声泣露，千峰夜色争寒。人生能得几回看，莫惜殷勤待旦。②

此首景物刻画粗略，既少特色，也欠个人化情怀的书写。组词中部分字句尚显得生涩，如《西江月·罗汉洞》之"人生踪迹有何涯"、《西江月·湘江》之"江流都亦似多情"等句，读来气脉不顺，用语生硬。《西江月》下阕首二句例用对仗，组词中则多处不工之对，如《西江月·湘江》之"红蓼香催客棹，白苹清畏鸥惊"、《西江月·会仙桥》之"风月千秋如故，山川几度荣凋"都不算工稳。据其序所言，组词作于己未年（1619），时年作者二十一岁，年既少而出滇不久，词作相对稚嫩亦在情理之中，不过其《满庭芳·南岳夏日》则入情入景，尚值得一读：

宿雨收晴，轻风送午，阴阴夏日初长。竹窗人静，密叶倒方塘。舞倦梁间乳燕，又新蜩、撰出沧浪。漫沉吟，浮萍踪迹，高问羲皇。　画屏七十二，苍涯叠翠，练瀑飞舫。倾尘寰、俗虑痛写潇湘。把盏浇空自酌，销镕千古兴亡。酒醒后，碧云万里，芳草隐斜阳。③

此词虽亦有稚涩之笔，却能写胸臆而出快语，见刘坊于词亦有一定功底。不知作于何时的《踏莎行·登石钟观音阁》则是刘坊存词中最可赏者。词云：

---

① 廖泽勤编著：《全滇词》，黄山书社2018年版，第35页。
② 廖泽勤编著：《全滇词》，黄山书社2018年版，第35页。
③ 廖泽勤编著：《全滇词》，黄山书社2018年版，第37页。

乔木牵云，修萝引屋。四山落照沉新绿。倦来小阁坐松涛，倚栏试穷千里目。　　古道秋深，野田禾熟。儿童拍手遮黄犊。萧萧烟火欲栖鸦，行人唱彻南征曲。①

此词用语颇工，写景入画。其情感则可谓寓浓于淡，客怀无尽，惆怅若许，只以淡笔点染于煞尾处，"烟火"二字如见炊烟袅然，正是"日之夕矣"时节，最是行人断肠之际，更加以秋深古道，稚子可爱，禾田秋成，此际词人心中，是何等况味，则尽在不言中，只待读者自味之了。

三　蒙化词人张锦蕴及其词作

张锦蕴，字允怀，蒙化人，岁贡，官景东教授，有《谭镜》一卷。张景蕴生年跨明清两代，康熙间尚在世，亦存词二首。其《玉楼春·春兴》为：

烟霞一窟任盘据，心安随适堪游豫。小村已在万花中，吾家更在花深处。　　秋菊可餐芝可茹，任教风至浮云去。闲从枕上晤羲皇，觉来暮听双鸠语。②

词所写之心态情致，与木增、兰茂等之隐逸诸词相类。不过，张锦蕴此词"小村已在万花中，吾家更在花深处"等，读来可喜处似过于兰茂、李思揆诸作。其《南乡子·秋兴》则风致清雅。词云：

细雨湿疏村，引惹烟岚分外新。漫看藤萝轻附石，匀匀。浅淡依稀露翠痕。　　日影逼西暝，松径遥闻牧笛声。不奏如簧鸟梦稳，沉沉。半掩荆扉月又升。③

此词发端显然有冯延巳《南乡子》之"细雨湿流光"的痕迹，显见冯氏的影响。词笔醇熟，淡荡轻灵，见词人之功底。

---

① 廖泽勤编著：《全滇词》，黄山书社2018年版，第37页。
② 廖泽勤编著：《全滇词》，黄山书社2018年版，第37页。
③ 廖泽勤编著：《全滇词》，黄山书社2018年版，第38页。

四 清前期其馀滇籍词人及其词作

李含和,字顺中,鹤庆人,康熙丁卯(1687)举人,官浙江嘉善知县。李含和存词虽仅四首小令,但颇多可赏之处。如其《浣溪沙·感怀》词云:

> 碧桃带露柳初烟,爆竹声中损岁年。客怀何事转凄然。　泪是暗流心独苦,魂因梦断恨难传。窥窗斜月冷涓涓。①

此词写景自然,写情深挚,用笔精到,出乎心境之真而得字句之妙。下阕对仗工稳而其情沉伤。结句情致清冷入画。李含和之《临江仙·夏游》虽未明题,却是追和北宋陈与义名作《临江仙》(忆昔午桥桥上饮)而得,用语结境亦见模拟之痕,显见受陈与义原作影响甚深。词云:

> 偶过大桥桥上饮,主宾多少豪英。绿槐垂阴雨初晴。薰风拂池馆,笑语不停声。　今古红尘都是梦,岁华驶疾堪惊。唯将曲蘖寄闲情。心头无一事,酒醒月三更。②

此词开篇与陈与义原作几乎同一机杼,虽具体字句略有不同,但显然是模仿而来。其后次第写景忆昔。下阕直抒胸臆,写红尘如梦,岁月堪惊,唯寄情杯酒。结句颇佳,心无挂碍,酒醒月横,境意俱至。全首虽无陈与义"长沟流月去无声,杏花疏影里,吹笛到天明"这般的警句,却也通首可读,佳境有在。

张汉(1680—1759),石屏人,康熙癸巳(1713)进士,授检讨,出为河南知府,后归。张汉为滇中著名文人,有《留砚堂诗集》,存词三首,其《雨中花·雨过醉菊台集骆宾王冒雨寻菊序字》云:

> 竹响空庭争雨乱。步锦石、泥封野岸。更谷叶低松,砌花舒菊,滴沥飘鸿雁。　远岫参差云不断。把户牖,兰英交泛。爱流水琴

---

① 廖泽勤编著:《全滇词》,黄山书社2018年版,第79页。
② 廖泽勤编著:《全滇词》,黄山书社2018年版,第80页。

第三章　清代前期云南词坛

台，风涛曳露，直坠珠帘半。①

此词以骆宾王《冒雨寻菊序》中之字集成词，具有游戏为之的性质。虽为文字之戏，却不难看出，作者对词之掌握已颇熟练，因而并不觉生硬而能境意浑然。张汉的《金菊对芙蓉·九月八日醉菊台》《贺新凉·归里述怀和韵》皆长调，亦能铺叙备足，情致有在。

陈祚隆，字履吉，剑川人，康熙癸卯（1663）举人，官垫江知县。陈祚隆存词共五首，其《临江仙·巴县吊段恭节公》倒还有可读处。词云：

巴峡春寒花色冷，流莺渐渐沉声。惟馀蜀魄恨难平。随风呼落日，伴月唤残更。　　雾隐云霾天地闭，猿啼两岸凄清。归来仙鹤瞰空城。涂山凭吊处，触物倍伤情。②

其《宿紫溪晓观山色·巫山一段云》便了无新意，难称可赏了。

赵城（1685—1759），字亘舆，通海人，康熙乙未（1715）进士，历官河南布政使等。赵城存词不多，其《蝶恋花》一词云：

双水秀山君到了。刚下征鞍，恰听啼春鸟。载酒细将幽兴讨，故园何处不芳草。　　记得海棠花最好。珍重花开，莫漫教花老。阵阵东风吹到晓，可怜枝上剩多少。③

此词前有小序云："癸巳年，余偕缪符星孝廉公车北上，比同下第，符星南旋，余独旅金台，计其抵家之期，当在新春。余既有感于客况，不能无故乡之思，而欲彼之乘时惜阴也，因为一词寄之。"④ 可见词旨。此词词意真切，愁怀怅触，历历可见，珍重花开，却在风声中为枝上花之凋残而伤怀，词句凄婉动人。赵河（1676—1735），字燕隣，通海人，康熙壬午（1702）举人，官庐山知县，有《待焚草》附词。赵河有《蝶恋

---

① 廖泽勤编著：《全滇词》，黄山书社 2018 年版，第 98 页。
② 廖泽勤编著：《全滇词》，黄山书社 2018 年版，第 74 页。
③ 廖泽勤编著：《全滇词》，黄山书社 2018 年版，第 97 页。
④ 廖泽勤编著：《全滇词》，黄山书社 2018 年版，第 97 页。

花·见城侄寄缪符星小词，次韵寄城》为和赵城之韵而作，词云：

> 双水东流今到了。遥忆京华，一样啼春鸟。小阮音尘殊杳渺，竹林化作相思草。　广受二疏千古好。父子同官，又得同归老。尔我功名都潦倒，天南天北离多少。①

此词情意真切，以小阮代指侄儿赵城，"竹林化作相思草"句有真情，而"尔我功名都潦倒，天南天北离多少"亦以直语出感慨，有感发之力。

其馀存词的此期文人孙申之、徐松、左麟哥之词，或写景，或纪游，类多泛泛而已，便从略不具了。不过，必须指出的是，上述这些词作者，虽难称词家，甚至其涉笔词道也或许只是偶尔的行为，但在滇云词的发展历程中，这些小家也是不可忽视的环节，其存在，正见滇云词的发展与走向更加普及的历程。

总的看来，除段昕、刘坊而外，清前期滇云籍词人存作多寥寥数首，存世十词以上的作者已无再有，这也可见彼时词风仅是渐开，还未臻于兴盛的总体情况。此外，除楚雄府各府县志存词较多、显示出一定的集中趋势之外，此期滇云词人及词作显得分散而缺少规模性和突出的影响力。然而，词创作的分散也显示出词创作正在走向普及普遍的倾向。这也为清中期滇云词坛的蔚然生秀奠定了一定的基础，成为前奏。在清前期滇云词坛中，显示出创作相对集中和兴盛之势的，则是彼时的楚雄府，以下便略述其状貌。

第三节　清前期楚雄府词坛状貌

检点清前期滇云词人基本情况表，极易发现，楚雄一地的词人词作占据了相当份额，较为引人瞩目。这委实是有些让人惊异的。如果仅据《滇词丛录》的收录，则此期楚雄一地的词学活动极易被忽略，因为《滇词丛录》并未存录此期楚雄词人或仕宦于楚雄的词人之作，然而，在楚

---

① 廖泽勤编著：《全滇词》，黄山书社2018年版，第96页。

雄府辖境内的各地，其府县志多有词作存录，总数近五十首，在清前期滇云词坛已属可观。因此，本节专门针对楚雄一地的词作而论。

楚雄府，在清代包含了楚雄县（府治）、镇南州、南安州、定远县、广通县、姚州、大姚县、黑盐井提举司、白盐井提举司、琅盐井提举司、苴却巡检司等地。诸地之方志中，存词最多者，实在出人意料，为（康熙）《黑盐井志》，其《艺文志》共存词二十六首，堪称清初云南方志存词量之最。显然，在黑盐井提举司的辖下，有相当数量文人进行了具有一定规律性和习惯性的词学活动。

对楚雄府辖下各方志存词的作者情况进行分析，则可见词人共十五人，由滇内及滇外文人官员构成，包括楚雄本籍徐日新、王允恭、杨璿、李禹鳞、唐联芳五人；非楚雄籍的滇人陈祚隆（剑川）、段绎祖（剑川）、熊载（昆明）、李载膴（石屏）、赵淳（赵州）五人；非滇籍词人郎棨（辽东）、彭学曾（江左）、牛奂（河南林县）、刘邦瑞（奉天襄平）四人。此外，尚有王孝标一人，不详其生平，籍贯也就难以征实。从诸人身份来看，多为仕宦科举中人。

表 3-3　　　　　楚雄各府县存录词人及词作情况

词人	籍贯	身份	时代	词作存录情况
徐日新	云南楚雄	举人，学官	顺治庚子贤良方正恩拔优岁	（嘉庆）《楚雄县志》存词二首
陈祚隆	云南剑川	举人，官员	康熙癸卯举人	（嘉庆）《楚雄县志》存词一首
郎棨	辽东	监生，宦滇官员	康熙间在滇为官，曾任永昌府同知	（康熙）《楚雄府志》存词二首（康熙）《黑盐井志》存词十二首
唐联芳	云南禄丰	举人，官员	康熙乙酉举人	（康熙）《禄丰县志》存词二首
彭学曾	江左	不详	与纂（康熙）《元谋县志》	（康熙）《元谋县志》存词五首
熊载	云南昆明	不详	与修《康熙元谋县志》	（康熙）《元谋县志》存词二首
王孝标	不详	不详	郎棨同时或稍后	（康熙）《黑盐井志》存词三首
王允恭	黑盐井	岁贡	康熙间	（康熙）《黑盐井志》存词六首
杨璿	黑盐井	岁贡	康熙间	（康熙）《黑盐井志》存词三首
李禹鳞	黑盐井	生员	康熙间	（康熙）《黑盐井志》存词一首
牛奂	河南林县	贡生，宦滇官员	康熙二十一年楚雄知府	（康熙）《楚雄府志》存词二首

续表

词人	籍贯	身份	时代	词作存录情况
段绎祖	云南剑川	举人，学官	康熙辛酉举人	（康熙）《楚雄府志》存词二首
李载膺	云南石屏	举人，学官	康熙甲子举人	（康熙）《楚雄府志》存词一首
刘邦瑞	奉天襄平	监生，宦滇官员	雍正四年任白井盐课提举司	（雍正）《白盐井志》存词四首
赵淳	云南赵州	进士，学官	雍正丁未进士	（乾隆）《琅盐井志》存词五首

从表 3-3 可见，楚雄府的词人构成比例，是省外、省内他籍、本籍基本持平的。其中，本籍词人多为生员等在科举及官场进阶中品级较低者。省外词人多同知、知府等地方官，而省内非楚雄籍人士则多举人学官，形成了有明显规律的层级分化态势。这样的身份与层级分化对楚雄在清初形成有一定规模的词坛活动是否有牵引之力呢？兹以黑盐井一地为据分析。

由沈懋价修、杨璿所纂（康熙）《黑盐井志》存词可见，彼时彼地词人并非兴之所至的随意书写情怀，而是有一定的词作交流唱和，形成一定的群体效应。其中，较为引人瞩目的为王孝标之《集颐椿轩和壁间郎郡丞水调歌头一阕呈玉老年翁暨诸同人教政小引》及王允恭、杨璿的同调同韵唱和词一组。组词存世三首，实则尚有郎棣不传于世的原唱一首。唱和之缘起为王孝标诸人在集于颐椿轩时，见壁间有郎棣曾题于此的《水调歌头》，"睹壁间之词调，韵叶宫商"，乃"引腕下之声歌，句追步武"[①]，由王孝标首倡，其馀二人继和。此外，杨璿有《王若梅以〈浣溪沙〉词见寄依韵奉酬》，王孝标有《和韵志谢·调寄〈醉春风〉》《连宵唱和锦牍纷投迅笔抒忱回〈水龙吟〉一阕以歌谢》等，可见黑盐井一地已颇有词人酬和之风，惜今存词作尚非彼时词坛之全貌，故难以尽知其详。不过，却已可见在清初词风已在黑盐井渐呈蔚然之势。黑盐井一地，僻处荒远，何以如此呢？这当与其地风化早开有关。据（康熙）《黑盐井志》所云："井人有自明初谪戍来者，有游宦寄籍者，有商贾置业者，有

---

① （康熙）《黑盐井志》卷之八《词》，《中国地方志集成·云南府县志辑》第 68 册，第 537 页。

就近赁居者，故冠婚丧祭与中州不甚相远"①，又云："井自国朝六十七年，生齿日繁，风气日开，教化大行，文章渐著，人物气象，卓有可观。"② 可见，黑盐井虽处僻地，然因盐井多有外来之人，故而风化早开，汉文化与文学在明代已有土壤和根基，在清初已得到较好的发展。其实，不独黑盐井如此，在清初康熙雍正年间，楚雄各府县志的记载中不乏类似的表述，如"文教日兴，士风驯习"③"习化彝为汉"④ 等类记载已颇为常见。在此背景下，郎棣等外来游宦及学官的词创作便不难因其官方和师长的影响力和典范效应而在本地激起一定的嗣响与回音了。

在上列词人中，创作数量最多的是郎棣，存词共计十五首，为（康熙）《黑盐井志》存词之翘楚，且对当地词风有一定的引领之功。从郎棣存于楚雄各府县志的词作来看，其风多慷慨而偏于阳刚一脉，读来颇有长空风起的快意俊爽之感，如其《看剑·调寄满庭芳》云：

狂啸声长，座皆屏息，听吾慷慨悲歌。剑横双膝英气断，天河一击，青山生色。或再击，流水回波。频相问，将他三击，还有不平么？ 如逢，知我者，头颅可赠，马革随他。若话到人情，恨嵌心窝。每把雄怀热血，闲检点，欲许谁呵？常自负，朱颜任改，侠骨怎消磨？⑤

此词跌宕淋漓，大笔酣肆，有英雄气、快哉风。郎棣尚有《谒太保山武侯祠·满江红》《登黑井积翠楼·满庭芳》两首长调，其风格也多类似此作，其间不乏大气佳句。即便其小令，也不流媚态，不着娇语，亦是刚劲而清简的，比如《黑井星回节一名火把节·虞美人》为：

---

① （康熙）《黑盐井志》卷之一《风俗》，《中国地方志集成·云南府县志辑》第 67 册，第 349 页。

② （康熙）《黑盐井志》卷之一《风俗》，《中国地方志集成·云南府县志辑》第 67 册，第 350 页。

③ （康熙）《楚雄府志》卷之一《地理志·风俗》，《中国地方志集成·云南府县志辑》第 58 册，第 356 页。

④ （康熙）《元谋县志》卷之二《风俗》，《中国地方志集成·云南府县志辑》第 61 册，第 131 页。

⑤ （康熙）《黑盐井志》卷之八《词》，《中国地方志集成·云南府县志辑》第 67 册，第 533 页。

> 不意滇南称此会，独有烟溪最。今宵无月上西楼，万火待吾秉烛、照人游。　连落江山光远接，不比朝闲色。浓阴点点宿流萤，狂客指挥高下、乱移星。①

此词写滇南火把节之景象，画面颇富动态，亦蕴想象之俊爽豪迈，结句拟写火把节火光万点之状，入画传神，景颇壮阔。（乾隆）《赵州志》存录赵淳《虞美人·星回节》一作，虽未于题中径书与郎棨之词的关系，却韵字皆同，显然受其影响而追步之。词云：

> 佳节滇南矜此会，更有苍洱最。今宵无月上西楼。万火荧荧秉烛、待人游。　隐约江山光远接，不比朝曦色。浓阴点点宿流萤。奔走儿童高下、乱移星。②

不仅韵字，句中部分字句也颇见受郎棨影响处，甚至颇有改动部分字词而成篇之感。其中究竟如何，因资料有限，难以明断，便存录于此与郎棨之作并观了。

郎棨的联章组词，如《烟溪好·十首寄调梦江口》实以《忆江南》为调。诸词虽有琢景细腻入微之处，却皆不入软媚一脉，其中颇有佳作堪读，如：

> 烟溪好，朝夕不离他。山上松多风弄笛，门前水浅石吟歌。清况供人多。

> 烟溪好，宜是带阴多。雾冷高幔山戴笠，寒回低裹树披蓑。此景问如何。

> 烟溪好，家住在山头。雾作重帘风自卷，云为轻幕月常钩。天许我清幽。

---

① （康熙）《楚雄府志》卷之十《艺文志下·诗馀》，《中国地方志集成·云南府县志辑》第58册，第591页。
② （乾隆）《赵州志》卷之四《杂纪》，《中国地方志集成·云南府县志辑》第77册，第166页。

烟溪好，到也趁吾怀。虽少笙歌消酒去，却多山水送诗来。得句亦清哉！①

数词中，郎棣之情怀可见，襟抱可感。其词之风味，似对当地有所影响，王孝标在《集颐椿轩和壁间郎郡丞水调歌头一阕呈玉老年翁暨诸同人教政小引》之末称："若云入七襄之室，尽是琅玕；登群玉之峰，无非翡翠。视余亦词人也，余则何敢？"② 言下，似推郎棣为词人，秉追慕之心兼有自谦之意。

遗憾的是，郎棣此《水调歌头》原璧未见，难以对照和作以见其用字、风格等是否有明显的传续和影响之痕。不过，自现存的王孝标、王允恭、杨璿三人的和作来看，三人和作的风格确是明显相近的，比如，杨璿之和作有"为爱溪流沸，一脉怒涛行。平地蓦然振响，似互答歌声。不是敲金戛玉，又非鼓琴吹竹，惹我鬓空星。忍却游情倦，顿使酒杯醒"，王允恭之和作有"剧饮春风，满座惯尽岁寒情"，王孝标和作有"欲问当年浩瀚，同瞻此时绵邈，入眼溅残星。引得诗脾热，不许酒杯醒"，皆属清标旷放一脉。细读诸人之作，词作总体的完整度和警炼度显然不可和郎棣诸作相较高下，而是时有龃龉生涩处，比如首句步韵"行"字，或曰"却傍水流行""得共乐闲行""一派怒涛行"便颇有因格律和韵脚之拘束而带来的牵凑之感，少劲拔之力与自然之美，显出初学者的稚嫩。诸人其馀词作中也不无类似的不足，比如"一个嫦娥，把霄汉、烟云尽擎"（王允恭《望月·调寄满江红》）"嘻嘻，几成往事。这一段光景，欲会何期"（王允恭《凤凰台上忆吹箫》）"翻衬出，春风面；乔卖弄，红如茜"（杨璿《石门桃园看瀑布·调寄〈满江红〉》）等。当然，诸人词作也有整体性较好而可观者，如杨璿之《王若梅以〈浣溪沙〉词见寄依韵奉酬》便清俊可喜：

沽得邻家酒一卮，相逢正好话相思。着意留君君不住，整鞭归。

---

① （康熙）《黑盐井志》卷之八《词》，《中国地方志集成·云南府县志辑》第67册，第533—536页。

② （康熙）《黑盐井志》卷之八《词》，《中国地方志集成·云南府县志辑》第67册，第538页。

归去画堂还记忆,屋梁月色醒来迟。问后会衔杯抵掌,更何时?①

此作自然而有韵致,看似并无刻意之雕琢锤炼,却已字句精到而融情于句,显然在词的创作中已有相当的习染与功力,方能举重若轻。王孝标等也有佳句,然而诸人词作泥沙与珠玉俱下,或有初学与习染较久的不同时期之作,然难以确辨,且存词皆不多,尚未形成自己的风格,显示出在前人引领和影响下初涉和渐进的特征。

楚雄府县志中存录的其馀词人词作,则多外来之人,所作类多题咏楚雄景胜之作,如李载膺之《琅井古梅·梅花引》、段绎祖之《龙江春涨·临江仙》《武侯祠·太常引》、牛夑之《羛泉晚景·法曲献仙音》《云峰寺观雨·水调歌头》、李禹鳞之《南浦飞云·调寄踏莎行》、刘邦瑞之《白塔樵牧·思帝乡》等,率多应景之作,如"龙江春涨""南浦飞云""龙泉晓钟""香河夜月"等皆当地十景八景之类,作此类诗词,本易入习套,而少警拔新隽之作。倒是与修(康熙)《元谋县志》的熊载,其写景之词清泠可读。如《浪淘沙》云:

丛桂吐香秋,月满高楼。风吹何处笛声幽。一阕关山清杳杳,惹起离愁。　凉夜露华浮,花影悠悠。枝枝低覆控帘钩。深院无人苔砌冷,细草萤流。②

又其《卖花声》云:

山色半天浮,江水东流。丝丝垂柳系扁舟。且向江头闲伫立,数数沙鸥。　几处荻芦洲,花影悠悠。春风吹不散离愁。何时③金江隔不断,只在眉头。④

---

① (康熙)《黑盐井志》卷之八《词》,《中国地方志集成·云南府县志辑》第67册,第541页。

② 廖泽勤编著:《全滇词》,黄山书社2018年版,第103页。

③ "时",疑当作"事",据《卖花声》之格律,此处应用仄声字,故以"事"为宜,姑存其旧。

④ 廖泽勤编著:《全滇词》,黄山书社2018年版,第103页。

此二词虽皆小令，却颇见功底，用字无龃龉，下笔皆自然，且能寓情思，景物细腻而不纤琐，融情自然而不生硬。

此外，便是赵淳的数词稍可读。赵淳，字粹标，赵州人。雍正丁未（1727）进士，历任东川、鹤庆、顺宁三府教授，有《龙溪存稿》。赵淳之词并不见诸《滇词丛录》等总集，所存之词一见于（乾隆）《赵州志》，所写为大理之星回节景致，其余五首则见于（乾隆）《琅盐井志》，所写则皆琅盐井山川风物。诸作难称上佳，其间有部分字句可赏，如《小重山·宝应山烟》之"日日山光入座来。与吾如有旧，冷相陪"情致清雅，《西江月·宝山晓月》之"我欲相留借问，曾否悔入广寒。须臾东旭振飞翰，遂使蟾趋兔散"结想清奇，《天仙子·宝山古柏》之"碧同枯骨龙虎色，根入九重香气彻"体物细腻。不过，通篇可赏者却不多，便不赘录。

总的看来，楚雄各府县志存录的词人词作较多，在清初的滇云方志中蔚为一景，且能鲜明地看出，外来者的词作功底和习染远较本籍学子深厚。由此也可明显看出，外来的游宦及学官对一地词风的引领作用。实则，不独楚雄府如此，其余诸地的汉文学创作也有类似的情况，正所谓远有诗风滇外来。

第四节　清前期入滇词人之作

清代前期入滇的词人，数量并不太多。其中，因为官而在不长的时间居滇的词人数量相对较多，包括郎棨、施用中等皆是。其中，施用中词作数量较多，且以组词的形式写滇云风物民俗，有比较突出的价值。非因为官而入滇的词人，则相对较少，不过，其中的倪蜕，却是在滇时间最长、创作亦多、影响尤大的一位。

一　寓滇词人倪蜕及其词作

倪蜕生平见诸《云南府志》《昆明县志》等。戴絅孙撰修之（道光）《昆明县志·寓贤》云："倪蜕，本名羽，字振九，松江人，晚慕唐刘蜕之为人，改名蜕，自号蜕翁。初从甘国璧入滇，其后足迹几遍天下。既返昆明，买屋西门外石礴村筑草堂以居。总督张允随立石道旁曰蜕翁草堂，今尚存。蜕无子，有女曰亦梦，赘县人阙履中为婿，从其姓。蜕博学多才，著有《滇云历年传》《云南事略》及《蜕翁诗集》六卷。"① 关于倪蜕的生卒及其在滇情况，邓长风的《清代学者倪蜕生平及贡献述略》中曾有考证："《文集序》和《诗集自叙》分别写于乾隆四年、五年（1739、1740），作者时年七十二、七十三岁。由此推知倪蜕生于1668年戊申（康熙七）。又由《文集》卷一《甓堂志》一文'今作此记，在戊申正月二十四日寅时，六十年前降期也'语，更可以得知他出生的月日时。倪蜕卒年不详。检《文集》卷二末《代仁寿庵僧摹建达摩楼疏》一文作于乾隆七年二月二十四日，知倪氏享寿七十五岁以上。他应该是终老于滇地的。他的一生经历了康熙、雍正、乾隆初年三朝。倪蜕不止一次地提到他'弱冠飘零'这一艰难的人生起点。《文集序》云'仆少以家难失学，既长，为养亲计，游走四方。'《诗集》卷一《忆昔行题邯郸店壁》'忆昔我年二十强，短衣孤剑南游梁。'《叙别》（别林南溟）序云'我束发出游几五十载，今六十又九矣。'皆是。此后，他'游幕四方'达三十年之久。五十一岁那年，飘泊四方的倪蜕始入滇定居。他除了在甘国璧幕下作过一段时间幕僚外，大部分时间都是过的馆塾生涯。庚子（1720）正月至四月，他还筑了一座规模不小的蜕园，大概这时他的生活和境遇都比较安定了。《文集》卷二有《蜕园初志》和《蜕园分志》纪其事。"②

倪蜕虽非滇人，却得《滇词丛录》列为清代滇词的第一位，且存其作九十四首，显见赵藩对其的认可与推重。倪蜕词题材多元，个性和风格极为突出，其词大声淋漓之处，颇有稼轩之风，而细腻宛转、清丽淡荡之笔，又颇见情致。其创作，无论自数量还是成就而言，在清初滇云词坛都堪称首屈一指。

倪蜕词在形式上颇有特点。首先，用调有鲜明的倾向性和习惯性。其九十四首词作中，小令三十二首，中调八首，而长调则有五十二首之多。显然，倪蜕填词虽短长皆有，却对长调有所偏好。从其词牌的具体使用来看，使用四次以上的词牌共八个，用此八词牌填词五十五首，超过其存词总数的一半，可见倪蜕在词牌使用上有较为明显的习惯和倾向性。倪蜕习

---

① （道光）《昆明县志》卷六《寓贤》，《中国地方志集成·云南府县志辑》第2册，第120页。

② 邓长风：《清代学者倪蜕生平及贡献述略》，《云南师范大学学报》1988年第3期。

用词牌中,使用频次最高的是《金缕曲》,共计十四首,次则《望江南》九首、《沁园春》八首、《满江红》六首、《踏莎行》五首、《点绛唇》五首、《念奴娇》五首、《减字木兰花》四首。诸词牌中,《金缕曲》显然为倪蜕最喜用的词牌。对倪蜕词牌的选用,赵家聪认为有辛弃疾的影响,倪蜕喜用之词牌亦是辛词常用的词牌。① 此说颇为合理,亦有启发。其次,倪蜕词还呈现出注重词题的形式特征,所存九十四首词作皆有词题,显示出倪蜕对其词的纪事性文本性质较为看重,其词作的征实性也就相应地较为突出,如《摸鱼儿·岁杪有感题楚署壁》《江神子·夜雨宿阳旅店》《金缕曲·留别董玉扬》等,皆可为倪蜕生平之考知提供材料。最后,倪蜕存有近三十首联章词,短则二作连绵,长者如《望江南·泉州江山清丽,殊似江南气候。暄和颇同滇国,因谱十词志胜》则以十词相连,共咏泉州景胜风物,与前文所述之杨慎的《滇春好》《渔家傲·滇南月节词》同一机杼。

倪蜕词之题材及情感亦呈现出鲜明的倾向性,即壮志难酬之感极为突出,这类题材中往往渗入了天涯羁旅、思乡念亲的情感。此外,倪蜕词亦有书写男女之情、咏物写景之词,皆各有所得。

倪蜕流寓日久,遭际堪伤,对月临风之伤感、岁节天涯之落寞、功业未成之感慨等,皆一发于词,故而悲慨不遇之词极多。比如《八声甘州·书感》词云:

> 有昂藏壮士未遭逢,踪迹困渔蓑。在阊闾城畔,春申浦口,饱尽风波。背上剑光万丈,夜半啸声多。问苍天生我,毕竟如何? 笔底风流霏屑,尽三杯薄醉,短唱长歌。怕群鸥不耐,飞去入烟萝。尽从他、游泳自乐。让扶摇、鸿鹄奋尽云罗。君信否? 蚁行雀起,尚未蹉跎!②

携书剑而奔波、觅明主而依栖为倪蜕一生之行,腾青云以直上、惠苍生以福泽为倪蜕一生之志,然而际会多艰、怀才难遇却是倪蜕所遭逢的现实。此词便颇见倪蜕身世之感、衷心之思。词发端之昂藏壮士,即倪蜕之

---

① 赵佳聪:《彩云深处稼轩风——论稼轩词对滇词的深远影响》,《云南师范大学》2005年第5期。

② 廖泽勤编著:《全滇词》,黄山书社2018年版,第42页。

自况，接以"未遭逢"和下句之"困"字，可见其抑塞不伸之志。不过，接下来的"背上剑光万丈，夜半啸声多"悲壮之中见英雄浩然之气。上阕末句，仰首问天，心曲可见。下阕则表达了既然时不我与，那么便与群鸥相伴，自在烟水之间，且让鸿鹄高飞的感慨。不过，结句又再度振起，"尚未蹉跎"见兀傲之气和不屈之志。此词总体以朴质有力的语言、壮阔的意象将倪蜕的经历与心事高度浓缩概括，亦悲亦壮，且伤且振。词之主题在悲己之不遇，而又有执着的希冀与信念，故而词中雄杰之气、兀傲之感亦足动人。倪蜕的部分词作还能将一己不遇之悲慨，拓宽到英雄之不遇，从而具有更高远普泛的感染力。比如，《摸鱼儿·岁杪有感题楚署壁》词为：

> 又匆匆、年华逝水，一身依旧羁旅。俯仰不禁双泪下，拔剑尊前起舞。君试觑，只可惜、溪山如画春无主。消磨尔许。笑公瑾风流，正平豪快，都到肠断处。　　千秋恨，数了从头又数。乾坤常把人误。几个英雄能竟用？何况区区词赋。休浪语，尽不及、他家茅屋团圞住。莺花旧路。重倚最高楼，孤城落照，愁听唱《金缕》。①

此词是羁旅思乡之感与悲士不遇之恨、英雄惆怅之怀的多声部合奏。发端直切，年华似水，羁旅在外的境况，使得词人思之泪下，不禁拔剑对酒而舞。"春无主"，感东君之不恤。"消磨尔许"一句，则可与"昂藏壮士未遭逢，踪迹困渔蓑"相参发。由己而及人，作者抚今而怀古，想及周瑜、祢衡等历代豪杰之士，其风流豪快，或许也只是表面现象，寄意于兹，难道不正可见他们内心的伤痛与郁郁吗？历史长河浩然流过千秋，其间又有多少遗恨难平？笔墨淋漓挥洒至此，倪蜕笔下奔泻出"乾坤常把人误"的痛彻之语，又接以悲怆的问与答："几个英雄能竟用？何况区区词赋"，拈出英雄不遇的千秋悲慨，恰似从一片飞花到落红成海、春色归去的个体与普遍，其兴发之深度和感染之力度自然与仅书写个人遭际感受不可同日而语了。接之，倪蜕写道，如此追寻，又何如在家中茅屋草舍却得家人团圆的美好呢？结句却陡转直下，回到眼前自己只身天涯、落寞高楼的孤寂情状，含蓄中见情景历历。此词大笔淋漓，沉雄痛快，悲壮相

---

① 廖泽勤编著：《全滇词》，黄山书社2018年版，第42页。

兼,在倪蜕词中堪称佳作。这样的悲感不遇、惆怅天涯的情绪,在倪蜕词中占据相当大的比重,如《南柯子·感怀二首》《贺新凉·书怀》《沁园春·自寿》《金缕曲·自嘲》等,多以淋漓壮笔写悲凉之伤,沉雄而兼痛快,其中佳句如"不堪壮气付蒿莱,空见月明无恙照长淮""天醉应难问,穷途且放歌""只看年来驰逐处,两字因循而已""顾影回头成独笑,笑持将、何物酹光被"都能真切逼人。其间尤其感人者,是将对亲情的感怀与一己不遇的沉郁相耦合之作,此类作品情感真切,故而能触动人心,比如《鹧鸪天·梦后》词云:

  归路江山隔万里,虚帏愁对一灯红。残更柝哑官街雪,破竹楼鸣子夜风。 难寄问,且书空。高堂双鬓惜龙钟。男儿苦被饥寒迫,半老承欢客梦中。①

倪蜕此词之题材虽属寻常,笔下却极为真切。尤其,下阕思念高堂之语,极为自然而深挚。"男儿苦被饥寒迫,半老承欢客梦中",是古今羁旅之人所常有,倪蜕此句,可谓牢笼古今羁旅思亲之情,而出以胸臆血泪之语,如何能不动人?

  沉痛悲壮兼以情意真挚,为倪蜕此类题材作品的主要特点。这类词作以长调为主,《八声甘州》《沁园春》《金缕曲》之调情本与之相合,加之倪蜕五十岁前流寓四方,而在江浙经行亦久,受到阳羡词派对辛词推崇的影响亦在情理之中。加之心境与性情颇有相通之处,倪蜕此类词作有稼轩之风便属自然。此外,倪蜕尚有登临纪游、怀古咏史之词,如《金缕曲·剑川段恭节祠堂》《金缕曲·登乐丰镇城望铜雀台遗址》《大江东去·赤壁》等。其间佳者如《贺新凉·虎邱怀古》:

  此恨凭谁诉?最无端,有情花月,难教留住。一片溪山图画里,消得痴魂如许。看不尽,白云红树。楼阁烟围秋欲老,更何人,曲按凄凉谱。双泪滴,青衫雨。 阊间石椁真娘墓。算从来,英雄粉黛,都归黄土。风壑云泉空在眼,旧剑终埋何处。休感慨,兴衰今

---

① 廖泽勤编著:《全滇词》,黄山书社2018年版,第46页。

古。知己只需三二客,待朝朝、烂醉山塘路。今不乐,渐迟暮。①

不过,风格与题材情感有所相关,却非绝对,倪蜕笔下,思乡与情爱之词便既有沉雄俊爽、大气淋漓而与其羁旅不遇之词风格相近者,亦有柔婉绵丽而别开一脉者。思乡之作而风格大气者,已略见前,其风格相对清丽细腻者则有《虞美人·夜泊》《踏莎行·宿莽庄》,其间不乏"江波摇碎天边月,隔岸千山叠""人瘦于花,魂轻似絮,东风白放春光去。镜中眉眼梦中身,离情留向归时语"等细腻之笔、清绝之句。而《踏莎美人·秋思》一首尤佳:

晚叶吹金,疏花错绣,西风划地帘衣皱。排云雁字去迟迟,谁谱一行秋雨断肠诗。　水涨平沙,烟横远岫,天涯心绪凄凉候。凭高无限起乡思,又是双双归燕舞参差。②

倪蜕写男女之情者也有大气与细婉之别。大气者,如《金缕曲·初秋夜》:

夜色凉如洗。暗迷离,姮娥单影,碎云笼住。不到清秋庭院悄,怎便凄凉如许。又禁得,几丝残雨。一曲玉箫声渐杳,清风送到伤心处。凭槛望,愁无数。　离魂吹断愁无据。尽思量,绣帘香篆,凭肩温语。天上疏星银汉淡,月浸半阶花露。忍忘却,旧时情绪。一样黄河东去水,奈郎踪妾梦三千路。那盼得,西流去。③

此词虽写秋夜相思,风格却不落于"昵昵儿女语"。词自夜色姮娥入笔,次第写眼前风景,语语如诉,自"又禁得,几丝残雨"以下,再到箫声清风间,词人凭槛愁望,情意蓄积已足,只待喷薄而出。换头处以"离魂吹断愁无据"承上阕之"清风送到伤心处",再转入对当日情状的回述,更以"忍忘却"切回眼下。其情感之喷发,在"一样黄河东去水,

---

① 廖泽勤编著:《全滇词》,黄山书社 2018 年版,第 44 页。
② 廖泽勤编著:《全滇词》,黄山书社 2018 年版,第 41 页。
③ 廖泽勤编著:《全滇词》,黄山书社 2018 年版,第 40 页。

奈郎踪妾梦三千路。那盼得，西流去"，此句与周邦彦"天便教人，霎时厮见何妨"同为情感郁积至喷发的真切之语，其动人处也不遑多让。此类风格的相思之作中，不乏大气苍劲而情真之语，如"冷浸一阶霜月，梅花影，满地相思。归心苦，西风吹老，几缕鬓边丝"（《满庭芳·秋夜》）"山色烟笼，遮断伊来路。天将暮，乱云西度，似到伤心处"（《点绛唇·雨后》）等。

柔婉绵丽之情爱词在倪蜕笔下虽不多，却能臻佳处有韵致，如《青玉案·春思》：

蘼芜遮断香车路，都不是，春归处。莺语凄凄疑有诉，飞花如蓟，残云似蠹，零落天将暮。　无端闲恨从前误，翠袖银瓶都付与。底事推愁愁不去。月寒西弄，潮回南浦，梦影漫天絮。①

此词琢景细腻，"飞花如蓟，残云似蠹"，比喻自有新意，亦真切如见。下阕落笔含蓄而情意绵长，无端闲恨，翠袖银瓶，隐约当时痕迹。接以为何推愁而愁不能去的疑问，再结以月寒潮回的眼前之景和"梦影漫天絮"的梦与现实交织难分的迷离之境，词境真切而兼含蓄沉婉，词情却深挚而耐人寻味。

类似于此风格的作品，也见于倪蜕部分书写时令和景事的小令，如《踏莎行·春寒》《踏莎行·访人不遇》等，其中有"西风吹瘦丁香结""帘垂燕子不归来，梨花门掩空庭雪""东风燕子入谁家，樱桃花下扃朱户""碧波如镜小舟横，斜阳芳草人归去""小腰瘦尽不如伊。无限风光都掷与，烟雨凄迷"等细腻而有风致的佳句，能入词之本色，实在可赏。其《望江南·泉州江山清丽，殊似江南，气候暄和，颇同滇国，因谱十词志胜》一组联章则清丽而隽永。兹撷其尤佳者以寓目：

泉州好，村墅碧云涵。海日红浮渐入浦，山烟绿散月生岚。风景似江南。

泉州好，造化酿春酣。桃李无言花烂漫，莺花不隔雨帘纤。韶景

---

① 廖泽勤编著：《全滇词》，黄山书社 2018 年版，第 39 页。

似云南。①

倪蜕曾客居泉州，为时不短，故而对泉州之风物人情多有体触。此组词作结末皆以"风景似……"为结句，有似"江南"者，有似"云南"者，显见在倪蜕心中，云南亦如故乡般为其心中所系。此组词作风味清嘉，词之对仗句工稳可赏，见倪蜕状景之笔力。

总的看来，倪蜕词题材广泛，形式自具特点，风格沉雄痛快、悲慨淋漓之外，兼得清丽宛转之味。其人虽非滇产，然其生活系于滇云时间较长，又为《滇词丛录》收为清代滇词第一人，所选数量也是最多。因此，将倪蜕视为清代滇词风气开辟者，实非过誉。

二 施用中及其涉滇词作

施用中，字时可，号养山，江西婺源人，清康熙时在世。施用中曾于滇云为官。据施用中自述，其于康熙五十八年己亥（1719）冬入滇，留滇二载。其存世至今的词作中有三十七首与滇云有关。其中，尤其值得注意的是其联章词《忆江南·滇南杂咏》三十三首。此组联章有小序云："己亥冬中，随思齐毛大中丞之任滇南，淹留二载。天时地利、土俗民风，与我内地迥异。漫成三十三章，俟归里日，以备父老亲朋之顾问云耳。词之鄙俚，固不计也。"② 可见施用中此组联章为记录滇云与内地相异之风土人情而作。三十三首词作分写"滇南地""滇南日""滇南节""滇南井""滇南浴""滇南郭""滇南产""滇南路""滇南话""滇南女""滇南屋""滇南会""滇南庙""滇南店""滇南馆""滇南卉""滇南果""滇南树""滇南猡""滇南叟""滇南市""滇南客""滇南俗""滇南菜""滇南马""滇南象""滇南犊""滇南鸟""滇南品""滇南水""滇南妇""滇南轿""滇南虫"。从所写的对象便不难看出，施用中涉笔的内容极广而深细。明代杨慎入滇亦留下大量关于滇云风物的叙写，然多以时令为序，次第记录词人眼中滇云一年十二月的节物习俗等，其馀则或泛咏滇景，或略述滇风，往往显得较为笼统和概略。施用中的三十三首滇南杂咏，可谓是最为细腻也最有史料价值的滇云叙写了。其中，多首

---

① 廖泽勤编著：《全滇词》，黄山书社2018年版，第63页。
② 廖泽勤编著：《全滇词》，黄山书社2018年版，第1137页。

词作之后尚有小记，较为详细地补充说明词所咏写的对象，比如"滇南节"一首写火把节之景"六月辉煌观火树，万家喧嚷点松明。赛过上元灯"。词后便补记云："俗名火把节，又名星回节，乃六月二十五日也。初，南诏皮罗阁独强，欲并六诏，乃置酒于松明楼，请五诏偕饮。内有一诏之妻，名慈善夫人，劝其夫勿往，夫诀欲去，慈善打一铁圈束其夫臂。后俱赴饮。酒半，南诏乃焚楼，五诏皆死。慈善认铁圈，寻其夫骨归葬，复自焚死以尽节，乃六月二十五夜事也。蛮俗遂于是夜排户皆点松明大炬，为吊慈善，且以为吉祥。更深，火把均弃山上，其光烛天。"① 将词与小记并观，则滇俗之貌与其源便皆具现于前了。部分词作及其小记尚可作为滇云风土历史的重要参照，如：

其四

滇南井，黑白两般盐。车载画成牛马面，等称须用凿刀添。湿润不相粘。盐大如石块，将红土画成牛马面目。其价甚昂，贫民不能多买，俱用等称。滇中天气干燥，置之几上，从不潮湿。

其六

滇南郭，雉堞颇堪观。西北竟能藏一海，东南一见露三山。人物半多蛮。滇省城郭坚壮可观，城东有五华山、螺峰山、祖遍山，城西有莱海子。人问滇中人，省城有多大，答云可藏一海三山。听者然。其实山皆小山，海亦不过一窒池也。记之以博一笑。

其二十二

滇南客，江右实称多。针线通书满穷谷，篮筐匾担遍山窝。欺骗在猡猡。外江之人在滇者，惟江西最多，汉彝厂洞无处不有，所带无非针线、通书、篮筐、匾担等物。滇中之人不曰江西，而曰江右，皆猡猡受骗居多，甚至有一针易一鸡，一带易一豚者。

其二十三

滇南俗，彝猓最难听。婢子养儿无父姓，蠢妻偷汉问夫名。到底是蛮声。猓彝之婢，老犹不嫁，有生五六子，有名而无姓者。又有偷汉问夫，代为取名

---

① 廖泽勤编著：《全滇词》，黄山书社2018年版，第1138页。

以便呼唤者。皆自各府利弊咨询详文。

其二十七

滇南犍,千百各成群。鞍架装身驼布匹,圈铃束项戴铜觔。猓猡受艰辛。猓猡牧牛甚众,均以圈铃鞍架装身,千百成群,出滇则驼铜斤,入滇则驼布匹。自滇中至镇远,从不投店,皆露处山中,食草达旦,猓猡置帐房守之。次早复行,苗子畏猓猡,不敢偷盗。

其三十三

滇南虫,供养作神祇。向夜飞腾生鸟尾,常时销铄入人肌。恶俗问谁医。滇人养虫以为嘉道兴隆,其厅堂必洒扫洁净,视若神祇。夜静飞腾,有红尾如鸟雀之状。虽种类不一,如蛙蛇者俱多。有司竟莫能禁,省会间有,沅江、开化更多。①

诸如此类词作,艺术成就难称甚高,但所写能历历,亦有较为突出的史料价值。

施用中尚有数首词作写在滇南的天涯之感与异域之愁,其中不无佳句,如《满江红·滇南怀古》之"渺渺浮生,却自笑,萍踪似雁。况此地,雁飞不到,我来还远"、《满江红·滇中送胡苍崖归楚》之"行矣休观滇海水,归欤莫负湘江月"等。此外,从诸词可见,施用中对滇云亦有欣赏之情、喜爱之意,如写及滇云"冬不祁寒风日暖,夏无溽暑烟云变。看山川、民物不寻常,真堪羡""花卉四时妍。不寒犹不暖,乐无边"等。

施用中的词作比较典型地体现了滇外入滇者的部分心态,即因天涯难归而生的穷愁乡思,因异乡风物的殊别而起的猎奇及鄙夷之心以及对美好风景宜人气候的喜爱。这三者的混融在多数外地入滇,尤其是较短时间的因流宦或游历而入滇者的笔端体现得较为明显而突出。作为滇云词坛的参与者与共同构建者,这样的心态以及在此心态下的滇云书写与叙说,亦是值得关注的文学景观。

三 清前期其馀滇外词人及其涉滇词作

清前期存词于滇云文献中的外来词人,除倪蜕、郎棣、施用中较为突

---

① 廖泽勤编著:《全滇词》,黄山书社2018年版,第1137—1144页。

出外，其馀尚有彭学曾、陈金珏、蒋旭等多人。

彭学曾，江苏松江人，康熙时在世，曾寓元谋，而与县令莫舜鼐同修《元谋县志》，其五首词作亦见采于《元谋县志》。诸词多写在滇云的岁时之感、经行之思、临眺之怀，如《苏幕遮·元阳七夕》《浪淘沙·元阳中秋》《蝶恋花·一憩亭》等皆是。其中《卖花声·过金沙江》值得一读：

江上淡斜曛，照入孤村。轻烟疏树霭沉沉。马上看花茅店酒，暂醉春云。　万里动乡心，花落纷纷。繁红稠紫缀芳林。别是一番春色也，真个销魂。①

此词写景历历，写情真而能与景相融相谐，有天涯物华之感、万里思乡之愁。

唐祖命（1663—1719），字薪禅，一字心传，江苏晋陵人，著有《瓣花词》。其中《沁园春·滇南送丁韬汝入觐》二首情真意挚，颇耐讽咏：

疏柳长亭，置酒高歌，予怀黯然。正秋桐一叶，雁来人去；边城万里，我住君还。冷角吹风，山猿泣雨，瘴岭纵横马首前。斜阳外，见人轻似鸟，路远于天。　盘江流水潺湲。怪万仞、危崖一线连。看奔涛沸浪，萍踪两渡；残山剩壁，战垒千年。僰域光阴，蛮姬风月，谱上沧霞十样笺。沧霞，韬汝自著词名。边番调，倩开元歌板，拍散炉烟。

往事长安，更为君歌，征车少留。记丹扉碧槛，故人东阁；银筝翠袖，昔日南楼。侠客沦亡，燕姬老去，易水寒涛日夜流。羊昙泪，算当年踪迹，一半西州。　江湖四载浮鸥，只季子、于今已散裘。况老来情绪，愁多似发；无聊身世，心冷于秋。我自怀归，人方得志，揽辔金台玉腕骝。迟余处，正寒驴箬笠，风雪泸沟。②

此二词技艺纯熟，用语老到，且写一己情怀真切可掬，显然是老于词

---

① 廖泽勤编著：《全滇词》，黄山书社2018年版，第1145页。
② 廖泽勤编著：《全滇词》，黄山书社2018年版，第1160—1161页。

道者方能臻的境界。二词写友人得以归去，而自己却依然只能天涯思乡，笔下将身世之牢愁，天涯之感伤写得淋漓尽致。

陈金珏及蒋旭分别来自滇外的江苏苏州及凤阳亳州。（康熙）《蒙化府志》正是蒋旭修，陈金珏纂，二人之词亦皆见此志。陈金珏由蒋旭聘为幕宾而入滇，（民国）《蒙化志稿》卷十《人和部·寓贤志》载其生平稍详，云："陈金珏，江苏苏州人，工诗词，以州同需次滇中。康熙间应同知蒋旭聘为幕宾。至蒙，与修府志，杂咏亦甚夥。"陈金珏存词四首，已是诸人中存词较多者了。其所存词作皆长调，能见功底，无愧于其从江浙这样的词创作兴盛和引领区域而来。比如《石州慢·秋日赴榆旅寓用高季迪韵》：

> 四野空濛，吹彻酸风，征衫潇洒。高城回首，诗魂愁魄，瘦鞭软把。山花妩媚，道旁绝少人怜，游蜂认得香沾惹。归鸿倚长天，将凄凉排写。　　闲冶。山憔水悴，盟石祠前，巃屼城下。一任灵旗风满，断碑雨打。小帘村店，独坐百感茫茫，轻敲缓击檐间马。豆火绿烟浓，渐梦儿来也。昔人谓滇中无雁，今则时或见之，故述及，亦纪异也。①

此词舒徐有致，张弛错落，能融情于景，写出怀抱，见凄凉况味。词用明初高启词韵，亦染江南吴地气息。

蒋旭，据（民国）《蒙化志稿》卷五《人和部·惠政志》云："蒋旭，字孟昭，一字闇庵，江南凤阳亳州人，康熙间选贡，三十四年任蒙化府同知"②，可知蒋旭生平之大略。蒋旭存词为《百字令·吊徐烈女》：

> 尘缘瞑瞑，小冰蚕、永夜愁丝自吐。锦水巍峰相惨淡，月冷鹃啼三鼓。刿鼻珠沉，毁容玉碎，彤管从头数。乾坤正气，阳爪此日重谱。　　最是未傍荀香，独珍和璧，京兆闲眉妩。谈笑从容归地下，得似云霄一羽。鹤市凄清，凤台寂寞，又向滇南睹。猗兰大节，青编高照万古。③

---

① 廖泽勤编著：《全滇词》，黄山书社 2018 年版，第 1151 页。
② （民国）《蒙化志稿》卷五《人和部·惠政志》，《中国地方志集成·云南府县志辑》第 80 册，第 109 页。
③ 廖泽勤编著：《全滇词》，黄山书社 2018 年版，第 1152 页。

此词流于歌咏贞烈一脉，自难出新意佳思，不过也可见蒋旭用语醇熟，也见习染之力。

此外，尚有徐长龄等人，虽未入滇，却创作了一定数量与滇云有关的词作。诸作或为送友人赴滇为官，或应邀歌咏滇中烈女等。比较突出的是徐长龄之《滇南福清洞天二十四咏》。这是一组异调组词，组词有序云："予未尝游六诏，望之若五彩云在天末也。己卯春，兰谷上人来粤，以福清洞天二十四观绘图见示，并索诗词，因拟里言二十四阕。仅于纸上摸索，究未悉其真奥，聊志卧游，以与兰公拈花一笑耳。"此二十四词多为小令，风味较为清真自然，因观图而作，虽间有"风清开曙色，雨润苔痕碧"等琢景细腻之句，但总体多大笔濡染，多留白有馀韵，如"青山有意不须招，也应寻到山深处""有时松下抱琴眠，悠悠一任云来去""几点松花自落，一声石磬悠扬""自在未随孤鹤去，忘机常伴老僧闲。风来又引过前山"等，皆能不泥于画，而得画之真趣与超然之意。

结　语

相较于明代后期杨慎歌传滇云、心寄词章的引人瞩目而言，清初词坛的光华和影响力还远有不及。从滇云文学发展的整体看，清前期本是蓄势待发的酝酿阶段，此期词坛未见有突出耀目的发展，本也是题中应有之义。不过，滇云词坛在此期也有一些值得注意和总结的现象。这些现象或与此前的滇云明代词坛形成延续性的现象，或为清初滇云词坛新的萌动与呈现。或因其一贯性的传续，或因其新质的增加，而有了值得关注的意义。以下，将从词人及词作的地理、民族分布、作品的题材、风格等方面加以归纳。

首先，清前期滇云词坛的地理分布。

此处的分布，包括词人的地理分布及民族分布。地理分布，关注的是词人的地域来源。如将此期词人与明代滇云词人比较，则可见在地理分布上已呈现出一定的变化。较为突出的是，外来词人的数量和比例都有所提升。明代，外来词人有词作可系于滇者，仅杨慎等八人，相较于滇云本土词人的近二十位，仅自数量上看，是有所不及的。清前期，滇外词人之数量则基本与滇内本土词人持平，自然当视为彼时滇云词坛的构建元素，且其影响力和存在的突出性是大有提升的。如果具体分析滇外词人的来源，则明代主要是江浙（共五人），馀则湖南一、四川一、陕西一，江浙外来词人的优势地位已有所显现。清前期则有江苏八人、浙江一人、河南、辽东、江左、凤阳、奉天诸省及地各有一人。显然，伴随着词人数量增加的，是江浙一带外来词人依然有着突出的存在感，同时，外来词人的来源有所拓宽，来源的省域亦更加丰富多元。

若抛开词人数量的拘束，则不难发现，在明代至清前期的滇云词坛，影响力和创作数量的绝对翘楚都是滇外之人，明代无疑是杨慎，而清前期则是倪蜕。此二人的来源之地，皆是有悠久深厚词脉传承之地。杨慎的家乡四川新都，属于五代时前后蜀所辖的中心区域成都，自花间词派始，便奇葩屡放，异卉竞开。倪蜕祖籍江苏松江，此地正是环太湖词人圈的要冲，自明末，便词家极盛，为词风的引领要地。显然，二人的创作数量与创作成就能远拔于滇人之上，正是源于其所在地词风蔚然的影响。因此，二人皆可视为传词入滇的重要人物。同时，明代至清前期，滇云本土所产词人尚无有能与之匹敌抗衡者，这也可见此时滇云词坛尚在蹒跚学步，习染尚不深，积淀尚浅薄。

至于滇内词人的分布，亦值得分析。如前文所述，明代滇云词坛的创作重心有昆明一带及以大理为中心，北上洱源、剑川、鹤庆、丽江，南下保山一线。清前期，昆明依然保有其重心地位。此期存词最多的倪蜕居于昆明，存词数量较大、创作成就较高的段昕为安宁人，徐松为宜良人，熊载为宜良人，赵城、赵河叔侄为通海人。这六人皆属于云南文化板块中的昆明板块，受其文化辐射与影响。显然，词坛分布中，昆明板块的词人创作是最为引人瞩目的。在这一板块中，除倪蜕为外来人，其馀词人皆为滇出，但因各地个人各自为政，词人的交往与词坛的规模性活动并不明显。同时，值得关注的还有，楚雄板块的活跃度和鲜明度极为突出。与昆明板块不同的是，楚雄板块词人的地域构成更为复杂，相互的勾连及交往更为突出。与上述两板块的突出呈现鲜明反差的，是大理板块的相对式微。此期的大理板块，并未延续和发展在明代中后期至明末的良好态势，而是仅有零星几人传词于世，剑川有二人，蒙化有二人（其中一人来自江苏，在蒙化为幕宾），云龙有一人。若单从作者数量看，大理板块似与昆明板块尚在伯仲之间，然而自创作的成就和影响力而言，大理板块已成为相对边缘的存在。不过，值得关注的是，大理板块的词创作亦有蔓延辐射之势，比如，明代未有词人词作传世的云龙等地也出现了词人词作。这也可视为一种发展。最后，石屏有词人两人。石屏属于滇云文化板块的滇东南板块，以蒙自为中心。此板块在明代有钟世贤的词作，颇得大雅之声，而此期词脉尚未断绝。从上述分析不难发现。从明代到清前期，滇云词创作的分布已见同中之异、异中之同的变化。其大要可概括为：明代的滇词创作活跃区基本得以延续，但其活跃度有升降变化，同时有新的活跃区域出现。昆明、楚雄、大理三大活跃区中，昆明、楚雄活力较强，且滇外人士有较大影响力，大理则相对显得有些暮气沉沉，缺少有影响力和代表性的作家。总的看来，昆楚大一线，本为滇东北至滇西北的要路，位于昆明、大理间的楚雄在清前期的活跃态势既与外来官员的影响有关，也与其交通要冲的位置带来的文化传播和发酵优势有关联。三地皆位于滇北，石屏虽在滇南，然仅寥寥二人存词传世，尚难成气候。因此，滇南基本处于词风未开的状态，较之滇北已有极为明显的差异。这一南北差异，自明代延续至清前期。当然，这种差异也与滇南与滇北汉文化传播与辐射的强弱有一定关系，与当地总体的文教水平等也有关联。

其次，此期滇云词人的民族分布。

明代滇云词坛中，除记载缺失和难以考订的词人外，可考为少数民族词人的，有赵炳龙、杨士云、何蔚文、何邦渐、木增、赵尔秀六人，其中白族词人四人，显然是较为引人瞩目的。清前期，随着大理板块创作影响力和活跃度的下降，可以考订的白族词人仅有段绎祖、陈祚隆。此外，尚有左麟哥为彝族。自绝对数量和比例来看，清初云南少数民族词人似呈下降趋势。从民族分布来看，白族词人依然占据一定的优势地位。这显然与大理地区的白族汉化程度高、习染深厚有关系了。此期的左麟哥，作为土官而作词，也显示出清初左氏家族的文学熏陶与传承。明清之际至清前期，左氏家族左正、左文臣、左文象、左明理、左嘉谟、左熙俊等文声有在。左氏家族重视文教，敦尚德化，建立了明志、文华等多个书院，使得当地汉文化的影响愈加深入。左氏家族中人笃好诗文，文人辈出，虽为词者不多，左麟哥之作词，却显然受到家族文化与文学氛围的影响。此外的清前期词人，在笔者已征的文献中并未明著其族别。云南各府县志对词人的民族来源多不做记载，以其馀途径考订的资料又尚显匮乏，故而对词人民族来源的统计恐难尽善而尽全，只能姑且就能确认为少数民族的词人而论。

最后，就作品而论，清前期滇云词作呈现出题材、风格及水平等各方面一定的规律性。

清前期滇云词作题材分布较为广泛，举凡咏怀咏物、纪游酬赠等经典而普遍的题材，皆有一定数量的分布。从纵向来看，此期词作的主流题材与明代滇云词作有比较突出的延续传承性，也就是说，并无异军突起成为新贵的某一题材。不过，写景类题材的地位似更为突出。《滇词丛录》所存此期词作已多写景者，亦有如徐松之《长相思·东山叠翠》《清平乐·西浦温泉》这类题咏地方景胜之作，而自各府县志中辑录而得的此期词作，亦以题写地方景物者居多，因此写景之作在此期似成主流。从风格来看，与写景题材的主流化相对应的，此期滇云词作总体风格并不秾丽浮华，婉约柔丽者亦有，然而总体却显得偏向于清淡俊爽，风格比较质朴，甚至下笔亦有稚拙之处。如前文所述，在词风初开之地，外来者与本地初习者的水平高下是有明显差异的。

综上所述，滇云词坛在清前期显然已较明代取得了长足进步。从数量和质量上看，在清前期的数十年间，传世的词作已超越明朝的近三百年的总量，质量上，也不遑逊色。甚至，从滇云本土词人的成就来看，清前期的段昕，词作数量已远迈此前的滇云词人，成就亦足翘楚一时。当然，此期的滇云词坛，外来者在数量和质量上依然拔去头筹，这也显示出滇云作为词风波及较晚的区域，词的发展还极其不充分。但是，不管是外来的引领还是本土的渐行渐染，都为其后乾嘉时期滇云词坛的繁荣奠定了基础，自有其贡献与价值。

第四章

清代中期云南词坛

清代云南词之发展，历经了清前期数十年间的交流习得与熏染积淀，在清中期达到了自身的巅峰。此处之清中期，大致是指乾隆、嘉庆、道光三朝，此期是滇云词人及词作最为丰富的时期，也是本土词人后来居上，数量、质量和影响力都终于成为翘楚的时期，且词作的创作呈现出鲜明的个性化风格和特色[①]。这些都表明，滇云词坛在此期已然相对成熟和兴盛。

清中期，滇云汉文学创作呈现全面繁荣的态势，词之盛美并非一花独放，而是无限春色的共筑者。清中期，滇云文坛群彦云集，词坛活动的重要人物亦多是当时诗文创作的活跃者和引领者。在清中期，由于词合乐可歌性的基本丧失，词与诗同构的抒情言志属性极为鲜明，其价值与功用实与歌行律绝无殊。因此，经历了此前的长期铺垫和积累之后，由于词人与诗人的同体化，此期词的创作得到极大发展也是合理合宜且使人欣慰的。

兹将此期滇云词人的基本情况如表4-1、表4-2所示，以观其概要。

表4-1　　　　　　　　清中期滇云词人基本情况表

词人	籍贯	身份	时代或生卒年	存词
吕文俊	云南蒙化	举人，官丹棱知县	乾隆甲子举人	一首
罗元琦	云南石屏	举人、罗次县教谕	乾隆戊午举人	四首
赵可随	云南腾冲	岁贡	乾隆丁丑岁贡	一首
彭翥	云南蒙化	举人，琼州同知	乾隆庚申举人	一首
严烺	云南宜良	进士，历官甘肃布政使	乾隆癸丑进士	八首

---

① 对人物的断限，尽量依据中科名之时，如戴炯孙于道光年间中进士，则视为道光时人，而无法详判其词作具体创作是否已跨出此期。

续表

词人	籍贯	身份	时代或生卒年	存词
王以荣	云南镇雄	举人	乾隆乙亥举人	一首
刘澍	云南蒙自	举人，官员	乾隆乙卯举人	二首
魏定一	云南昭通	经魁、昭通威宁书院讲席	乾隆壬子经魁	一七二首
段时恒	云南晋宁	拔贡	乾隆己酉拔贡	二十五首
李诚经	云南蒙自	诸生	乾隆间诸生	一首
尹相	云南师宗	进士	乾隆间进士	一首
倪琇	云南昆明	进士，历官福建兴泉永道	嘉庆辛酉进士	一首
万本龄	云南昆明	官员	1765—1822	七首
谢琼	云南昆明	举人，官禄劝县教谕	嘉庆戊辰举人	一三六首
戴炯孙	云南昆明	进士，历官浙江道御史	道光己丑进士	五十九首
陆应谷	云南蒙自	进士，历官江西河南巡抚河道总督，终直隶按察使	道光壬辰进士	七十三首
严廷中	云南宜良	历任山东莱阳县丞、蓬莱知县等	1795—1864	一一四首
喻怀信	云南南宁	顺天举人，历官郎岱同知	道光丙午举人	九十八首
喻怀仁	云南南宁	官湖北，因事戍新疆，后复官	怀信从兄	一首
杨载彤	云南大理	白族，副贡，历官马龙、他郎学正	嘉庆丁卯副贡	五十四首
方检	云南晋宁	岁贡	嘉庆间岁贡	一首
罗翰文	云南呈贡	举人	嘉庆丙子举人	四首
李于阳	云南昆明	白族，副贡	嘉庆己卯副贡	一首
何彤云	云南晋宁	进士，官员	道光甲辰进士	一首
赵瀚	云南昆明	举人	道光甲辰举人	五十首
杨柄锃	云南邓川	白族，进士，由刑部主事改官至甘凉道，后主讲西云书院	道光丁酉举人，戊戌进士	一首
王象韶	云南白盐井	贡生	道光丙午贡生	一首
何颐龄	云南师宗	举人	道光庚子举人	一首
方承恩	云南泸西	不详	道光间在世	一首
欧声振	云南易门	拔贡	道光间拔贡，官员	一首
张辅受	云南剑川	诸生	不详①	一首
赵惠元	云南剑川	诸生	不详	三首
谢坤	云南楚雄	诸生	不详	一首

① 《滇词丛录》存其词于王以荣后，当为王以荣大致同时或前后之人，故归入此期。

续表

词人	籍贯	身份	时代或生卒年	存词
张璧	云南镇雄	诸生	不详	二首
佘政	云南昆明	贡生	不详	一首

表 4-2   清中期滇外词人在滇云词坛的存词情况

词人	籍贯	入滇原因	时代或生卒年	存词情况
郭存庄	山东汶上	举人，宦滇官员	乾隆十九年任盐丰官员	（民国）《盐丰县志》存词半阕
王昶	江苏青浦	云南布政使	乾隆十九年进士	八词与滇云有关
檀萃	安徽望江	云南禄劝知县，居滇数十年，主育材书院讲席，滇人多师之	乾隆二十六年进士	存词一首于《滇南草堂诗话》
宋维籓	浙江乌程	著有《滇游词》	乾隆三十年贡生	《全滇词》自《滇游词》辑得词二十九首
张九钺	湖南湘潭	不详	乾隆二十七年举人	其《秋篷词》中有七首与滇云有关，自词题等观，张九钺曾寓居滇云
屠绅	江苏江阴	任师宗县知县，寻甸州知州	乾隆三十八年，乾隆五十二年任官滇云	与师范等有交往。《滇南草堂诗话》存词一首
刘可培	江苏阳湖	久客于滇	1745—1812	《全清词·雍乾卷》存六首与滇云相关的词作
龚国用	山东兰陵	昭通府知事	乾隆癸卯任昭通府知事	《滇南草堂诗话》存词一首，及其《茧囊稿》存词二十八首，是否与滇有关或在滇所作待考
吕心哲	山西汾阳	监生，宦滇官员	乾隆四十九年任镇雄州知州	（光绪）《镇雄州志》存八词
黄岐山	贵州	不详	乾隆间在世	《镇雄州志》存词二首，写镇雄景胜
许琰	江苏山阴	不详	乾隆以前在世	存词一首于（光绪）《续修永北直隶厅志》卷十《艺文下》
钱梦日	浙江钱塘	官富民知县	乾隆间在世	《滇南草堂诗话》存词一首
徐峻德	不详	师宗及嶍峨知县	乾隆间任职于滇	《滇南草堂诗话》存词一首
尤维熊	江苏长洲	蒙自知县	乾隆间为官滇云	存词四首与滇云有关

续表

词人	籍贯	入滇原因	时代或生卒年	存词情况
叶申芗	福建闽县	历任富民、昆明等地知县，东川府巧家同知，署曲靖府、广南府知府，充云南乡试同考官	嘉庆间在滇为官	《全滇词》录其词四十三首，其中到底哪些与滇云有关尚待甄别
吴振棫	浙江钱塘	云南府遗缺知府，补大理知府，后为云南巡抚，官至云贵总督	道光二年入滇，后于咸丰二年为云南巡抚	存词四首与滇云有关
吴存义	江苏泰兴	不详	道光戊戌进士	《全滇词》存词八首
黎兆勋	贵州遵义	不详	1804—1864	从存词看，曾入滇，《全滇词》存词二十三首
严锡康	浙江桐乡	不详	道光二十四年（1844）到滇	存词三首与滇云有关
任焕	浙江嘉善	不详	道光前在世	《满江红·自题〈游滇吟草〉》
张联司	不详	曾任大姚盐道	不详	一词存于道光《大姚县志》
邹元亮	福建莆田	不详	不详	《嘉庆楚雄县志》存词一首

据《滇词丛录》《滇词丛录二集》及云南各府县志、《云南丛书》所存之别集以及《全滇词》之辑录，得此期滇云本土词人约三十五人，滇外词人二十四人。自词人数量而言，与清前期相比有一定增长，而词作数量的增加则更为显著。此期滇云词人存词总数八百馀首，较之清前期滇云词人的不足二百首，显然是极大的突破。同时，存词十首以上的词人达九位。其中，存词五十首以上者有八位，存词过百者有三位，又有喻怀信存词九十八首。值得一提的是，上述九位词人均为滇产，可见滇云词人的发展与壮大。这一时期，外来词人的份额与影响均退居到滇云本土词人之下，甚至几乎可以忽略不计。这成为滇云词坛由外来者主导和引领转为本土化的重要转折点，是滇云词坛发展的里程碑。

第一节　山雨欲来风渐起——乾隆滇云词坛概况

乾隆时期，是康乾盛世的结末，是开到荼蘼、芳菲将尽的时代转折，不过，对滇云词坛来说，乾隆时期是滇词盛放之前最后的酝酿与蓄积期。此期之前，滇云词坛各阶段的代表作者及影响最大者皆为外来者，如明代之杨慎，清初之倪蜕，而此期的词坛则首次由滇云本土词人占了鳌头。此期之前，滇云本土尚缺少真正意义上的代表性词人，填词多是写诗的馀兴之举，属于旁枝斜逸的兴到所为，而此期滇云词坛已渐开生面，颇有可观了。

此期，滇云本土词人有吕文俊、罗元琦、赵可随、彭蠹、严烺、王以荣、刘澍、魏定一、段时恒、李诚经、尹相十一人，滇外词人有郭存庄、吕心哲、王昶、檀萃、宋维藩、张九钺、屠绅、龚国用、黄岐山、许琰、钱梦日、徐峻德、尤维熊十三人。从作者的籍贯分布来看，滇内词人数量略有不及，然自数量来看，则滇内词人存词远过于滇外词人。构成此期滇云词坛创作主力的不再是滇外词人，且占此期创作数量之鳌头者，也首次为滇云本土词人。这正是习染日久、浸濡弥深之后，滇云词坛的自有力量逐渐成长乃至占据更为重要地位的突出表现。此期存词共达三百余首，本土词人存作超过二百首，滇外词人存词近百首，堪称前所未有之盛。

一　咏花传奇皆有情——魏定一及其词作

此期词坛，首先值得关注的无疑是存词数量称雄于清中期的魏定一。魏定一，云南昭通人。（民国）《昭通县志稿》卷七《人物·名贤》："魏定一，字不坡，号也野，乾隆壬子经魁。品行卓绝，淡于荣利，仅公车一次。推县令，固辞，专意养亲授徒。历主昭通威宁书院讲席，岁入束脩，分给族人。以诗古文辞书画目[①]娱。所居松竹园甚幽雅……题额曰'五柳遗风'。钱南园赠联云：'护门草亦芝兰味，掷地辞成金石声。'著书十馀种，毁于兵燹，今所存惟《也野语录》《中庸衍义》《百花词》行世。卒年九十三，门人谥曰文贞。"[②] 魏定一存四词于（民国）《昭通县志稿》卷八《诗文征》。其所存四作《梅花·东风第一枝》《菊花·金菊对芙蓉》《竹·撼庭竹》《松·风入松》

---

① "目"，疑当作"自"，姑仍原书之旧。
② （民国）《昭通县志稿》卷七《人物·名贤》，《中国地方志集成·云南府县志辑》第 4 册，第 485—486 页。

为一组异调组词①。实则，这四首词作应是其（民国）《昭通县志稿》所谓之《百花词》的部分了。《百花词》又有著录为《别花词稿》。《全滇词》自《魏定一诗词钞》辑出一组词作，皆咏花，组词前有《莺啼序·别花小引》概括此组作创作之由，故笔者以为当以《别花词稿》之称更为准确。组词约八十首，所用词调各异，兹先将"别花小引"一作移录如次：

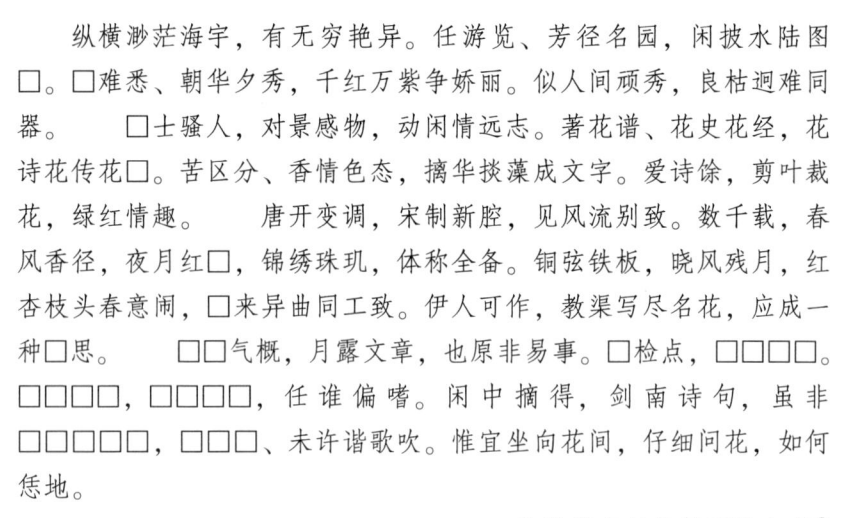

纵横渺茫海宇，有无穷艳异。任游览、芳径名园，闲披水陆图□。□难悉、朝华夕秀，千红万紫争娇丽。似人间顽秀，良枯迥难同器。　　□士骚人，对景感物，动闲情远志。著花谱、花史花经，花诗花传花□。苦区分、香情色态，摘华捄藻成文字。爱诗馀，剪叶栽花，绿红情趣。　　唐开变调，宋制新腔，见风流别致。数千载，春风香径，夜月红□，锦绣珠玑，体称全备。铜弦铁板，晓风残月，红杏枝头春意闹，□来异曲同工致。伊人可作，教渠写尽名花，应成一种□思。　　□□气概，月露文章，也原非易事。□检点，□□□□。□□□□，□□□□，任谁偏嗜。闲中摘得，剑南诗句，虽非□□□□□，□□□、未许谐歌吹。惟宜坐向花间，仔细问花，如何怎地。

乾隆庚戌年花朝不坡自书②

此为以词代序，自陈其写作此组异调组词之缘由，其中还有对词之发展历程及风格流派的认知。在此作以下，次第有《东风第一枝·梅花》等数十词分咏各花木。值得注意的是，这组异调组词中部分词作还注意将词牌与所咏之花相贴合，比如存录于（民国）《昭通县志稿》的四首词作分别写梅菊竹松，且刻意选取了与所赋咏之物有对应性的词牌《东风第一枝》《金菊对芙蓉》《撼庭竹》《风入松》。其馀如《一剪梅》咏绿萼梅，《木兰花慢》咏玉兰花，《桃源忆故人》咏桃花，《桂枝香》咏桂花，《海棠春》咏秋海棠，《江南春》咏迎春花，《虞美人》咏虞美

---

① 其词牌及题目当标为《东风第一枝·梅》《金菊对芙蓉·菊花》《撼庭竹·竹》《风入松·松》，姑存其旧貌。异调组词，乃与同调联章相别而言，指一组选择不同词牌创作而共同构筑完整性的词作，一般在两首以上。

② 廖泽勤编著：《全滇词》，黄山书社 2018 年版，第 110 页。

人花,《钗头凤》咏玉簪花,《临江仙》咏水仙花,《双头莲令》咏荷花等皆如此。虽然因所咏之花颇多,而难以尽合词题与花名,但已可见魏定一的用力用心。组词以咏梅之作先导,有《东风第一枝·梅花》及《江城子·梅花》,又以《醉春风》咏红梅,以《一剪梅》咏绿萼梅,以《阳关引》咏蜡梅花,可见魏定一对梅花极为爱重。其《东风第一枝·梅花》云:

> 雪冷溪桥,烟寒野店,清奇只见松竹。一番风信先来,谁觉暖回空谷。冰枝铁干识天意,阳梢芬馥。任世间、推作花魁,犹是淡然幽独。　　吟翠羽,梦魂趁逐;眠皓鹤,画图离陆。水边疏影横斜,月下暗香静穆。题诗索笑,尽怜惜、孤芳潜伏。待酿就丽景韶阳,好看万千红绿。①

此词结构妥帖,下字显然经过作者的一番推敲,并非信手随意而作。其间点染与梅花有关的语典,如林逋之"疏影横斜水清浅,暗香浮动月黄昏"、姜夔《暗香》《疏影》之"翠羽""幽独"等字句,化用尚不失自然。整首词作虽未能臻佳境,倒也不落粗俗浅鄙,能入词体,得词格。魏定一咏梅的数首词作尚有些佳句,如"白石清泉,落落见孤芳"(《江城子·梅花》)、"不醉酕醄,不点胭脂。莓苔影侵瘦冰肌"等。《金菊对芙蓉·菊花》一首似更有佳意:

> 阵阵金风,湛湛玉露,篱边暗度幽香。看莓苔小径,半倚松篁。怜渠与人瘦同样,却不争,二月风光。芙蓉对处,秋容淡淡,正是重阳。　　只有老圃疏狂,自然闲采,采诗满奚囊。不教金匜地,贮入壶觞。餐英醉酒成佳话,都因是,性耐清凉。人嫌隐逸,未知正色,占断秋光。②

此词颇有情致,能见风骨与劲节。词以时令之"金风""玉露"入笔,点出菊花季节,又以"篱边暗度幽香"引出菊花。"篱边"二字且引

---

① 廖泽勤编著:《全滇词》,黄山书社2018年版,第110—111页。
② 廖泽勤编著:《全滇词》,黄山书社2018年版,第128页。

人自然联想及陶潜之"采菊东篱下，悠然见南山"之情怀。次则叙写菊之环境为"莓苔小径""半倚松篁"。接下来，以"怜"字明著对菊的情感，所怜所赏的，是菊花不共群芳争春，而是与芙蓉相伴，在重阳时节以淡淡秋容掩映点染岁华渐老的萧飒，有傲霜之骨。下阕之"疏狂""自然""清凉""隐逸"，既是菊之性情，亦见作者襟怀之洒落淡荡。结句"占断秋光"不无兀傲之感，着人感喟。魏定一写竹与松的词作也能见作者心境，用字无俗气，下笔有清风。魏定一咏花诸词中，尚有情致婉媚之作，如《南柯子·剪春罗》云：

　　谁把风刀剪，裁成雾縠罗。造化着功多。春闺嫌细薄，怯春和。①

又如《碧窗梦·剪秋罗》云：

　　玉露穿瑶草，金风绽锦窠。汉宫舞袖自婆娑。月明碧纱窗，奈秋何。②

此二词分写剪春罗与剪秋罗，紧扣花名中之春秋二字染境立意，走笔轻灵，颇见情思。其《眼儿媚·四季花》亦可读，词云：

　　春来秋去不相关，落落在人间。几回月影，几番风信，尽视如闲。　牡丹最艳随时尽，晚径又凋残。愁人万点，只馀琪树，自在蓬山。③

此词运意甚妙，四季花本微贱凡庸，魏定一却从其不惧岁华，视风月之变化如等闲入笔。下阕将之与牡丹对比，见四季花历岁不改之高格。

除咏花诸作外，魏定一还有一组以异调组词面貌出现的词作，乃是以"传奇"为题的诸词，共计二十七首。此组词作究竟为何而作，因资料有限，且词中语句并未透露其详，故而不能径断。总的读来，这组词作似有

---

① 廖泽勤编著：《全滇词》，黄山书社 2018 年版，第 131 页。
② 廖泽勤编著：《全滇词》，黄山书社 2018 年版，第 132 页。
③ 廖泽勤编著：《全滇词》，黄山书社 2018 年版，第 132 页。

一定的情节，比如"忆新婚弥月，访道名山"（《锦堂春慢·传奇》）、"白地真成蜂与蝶，青楼误认凤求凰。何处识纲常"（《忆江南·传奇》）、"疆场时耀武，看将士，尽庸庸。嫁得高才婿，才见有英雄"（《好时光·传奇》）等，不过各词难以前后贯穿。诸词有从男子角度书写的路宿羁旅之辛，或山行（如《少年游·传奇》之"单人匹马，山桥野店，谁与问饥寒"），或水泊（如《乐游曲》之"江上驾舻艎。破峡翻空下瞿塘"），亦有从女子角度书写的送别远望之伤、思君惆怅之念，比如《声声令·传奇》云：

> 梧桐露冷，橘柚烟沉，菊花庭院暗苔侵。西风渐紧，暮云锁，绿窗深。最可怜，闲枕单衾。　花落红林，春又老，怯登临。秋千院落梦沉沉。流莺叫醒，转从头，细追寻。为远人，不惜芳心。①

此作着笔用语较直，并无多少委屈深沉之致，不过，在此组词作中已属稍近清雅之作了。总的来看，此组词作风格近曲，如《双鸂鶒·传奇》一作为："第一品行人好。第一文章才好。第一丰姿容好。第一性情心好"，实在俗近。又如《木兰花慢·传奇》一首云：

> 见匆匆去也，神魂散，意心酸。他窄窄青衫，迟迟白马，隐隐鸣銮。步蹒跚。行行渐远，过小亭几度掉头观。帽影遥遥出没，疏林故遮拦。　详看。上是碧云峦。下是绿江干。他静伴瑶琴，闲欹宝剑，那处盘桓。眉攒。盈盈泪眼，望家园双袖不曾干。似我凭高纵目，云烟四面漫漫。

这首词作则很近曲中送别场景的描写，用语直露而少蕴藉。因此，这组词作总体创作成就并不算高，可赏处也不多。

咏花与传奇两组词作虽已占据魏定一词作的泰半江山，不过尚不足以完全体现魏定一词的题材及成就。此二组词作之外，魏定一尚有纪行、纪事、写景、节序、寄人、题画、悼挽等多题词作，其中代挽词近十首，数量最多，部分代挽之作尚不落俗套，如《谒金门·代挽耿秀才》云：

---

① 廖泽勤编著：《全滇词》，黄山书社2018年版，第142页。

江天渺渺，野浦新荷小。共道清和时节好，华堂人未老。　　几处黄鹂声巧，杜宇啼残花杪。不信乘云归去了，忧心空悄悄。①

此词写得比较含蓄，借景而寓情，点染哀挽之意，词笔老到。魏定一代挽词风格多类此作，便不一一列举。此外，魏定一还有多首贺人之作，率多应酬语，虽下笔流利，却乏真情，便不赘述。值得一读的，是魏定一的纪行写怀词，或书即目所见，或写客行之感、羁旅之思，其中小令如《踏莎行·山村》是较佳者：

绕径闲花，压檐茂树，柴门半掩云深处。一溪春水响淙淙，鸟声□影流将去。　　石翠沾衣，苔痕涩步，山幽香细无人语。相逢□□□桥头，问君可是桃源路。②

此词原文虽有漫漶不清处，但景清境闲，得山村自在疏淡之趣。其《浪淘沙·江□夜行》亦可赏：

江上暮烟笼，万顷溟濛。橹声摇曳水声中。欹枕不知程远近，借问渔翁。　　灯火点波红，玉镜腾空。人家见住小桥东。那管扁舟愁思客，啸月吟风。③

此词写客行江上之所见所感，真切入妙，"橹声摇曳水声中""借问渔翁"等景事皆江行者眼前耳中常见常有，作者拈入词中则妙。下阕"人家见住小桥东"使人思马致远之"小桥流水人家"，人家见温馨之意，与作者扁舟愁思客的境遇相反衬，愈见独行离家之悲。《临江仙·玉屏县舟中除夕》一首则是客中夜泊：

爆竹声喧灯火灿，山城恰在江头。旅人独卧一只舟。清波冲石壁，渔笛响花洲。　　半夜钟声何处寺，偏教搅动离愁。黔山楚水路

---

① 廖泽勤编著：《全滇词》，黄山书社 2018 年版，第 147 页。
② 廖泽勤编著：《全滇词》，黄山书社 2018 年版，第 144 页。
③ 廖泽勤编著：《全滇词》，黄山书社 2018 年版，第 151 页。

悠悠。□□蜗角战,不似海边鸥。①

词入笔写繁华热闹之境,是夜除夕,正是万家团圆之时,而魏定一则只身孤卧舟中,耳目所及,唯有清波撞壁,渔笛传声。下阕写半夜钟声搅客愁,既是实景,又使读者想及张继《枫桥夜泊》之"夜半钟声到客船"。结末直言山水悠悠,而自己不能自拔于蜗角虚名,故而身心不得闲适,难如鸥鸟忘机自在。词用语浅近而真切,书写入微,见客愁,寓心境。魏定一此类羁旅行役之词,时有佳境清思,如《踏莎行·海子铺,在沾益州》之"载鞭瘦马过平桥,牧童笑指前村路"。诸词虽有离愁客怀,但书写较为平和舒徐,娓娓道来,如《临江仙·旧绵州九日》之"一样重阳风物好,居人自不知愁",不似倪蜕诸人之凄苦而抑塞不平之气郁勃难消,出以悲愤慷慨之语。

魏定一尚有多首写景状物或题画之词,如《西江月·钓鱼》之"飞去一行浴鹭,浮来几个闲鸥"、《巫山一段云·题黔中王以端山水》之"绿树撑青霭,红桥枕碧流。岚光波影一壶收,放眼坐渔舟"、《踏莎行·自题□□》之"偶因沽酒过红桥,听人道是桃源路"、《踏莎行·自写〈松竹图〉》之"清泉一道小桥东,清声远到山之麓"等,俱见情思。不过,通篇皆佳者甚少,便不再一一引录。

总的看来,魏定一存词数量为清中期之最,成就虽难称最高,却亦有值得关注之处。其词风格淡荡,时有佳境,对山野田原之境、旅途客怀之感颇有所得。

同时,作为滇东北昭通一带的首位词人,魏定一有开昭通词风之先的重要地位。在此前的明代及清前期,昭通一地并无词人词作。昭通一地,本属崇山险峻的苦寒之地,其经济与文化在滇云一直属于相对落后之地,汉文化及文学的风气习染亦非易事。至此时,词之创作方有声闻,亦见此地经过长期的酝酿蓄积,汉文化教育风气渐开,科甲渐盛,词风也就随之而初开。词风乍开,便有魏定一这样的词人引人注目地出现,实在使人喟叹。魏定一之外,此期昭通一地尚有王以荣存词,便一并于此略述。王以荣之《少年游·题州境凤岭樵歌》为景胜题咏之作:

---

① 廖泽勤编著:《全滇词》,黄山书社2018年版,第150—151页。

> 霞天一抹雁飞遥，时爱伴山樵。路转峰回，前呼后应，真籁废推敲。　疑他哕哕助长谣，逸韵上层霄。歌奏来仪，音谐金石，询且下刍荛。①

词自然难称佳构，勉强称得上情景兼到，尚不露太过生硬的痕迹，在题咏景胜之作中，也算入体入格。

二　晋宁词人段时恒及其词作

段时恒（1771—1800），字立方，号七峰，晋宁人。段时恒为乾隆己酉（1789）拔贡，著有《鸣凤堂诗稿》。其词不见采于《滇词丛录》《滇词丛录二集》以及《续滇词丛录》，今所见词作皆由《全滇词》自《鸣凤堂诗稿》中摘出。可见，段时恒并无词名令声，不过自其所存二十五首词作可见，段时恒对词颇有浸染。其词短长兼有，小令颇有佳作，如其《梦江口》二首云：

> 春江暮，塔影照波明。镇皖楼头凭眺处，奔涛怒起倦鸦横。野戍动笳声。

> 江天晚，素月涌层霄。上小孤山凭眺处，汀洲隐隐水迢迢。客舫夜吹箫。②

此二词写景直切而真，景中见情，读来兴味颇足。段时恒小令写儿女之情者亦多，如《望江怨》云：

> 船初泊。布置佳肴待馋嚼。柔情聊寄托。惠泉新酿从容酌。且欢乐。采得并头莲，照人花灼灼。③

此词所写似采莲女之情事，有民间风味，得情致之真，有唐五代词之自然浑成之感。《望江怨》其二亦有佳处，词云：

---

① 廖泽勤编著：《全滇词》，黄山书社2018年版，第108页。
② 廖泽勤编著：《全滇词》，黄山书社2018年版，第161页。
③ 廖泽勤编著：《全滇词》，黄山书社2018年版，第161页。

第四章 清代中期云南词坛

间门楫。恋别无言手相捻。珠痕沾翠靥。爱深休换舟如叶。忍抛妾。怨煞薄情郎，挂帆去已捷。①

此词写离别之际，珠泪湿，心不舍，结末写征帆已去，而以"怨煞薄情郎"直书其伤感与离恨，真切而妙。其《忆江南》亦可读，其一为：

空寻访，寂寞馆娃宫。步屧无人愁夜月，采香有径怅春风。犹似梦魂中。　休孤负，烛影画筵红。兰气腻销花旖旎，潮痕香颤玉玲珑。离别古今同。②

此词写离愁，其不俗处在牵合古今，既有怀古之思，亦有伤别之情。下阕"兰气"一联对仗工稳而香艳入骨，婉媚之处摇人心旌，荡人情怀。段时恒另一首《忆江南》则写闺情，亦柔媚婉转：

秋夜永，玉漏点初残。露透玫瑰鸳枕晕，风开茉莉翠帏寒。作态倚栏干。　馀酲醒，皓月照窗团。纨扇莫嫌香气薄，罗衫刚觉酒痕干。无语对相看。③

在段时恒小令中，《春光好》一首最有民歌风味，词云：

瓜蔓水，苹花洲。木兰舟。咿呀歌声和未休。动离愁。　相唤相呼鸳侣，同飞同宿莺俦。春色撩人闲不住，望江楼。④

此词以三个三字句连绵而出，景事浑融。下阕鸳侣莺俦正与人之形单影只相反衬，与"桃花春水绿，水上鸳鸯浴""落花人独立，微雨燕双飞"风味虽不同，手法却相似。结句直抒胸臆，春色撩人，动人思绪，故而登楼而望归，其情可感。总的看来，段时恒小令可读之作颇多，多能写景入画，写情入微，婉转柔肠，历历可感，有唐五代北宋风味，显得比

---

① 廖泽勤编著：《全滇词》，黄山书社 2018 年版，第 161 页。
② 廖泽勤编著：《全滇词》，黄山书社 2018 年版，第 162 页。
③ 廖泽勤编著：《全滇词》，黄山书社 2018 年版，第 162 页。
④ 廖泽勤编著：《全滇词》，黄山书社 2018 年版，第 167 页。

较浑成，艳而不淫，读来自然真切。段时恒小令也有怀古、题咏、感怀等题材，风格便多疏朗清逸，如《浪淘沙·题冯华川先生〈六桥烟柳赋〉后》云：

一片晚烟遮，柳影欹斜。桥排雁齿渡轻槎。斗酒双柑须带也，休负年华。　望十里桑麻，三竺云霞。绿阴深处尽人家。记得游时如画里，今隔天涯。①

此词触笔淡荡而见情思，末句今昔对比，似淡而浓，使人涵咏不尽。段时恒的长调题材及风格则颇近北宋才子词人柳永的羁旅行役之词。比如其《长相思》云：

漏永长街，春深小屋，清樽话别绸缪。檀槽缓拨，珠串低吟，声声吞吐离愁。欲语还羞。看海棠红腻，泪雨横流。密缔凤鸾俦。感多情，铁石心柔。　奈礼法纠缠，程期迫促，东风送入皇州。途遥人靡定，寄相思，难觅书邮。望断星眸。怨薄幸，应嗟暗投。却须来，梦中细说缘由。②

此词写离别前之相聚密约。上阕首先状写地点，概括情事，再细细铺陈当时情景。上阕之末归于"铁石心柔"，亦见作者之多情。下阕以"奈"字领起，历历写离别之无可奈何。其后，写自己离别之后，路遥不定，书信难寄。于此，用对面傅粉之法，不写自己如何思念，而转写女子当"望断星眸"，又悬想她应在怀疑和抱怨自己吧，后悔伤感于痴心错付。这种手法，与柳永《八声甘州》之"想佳人，妆楼颙望，误几回，天际识归舟。争知我，倚栏干处，正恁凝愁"实有相似之处。此词结末，盼着依托入梦而说明不得已之缘由，亦见深情。全词书写情事衷肠，直切而下，与柳永词确有款曲相通处。又如，段时恒之《西湖月》云：

晚来暝色初收，看霁宇无尘，冰轮高揭。六桥波气，三潭塔影，

---

①　廖泽勤编著：《全滇词》，黄山书社2018年版，第167页。
②　廖泽勤编著：《全滇词》，黄山书社2018年版，第164页。

四围莹洁。渔船齐下网,看点点灯光、明又灭。试缓步,垂柳堤边,风到顿清烦热。　是谁铁笛横吹,似落尽梅花,怨声幽咽。少年情事,他乡景物,令人凄绝。嗟云鬟玉臂,几度酌量、阴晴圆缺。却恁教,地远天遥,恨离伤别。①

此词则颇似柳永羁旅行役词之笔法与叙写。词以写景入笔,次第书写旅途所见与一己之行为,铺陈历历。下阕以"是谁铁笛横吹"发端,点染清冷境界。接下来,"少年情事,他乡景物"的概括,既精切准,是多少羁旅之共感同悲。其后直笔写思念,用语俗而情切,故而弥觉情之所至,不能自已。总的看来,这类词作无论所写之情感,还是叙写之手法,皆有柳永词的痕迹,亦见影响之历历。

三　宜良词人严烺及其词作

严烺其人其作也值得一书。《滇词丛录》之严烺小传云:"严烺,字存吾,一字匡山,宜良人,乾隆癸丑进士,历官甘肃布政使,著《红茗山房诗》,附词。"② 此外,严烺生平见《滇系》《宜良县志》等,《中国历代人物年谱考录》亦载有《严匡山自订年谱》。严烺,乾隆二十九年甲申(1764)生,嘉庆二十四年己卯(1819)卒,年五十六。(民国)《宜良县志》云:"严烺,字存吾,号匡山,生有异禀。年七岁能文,十一入泮,十三食饩,十六中副车,二十二领解首,二十九成进士,三十二入词林。文宗八家,诗法三唐,著有《红茗山房诗文集》《馆课诗》,刊行于世。其由御史以至开藩,奏疏甚多,惜皆散失。"③

严烺词见诸《滇词丛录》,所选达七首,皆为长调。其词传世虽不多,却堪称精雅妥密,得长调之髓,且时见佳思。从题材来看,严烺所存七首词作有题画二首,其馀皆有一定的纪事性。严烺的题画词为滇云词坛较早的题画之作,却不显稚拙。《凤凰台上忆吹箫·题戴紫垣师藕花妓船图》云:

---

① 廖泽勤编著:《全滇词》,黄山书社2018年版,第166页。
② 赵藩辑:《滇词丛录》,《云南丛书》第46册,中华书局2009年版,第24236页。
③ (民国)《宜良县志》卷九《人物志·文苑》,《中国地方志集成·云南府县志辑》第24册,第63页。

  白傅多情，藕塘十里，画船双载娉婷。羡风怀雅称，仙骨天成。坐拥碧天香海，抵多少、人月双清。箫鸣处，几声檀板，一阵歌莺。
  分明。这番着想，浑不是，琵琶江岸初停。笑后堂丝竹，空自纵横，争似绿杨小艇。消溽暑，烟水方生。天风起，花枝照人，何异蓬瀛。①

  词题中之戴紫垣，即戴联奎。戴联奎，生平见《清史稿》。联奎字紫垣，江苏如皋人，乾隆四十年进士，选庶吉士，授编修。《藕花妓船图》，画名应出自唐白居易《西湖留别》："绿藤阴下铺歌席，红藕花中泊妓船。"题画与咏物，皆难在把握离即之间的分寸位置。此词发端点出画中人物，接以赞美之词与想象画中之境。换头处有趣致，将浔阳江头与藕花丛中相对比，有些打趣白居易的意味。再接以对画中绿杨小艇、烟水荷花之美景的称许，虽未臻于上佳，亦不为劣作。严烺另一首题画词《金缕曲·题吴春圃广文雅奏图》则多凛凛英雄气，下字沉雄，颇有力透纸背之感，其间"羽扇雕弓聊自适，有几人、投笔封侯去""回首旗亭肠断处，甚樽前、记曲呼娘子。倦游也，骅骝系"均笔真意挚，有感发之力，而非斤斤于画作之摹写再现。

  严烺其馀词作多为与友人唱和之作，多记叙自己之所见与经行，以词代书而有较为鲜明的纪事性。比如《摸鱼儿·汉阳晓渡和李云裳同年韵》：

  几年前、滔滔江水，而今重唤公渡。浮生叹煞红莲叶，泛泛只随波去。天涯路。有八月仙槎，且许征人附。时同入学使初颐园先生幕。相逢似故，纵地隔东南，一般羁旅，同向白云住。 轻舟过，摇曳晴川烟树。晓风残月谁赋。正秋期蟹肥莼脆，相称持螯心绪。江天暮。又冷节重阳，懊恼题糕句。旧愁欲诉。便望见家山，传来锦字，也觉少年误。②

  此词所寓情事襟怀非只一端，既有对挚友的思念，也有天涯同是伤沦

---

① 廖泽勤编著：《全滇词》，黄山书社 2018 年版，第 170 页。
② 廖泽勤编著：《全滇词》，黄山书社 2018 年版，第 171 页。

落的惆怅,还兼有归去不得的伤感。全词下笔精熟,首尾完整而情感深挚,抒怀而能融情借景,佳句有在,如"相逢似故,纵地隔东南,一般羁旅,同向白云住"等句,颇耐讽咏。其《齐天乐·过汉川和云裳韵》与此作情怀大致相类,而更婉转有致,风韵袅袅:

> 汉川千里烟波湿,城边绿杨秋雨。蟹舍虹残,渔庄雁落,小艇空濛行去。离情缕缕,问解佩何缘,恼人心绪。翠羽明珰,临风不见料难住。　茫茫楚江欲诉。暮山青未了,双桨空渡。读罢离骚,听来湘瑟,怨到芜蘅深处。微云汉上,望带水盈盈,莫通鱼素。十日征帆,嫩寒归梦阻。①

此词对景物的铺写更见用心,从发端之"烟波""绿杨""秋雨"至"虹""雁""小艇""江""暮山""微云""芜蘅",景以实景为主,虚景一二,则盘空点染,景中见人之经行与所历,更见其衷心所感。离情与屈子《离骚》之抑塞磊落相掺和,大有"忧从中来,不可断绝"之感。嫩寒梦阻,蘅芜怨深,鱼素难通,暮山犹青,种种况味,有韵外之致而不露。其《风入松·寄万二芝轩,时芝轩尊人罢官,将归滇南》一首亦是如此:

> 晚江烟水暂停桡,送岁雪飘萧。相逢恰是生春处,刚回首、几个花朝。人事只看枯树,乡心争度寒潮。　武昌官柳太无聊,摇落短长条。繁华往事浑如梦,归来好、山水清标。只恐扁舟西去,碧鸡金马迢遥。②

此词最值得吟赏之处,端在"人事只看枯树,乡心争渡寒潮",非有经历者不能道。而下阕则寓宽解之意以及忧心友人及其父亲路途迢遥之感。严烺词作存世虽不多,但柔而不腻,绵而不软,雅而不涩,涵而不宣的风味比较突出,其词已臻佳境。严烺之子严廷中在道光间崛起滇云词坛,应与严氏家族之文学传承及其父在词道中的浸淫有莫大关系。

---

① 廖泽勤编著:《全滇词》,黄山书社2018年版,第171—172页。
② 廖泽勤编著:《全滇词》,黄山书社2018年版,第172页。

四　其馀滇云本土词人及词作略述

此期尚有数位滇中作者，其题材与风格皆各不相雷同，显示出滇云词坛逐渐多元化的词风走向，这当然也是词坛走向成熟的表征之一。

比如，罗元琦的异调组词《四时读书乐》分别以《玉蝴蝶》《满庭芳》《百字令》《百字令》咏写春夏秋冬四时读书之乐，风格淡雅清逸，襟怀洒落。罗元琦，字昆圃，石屏人，乾隆戊午举人，官罗次县教谕。其组词中，春时之"侵阶草色，无边生意窗前"，夏时之"最喜是，拈诗待月，爽籁出幽篁"，秋时之"孤檠淡月，冷韵吟秋，香绽疏篱蕊"，冬时之"一编挟纩若春温，静躔天根月窟"皆能拈出妙处，引人向往之意，欣悦之情。

蒙化吕文俊之《满江红·吊周太仆》则因题材关乎忠烈，因而风格沉雄兼有悲壮，"击楫誓当城下战，堕睛已冒车头矢。痛屠鲸，赤手未成功，伤何已"，颇见肝胆。

此期彭翥虽存词仅一首，风味却与上述诸人之作显有迥别。彭翥生平亦见《滇系》："彭翥，字少鹏，号南池，蒙化人，乾隆庚寅举人，历官广东同知。曾擒海洋巨盗。著有《海天吟诗集》，其生平学行详载钱南园所为墓志。"① 其《双调望江南·春暮》云：

> 春欲暮，楼阁渐浓阴。芳草绿迷游子梦，落花红悴美人心。一样思难禁。　回首忆，韶景费追寻。绛蜡五更排万橹，歌筵一醉掷千金。忽地雨淋淋。②

此词写春暮，"楼阁渐浓阴"，语出寻常，却真切之极。其下"芳草""落花"一联工粹而情致婉媚。下阕似回忆曾经歌宴酒席之欢。"忽地雨淋淋"五字，如当头棒喝，冷意透骨。

此外，剑川诸生张辅受词见萧狂之态，不羁之骨，其《玉楼春·薙髪自嘲》云：

---

① （清）师范：《滇系》六之一《人物》，《云南丛书》第10册，中华书局2009年版，第4963页。

② 廖泽勤编著：《全滇词》，黄山书社2018年版，第109页。

老来事事都无状，头上雪花飘荡漾。萧疏剩发几根根，辫缕青丝接不上。　　不如薙却休留养，挂碍全消返快畅。有时露顶王公前，任嘲酒肉风和尚。①

此词虽笔触还有稚拙处，但风骨弥健，值得叹赏。值得注意的是，乾隆时期文字狱盛行，张辅受此词如落于有心人手眼之中，尤其如在江浙一带，是极易因文字而得祸的。不过，或许由于滇云僻处蛮方，朝廷对之的重视和管控便远不及江浙一带了。

五　滇外词人在滇云词坛的存在情况

此期的滇外词人再无杨慎、倪蜕之类称雄滇云词坛者，其地位和影响力已退居滇云本土词人之下，缺少具有代表性的大词人。不过，诸词人存词亦较为丰富，无论题材还是风格均比较多元，其中也不乏佳作。

滇外词人存词较突出的是宋维藩。维藩，字瑞屏，浙江乌程人。乾隆三十年乙酉（1765）拔贡生，著有《滇游词》。《全滇词》自《滇游词》中辑得词作二十九首，据其词集之名，当为在滇所作，然其中一作题为"楚湘舟次寄陈农部緼桥京师"显然非在滇之作，其馀诸作也缺少切乎滇云的描写，词题也无明确信息，故颇有难决之处。然诸作多骨肉停匀，词意清远，意境不俗，堪称佳作，姑录其中数首尤佳者以待考。其《蝶恋花》云：

客里寻春真莫据。雨雨风风，暗把流年度。牛背夕阳红欲暮，烟波横上垂杨渡。　　沅芷湘蘅成懒赋。燕子飞来，又道春江去。省事天工浑不顾，草痕不没愁来路。②

此词用笔清灵，写景细腻而有远韵，"草痕不没愁来路"一句，不减宋人高处。又有《鬲溪梅令·戊子灯节前一日有寄》云：

催花天气暮寒滋。雨丝丝。正是东风着意、做春时。吹黄杨柳

---

① 廖泽勤编著：《全滇词》，黄山书社2018年版，第176页。
② 廖泽勤编著：《全滇词》，黄山书社2018年版，第1178页。

枝。　　竹扉半掩画帘垂。酒重持。记得年时灯月、影参差。黄昏双桨迟。①

此词用语自然，颇有民歌风味，读来畅心惬意。宋维藩之《望江南·舟中杂咏》六首亦多隽语佳句，如"两岸笙歌留画楫，满湖烟月作春灯""曲岸泥深芳草绿，卖鱼人过立多时""带雨云归溪路暗，蹙波风起峭寒生""杨柳日斜春闭户，一鸥闲上渡头船"等皆境与意偕，语出不俗。

王昶（1725—1806），江苏青浦人，字德甫，号述庵，又号兰泉。乾隆十九年甲戌（1754）进士，历任江西、陕西按察使，曾官云南布政使，晚年主娄东书院、敷文书院等讲席，著有《琴画楼词四卷》。王昶对词之搜集颇有会心，在彼时词坛是有相当影响力的，编有《明词综》《国朝词综》等，均传行于世，且影响较大。《全滇词》自《琴画楼词》中辑出二十三首词作，然其中多首与滇云无明确关系。其中近十首可视为滇云词坛词史的组成部分，或写经行之事（如《瑶花慢·出鸡足山，还至宾川官廨》《应天长·戊申四月，因验腾越城工，复至大树园，总戎刘君之仁留饮。时缅酋入贡，已抵近关》），或状滇云异物奇观（如《天香·香楠》《潇潇雨·铜壁关芭蕉》《金缕曲·碧梦厮梅枝为饮烟筒，属赋》），或咏写景胜（如《台城路·雨中过洱海，望点苍十九峰，不得往，书此记之》），或写及滇人（如《浪淘沙·罗红本京洛歌伶，飘流大理。博晰斋观察以词赠之，属余为和，未见其人也》），或回忆在滇之情。其中，《疏帘淡月·蛮暮南来，湖外白莲数顷，内地所少。并无有采其花而食其实者，亦不知为莲也》一作风味清宜：

荒湾连水，讶濯雪凝冰，亭亭十里。本少红妆采撷，画船迤逦。蛮云已尽寒江外，但相同、苹花徙倚。谁能相认，纤鳞微度，闲鹚忽起。　　正白羽、初分天际。甚翠盖翻时，幽香如此。不管露凉，波静脂消粉坠。西池迢递知难到，只盈盈、微点清泪。惟应月姊，宵分遥对，一奁秋意。②

---

① 廖泽勤编著：《全滇词》，黄山书社2018年版，第1182页。
② 廖泽勤编著：《全滇词》，黄山书社2018年版，第1170页。

此词写滇中白莲。发端以濯雪凝冰写白莲出淤泥而不染的素淡清雅，其后次第叙写无采撷之寂寞，露凉波静之冷清。结末以对月凝思收束，"一夜秋意"颇有清远冷寂之韵，与白莲之风致相合，使人想及唐人旧句"无情有恨何人见，月晓风清欲堕时"。其《忆江南·中秋追忆旧事，仿乐天体十二首》其十一为回忆在滇时旧事而作。词为：

中秋忆，壁垒大江涯。两岸蛮烟昏似墨，千重鬼磷撒如沙。何处望京华。①

此词所写为在滇云时江畔所见所感。对仗二句景致如在目前，大气兼以雄奇。结末"何处望京华"点染出当时的天涯之感，落寞之恨。词虽短，却韵味隽永。其《浪淘沙·罗红本京洛歌伶，飘流大理，博晰斋观察以词赠之，属余为和，未见其人也》为：

罗幕篆灯红，玉颊春融。京华回首万山重。谁分酒旗歌扇底，掺袂相逢。　苍雪照帘栊，远斗眉峰。使君见惯尚惺忪。撩起羁人无限意，梦里愁中。②

此词乃作者应友人之邀而为京城流落至大理之歌姬罗红所作。虽未睹罗红之面，王昶却以想象之词写罗红之美貌以及流落异乡之愁。结末"撩起羁人无限意"实有"同是天涯沦落人，相逢何必曾相识"之感了。

吕心哲，于乾隆四十九年始任镇雄州知州。吕心哲存联章词一组八首于（光绪）《镇雄州志》卷六下词，咏镇雄八景，分别为《金凤钩·乌山耸翠》《菩萨鬘·月窟禅光》《百尺楼·二水怀珠》《渔父家风·罗关渔唱》《钓船笛·桂矶秋钓》《玉楼春·梅坳流云》《喜团员·白人仙影》《应天长·一星拱斗》。八首异调组词为题咏景胜之作，总体能入规矩，其间亦间有"静影照寒山，水流云在天""山钟萧寺晓烟深，野鹤寒溪霜月小"一类工稳而精巧之句，总体却不免落于窠臼习套，并没有什么值得称赏之处，在风格上不具特色和引领性。从水平来看，已落滇中词人之

---

① 廖泽勤编著：《全滇词》，黄山书社2018年版，第1173页。
② 廖泽勤编著：《全滇词》，黄山书社2018年版，第1175页。

下。其馀滇外词人如郭存庄存词半阕于（民国）《盐丰县志》之类，便更加边缘化了。

总的看来，滇外词人在此期的滇云词坛已不再具有创作水平上的领先性及数量上的明显优势，对滇云词坛的引领价值已逐渐丧失。这，正显示出滇云词坛经历长期的养分吸收之后，蓄积日久，已渐渐走向自身的成熟和多元。"随人作计终人后，自成一家始逼真"，此期滇云词坛词人和词作数量虽远远不足称可观，但风格的多样化开始变得突出，自身的创造力得以凸显，正是先声可听，先风可珍，先行可敬。

第二节　堂堂溪水出前村——嘉道滇云词坛

嘉道间，滇云文坛风流云集、蔚然生秀，词坛亦呈群芳竞秀的盛美之态。陈力《云南古代曲子词》论道："清代中期，从嘉庆到道光，是词的'中兴光大'时代。云南词坛相代活跃，词人辈出，犹如潮涌。这时期的词人有倪蜕、戴炯孙、谢琼、李于阳（白族）、杨载彤（白族）、喻怀仁、喻怀信、严廷中、罗翰文、张壁、赵殿飚、佘政、陈德龄、杨柄铿（白族）、陆应谷、王象韶、魏上遑、关峻等人，可以说是云南词的兴盛时期。这群词人，有的崇尚北宋词风，有的尊称南宋格调，有的取法两宋之长。作品中有俚词，有雅词，也有雅俗相结合的词。手法不同，风格各异，呈现出色彩缤纷、群芳争艳的局面。"[1] 陈力所列之词人，有今存词作较多者，亦有今存词仅寥寥一二者。不过，此期词人在滇云词坛的翘楚地位确实不容忽视，叶恭绰编《全清词钞》，录入滇云词人总共十人，其中谢琼、戴炯孙、陆应谷、严廷中、喻怀信五人俱为此期词人。从现存的资料来看，此期存词较多也主要是上述词人：谢琼（存词约一百三十六首）、严廷中（存词约一百一十四首）、喻怀信（存词约九十八首）、陆应谷（存词约七十三首）、戴炯孙（存词约五十九首）、杨载彤（存词约五十四首）、赵瀚（存词约五十首）。上述词人中，严廷中有《红蕉吟馆诗馀》《岩泉山人词稿》《岩泉山人词补遗》，谢琼有《彩虹山房诗馀》，陆应谷有《抱真书屋诗馀》，赵瀚有《牧鸥亦舫诗馀》，喻怀信有《漱芳词

---

[1] 陈力：《云南古代曲子词》，《云南民族学院学报》1990年第3期。

稿》，均为专门之词集。这也是滇云有独立的词别集之始，显示出词独立地位的获得与被认可，显然是滇云词坛的又一突破。此期创作数量较多，影响较大的词人，皆为滇云本土所出，这亦是难以忽略的重要突破。自前所述已可见，滇云词坛在嘉庆、道光间基本达到自身的巅峰状态，表现为本土真正意义上的词人涌现，词作总体数量增加，独立词集出现等等。还值得一说的是，此期滇云词坛中，滇外词人数量虽有，创作的成就和影响力已与滇云本土词人不可同日而语，这显示出滇云词坛本土力量经过长期的浸润和积累，至此期已成为词坛的引领和绝对的主力，而外来词人的影响逐渐褪色。综观而言，此期无疑是滇云词坛最值得浓墨重彩加以书写和细致梳理的时期了。以下，便先对滇云诸家词人逐一分析论列，再加以总结分析。

一　词寄彩虹衷素传——谢琼及其词作

谢琼，清乾嘉时著名学者、文人。《滇词丛录》小传云："谢琼，字石朧，昆明人，嘉庆戊辰举人，官禄劝县教谕，著《彩虹山房诗》，附词。"① 除《滇词丛录》小传所述外，谢琼尚有《谢石朧诗草》《彩虹山房试帖》等著作，论诗主渔洋神韵之说。谢琼为嘉庆十三年举人，与同时之戴炯孙、严廷中、万本龄等交往甚深，多有酬唱，见诸诗词。

谢琼之词，从数量上来看，是此期词人之魁首翘楚，其质量也颇值得称赏。马兴荣《滇词略论》以较长的篇幅专论谢琼词，亦是源自对其词之代表性的认可。马兴荣指出："谢琼现存词三十首，这些词的内容虽然不外乎羁旅之愁，依人之苦，思亲之痛，失意之悲。但多少也可以看到当时知识分子的一点心态。"② 其后，引录其《百字令·都门感怀》《台城路·赵州道中感怀》二作，分析其"显然表达了考试失败，困处都门的困苦与彷徨"以及"也表达了漂泊无依的处境和心情"，又云"其他如《满江红·星回节吊慈善夫人》、《贺新凉·残荷》、《大江东去·大观楼醉后题壁》、《贺新凉·吊陈圆圆》都可一读。至于'客里依人无限苦，渐觉沈腰清瘦。'（《大江东去·仲秋登五云楼归饮严晴江少尹署中》）。'客路三千，年华半百，平头而过。'（《法曲献仙音·自寿兼寄晴江》）。

---

① 赵藩辑：《滇词丛录》，《云南丛书》第 46 册，中华书局 2009 年版，第 24237 页。
② 马兴荣：《滇词略论》，《楚雄师专学报》1995 年第 4 期。

'我官一寒至是，想天公位置吾辈如此。'（《齐天乐·寄严秋查别驾》）等也都透露了谢琼的处境、心态。这也是当时大多数知识分子的处境、心态。因此，这是颇有代表性的。"① 上述论说自有其道理，不过因马兴荣先生所见谢琼词仅《滇词丛录》所存三十首，而未见《彩虹山房诗馀》全璧，因而对谢琼词之题材与风格全貌尚未能尽现。

谢琼词确多"羁旅之愁，依人之苦，思亲之痛，失意之悲"，这与谢琼遭际之漂泊、身世之坎坷相关。既有此情在心，自然"登山则情满于山，观海则意溢于海"，故而情真而切，有感人之力。比如，《百字令·都门感怀》云：

> 天涯落魄，问苍苍，可有安排我处。雪虐风饕行万里，空历两番辛苦。鹤病声酸，马疲形瘦，自顾身无主。年逾强仕，头颅依旧如许。　　便欲料理归装，阮囊羞涩，要去何能去。燕子重来泥又落，更傍谁家门户。孤馆看花，空阶对月，独坐愁无语。秋声怕听，寒蝉又在高树。②

都门，京城的城门，亦借指京城。此词为谢琼流寓在外、悲士不遇之慨较为集中的书写。"雪虐风饕行万里，空历两番辛苦"，情景历历，"虐""饕"二字入神。"鹤病声酸，马疲形瘦，自顾身无主"由物而人，鹤因病而鸣声酸楚，马因困乏而身形消瘦，自念我也无所归依，其凄凉况味，已在读者心目。上阕之"雪虐风饕""鹤病声酸""马疲形瘦"等接连而下，见旅况之苦，心中之伤。至下阕则其惨境更推进一层：想要整理归去的行装，但钱囊中并无多少银两，想要归去又怎能归去呢？笔下无奈之极，凄凉之至，欲归家，却乏归去之资，何等落魄，大有"欲渡黄河冰塞川，将登太行雪满山"的山河间阻、四顾无路之悲！再联想到春来燕归，旧屋依稀，不知燕子将去何家？自己眼下，则是"孤馆看花，空阶对月"，只馀愁绪满怀。结句以景结情，着一"怕"字，弥见个中酸楚，读来心惊，寒蝉高树，既寓悲秋之感，又含高洁之志。此词自抒积感，为以词为陶写之具，自浇胸中块垒而作。谢琼遭际多舛，身世飘零，

---

① 马兴荣：《滇词略论》，《楚雄师专学报》1995 年第 4 期。
② 廖泽勤编著：《全滇词》，黄山书社 2018 年版，第 199 页。

与倪蜕有相似处,其不少长调之词境词风亦与倪蜕相通。较之倪蜕之作,此词着笔更细,亦当与二人之个性有关。《台城路·赵州道中感怀》与此词有类似处,而风格更见萧狂磊落:

驱车过了金台路。燕南又多风雨。水泼征裳,泥拖瘦马,要住何能便住。茫茫四顾。叹世少平原,有谁为主。浊酒呼来,举杯浇遍赵州土。　　毛生请从囊处。算翩翩公子,今日知汝。游士心归,美人头掷,豪举亦堪千古。人生得意。便老却朱颜,何辞辛苦。且走邯郸,与君寻梦去。①

此词用字有力,如上阕"泼""拖",下笔传神,不可改易。其间情怀落落之恨,天涯惆怅之悲,亦历历可感。其《贺新凉·感怀寄友》亦可读:

往事空回首。甚归来、毛锥未脱,阮囊依旧。太息文章声价贱,此日甘居人后。却不耐,嗸嗸八口。冯铗三年弹已遍,便买丝、那有平原绣。是何物,驱愁帚。　　狂奴故态时时有。且陶陶、选妓征歌,当筵纵酒。只恐光阴盐米误,拚向天涯狂走。又恋恋、白头衰母。安得帆风吹送我,待他年,捧檄为亲寿。知我者,二三友。②

此词自抒身世之感、不遇之悲、思亲之苦,语语真切,情感深挚,为血泪语。上阕写怀才而未能脱颖而出之憾,感慨"文章声价贱",发人一叹。世上几人真能如冯谖般幸遇平原君,词人何能无恨?下阕写自己曾有当筵纵酒的狂奴之态,享文人潇洒清狂之乐,所写当为在故里与友人相伴之时。其后则谢琼为生计所迫,谋食他方,故而有"只恐光阴盐米误,拚向天涯狂走"一句。词最动人处,在对白发老母的悬念,"安得"二字流露希冀之切与无奈之悲。结末句"知我者,二三友",大类辛弃疾之"知我者,二三子",全词亦凛然有稼轩风骨况味。谢琼的不遇之悲,不仅缘己而发,亦为朋辈而生。其《满江红·哭万香海中翰》所哭的何尝

---

① 廖泽勤编著:《全滇词》,黄山书社2018年版,第202页。
② 廖泽勤编著:《全滇词》,黄山书社2018年版,第196页。

不是未死的自己？其词云：

> 老困风尘，拚得了、一官何补。又谁料、归来梓里，便成千古。穷宦谁将囊橐润，奇才枉被薙盐误。算今朝，撒手谢人间，归何处。
> 二三友，聊共语。万千恨，总难吐。想生前肮脏，焉知死苦。应劫他生犹未了，关情此际何能顾。只酸心，有子未成人，倩谁辅。①

万香海，即万本龄，据戴炯孙所撰（道光）《昆明县志》卷六《文苑》："万本龄，字香海，福建按察使钟杰子，以国学生一试于有司，不中第，遂弃去之。入赀为中书科中书，既改理问，复改县丞，为贫而仕也。倅江西二年馀，卒与世不合，乃告归，家徒壁立，竟以穷死。生平好古博学，诗古文皆豪宕不羁，其正书酷摹钟繇，所著者有《香海诗集》。才而不遇，士林惜之。"② 此词为友人万本龄之亡而写，情辞哀切，可怜人悼可怜人也。万本龄一生困苦无成，才高失意，与谢琼正有相似处，所谓兔死狐悲，故谢琼触笔生哀，无可掩抑。此词最触人之处，在"想生前肮脏，焉知死苦"，所谓生不如死，当此谓也。其后二句，亦字字锥心，语语伤怀。谢琼之《齐天乐·别严秋（查）[槎]别驾》所感伤的，又何尝仅仅是严廷中之不遇，何尝不是共鸣至深而友我难辨、吾辈同伤呢？词云：

> 才人怎作风尘吏，何时出人头地。潘鬓嗟衰，沈腰惊瘦，旧日风流馀几。公馀何事，对鹤子梅妻，破愁而已。几度登临，乡关遥隔八千里。　我官一寒至是。想天公位置，吾辈如此。白雪征歌，红妆劝酒，回首浑如梦里。青春过矣。算得意诗篇，勤加料理。老去情怀，聊将风月寄。③

此词为别友人严廷中而写，可与前作合观。乡关遥隔，韶华荏苒，才人作吏，出头何计，本为严廷中与谢琼共同之悲，故而谢琼写来一气而

---

① 廖泽勤编著：《全滇词》，黄山书社2018年版，第216页。
② （道光）《昆明县志》卷六《文苑》，《中国地方志集成·云南府县志辑》第2册，第115页。
③ 廖泽勤编著：《全滇词》，黄山书社2018年版，第217—218页。

下，友我兼写。下阕则以"想天公，位置吾辈如此"自嘲自解，接以曾经年少的美好时光，皆如梦中，劝慰友人多写诗抒怀，亦是自劝自伤。谢琼尚有《百字令·出都别严秋（查）[槎]》亦是情真而意伤：

归鸿万里，感离群、回首一声凄咽。游子天涯无限恨，况与可怜人别。泪湿青衫，心牵白发，念我情何切。手持团扇，几回肠断新阕。　　莫问旧日风流，舞衫歌扇，事事如烟灭。白日西飞留不住，踏遍关山明月。思逐云横，情将柳系，尚有来时节。不知相见，又添多少华发。①

此词自伤兼以离别之绪、往昔之感，读来感人。严廷中为谢琼之友，谢琼于此词中以"可怜人"概之，颇见"天涯同是伤沦落"之悲慨。下阕追忆往昔之佳境，却以"事事如烟灭"收束，如兜头凉水，惊醒好梦。时光如驰，天涯路遥，词人与严廷中皆无自主之力，徒增无奈之悲。结末"不知相见，又添多少华发"，悲从中来，真情语足能动人。总的看来，谢琼这类词作所书写的虽是自己或友人，实则比较广泛地代表了当时落魄不遇的知识分子羁旅天涯、岁华摇落、芳意何成的伤痛，诚如马兴荣先生所强调的，确实具有相当的代表性。

如果说，谢琼自写经历积感之作是发端于内，寄赠感伤友人之作是触兴于友，那么他的怀古之作则兴寄于古，而更见浩然之感、沧桑之意了。比如，其《大江东去·易水怀古》云：

酒酣燕市，问悲歌，今日几人如古。莫笑荆卿疏剑术，成败从来有数。车脱张锥，殿逃高筑，那得频频误。可知天意，断蛇留待高祖。　　却笑当日燕丹，枉思生劫，岂足还疆土。匕首西行知不返，一片心堪报主。白日幽州，寒风易水，壮士冲冠处。波涛滚滚，至今犹有馀怒。②

此词于易水之畔，怀荆轲之事。词人发端以"今日几人如古"，见万

---

① 廖泽勤编著：《全滇词》，黄山书社 2018 年版，第 201 页。
② 廖泽勤编著：《全滇词》，黄山书社 2018 年版，第 201 页。

千感慨。将荆轲之败归结于成败之定数，为证所论，并引张良、高渐离刺秦失败之史事，言汉高祖刘邦方是天命所许。下阕以笑燕丹不智起笔，接以对荆轲忠义之赞美。结末借景抒情，以波涛馀怒寓荆轲凛凛生气、耿耿忠义千古长存之意，与谢琼之经历心境相对照，亦见谢琼不遇之憾。其《大江东去·荆江怀古》词云：

> 东南重镇，论中原形势，独雄三楚。索借纷纷成笑柄，忘却汉家疆土。今日归吴，他年入洛，毕竟谁为主。临江百战，当时气作龙虎。　遥忆赤壁矶边，老瞒横槊，乱火飞樯橹。多少英雄淘洗尽，惟见长江东注。沙鸟低飞，蒲帆高挂，一叶随风渡。斜阳江上，把杯凭吊千古。①

此词凭吊千古，世事沧桑之感，英雄淘尽之悲，浸透纸背。谢琼的上述词作，其况味总偏苦痛伤感。其实，谢琼笔下也不无清俊淡荡、旷远轩举之作。比如《大江东去·大观楼醉后题壁》：

> 乾坤许大，怎天教，此水西流如汉。百尺飞楼云际倚，三面青山相向。鸥鹭沉浮，鱼龙出没，日夜掀风浪。归帆隐隐，晚霞红处渔唱。　遥想武帝当年，凿池通道，枉习楼船战。劫尽灰残人不见，唯有湖山无恙。酒罢凭栏，诗成题壁，只把髯翁让。临风吹笛，海门明月飞上。②

大观楼，在云南省昆明市西，面临滇池，清康熙二十九年建，道光八年增修，咸丰七年毁于兵火，同治八年又重建。大观楼为滇云之名胜，凭临滇池，依山傍水，风景之阔美浩荡，自不必多言，孙髯翁长联已足征其胜。谢琼此词亦为题写大观楼而作。词之结构颇入登临纪游之范式，即上阕写景纪胜，下阕抒怀兴感。不过，谢琼此词开篇不落窠臼，以"怎天教，此水西流如汉"入笔，疑问中，见浩然感慨。汉水西流，本为不可能之事，作者借以抒发对世事之怅触。次句"百尺飞楼云际倚，三面青

---

① 廖泽勤编著：《全滇词》，黄山书社2018年版，第213页。
② 廖泽勤编著：《全滇词》，黄山书社2018年版，第196页。

山相向"以精到笔墨概括大观楼的高峻形胜。接以"鸥鹭沉浮,鱼龙出没,日夜掀风浪",点出楼瞰滇池之风波浩渺。上阕末句,以"归舠""晚霞"画出渔舟唱晚的历历情境,亦见时间之流逝。"青山依旧在,几度夕阳红",当此际,作者的思绪不由被牵引至汉代的烽烟与苍茫,下阕便由此入笔:当年,汉武帝曾开通至滇的道路,凿昆明池,训练楼船作战。可是,所有的繁华功绩、金戈铁马何能逃脱历史的滚滚滔滔?人世几回,往事堪伤,湖山无恙,历尽夕阳。山外青山静默地倒影于滇池,见证了几多荣辱兴亡?直至清代,髯翁留下如许纵横淋漓的长联,自然能流芳于青史了。至此,谢琼又转笔至自身的登临之况。酒酣本是易出佳作之时了,情怀鼓荡,眼前的浩瀚湖山之景、心中的苍茫古今之慨,便于此时汇于一炉,于是便有"诗成题壁,只把髯翁让"的豪言狂语。此句所言,自然不能以客观与否来评价了,而当欣然赏作者谢琼之豪宕不羁,并为之浮白击楫。下阕结句浩荡旷朗而兼有清逸之气,临风吹笛,海门月上,境界可以想见。总的看来,此词大笔濡染,不斤于细节之雕饰,而见大观楼湖山之胜与今古之慨,气势宏阔,用语疏朗,风格俊爽清旷,不失为滇词登临楼阁之胜的佳作,且扫去谢琼词之悲苦气,使人有浩然之感,旷放之思。

谢琼部分写景之词亦见功底之深厚,其风格清冷骚雅,大有清真、白石之境,足可使读者浮白称赏。比如《贺新凉·残荷》:

万叶田田处。记花时、一片歌声,飘来南浦。斗地西风吹袅袅,剩得残葩无数。又不耐、清宵冷露。粉褪香消青盖缺,便枯茎、留得听秋雨。浑不见,越溪女。　　风裳水佩南塘路。忆当年、张郎旧面,潘妃纤步。明月扁舟寻旧港,载取馀香归去。只赢得、蓬蓬如许。剥取心中多少子,请君尝、风味依然苦。秋水上,偏怜汝。[1]

此词颇得姜白石"野云孤飞,去留无迹"之神韵。词笔空灵,用语雅洁,境界清冷。上阕融李商隐"留得残荷听雨声"句意,见寂寥伤感之情。最可赏者,结末自含深情,"剥取心中多少子,请君尝,风味依然苦。秋水上,偏怜汝",惜花之情,中心之苦,着人感慨。

---

[1] 廖泽勤编著:《全滇词》,黄山书社2018年版,第187页。

谢琼词中最清丽而读来使人心情清悦者,当属其《忆江南》一组了。比如,其中的"春游"一章云:

新雨过,独立小桥东。飞遍柳花三月渡,送来莺语一堤风。春思十分浓。①

又如"郊游"一章:

三月暮,芳草正芊芊。春水绿摇杨柳岸,暖风黄入菜花天。到处醉人眠。②

此类词作颇多妙笔。其可赏处,在风味清新明快,在对仗妙造自然,在状景如在目前,读者自可吟味而得之。

总的看来,谢琼词以沉挚伤怀为其主流,其风格不落纤秾,不饰粉妆,其悲也沉,其伤也挚,间有旷然者、清丽者。其词的创作成就较高,无论是数量还是质量,都堪称此期滇云词坛之巨擘。

二 蕉心展处见词心——严廷中及其词作

严廷中(1795—1864),清中期滇云著名文人,其父即前述严烺。在《滇词丛录》之词人小传中,赵藩对严廷中及其词作收录情况作如下介绍:

严廷中,字秋槎,宜良诸生,匡山方伯之子,官山东福山知县。著《红蕉吟馆诗(附词)》《岩泉山人词》《麝尘集》。余昔皆有之,久散失矣。今从况夔生《阮庵笔记》中收得八首,又于友人处见其自书词幀,收得二十三首。③

赵藩所云,但得大略。《新纂云南通志》所述严廷中生世亦差备,云:

---

① 廖泽勤编著:《全滇词》,黄山书社2018年版,第178页。
② 廖泽勤编著:《全滇词》,黄山书社2018年版,第183页。
③ 赵藩:《滇词丛录》,《云南丛书》第46册,中华书局2009年版,24252页。

第四章 清代中期云南词坛

　　（严廷中）秋闱屡荐不售，遂援例以知县分发山东。初任莱阳，捐廉置义馆，公馀与诸生亲为讲授，文风大振。继迁福山、文登等县，兴利除弊，嘉惠士林。三邑绅民，颂如神君。廷中才名藉甚，娴吟咏，尤工词曲，学使顾南雅谓其"清丽缠绵，情文相生，置之金元诸家中，可以无愧"。著有《红蕉吟馆诗集》、《诗馀》、《红豆箱剩曲》、《两间草堂古文》、《岩泉山人四选诗》、《药栏诗话》、《秋声谱传奇》等书。①

　　上述皆为严廷中常见之资料。今得张国栋所辑《严廷中编年谱》②，可考其生平之详，家学之源，又蒙严氏后人严葵先生惠赐其著作手稿印本，方知其著作之富，为滇云难得的全才型作家，其涉笔的领域广及诗、词、曲、剧、尺牍、诗话，不可谓不宏博。笔者尚愿于此对严氏之生平多叙一二。

　　一是严氏家族文学渊源甚远，为云南有数的文学世家，严廷中所受家学影响甚大，其父严烺影响尤为直接。有明一代，严氏家族之严容（成化举人，著有《葵庵录》）、其子严范、严表俱能诗。至清，严氏家族中较为著名的文人首推严烺。其子严廷寿，字子颐，严廷中弟，著《今吾诗集》，存诗九十三首。严廷中为严烺次子，曾随其叔父至京，后随其父往山东、甘肃、武昌诸地。这些游历皆为其交游与阅历拓途，亦为其学诗习词助力。严廷中所作较之乃父，更是青出于蓝。家风浸渍，严廷中之子严仕道、孙严荫曾、严绍曾等俱有文名。降至现代，严绍曾之侄严中英亦有诗行世。至当代，其后人严葵仍秉家学，致意于诗文之道，所得匪浅。可见，严氏家族文风代传，世继未衰。严廷中能在云南文人中据一席要地，显然与其家族文学渊源有关，更与其父之教养相系。

　　二是严廷中一生历嘉庆、道光、咸丰、同治四朝，少年即随父远离云南，其一生多数萍踪于外。其声名不仅著于云南一地，更蜚声于外。据严廷中年谱，其十三岁时即名动京华。严廷中一生泛梗仕宦，飘萍天涯，多识当时名流文士。如章炜、鲍桂星、顾怀三、翟云升等。从诗文唱和亦可见严廷中交往较广，影响颇远，其春草诗得海内唱和千馀首之多，可见

---

① 李春龙、牛鸿斌点校：《新纂云南通志》卷二百三十二，云南人民出版社2007年版，第312页。

② 附于胶东书院校刊地方古籍文献系列之《红蕉吟馆诗存》。

一斑。

严廷中之词，在其著作中所占比例虽不为大，却见词心。其词颇有风致，沉雄空灵、感喟情致兼而有之，得其时著名词学家况周颐称誉，云："宜良严秋槎，亦后来之秀。"《全滇词》存严廷中词作共约一百一十一首①。诸词中，三十一首见诸《滇词丛录》，馀作有五十五首存于《红蕉吟馆诗馀》，此集今犹存于严氏后人箧中。集卷首题《麝尘集》三字，为严廷中姬李菱娥手抄。集中多改动之迹，字迹亦为李氏之笔，未详改动是李氏之为，抑或移录严廷中手稿之迹。眉批宛然，据严氏后人严葵先生云，仍是李氏手笔。其馀诸作则见于《岩泉山人词稿》及《岩泉山人词补遗》。严廷中词作中，纪地之作近三十首，其词题材之鳌头。其馀，则题咏画及诗文词曲者二十馀首，写闺情艳事者近二十首，纪事感怀者近二十首，又有咏物之作十馀，寄赠、送别之词各数首。以下首先对各题作简单分析，兼观其词之风貌大略。

(一) 纪地之作

严廷中纪地之作虽数量极多，不过主要得力于《望江南》（扬州好）联章，此组词作多达二十五首。此外，尚有《一剪梅》（人生只合扬州住）写扬州景事，《塞上曲》写塞上风物人事，《望江南·冬夜与马肖岩话都门事》四首中忆梨园及闲游二作，皆可目为纪地之作。总的看来，严廷中纪地之作数量虽多，所涉却不广，所纪主要着力于扬州。

《望江南》（扬州好）联章一组分咏扬州之美食佳物、女性生活、娱乐民俗和景观胜迹四方面，可谓琳琅满目，包罗万象。有意思的是，严廷中能根据所咏对象之别而得迥别之风，或新艳，或浑厚，或俚俗，或趣致，或悲慨，是而况周颐赞曰："《扬州好》若干阕，尖艳浑雄，各尽其妙。"② 严廷中写扬州美食之作如：

---

① 按《全滇词》列为严廷中之词的作品共计125首。其中，有《新柳》九首、《续新柳》四首存于《岩泉山人词补遗》。笔者考《新柳》《续新柳》之格律，皆与词不合，而平仄对仗等皆合于七律规则，故知其实为律诗，故不予统计。兹录其一首以见其貌。《新柳》其一："东风才到便精神，露叶烟条尚未匀。野岸斜拖三日雨，短墙低漏一枝春。昔年灞水人犹少，昨夜扬州梦可真。家住画桥莺燕里，不知何处有红尘。"

② 况周颐：《蕙风词话续编》卷二，《蕙风词话 人间词话》，人民文学出版社1960年版，第163页。

扬州好，春事画桥东。粉面煎酥红药片，鲥鱼吹嫩牡丹风。食品斗精工。①

此词中，"酥"与"嫩"二字刻画入妙，读来使人食指大动。严廷中在此组词中写及扬州不少美食，对扬州美食作淋漓尽致的记录和描述，色相质感香味均得呈现，堪称笔传美食之妙，如"细火煨香豌豆粥，东风吹软茯苓糕""浓可胶牙玫瑰露，凉能解暑薄荷烧""糟窨馒头螃蟹面，葱油炉饼灌汤包"，堪为扬州美食广告。此组联章对扬州风土民情的记录也颇入妙，时时让人忍俊不禁，比如：

扬州好，随处破闲愁。名士商量邀合醵，高僧挥霍到缠头。无事不风流。②

所写逼真在目，趣致盎然。其写扬州春景则有：

扬州好，池馆闹春分。蝶影衣香团作阵，湖光花气酿成云。画桨荡斜曛。③

此词所写正是春来江南烟花寓目之景，词发端以"闹"字概括其繁华热闹，又以"蝶影衣香团作阵，湖光花气酿成云"的精妙对句活画出动人春色，结句"画桨荡斜曛"荡开一笔，点染清雅悠远之韵。严廷中对扬州胜景的描写则颇得况周颐所云"浑雄"之境，比如：

扬州好，对岸列金焦。客舫远归京口月，大江横截海门潮。落日送南朝。④

此词风格何其大气沉雄。起笔"扬州好，对岸列金焦"平平述来，不着痕迹，不落雕饰，虽无新奇之处，却正是得法的起句，为其后的句子

---

① 廖泽勤编著：《全滇词》，黄山书社 2018 年版，第 255 页。
② 廖泽勤编著：《全滇词》，黄山书社 2018 年版，第 256 页。
③ 廖泽勤编著：《全滇词》，黄山书社 2018 年版，第 255 页。
④ 廖泽勤编著：《全滇词》，黄山书社 2018 年版，第 258 页。

酝酿出雄浑气势。其后"客舫远归京口月,大江横截海门潮"堪称佳句,画面感极强,"远归""横截"动静相兼,点面俱有,营造出极好的空间感。结句"落日送南朝"则将时间感代入词中,今古牵合于落日之中,见时间之流逝与千古之沧桑。此词不足三十字,却能写景逼真,景中含情,且见作者之感慨,见时空之历历与沧桑,实为佳作。

严廷中《一剪梅》写扬州亦别饶风情,见其对扬州的喜爱之意。词云:

> 人生只合扬州住,花也风流,蝶也风流。春光才上蔻梢头。风也温柔,月也温柔。　江湖载酒记前游,雨听僧楼,箫听倡楼。旧居应是锁春愁。冷了香篝,闲了帘钩。①

此词情致婉转妩媚,写出扬州的花柳富贵乡景象。其中多处化用杜牧扬州诸诗意境,如"落魄江湖载酒行",引人遐思远意。除咏写扬州诸作外,严廷中《望江南·冬夜与马肖岩话都门事》之"梨园"一作云:

> 京华忆,最忆是梨园。脂粉染成留客路,笙歌闹醒困人天。春色满幽燕。②

其"闲游"一作云:

> 京华忆,最忆是闲游。十里灯光千里月,西风吹上酒家楼。典惯五陵裘。③

此二作写燕京之繁华旖旎风光,入情入画,见其风貌。严廷中尚有《浪淘沙·塞上曲》,所写塞上风物人情又曲尽萧飒悲慨之妙:

> 九月北风号,班马萧萧。黄沙千里阵云高,一片寒光明积雪,营外枪刀。　秋水剑横腰,霜鬓飘飘。玉关人老一枝箫。十万征夫齐

---

① 廖泽勤编著:《全滇词》,黄山书社2018年版,第260页。
② 廖泽勤编著:《全滇词》,黄山书社2018年版,第247页。
③ 廖泽勤编著:《全滇词》,黄山书社2018年版,第247页。

下泪,归雁声遥。①

严廷中此词写塞上风物人情曲尽萧飒悲慨之妙,对战争的感慨中蕴含着家国天下之思。发端"九月北风号,班马萧萧"见萧飒之境,北风怒号,而离群之马,其鸣悲切。此句化用李白《送友人》之"挥手自兹去,萧萧班马鸣",而境意颇有不同。"班马萧萧"四字使人思及经历惨烈的战争之后,战场附近独存或离散的战马之悲。当然,此处的马之离群未必是因战争,却使人想及出征在外的将士,不也如离群之马一般孤独而悲切吗?其后"黄沙千里阵云高。一片寒光明积雪,营外枪刀"写阵云之浓郁,预示着战争即将到来的压抑和沉重。营外林立的刀枪,与积雪相互辉映,更增加森然凛然的寒气。至此,虽未写征人,但征人之苦与征战之险已酝酿备足。下阕"秋水剑横腰,霜鬓飘飘"一句,秋水般明澈的宝剑横悬腰间,看来倒是颇有几分潇洒的意味,然而与"霜鬓"相接,便见无奈之感伤了。显然,佩剑而犹自征战在外的人,早已年华老去。所以,其后"玉关人老一枝箫"一句紧承此句而来,戍守边关的将士,不知已经历了多少风霜岁月啊。结末"十万征夫齐下泪,归雁声遥"情景历历,见思乡之切,与"一夜征人尽望乡"可以相媲。全词笔触苍劲有力,得塞外曲之神,且有深沉的思绪与感慨,因而虽为小令,却沉着厚重,读来有无限感慨。

(二)题画及诗文词曲之作

严廷中题画及诗文词曲之作达二十馀首。此题虽数量不及纪地之作,但所涉却广,亦为严廷中用力甚多之题。其中,题画之作十八首,所作既多,其间当然难免些许应酬之迹,却不乏可读可赏之作。题画之作中,有数首与女性有关者,颇见情思,如其《满江红·为沉香女史题照》云:

  杨柳千缕,刚绾住、二分春暮。可笑他、随风飘泊,自家飞絮。啼鸟问春春不语,落花有数愁无数。怯生生、最怕是黄昏,新人故。
  望明月,销魂路。忆红叶,相思句。剩柔魂一缕,随风吹去。斗草工夫因病懒,酿花天气含愁度。叹六桥、春色又今年,心酸处。②

---

① 廖泽勤编著:《全滇词》,黄山书社2018年版,第260页。
② 廖泽勤编著:《全滇词》,黄山书社2018年版,第239页。

此词题写女子小照，本易落入窠臼，或趋艳，或媚俗，或近谀，或空泛，而严廷中此作则不然，而是一脉以情贯之。发端之"杨柳千缕，刚绾住，二分春暮"意工而语新。接以"可笑"句，寓无限喟叹伤怀。"啼鸟"二句甚妙，赋无情之物以有情之思，又将花与愁相对比映衬。落花原本难以计数，而严廷中却云"落花有数愁无数"，以物衬情，与"海水尚有涯，相思渺无畔""夕阳楼上山重叠，未抵闲愁一万重"等同一机杼。下阕以三字句领起，其后次第书写柔魂随风，愁病相仍。结末情景兼写，六桥春到，心酸依然，正是无限感慨，无限伤怀。此词若非词题点明乃题照之作，便直如一首闺情伤怀之词，正是题咏而能不黏不脱，得遥深之意蕴了。同样可赏却风格有明显差异的则是《薄幸·寄题纫香女史〈春宵听雨图〉》一词：

风风雨雨，便淅淅零零到晚。消得个、黄昏独自，独自凄凄惨惨。昏沉沉、一盏残灯；静悄悄、三间孤馆。把寸寸柔肠，恹恹春病，付与低低长叹。　　挨过黄昏去睡，意悬悬，怎生合眼。几回听远漏，声声点点，更模模糊糊不辨。灯花休翦。恁清清冷冷，长宵留作长宵伴。春愁恰似，春水深深浅浅。①

此词妙用叠字，巧思动人。词中用叠字最著名者，当属著名女词人李清照《声声慢》之"寻寻觅觅，冷冷清清，凄凄惨惨戚戚"一句，此外，词中还有"梧桐更兼细雨，到黄昏，点点滴滴"亦用了叠字。不过，李清照此词沉伤入骨，与严廷中此词风味迥异。严廷中此词更似敦煌曲子词中《菩萨蛮》一作，此作巧用叠字成词："霏霏点点回塘雨，双双只只鸳鸯语。灼灼野花香，依依金柳黄。　　盈盈江上女，两两溪边舞。皎皎绮罗光，青青云粉妆。"此词句句用叠字，带来一种民歌化、口语感的独特韵味，严词与此风味甚近。细味慢品，严廷中此词还极易使人思及汤显祖《牡丹亭》中《江水儿》一曲之"这般花花草草由人恋，生生死死随人愿，便酸酸楚楚无人怨"，或以其近俗而真切入妙吧。通观严廷中此词，亦不囿于画，而是体贴女子心曲衷肠，行笔一任自然，如低低喟叹，婉婉倾诉。结末之"春愁恰似，春愁深深浅浅"句新颖入妙，真切动人。从

---

① 廖泽勤编著：《全滇词》，黄山书社2018年版，第264—265页。

上述两首与女性有关的题画词已可感知，严廷中善写闺情，往往能情景浑融，得深婉细腻之妙，又如《贺新凉·题常芝仙〈新秋临池图〉》之"莫问秋来处。碧纱外、几竿修竹，几株烟树。宝鼎香消人睡醒，卷起一帘残雨。早添上，伤秋情绪……"等亦是如此，便不多赘。

严廷中其馀题画之词，或关乎军旅，或涉笔山水，或系于人事，多可读。总的看来，其佳处在能不即不离，不黏不脱，得画境而融入自己的感慨，故而读来不板不滞，不流于对画作的再现。比如《买陂塘·题〈柴门临水图〉》云：

> 稻花村、沿堤杨柳，柴门关住山影。舍南舍北皆新水，四面溪光绿净。波似镜。借烟水空濛，隔断红尘信。幽居日永。便苇界蒲乡，鹭邻鸥里，住久识情性。　　撑船去，我欲访君三径。昏昏水气清冷。三间老屋兼葭里，只待敲门人应。人不应。把一叶轻舟，系在垂杨等。与君偕隐。且快饮村醪，横吹渔笛，不用说名姓。①

此词题画而不限于刻摹再现画境。上阕笔走轻灵，将画面点染而出。下阕则荡开笔墨，引"我"入词，写"我"对此之感怀与向往，便显空灵而不板滞，且有我于其中，更见真切，弥增情怀。又如《浪淘沙·题陈云峰〈秋江送别图〉》云：

> 落叶下空林，如此旗亭。大江烟重布帆轻。只有白门桥畔柳，惯了秋心。　　回首恰关情，鸿爪曾经。好山不断六朝青。七十二泉今夜月，远梦沉沉。②

此词题写画图，着笔画意，亦不限于画意，"惯了秋心""好山不断六朝青"等句更能予平面的画作以深邃的时空感，读来着人感喟。

严廷中更有部分题画之作，借画抒怀，追思往昔，见其情怀经历，如《大江东去·题〈江楼顾曲图〉，为张兰坡作》词云：

---

① 廖泽勤编著：《全滇词》，黄山书社2018年版，第266页。
② 廖泽勤编著：《全滇词》，黄山书社2018年版，第249页。

大江千古，有几人流览，几人凭吊？一片斜阳秋色里，愁煞青衫年少。结伴征歌，登楼作赋，此际谁同调。笛声云外，吹冷一江烟草。　　回首往日心情，展君图画，触起愁多少。一样红楼垂柳外，一样红妆窈窕。月缺花残，春来秋去，此后无人到。急须行乐，江流日夜人老。①

　　此词兼得妩媚之致与浩荡之思，发端之问，力贯千钧。其后"一片斜阳秋色里"写景入画，景中有无限萧飒感喟。当时年少，青衫相伴，有多少豪情往事？继之，严廷中以"此际谁同调"陡然将笔墨从对过往的追思牵合到眼前的孤寂，又接以"笛声云外，吹冷一江烟草"的景物书写，借景抒情而见情之沉伤。下阕直笔点出画作，写见画而触绪生愁。"一样红楼垂柳外，一样红妆窈窕。月缺花残，春来秋去，此后无人到"所写，正是李清照所谓的"物是人非事事休"之感了。结末归诸行乐，江流日夜，人惊岁华，何不及时行乐，莫待老去而空悲。此结立意虽不高，却是文人笔下常有之感，亦是严廷中之真心所发。词情渺渺，用笔细腻，抚今追昔，感慨万千，并非单纯题画而已，实将身世之感、故旧之思打并其中，故而读来颇为感人。严廷中题画之作中，此类画人兼写、抚今追昔之作不少。其词每每于今昔俯仰之间得人生离合、物换星移之感，是而情意真切，不落窠臼。又如《丑奴儿令·题张白华〈胥江送别图〉》云：

　　去年倚棹胥江上，鸟妒歌喉，月妒帘钩。眉影山光共一楼。今年重打吴门桨，绮怨罗愁，云散风流。客梦江声共一舟。②

　　此类作品，既是题画，又是抒怀，故而往往能情真意切，画我同写。此类佳句尚有如"桃叶渡。算我似浮萍，君似风中絮。碧云日暮。记白下遗欢，兰江坠绪，同是人前度"（《摸鱼儿·昆明晤秦梅生，出其尊翁雪舫郎中〈兰江归棹图〉属题》）、"深感多情频问讯，犹记青衫年少"（《金缕曲·题方锡之〈旧游图〉，即送之武昌》）、"归来好，我亦关河

---

① 廖泽勤编著：《全滇词》，黄山书社2018年版，第248页。
② 廖泽勤编著：《全滇词》，黄山书社2018年版，第254页。

第四章　清代中期云南词坛

倦旅。邯郸忘却前路。溪山一角烟村外，新结苹洲伴侣"（《摸鱼儿·为家比玉太守题词〈隐园图〉》）、"往日霓裳人散后，只嫦娥，自抱高寒影""霜蟹才肥新酿熟，踏月访君三径。趁佳节，花前对饮"（《贺新凉·咸丰癸丑中秋，题杨子英〈醉月图〉，时余城居》）、"囊琴佩剑天涯住，曾与梅花同瘦。君记否。早弹指匆匆，二十三年后"（《买陂塘·题杨涛民〈人日琴樽图〉》）等，便不一一赘述。

除题画之作外，严廷中尚有数首或题剧或题诗文集或题词集之作，比如《浪淘沙·题〈桃花扇〉》便是题写名剧《桃花扇》，其中"官家醉听《牡丹亭》。一片秦淮楼上月，冷送江声"诸句甚有情怀。更值得一读的是严廷中题诗文及词集之作，或见襟抱性情，或见对文体词风之认知。如《浪淘沙·题符南樵〈寄鸥馆集〉》云：

风雨六朝寒，粉剩金残。夕阳红过白门湾。如此青衫如此客，如此江山。　邗水绕城还，谁倚栏干。红桥西去是阳关。我亦天涯憔悴客，怕唱双鬟。①

此词所写颇为含蓄，并不似一般题写他人文集词稿者，多用溢美之词而赞之，而是深体作者之心境情怀，味其文境诗心，可谓机杼别出，生面别开。其《浪淘沙·邗上遇王青溪，题其〈问红轩词稿〉》也与之相类，词云：

城郭绿杨中，水转桥红。流莺啼过画桥东。天气困人晴又雨，如此帘栊。　鸿爪笑匆匆，此地相逢。晓风残月柳郎工。同是天涯同是客，闲煞春风。②

此词亦多着眼心境词境，下阕之"此地相逢"引入自己与词集作者之相逢感慨。其后"晓风残月柳郎工"以柳永作比，点出王青溪词之主体风格。结末"同是天涯同是客"点出词境，且融入感慨，读来沉而深挚。其《摸鱼儿·题程槎山〈守梅仙馆词卷〉》落笔则与前二作有所

---

① 廖泽勤编著：《全滇词》，黄山书社2018年版，第254页。
② 廖泽勤编著：《全滇词》，黄山书社2018年版，第253页。

不同：

> 谱新声、酥融麝腻，艳香飞上檀板。芙蓉城里前生住，天付风愁月怨。珠一串。拟收入钿箱，交与红儿管。态浓意远。倩十五娇娃，曼声低度，字字和莺燕。　　天涯恨，豪竹哀思消遣。三春好处谁见。锦屏声价依然否，还怕香销翠减。君莫叹。便劫火馀灰，也逐歌尘散。曾经京口壬寅之警。归期早晚。问往日园亭，梅花谁守，老鹤自相伴。①

此词之上阕，严廷中次第借"艳香""檀板""芙蓉城""风愁月怨""红儿""曼声低度""声声和莺燕"等点出《守梅仙馆词卷》的主要题材与风格。不难看出，此词集中当有不少吟风弄月、风格香艳婉媚之作。下阕则点出词集作者的内在情怀，乃是天涯之恨，借丝竹消遣。目见红消翠减，经历劫灰尘散，向往着能守拙归园田。结句大佳，梅花谁守，老鹤相伴，写园亭寂寞，归期早晚，见性情，见襟怀，既写词集作者，也是严廷中内心之感触罢。

总的看来，无论是题画还是题写诗文词集等，严廷中诸词皆能不黏不脱，不囿于表象，而是能深入内在，以情为根，故而其下笔时有新意，弥见情怀与感慨，读来便不滞不板，时臻佳境。

（三）闺情艳事之作

严廷中题写女性之作与情爱之作既有关乎己身者，切于一人者，更多泛泛而写者。诸词多能情景浑然，艳而不落低俗之境。

关乎己身者，为严廷中怀念其亡姬慧香之作，此类词作感情堪称真挚，但于悼亡之作中尚未臻一流，故不遑赘引。其切于一人者，仅有二作。一作《如梦令》专咏杨贵妃，其用意在于断史案，陈己见。另一作为席上赠妓之作，寓同是天涯沦落人之感。其馀之作，则多着眼女子情态心境而泛泛写之，如《减兰》一首云：

> 伤春无味，花气撩人和影睡。泪湿红绡，有限柔魂渐渐销。

---

① 廖泽勤编著：《全滇词》，黄山书社 2018 年版，第 261 页。

莺儿打起，小梦依稀江上水。妾梦天涯，君梦天涯不梦家。①

此词写女子闺中怀人心事情境，乃闺情词常见的题材。严廷中此词能细腻入微、风流婉转，下阕结末之"妾梦天涯，君梦天涯不梦家"，语新而意深，怨而不怒，哀却弥伤。又如《春光好》词云：

春睡起，鬓云松。眼朦胧，无言小立画栏东，数残红。　女伴踏青斗草，约他同去园中。说道春寒人病酒，怕东风。②

此词以《春光好》为调，因短句较多，读来灵动而颇有唐五代小词风致，得词之当行本色。"春睡起，鬓云松，眼朦胧"，以连续三个三字句跳脱出闺中女儿春起情态，历历如绘。"无言小立画栏东，数残红"见女儿心事，无言小立，心有所思，默数残红，情致动人。此时，更有"女伴踏青斗草，约他同去园中"，若是心中无事，自然应约而去，可是，词中的女主人公却拒绝了同去闲乐的邀请，而是"说道春寒人病酒，怕东风"。可见，女子有极重的心事，或许，便是与相思有关吧。整首词作如一幅春日闺阁的工笔画卷，女子娇慵情态如在眼前，闺中风致，盎然纸上。其间"女伴踏青斗草，约他同去园中"等句，自然如实录，见鲜活之气。严廷中《人月圆》与此词所写有相类之处，风格却略有不同：

黄莺一任枝头唤，好梦也无凭。可能飞到，天涯梦里，唤醒征人。　侍儿报道，邻家姊妹，约去寻春。恁般心绪，恁般时节，有甚闲情。③

此词化用"打起黄莺儿，莫教枝上啼"句意，而以自然之笔叙写女子闻莺所感。"可能"句问煞黄莺。下阕写侍儿来报姊妹相约去踏青，而词中女子直云"恁般心绪，恁般时节，有甚闲情"，活脱脱闺中女儿娇嗔痴怨的口角声气，亦活画出女子心境与相思之切。《南乡子·初见》所

---

① 廖泽勤编著：《全滇词》，黄山书社2018年版，第240页。
② 廖泽勤编著：《全滇词》，黄山书社2018年版，第241页。
③ 廖泽勤编著：《全滇词》，黄山书社2018年版，第243页。

写，又是另一番动人情景：

> 风扬绣帘轻。兰麝飘香缓缓行。行到郎前低敛衽，深深。带笑伴羞唤一声。　　未语已多情。无限风骚画不成。斜转秋波灯影里，盈盈。笑说郎君面尚生。①

此词鲜活灵动，女子娇憨柔媚情状逼真在目，传神写意，摄人心魄。词以"风扬绣帘轻，兰麝飘香缓缓行"写女子之出现，可谓笔致工倩。至"行到郎前低敛衽，深深。带笑伴羞唤一声"历述女子风姿行为，"带笑伴羞唤一声"可谓摄人魂魄，动人心扉。下阕换头处用语稍嫌直露，而其后的"斜转秋波灯影畔，盈盈"则真是情景在目，婉转娇柔，将女子情态捕捉得入微入妙，动人极矣。结末"笑说郎君面尚生"见女子娇羞含情之态。其《一剪梅》（啼鸟声中雨乍晴）一词将写春写情浑融一炉，颇得妙境：

> 啼鸟声中雨乍晴。梅子酸（心）[辛]②，杏子酸（心）[辛]，乱红零落草成茵。春送行人，侬送残春。　　雨意云情大半昏，去是消魂，来又消魂。别时与语最温存。记得三分，忘了三分。③

此词入笔以"啼鸟声中雨乍晴"，写出春色将阑时雨晴交叠，啼鸟于春雨乍晴时鸣叫，一"啼"字，已见些许伤情。紧接着，"梅子酸辛，杏子酸辛，乱红零落草成茵"着眼"酸辛"，其实见心中之感与春别之恨。乱红零落，更是直接写春残花飞的伤感之景。上阕结末"春送行人，侬送残春"颇带轻软气息，娓娓如女儿之语。下阕词之佳处仍在触笔真切，兼以"侬送残春"等语，觉与词情极其相合。下阕之"雨意云情大半昏，去是消魂，来又消魂"似写春，又似写情，春与心上之人，皆是来时着人欣悦，去时引人伤神。"别时与语最温存，记得三分，忘了三分"是与春别，是与人别？恰似吴侬软语，咛叮耳畔，觉软玉温香，触人心扉。另一首《一剪梅》（小立闲庭月影斜）亦妙：

---

① 廖泽勤编著：《全滇词》，黄山书社 2018 年版，第 246 页。
② 《全滇词》作"心"，《滇词丛录》等诸版俱作"辛"，据改之。
③ 廖泽勤编著：《全滇词》，黄山书社 2018 年版，第 243 页。

小立闲庭月影斜，才放窗纱，又卷窗纱。心头各自有天涯，马上霜花，闺里灯花。　记得年时共煮茶，旧日韶华，今日韶华。隔墙笑语弄琵琶，春在邻家，秋在儿家。①

此词立意用语甚巧，所写虽寻常闺情相思，却别饶韵致。发端之句以"才放窗纱，又卷窗纱"的动作白描刻画女子内心，当是望月而怀人，不堪其苦，又放下窗纱，试图隔断月色，却忍不住又卷窗纱，八个字的动作描写，便见女子心中柔肠百转，思切心伤。其后"心头各自有天涯"写女子与心上人皆思念和牵挂对方，"马上霜花，闺里灯花"八字亦妙，概括性极高。下阕追忆旧日美好，又闻隔墙欢笑，归诸"春在邻家，秋在儿家"，其实，春与秋自然不是真实的季节了，"儿家"之秋，便是"离人心上秋"，与邻家笑语如春相对，正是以乐景衬哀情，弥见其哀伤。

严廷中此类词作中部分尚颇有民歌小曲风味，清新质朴，直而不淫，如《菩萨蛮》一首，民歌风味便极浓：

邯郸女儿城东住，门前便是天涯路。怕上短长亭，年年杨柳青。留欢欢不语，走马襄阳去。欢说爱襄阳，风情胜故乡。②

此词风味近乎南朝乐府民歌，"欢"字之用最为典型了，全词写情直切而不粗，真挚而不下，读来清新可喜。又如《柳枝·本意》：

灞桥上，柳枝。阳关外，柳枝。肠断魂销各自知。送行时，柳枝。　画楼东，柳枝。画楼西，柳枝。倚遍阑干独自痴。伴相思。柳枝。③

此词在多句句末用"柳枝"二字，有回环唱叹之感，倒有似晚唐皇甫松之词加"竹枝"等衬字的语感，亦颇有风味。总的来看，严廷中此类词作可读可赏，当然，其中也有格调不高者，如《沁园春》三作分写女子之睡、嚏、嗽，其题材与笔触颇有香奁之风，部分句子尚落低级趣

---

① 廖泽勤编著：《全滇词》，黄山书社2018年版，第246页。
② 廖泽勤编著：《全滇词》，黄山书社2018年版，第254页。
③ 廖泽勤编著：《全滇词》，黄山书社2018年版，第246页。

味，习气熏染，不值称赏。

（四）关乎友情之作

如前所述，严廷中之题画词中已多怀友抚昔之情，不过对友情更为集中的呈现还在其关乎友情之作中。此类题材中，既有次友人之韵而作，更多是以词代书，相陈别后境况与关切怀念之挚，又或记述其与友人相聚离别之事。这类词作多长调，小令较少，比较典型的仅有《望江南·冬夜与马肖岩话都门事》一作：

> 京华忆，最忆是知音。风雪满天新酿熟，围炉灯火话三更。无事不关心。①

此词泛写对知音好友的怀念，回忆当时相聚的赏心乐事，见思念，见情怀。不过严廷中关乎友人的长调对内心的书写和友情的点染更为淋漓尽致。比如，其《迈陂塘·留别盛香谷，时权宜良尹》：

> 九千里、江围山绕，碧云回望迟暮。门前便是天涯路，那待旗亭西去。情几许。只秋柳、丝丝系得人心住。一般萍絮。想驿馆孤灯，官衙残漏，各忆人前度。　　三月耳，酒社诗场无数。欢娱忘却离绪。一鞭冷雨秋村外，才觉阳关声苦。临别语，道锦字传书，莫写销魂句。君休眷注。算早晚风霜，程途餐饭，樊素会调护。镜波同去。②

此词起笔以壮阔之笔，"九千里、江围山绕"大气磅礴，接以迟暮碧云，便见萧飒之意。其后复多悲凉之语，友人与我，皆是泛梗飘萍，一样伤怀。下阕写聚会频仍，忘却离怀，直到离别之际，方觉离别之苦。"一鞭冷雨秋村外"洵称佳句，情景在目。全词情真意深，壮笔与微吟相兼，读来动人心扉。其《花发沁园春·柬谢石朧》以词代书，寄予友人谢琼。词云：

> 青草池塘，梨花院落，年年辜负芳事。碧桃开后，燕子飞来，过

---

① 廖泽勤编著：《全滇词》，黄山书社2018年版，第247页。
② 廖泽勤编著：《全滇词》，黄山书社2018年版，第260页。

了清明天气。一片韶华，被柳外、莺声啼碎。怯生生，瘦损年光，消得痴魂几次。　十二阑干倦倚。正雨腻云愁，故人来未。伤春景况，作客心情，又是几分憔悴。嫩寒未减，莫立在，落红深里。愿郎君，才子风流，杏花香送归骑。<small>时应春闱。</small>①

此词以景发端，所写温婉含伤。年年辜负，见年年之伤感况味。其后款款书写时光流逝，春色渐阑，一片韶华，终付与莺声伤啼。上阕最末由景转为对情之书写。下阕接以对人之景况的叙写，又以"故人来未"点出思念。彼时伤春人在天涯，故而憔悴难免，一"又"字见憔悴非独一年，正与发端之"年年辜负芳事"相呼应。结末则书写对友人的祝愿，希望谢琼能蟾宫折桂，金榜题名。此词触笔温润含蓄，婉转含思，读来如春水沁心。严廷中好友蒋因培亦多次出现于其词中，见交情之深。其《沁园春·送蒋伯生之军台》二首云：

宇宙茫茫，得一知音，吾复何求。记探奇龙洞，疲驴堕雨；买舟北渚，短笛横秋。说鬼谈天，狂歌击剑，只解欢娱不解愁。关心否，任阳关三叠，唱遍难留。　休休。别泪长流。望不见、燕云十六州。念前途鞍马，凄凉旅梦；他乡风雪，珍重轻裘。樊素多情，朝云怨别，如此西风懒上楼。凝眸处，算一般柳色，不是封侯。

樽酒临歧，忍泪陈辞，为君赋之。叹是何因果，竟难久聚；恁般时候，却是分离。我似桐灰，君怜马骨，名士英雄各自知。无凭准，算人生福命，各有参差。　休悲。事尚堪为。有循吏、声名达帝畿。向风前屈指，环音早卜；花间望远，鸿信休迟。此别原难，兹游却壮，努力加餐会有时。丁宁语，记西湖虽好，莫更吟诗。<small>伯生以刊刻诗句遣戍。</small>②

蒋因培（1768—1839），字伯生，常熟人，十七岁时以国子监生应顺天乡试，后历知滕县、汶上、泰安、齐河诸县。道光元年（1821），蒋因

---

① 廖泽勤编著：《全滇词》，黄山书社2018年版，第242页。
② 廖泽勤编著：《全滇词》，黄山书社2018年版，第269—270页。

培以狂谬（即严廷中词自注所云之"刊刻诗句"以及《哭蒋伯生》其二所云之"文字居然结祸胎，军符催促走燕台"）被劾，遣戍新疆，后遇赦释还。此二词即写于蒋因培遣戍新疆离别之际。其一发端直写与蒋因培友谊之深厚。人生得一知己，可以无恨，对严廷中而言，得蒋伯生为友，亦无所求。其后追忆与蒋因培昔游之乐、狂与奇。当时"只解欢娱不解愁"，而今却不得不凄然送别，阳关唱遍，也难以留住行人了。下阕以"休休"二字领起，见万般无奈。其后历历写离别之情及对友人的殷殷叮咛关切，情意真挚动人。其二发端直陈临别之际，忍泪赋词。其后感叹为何难以久聚而被迫分别。君与我皆不如意，各有伤怀，人生本就如此。这是宽慰蒋因培，兼以自宽。下阕勉力振奋，慰藉鼓励好友，道是"事尚堪为"，希望好友能早脱苦难。较为振奋之句是"此别原难，兹游却壮，努力加餐会有时"，使人思及苏轼《六月二十日夜渡海》之"九死南荒吾不恨，兹游奇绝冠平生"的超旷与豁达。结末以"丁宁语，记西湖虽好，莫更吟诗"及自注点出蒋因培获罪之由，含蓄深婉，无限惋惜伤怀。严廷中对蒋因培之情意不仅见诸此二词，还在《百字令·壬午元夕，同人作蝴蝶会于抱山堂席上，怀伯生》深挚呈现：

良宵有几，莫匆匆误了，上元时节。东院笙歌西院舞，忙煞一片明月。漱玉泉边，抱山堂上，日后留佳迹。谁教飞去，一双无赖蝴蝶。_{时二客大醉逸去。}　　记取山左题襟，酒人名士，此会风流绝。但愿年年常聚首，点缀天涯春色。香烬酒阑，曲终人散，遥忆燕云北。有人今夜，一樽独对风雪。①

此词本是与友人欢聚之作，故而上阕写聚会之乐与繁华，笙歌不断，舞影翩跹，忙煞明月。如此盛会，日后自会留下佳话。比较趣致的是，上阕结末以"谁教飞去，一双无赖蝴蝶"写大醉而逸去的酒客，使人忍俊不禁。下阕则渐转伤感，愿能年年聚会，可终有曲终人散之时。此时，严廷中便忆及远在天涯的好友蒋因培。想来，他今夜只能独持樽酒，独对风雪吧，笔触虽淡，怀思之情却挚，与严廷中《哭蒋伯生》诗中之"雁回绝塞家无信，雪拥边城夜不开"可并观。严廷中与蒋因培交深谊厚，且

---

① 廖泽勤编著：《全滇词》，黄山书社 2018 年版，第 249 页。

激赏蒋因培之人品，故而在蒋因培去世后，为《哭蒋伯生》四首，中有"好将傲骨留泉壤，独抱寒香上玉清""秋灯风雨思君泪，旧日江山识此情"等句，亦是感人。

严廷中笔下尚写及多位友人，如《贺新凉·留别时丈香雪张子铭一》云：

> 一片深秋月。问今夜、几人欢聚，几人离别。旧雨不来今雨散，唱遍阳关三叠。到处是、旗亭黄叶。明日五更风露冷，乱山中、有个人愁绝。意黯黯，情脉脉。　与君同作天涯客。是三生、因缘香火，萍踪偶集。茶熟香浓人静后，坐冷一庭秋色。料今后，相思共切。更有柔魂销不尽，女郎坟，衰草连天碧。_{是日别田姬慧香墓。}回首处，总悲咽。①

此词亦以景发端，接以问句，感慨系之。其后情景历历而下，写惜别之情。下阕以"与君同作天涯客"领起，书写君我之共怀同悲。其后"茶熟"一句境界清幽，"坐冷一庭秋色"句清冷如是。结末数句，写及离别之愁，兼笔写及严廷中离别逝妾之墓的伤怀。严廷中关于王曼云的词亦有二首，一首为《花发沁园春·临清遇王曼云》：

> 落落襟期，翩翩裘马，当年同是公子。疏狂情性，跌宕才华，睥睨等闲青紫。十载年光，几曾料、飘流至此。乍相逢、各有闲愁，往事不堪屈指。　滚滚红尘似水。且片刻清谈，清源关里。蕉心卷雨，絮影团风，解得此时心事。休嗟迟暮，各珍重、天涯身体。问年来，洒兴如何，卫河深浅相似。②

从词可见，严廷中亦将王曼云引为同调，当年同是潇洒公子，翩翩栩栩，而今不过十载年光，君与我皆漂流至此，闲愁萦心，往事不堪。下阕以"滚滚红尘似水"高度概括时光之流逝，红尘之无奈。其后写二人相聚，情景在目。结末依依嘱咐，各自珍重。其《念奴娇·临清遇王曼云》

---

① 廖泽勤编著：《全滇词》，黄山书社 2018 年版，第 249—250 页。
② 廖泽勤编著：《全滇词》，黄山书社 2018 年版，第 251 页。

继前作而续之，想是严廷中意犹未尽，未忍搁笔。词云：

> 新词再谱，料知音王粲，不嫌重叠。一片豪华弹指过，记否长安时节。市上歌声，灯前笑语，醉踏天街月。旧时风景，隔花莺燕记得。　　笑煞蜗角功名，风尘堆里，同作无聊客。认取潘安青鬓改，不似当初颜色。昌水西流，余官莱阳。汶河东注，君官河工。未比情怀切。词成付与，小蛮樊素歌妾。①

此作直笔叙写一己之感，问友人记得当时乐事否？旧时风景，莺燕当记得。而下阕则以"笑煞蜗角功名"换头，一句"同作无聊客"写尽王曼云与自己的无奈苦楚。而今相逢，潘鬓萧萧，各自为微官所羁，各自天涯，各自无奈。此二词，写友兼以写怀，见严廷中之心事如许，亦见其对友人之情真如此。其《摸鱼儿·赠青溪》一词也与此二作颇有相类处，词云：

> 正天涯、绿肥红瘦，残春初夏时节。江山无恙词人老，况是琴书飘泊。重作客。叹旧日、扬州只剩荒凉月。青衫泪湿。记一片繁华，当时情况，燕子尚能说。　　相逢晚，草草江湖落魄。与君一样今昔。卅年裘马功名梦，梦也暂时销歇。谁记得。只桥上、箫声代谱凄凉阕。年光自惜。似商妇舟中，明妃塞外，不是旧颜色。②

相逢时，春将尽，正是易引人伤心的时节。"江山无恙词人老"，既是写友，亦是夫子自道。旧日扬州相遇相聚，多少赏心乐事，如今，却只剩荒凉旧月，如何不让人青衫湿遍？当时繁华，当时情景，唯有燕子能说，这便有无尽沧桑感慨了，倒使人思及周邦彦《西河·金陵怀古》之"燕子不知何世；入寻常、巷陌人家，相对如说兴亡，斜阳里"。下阕续写伤怀悼往、流离落魄之思，语语含伤，动人情肠。结末以商妇和明妃作比，写友人与我之年华老去、无奈天涯之情，见严廷中衷心之苦，伤怀之切。

---

① 廖泽勤编著：《全滇词》，黄山书社 2018 年版，第 251—252 页。
② 廖泽勤编著：《全滇词》，黄山书社 2018 年版，第 253 页。

总的看来，严廷中关乎友人之词，多情意真切，友我共写，见其襟怀，见其愁绪。诸词多以长调铺陈点染，情景如绘，故真挚处每能动人。

（五）感怀纪事之作

严廷中内心情感与人生感喟的消息，在其题画及关乎友情之作中已有所透露，在其感怀纪事之作中则更为鲜明集中。此类词作或结合节序写怀，或贴合所见寄情，所写既有自身天涯之感，羁旅之愁，亦有年华之思，岁时闲绪。此类词作中，小令多清灵婉转，长调则深沉真挚。其小令之佳者如《望江南·病中》：

> 春如此，病里度年华。一点痴情随燕子，十分消瘦到梨花。残梦绕天涯。①

此词短而弥真，深而不涩，切而不露。发端之"春如此"三字，高度概括，更胜斤斤著墨，历历缀语。"一点痴情随燕子，十分消瘦到梨花"对仗何其精工而自然妥帖，意新而语致。结末之"残梦绕天涯"虽不生新，却入时入境，亦算允妥。除此作外，严廷中一时心境感喟之作亦多以小令中调承载，其中间或有颇具民歌小曲风味者，如《双红豆》云：

> 是风声，是雨声。松竹芭蕉一片声，寒鸡三两声。　　是天明，是月明。一盏残灯灭更明。纱窗纸渐明。②

此词上下阕各押一韵字，为独木桥体之变体。因韵字重复，故读来缠绵不尽，如昵昵而语，娓娓而出，情致动人，亦见其长夜不寐之心绪，而为何不寐，则含蓄不出，只待读者自味之乐。《望江南·冬夜与马肖岩话都门事》其四亦以小令写襟怀感慨：

> 京华忆，最忆是吾庐。门外桃花墙外柳，春风消息近何如。无语各踟蹰。③

---

① 廖泽勤编著：《全滇词》，黄山书社 2018 年版，第 240 页。
② 廖泽勤编著：《全滇词》，黄山书社 2018 年版，第 262 页。
③ 廖泽勤编著：《全滇词》，黄山书社 2018 年版，第 247 页。

此词忆客居京华时之旧居。别后春风几度，消息如何？感慨系之，所思在之。严廷中不着词题的感怀之作也多以小令中调为式，风格则多变化，或寓意于谐，如其《丑奴儿令》之"今生悔被聪明误，道是聪明。特不聪明，只为聪明费了心"。或古拙真质，如其《生查子》："广陵当日潮，来去繁华地。来为繁华来，去带繁华去。　今日剩空城，寂寞真无味。不如听钟声，流□□□住。"

感怀纪事词中，长调数首亦情真意挚，如《绮罗香·丙子除夕感怀》云：

> 剪烛衔杯，围炉分韵，都是旧年情绪。月地花天，怎被东风收去。猛回头，千里关山，大半是、春愁围住。怕诗魂，带月相寻，蘼芜多处误归路。　今夜寒梅影里，思想繁华地，都无凭据。乐事赏心，偏是才人难遇。问梨花，怎样相思；问芳草，销魂何处。可怜宵、一个人儿，吟断肠几句。①

此词熔人生之慨、闲愁之感与忆友之情于一炉，佳句纵横，春愁遮山，诗魂带月，问煞梨花与芳草，句式既新，发想又妙，情亦真挚，可谓佳作。此外，其《百字令·戊午中秋》之"病酒伤秋前度客，依旧青衫白发。紫竹吹残，朱栏拍遍，醉问长安月"亦有高妙之思与真挚之情。上述长调诸作，均能沉厚兼以清灵，有老梅之姿。又如《金缕曲·阴雨兼旬，春寒未减，意有所触，和闷倚声，寄李伯杨》云：

> 已是清明近。却沉沉、一天阴雨，云迟风紧。偶露夕阳红一线，依旧晴明不准。只酝酿、朝寒夜冷。前度踏青人去后，步苍苔、履迹犹端正。知道是，几时印。　阑东闲煞秋千影。最萧条、旧年池馆，此时三径。犹喜碧桃花未放，勒住春寒一寸。幸未到、香销艳损。一桁疏帘垂柳外，帘中人、闻说伤春病。双燕杳，倩谁问。②

此词所写更近岁时闲愁，亦即此词结末所云之"伤春病"。不过，因

---

① 廖泽勤编著：《全滇词》，黄山书社 2018 年版，第 241 页。
② 廖泽勤编著：《全滇词》，黄山书社 2018 年版，第 267 页。

严廷中内心怅触良多,天涯岁华之感常深,故而此词读来总使人别有所悟。全词写景细腻,用语精工,堪称佳构。

(六) 咏物之作

严廷中咏物之词不少,究其大略,花木植物为其题咏之着力点,其中佳作要数寓情深挚、感慨沉伤的《金缕曲·秋柳》:

> 不似春光好。渐长堤、沙平水浅,露迟霜早。十里红楼帘不卷,孤负三分斜照。更谁唱、阳关词调。旧日蛮娘歌舞散,说秋心、生怕秋知道。残粉黛,剩多少。　　山村野店愁重到,怅空林,寒蝉自曳,乱蛩低叫。一样渭城朝雨霁,换了冷烟衰草。又画出,灞陵秋晓。马上霜风楼上月,尽佳人憔悴征人老。风月恨,几时了。①

此词境与意会,寓人生之感、惆怅之悲于秋柳之咏,可谓人柳兼写,着人感喟。此外如《百字令·残荷》亦可赏:

> 潘妃步后,谁留下,一朵断肠颜色。昨夜轻雷今夜雨,无复旧时明月。粉脸翻红,新衣褪绿,憔悴真难必。芳魂何处,归来应感畴昔。　　徘徊池上阑干,爱花心事,心事花应识。颜太娇红都薄命,谁为红颜怜惜。如此韶华,也能结子,苦味偏堆积。埋香人去,淡烟一缕凝碧。②

严廷中此词与前此谢琼之作同写残荷,俱有佳意佳思。细味之下,严廷中此词更细腻入微。此词发端以"潘妃步后,谁留下,一朵断肠颜色"将残荷喻为潘妃步后留下的断肠之色,顿然将花落之凄凉与人去之惆怅熔于一炉。接着,"昨夜轻雷今夜雨,无复旧时明月"一句,以"无复"二字晕染出往事难再的伤感。再以"粉脸翻红,新衣褪绿,憔悴真难必"对残荷的景致进行拟人化的描写,后又以"芳魂何处"再做花人双写之笔,情感渲染备足,韵致幽美空灵。下阕写及作者徘徊踪迹,爱花心事,他以为花应该懂得自己为何徘徊此处,原是因为心中的爱花惜花之情呵。

---

① 廖泽勤编著:《全滇词》,黄山书社2018年版,第264页。
② 廖泽勤编著:《全滇词》,黄山书社2018年版,第244页。

此语想象得无理,却痴得有情。接下来的"颜太娇红都薄命,谁为红颜怜惜"一语,感慨太美好的事物,仿佛都难逃红颜薄命之恨,谁又懂得怜惜呢?其后"如此韶华,也能结子,苦味偏堆积"写及莲子心苦,一"偏"字,多少含蓄无尽的哀思隐然其间。结句景人双写,"淡烟一缕凝碧",留有馀不尽之味。

从上文所引,已可略见严廷中词之风格。首先,严廷中词之主流为呈现有我之境的士大夫之词。

严廷中词涉及女性及情感的作品较少,总的来说,题材与风格偏于男性化,为较为典型的士大夫之词。严廷中之词虽涉及六大题材,但一己之遭际与情感始终是其着力表现的对象。除感怀纪事之作外,严氏尚着力将一己之感之情融入题画、咏物与寄友之作,因此,严廷中多数词作具鲜明的有我之境,表达自我,以词为陶写之具痕迹明显。严廷中一生萍踪漂泊,未腾青云故而颇多年华自惜、朋辈零落、旧欢难寻之慨,如"相逢晚,草草江湖落魄,与君一样今昔。卅年裘马功名梦,梦也暂时销歇"之类词句,便具见其心境。这类寄寓个人情感与遭际的词作,多用长调,其风格多真挚沉厚,不浮不薄,能将细腻清远之写景与深沉真切的抒情纪事相结合,为严氏词中最具价值、成就最高之作。自题材与情感来看,这类词作与柳永之羁旅行役之词颇有相近,但细究起来,严氏之纪事纪行不似柳永之"铺叙展衍,备足无馀"而是多有留白,其羁留落魄之恨也不似柳永强烈酸辛,用语亦颇雅洁精审,与柳氏不同。严廷中词中,旖旎之作所在虽有,却非主流。张禄卿以廷中之词得黄庭坚之旖旎,笔者倒以为是得其士大夫气质为多。严廷中关乎女性与情爱之作实与黄庭坚部分过分艳俗而直白之词(如"奴奴睡,奴奴睡也奴奴睡""把我身心,为伊烦恼,算天便知"之类)迥别,而风味更近唐五代诸家小词之灵动风流。

其次,严廷中词之主流风格为清丽淡远而兼精到俊爽,境与意会而能境真意永,悲而不愤,郁而不塞。

严廷中词风有得于苏辛姜张,却也不同于诸人,而能自成格调。不难看出,严廷中词在境之营造与情之传写上很有功底,琢字炼句颇为到位而归于自然。观严廷中词集手抄本,尚可见修改之迹极多。笔者疑此类修改为其姬妾李镜波移录严氏手稿修改之痕,若诚如此,那么烹炼字句则是严廷中较为自觉的追求了,比如其《金缕曲·秋柳》有句:"十里红楼帘不卷,孤负三分斜照",此处"孤负"二字原作"冷却"。严廷中词多事烹炼，其高者能极炼而如不炼，如"江南好，触我闲愁无数""绣幕层层贮好春""满地桐阴润"，而次者如"明月约梅花""十二阑干倦倚，正雨腻云憨，故人来未"之新巧，"冷雨欺枝，冻云压树，缠绵未断柔情""探险龙洞，瘦驴坠雨；买舟北渚，短笛横秋""人在东风香里，正翻阶傍砌，眠云醉露"之工致，此类句子尚未辞烹炼之迹，却也不失佳句之格。因烹炼而能精到真挚，为严廷中词一大佳处。同时，严廷中词境意清空高远。这固然与其心中之境有关，也因其笔法颇得姜张之妙，有野云孤飞之态。严廷中写词，善于荡开一笔而臻清远之境，馀留白之地，如其写景表境，多以"外"字而自脱于眼前之景，如"一样红楼垂柳外，一样红妆窈窕""断井颓垣垂柳外，问西风，何处寻遗迹""溪山一角烟村外，新结萍洲伴侣""淡烟疏雨西村外，一片荒堆寒峭""一鞭冷雨秋村外，才觉阳关声苦""到处春山烟雨外"等。其中部分"外"字的使用固然有一定方位的实指性，多数却为虚指，以得境界的空灵与悠远为追求，为严廷中词清远之境的营造助力。这样的清远，更近于姜张一脉的空灵。其实，严氏论诗主李白，其《贺新凉·咸丰癸丑中秋，题杨子英醉月图，时余侨居县城》中又将苏轼与李白并提，云："更拟招，邀仙伴侣，奈青莲已去东坡病。风露下，碧云冷。"其词《百字令·题李子独立图》之"何日一杖空山，片云孤鹤，遗世飘飘举。又觉长生馀事耳，懒□神仙官府"则化用苏轼诗句，且自注云："东坡诗：'独立万物表，长生乃馀事。'"以上种种，确也可见严氏对苏轼的倾慕。然而平心而论，严氏之作与苏轼之作风味是同中见异的。严氏留别赠友之作从结构及用笔上虽略似苏轼之《八声甘州》（有情风万里卷潮来），但严氏多伤怀忆往，苏轼之作则超旷之风与飘然之气更多。总的看来，苏词能旷而严词多感，不过内在的士大夫情怀也不无相通之处。此外，严廷中词作间有俊爽之气，然俊爽而不涉粗豪不羁之笔。严廷中词中曾自述"二十年前裘马客，曳蕉衫，还比君年少"，由此可以想见其侧帽风流之致。其"太白不生长吉往，只合独来独去。前无古人，后无来者，馀子何须数"很见孤高，"紫竹吹残，朱栏拍遍，醉问长安月。五千年里，不知多少圆缺""快饮村醪，横吹渔笛"颇有狂态。不过，严廷中词作却与辛弃疾同中有异。与辛词相同，严廷中词无搔首弄姿之态，而是一力书写个人心曲，与辛词之内在相契。但是，严廷中所经历与辛弃疾自有不同，其词风与辛弃疾当家国之变、秉英雄之气、失用武之地的种种性情心曲纠结而成的郁塞苍凉、豪壮悲慨、磅礴奔泻的风格颇有不同，而更多文人之气、清雅之味，少粗豪之气、不羁之思。廷中之伤感纠集于其浓烈的怀旧追昔之情与天涯流离之恨，如"问逝水年华，空山身世，尘劫几时了""谁记得，只桥上箫声，代谱凄凉阕。年光自惜，似商妇舟中，明妃塞外，不是旧颜色"等皆是。其悲不至愤激，其情不至奔泻，与辛弃疾自有不同。

最后，严廷中非主流作品别具姿色，亦有系人心处。

严廷中主流风格之作，其风格虽因题材之别、情感之异而有微殊，但总体风格较为明显。其非主流之作则因题材之别而风貌大异，亦见严廷中之词才。如《南乡子》之"斜转秋波灯影畔，盈盈。笑说郎君面尚生"之情景如画、民歌真味，《浪淘沙·拟塞上曲》之悲凉雄壮，《望江南》（扬州好）之或艳或俗或雄或谐，皆各因其题而制宜，风格变化较多。其中，严廷中写闺阁情味之小词时得佳境，颇富民歌小曲的自由烂漫、谐俗真切之味，读来颇饶兴味，与其长调诸词的风格可谓大相径庭。总的看来，严廷中词小令与长调兼擅，长调风格相对较为统一，多以细腻真挚之笔，写清远而兼感伤的有我之境，小令中调则风格较为多变。前人曾论严廷中词有苏辛姜张黄柳之境，其实，严廷中即是严廷中，严廷中词即是严廷中词，无须借诸名家而生辉添彩。

严廷中广交名流，实为清代中后期云南词人对外形象的代表人物，亦是云南文人对外交流的有力推动者。其创作广涉诗词曲文诸体，为云南较为多产广产的作家。仅就词而言，其词主流风格鲜明，能臻高格、传挚情。此外，其词能题各有体，题各有风，兼有多样化的风格，佳作所在多有，且能予读者并不单一的阅读愉悦和触动：其真切处能感人，其伤感处能动怀，其谐趣处能娱情，其高妙处能远心。能写词如此，严廷中实为云南词坛不可多得的大家。

三　水云深处筠帆现——戴䌹孙及其词作

戴䌹孙，清中期滇云著名文人，亦存词于《滇词丛录》。《滇词丛录》小传甚简，但云："戴䌹孙，字袭孟，一字筠帆，昆明人，道光己丑进士，历官浙江道御史，著有《味雪斋诗文集》，附词。"[①] 其生平见于《新纂云南通志》较详，兹移录如次，以征戴䌹孙之事迹而知其人：

---

① 赵藩辑：《滇词丛录》，《云南丛书》第 46 册，中华书局 2009 年版，第 24242 页。

第四章 清代中期云南词坛

戴䌹孙，字袭孟，昆明人。道光九年进士。由工部主事官至给事中。䌹孙生时，其祖父梦古衣冠人自云中下，授以锦轴，故名锦孙，已思"尚䌹"之言，改名曰䌹孙。

戴䌹孙天才亮特，能以单寒自力于学，以选拔第一入学使者顾莼署中，与池春生同读书三年，所学益进。工诗，与生春、李于阳、戴淳、杨国翰称五华五才子。

道光二十六年，考授浙江道监察御史，䌹孙满三年请留台，不乐外任，益专力于诗古文词。性耿直，遇当世气焰薰灼者，必睥睨凌其上；若志行投合，则又倾输肝胆如平生欢。䌹孙性淳至，以亲不逮养为大戚。妻死不再娶，悼"其与我共贫厄也"。通籍后，遇顾莼京邸，责其矫枉，轻绝先人祀，乃娶六安祝氏，亦无子，以弟缵孙子鸿志为嗣。归里后，纳妾，生子鸿辰，为鸿志娶妇。逾年，鸿志咯血死，恸甚，甫半月，亦咯血卒。时咸丰丁巳，年六十有二。鸿辰亦举于乡。

䌹孙著有《明史·名臣言行录》《昆明县志》《戴氏族谱》《知非续录》《谏桓焚馀草》《味雪斋日记》，及诗文、骈体二十六卷。陈荣昌撰《墓表》赞曰：戴䌹孙介立南台，棱威风霜，陈善献议，未洽帝心，洁身避路，息迹林泉。孔子言，中行不得，则思狂狷。䌹孙有焉。①

作为五华五子之一，戴䌹孙在清中期滇云文坛的影响力自不必言。就词坛而言，戴䌹孙虽无独立词集，但存词五十九首，在《滇词丛录》中存词亦居前列。不过，对其词，前辈学者的评价并不高，马兴荣先生认为："他（戴䌹孙）任过浙江道御史，因此受浙西词派末流的影响是比较明显的。他的词以咏物词为最多，其次是题画词多。词的内容空虚，例如《蝶恋花·黄瓜》……又如《望湘人·闻蝉》……就可以大致看出戴䌹孙词的风格和特点了。"②此评固有中肯之处，却也不免有所偏颇。

综观戴䌹孙存世之词，其咏物词确实较多，这也构成了戴氏词题材上的鲜明特点。除马兴荣先生引论的《蝶恋花·黄瓜》咏日常食物之外，

---

① 李春龙：《新纂云南通志》卷一百九十八，云南人民出版社2007年版，第312页。
② 马兴荣：《滇词略论》，《楚雄师专学报》1995年第4期。

尚有《摸鱼儿·消寒二集王开圃席上咏石花鱼》《桂枝香·食黄颊鱼有感》《蝶恋花·王瓜》《天香·鸡枞》和《念奴娇·芋》等。咏动物者，除《望湘人·闻蝉》之外，尚有《台城路·蟋蟀》《沁园春·憎蝨》《沁园春·咏虱》。此外，戴絅孙尚有多首词作赋咏花卉，如《月华清·咏蓝雀花》《六幺令·蜀葵》《醉蓬莱·凤仙花》《金缕曲·牵牛花》《念奴娇·戊申消寒第一集倪海查寓中赋并蒂菊》等。以上咏物之作，共十五首，占据戴氏词作的五分之一有馀。如果将题画之词亦视为咏物，那么加上其《百字令·题张石舟烟雨归耕卷子》《柳梢青·题潘玉泉扇湖访秋卷子》《鹊桥仙·题汪鉴齐水部乡图秋思卷子即送南归》《一斛珠·题画》《减字木兰花·为段锦谷题画》《碧牡丹·题玉汝女史秋灯绣佛图》《莺啼序·自题寒斋味雪图》《莺啼序·题黄矩卿太仆粤秀山望海图》八首，则共达二十三首，占据其所存词作将近四成的份额。戴絅孙咏物诸词中，确有不少内容空虚、了无馀韵之作，如一众咏花咏食之作，刻画虽精工，用力虽勤勉，却难称佳构，比如《月华清·洛蓝雀花》：

  眸剪轻黄，翎梳深翠，窃脂名访桑扈。幻出花身，只欠帘前交语。问瑶光，散岂榆瞳；挥彩笔，戏应兰渚。凝伫。怕仙裙缣襞，随风归去。　　好更腰纤善舞。正鸟啭歌来，巧偷笙谱。倦欲依人，为讯娉婷谁主。布芳筵，试款嘉宾；张画幪，好吟娇女。容与。待舫回青雀，载将侬汝。①

此词用语炼字，很是考究，开篇之"眸剪轻黄，翎梳深翠"便将鸟喻花，扣合花名，不可谓不巧妙。至其后，又以佳人拟花，暗用赵飞燕之典故，以写花之轻盈灵动之态。只是，巧则巧矣，工亦工耳，却限于技巧之彰显，而缺少内在之情怀，故而难在读者心中留下或兴发起感动与共鸣，只在咏物词之下境。其馀《六幺令·蜀葵》《醉蓬莱·凤仙花》《金缕曲·牵牛花》《念奴娇·戊申消寒第一集倪海查寓中赋并蒂菊》等也不外如是，虽有"丹华翠萼，密叶疏痕巧相凑""鬟压蝉青，钗欹燕白，别愁休诉""倩影姗姗娇怯甚，白紵单衫欲卸""香国岂怜陶令寂，故遣瑶姬双媵"等工致之语，却少兴发之力。戴絅孙写食物诸词，也多流于对其

---

① 廖泽勤编著：《全滇词》，黄山书社2018年版，第276页。

环境、品相、滋味的摹写，不乏"酥茎脆滑，校别种，嫫姑应逊""登盘快得琴高鲤，爱此晚筵清供"等字句，殊无高致。《沁园春·憎蝨》《沁园春·咏虱》等更流于典故与相关情状之串叠，如"怪琵琶树裂，生犹有母；樱桃颗重，饱自依人""听辨从坡叟，出诸垢腻；学成飞卫，大即车轮"之类，亦无足取。倒是其《望湘人·闻蝉》有所寄托，能在不即不离之间，得咏物之体。词云：

> 正清风一枕，红日半庭，竹阴花影零乱。鹤厌吟孤，蝶嫌梦懒，只许鸣蝉相伴。那少芳林，碧云催送，凭高声远。怕有人、黏取樱花，使我难成萧散。　仙侣犹夸赐扇。奈惊寒太早，珥貂非愿。只遗蜕泥沙，便抵北溟程万。从他鬓薄，镜奁秋展，又早垂鬟人倦。快莫把、坠露兰皋，谱入湘江幽怨。①

此词远绍南宋《乐府补题》一脉，近承浙西咏物之境，字句工稳精到，且兼见情思襟怀，所写虽无实在托意，但孤高之感、惊心之憾已深寓其间，缠绵唇齿，在戴絅孙咏物诸词中，堪称上品。

戴絅孙的题画之作亦达八首之多，其间固然有斤斤于画面而少远情逸韵者，比如《碧牡丹·题玉汝女史秋灯绣佛图》一类，亦有如《减字木兰花·为段锦谷题画》者：

> 丹岩翠壁，竹树人家秋向夕。杖策云轻，饱听飞泉漱玉声。渔舟晚渡，可是武陵溪畔路。袂挹陶公，我欲移家此画中。②

此词触笔生春，风致隽爽淡荡，读来使人快意。不过，尚不离于画，未能荡开远境。名为题画，实兼咏怀者，在戴絅孙的题画诸作中更有代表性和欣赏价值，如《柳梢青·题潘玉泉扇湖访秋卷子》云：

> 秋思谁家。故园三径，梦远天涯。练溪佳招，扇湖幽赏，总痼烟霞。　一般水木清华。倚残照、垂杨暮鸦。只少轻桡，载将绿酒，

---

① 廖泽勤编著：《全滇词》，黄山书社2018年版，第285页。
② 廖泽勤编著：《全滇词》，黄山书社2018年版，第289页。

满酬黄花。①

此词虽为题画，却痕迹不露，笔触淡荡，若未经意于画而自抒心曲，细看则残照暮鸦三径扇湖，皆是画境，其境界之远却又在画外。结句色彩鲜明，绿酒黄花，风致嫣然动人。《鹊桥仙·题汪鉴斋水部乡图秋思卷子，即送南归》中戴纲孙的个人情怀更浓而挚：

红疏碧浅，笋篱苔砌，梦绕故园烟月。秋花只向画中寻，算输与、双飞黄蝶。　莲泾一曲，菇湖千里，竟理江东归楫。乡愁我更较君浓，总长负、菊花时节。②

此词梦绕故园之情历历有在。戴纲孙长年漂泊滇外，对故乡之思念，每见词中，食石花鱼想及滇中金线鱼，见友人归更怅触起思乡念远之情。故而此词结句"乡愁我较君更浓，总长负，菊花时节"有压抑不得而一气喷薄的直抒之力，颇为感人。前引的戴纲孙题画诸词，风味皆偏清宜秀隽，其《百字令·题张石舟烟雨归耕卷子》笔法风味稍异前作，颇有沉雄之气，峻拔之感：

披图一叹，问归田平子，田今何处。唤作农夫原识字，破砚何尝离汝。故我犹非，今吾岂是，老受儒冠误。绿蓑青笠，荷锄聊且归去。　见说何点同心，云慵出岫，只忆东湖路。劂得芝田瑶草惯，胡不蓬莱安步。比似粗疏，真成濩落，日况桑榆暮。买山真个画中，留我偕住。③

此词不落俗套，开篇便以"田今何处"为叹，又揭出"唤作农夫原识字，破砚何尝离汝"的身份矛盾与内在执着。接下来，对故我今吾之孰是孰非，戴纲孙以"老受儒冠误"为结，再抒发青箬笠绿蓑衣的归去之愿。下阕亦感慨良深，结末直抒"画中留我偕住"的难成之愿。整首

---

① 廖泽勤编著：《全滇词》，黄山书社 2018 年版，第 289 页。
② 廖泽勤编著：《全滇词》，黄山书社 2018 年版，第 289 页。
③ 廖泽勤编著：《全滇词》，黄山书社 2018 年版，第 290 页。

词笔法老健,有苍劲之气。戴绚孙尚有以《莺啼序》为词牌的两首题画长调。《莺啼序》难填,尤其难精,戴绚孙又为题画而作,更难臻佳境。不过,亦能见戴氏在词道之习染和功底。兹录其《莺啼序·自题寒斋味雪图》如次:

幽居有谁伴我,只残书数架。更闲里,欢伯频招,一杯持对灯烛。计佳日、春秋不少,逍遥六馆寻芳槲。总堪娱、人健松凉,已销长夏。　试问疏顽,斗米饭饱,足园官菜把。尽人笑,藜藿肠充,雀绵曾裹寒鲊。纵归田、二顷犹悭;已谋食,三餐多暇。怪斋名,味雪何为,老饕休诈。　掀髯一叹,是岂馀知,为君述旧话。记十载、弱龄孤子,饱尽酸辛,梗泛吾庐,草荒亲舍。无言可说,寒灰心死,黄齑盈瓮尝应惯,煮深愁,那许东风借。朱颜渐老,从来热不因人,素衣肯逐尘化。　幽兰俪洁,枉授阳春,半曲悲和寡。待博得,衫抛白紵,饼啖红绫,顿阻蓬莱,自怜姑射。寒香沁肺,吟梅官阁,南华讵悔当日误,听人间,腐鼠鹓鶵吓。君看驴背他年,倘负诗盟,有如此画。①

味雪斋,即戴绚孙之室名。此图本关乎戴绚孙而作,戴绚孙题写此图,便与咏怀无异。戴绚孙遭际多舛,自幼丧父,在官场亦郁郁难伸其志,冷官多年,襟抱未开,因而此词之况味乃清苦沉郁如是,"藜藿肠充""记十载、弱龄孤子,饱尽酸辛,梗泛吾庐,草荒亲舍。无言可说,寒灰心死,黄齑盈瓮尝应惯"皆非虚笔造情,而是文由情生。其间"素衣肯逐尘化""听人间,腐鼠鹓鶵吓"亦可与戴绚孙不肯逢迎、忠直其性而冷官不迁的经历相参发,足征其心志。此词虽为题画,其实与戴绚孙之咏怀词《水调歌头·斋中读书》同一机杼:

孤愤向谁语,独立自悲秋。古今多少成败,忠佞不相谋。憔悴灵均屈子,痛哭长沙贾傅,同抱杞天忧。直道任三黜,未肯曲如钩。　岩野筑,渭滨钓,感殷周。一般梦里良弼,偏应哲王求。但莫怖

---

① 廖泽勤编著:《全滇词》,黄山书社2018年版,第283页。

充粪壤，自有田芳兰蕙，味只别薰莸。怀古一长喟，重和畔穿愁。①

此词发端以孤愤起，以悲秋相映衬，有淋漓之感慨。接以"古今多少成败，忠佞不相谋。憔悴灵均屈子，痛哭长沙贾傅，同抱杞天忧"揭出孤愤之根。上阕结末以"直道任三黜，未肯曲如钩"表达自己内心的坚持和志向。直道三黜，语出《论语·微子》："柳下惠为士师，三黜。人曰：'子未可以去乎？'曰：'直道而事人，焉往而不三黜。枉道而事人，何必去父母之邦？'"曲如钩，不正直的奸佞之行。此句为全词之眼，是戴絅孙内在坚持的兀傲流露。下阕感叹傅岩、姜尚得遇明主，流露出良禽得佳木而栖的希冀。全词悲凉郁塞之气出以直切之语，弥足引人同喟。发端高警，见高洁兀傲之态。其后历数古人之忠直而多舛者，见词人心之所向。此词当推为戴氏压卷之作。

孤愤之外，戴絅孙内心尚有一极为突出的情意结，便是其家乡之念。此情在诸多题画词、咏物词中皆有体现，于其组词《望江南二十四首·乡园杂忆》中更得到集中而突出的呈现。此组词作皆以"家山念"发端，所写涉笔家乡之四时民风节序及思念之情怀，既有可征的文献价值，文学性也颇为突出。兹录全璧于次：

  家山念，游冶爱春时。芳草路平轻试马，杂花林暖快听鹂。晴雨两相宜。春

  家山念，清绝此炎天。衣谢含风裁白苎，篷看翳日采红莲。大好北窗眠。夏

  家山念，山色太华秋。红藕听香池畔寺，黄花倚醉水边楼。月满钓渔舟。秋

  家山念，风雪百无忧。炉火不劳煨石炭，砚冰何时暖香篝。卒岁只羊裘。冬

---

① 廖泽勤编著：《全滇词》，黄山书社2018年版，第276页。

家山念，旧约信渔樵。藓石收罾和露晒，松柴束捆带烟挑。归去酒盈瓢。

家山念，朴野让田家。见客儿童忘礼数，隔邻灯火讯桑麻。春酒饷梨花。

家山念，挈榼好行行。天半铁峰敲日静，岚开玉案展云平。琴筑碎泉声。

家山念，人在水云乡。阁倚雄川天下上，舟移华浦月低昂。风送芰荷香。

家山念，韶景入新年。桃萼含苞红竟吐，松毛结毯绿堪眠。餐饵钉春筵。春正

家山念，觞咏恰幽情。亭浣玉泉依九曲，寺瞻铜瓦拓三楹。修禊记吾曾。上巳

家山念，泼火雨初来。绠汲新泉淘井遍，碑芟宿草上坟回。闲试踏青鞋。清明

家山念，佛日梵王家。灌顶泉香分五色，安心法竟衍三车。胜会有龙华。浴佛日

家山念，重五棕黏蒲。朱索早牵长命缕，赤灵争戴辟兵符。戏说水嬉无。端午

家山念，接祖事中元。子剥石榴香泛斝，秧抽翠麦颖登盘。冥楮送衣寒。中元

家山念，月正满秋中。菰米充庖输藕碧，觥筹赌子战瓜红。说饼斸诗筒。中秋

家山念，九日赋登高。近指螺峰青匼帀，遥跻陆岭翠周遭。有客正题糕。重九

家山念，冬至大如年。律转葭灰知岁暖，信传梅蕊报春先。古观叩龙泉。冬至

家山念，除夕话灯前。分到婴孩钱压岁，献将神佛饭迎年。儿女乐团圆。除夕

家山念，丱角侍亲庭。愁见阿娘劳十指，苦从先子课群经。屋老夜灯青。

家山念，予季竟如何。曾共幼年孤苦惯，那堪贫境病愁多。别久怨关河。

家山念，感逝旧成吟。匲到重开迷故镜，胶从久续怅遗琴。谁见此时心。

家山念，回首竹林游。凋谢故人无几在，荒唐去日总难留。邻笛不胜愁。

家山念，风雨闭柴荆。门外不喧车马客，杯中自郁古今情。廿载负鸥盟。

家山念，五十渐平头。菊圃琴书天总吝，槐柯富贵世原浮。何日驶归舟。①

此组《望江南》为戴䌹孙远在他方时系念家乡而作。戴䌹孙极为深挚的乡土情结，于其中历历可见。此组词作或据时序写家乡岁时节俗，或写家乡之湖光山色、胜景佳处，用语自然清新，不似戴䌹孙部分长调般叠累

---

① 廖泽勤编著：《全滇词》，黄山书社2018年版，第278—281页。

典故、意味深晦，而显得明快轻倩。其间佳句迭出，"芳草路平轻试马，杂花林暖快听鹂"何其清隽，"藓石收罾和露晒，松柴束捆带烟挑"又何真切，"阁倚雄川天下上，舟移华浦月低昂"堪称壮阔……至于对岁时习俗的书写，也是历历在目，真切兼有趣致。至组词的最后几首，笔势渐沉，阿娘十指，幼年孤苦，烙印词人心间笔上，至故人凋谢，去日荒唐，感慨更深。负却鸥盟，故山难归，虽心念菊圃琴书，却身陷南柯梦里，归计难成，归舟难驶，能无恨乎？

总的看来，戴䌹孙的词作，咏物居多，其咏物词用典较多，技巧精到，却意浮思乏，多泛泛之作，可以说拉低了戴䌹孙词整体的格调。其间偶有一二佳作，也未臻咏物词之一流。戴䌹孙词作中较为可赏的是题画及抒怀之作，能寓情于景而襟怀洒落，风格或清俊，或沉雄，皆能见性情，寓风骨。其《望江南》组词作以思乡发端，而追忆家乡时序点滴，旧友老母，情溢于言，实可赏读。因此，笔者认为，说戴䌹孙之词作总体内容虚无，并非该允之论。除咏物词外，戴䌹孙多数词作是情词相称的。不过，相较于谢琼及严廷中而言，戴䌹孙词作用典更多，也更加追求句法，因而部分词作有晦涩之弊，这确乎是南宋词末流之弊，也或有浙派末流的影响。

四 白族词人杨载彤及其词作

杨载彤（1786—？），白族，字管生，号巇谷，大理太和人，嘉庆丁卯副贡，历官马龙、他郎学正。杨载彤著有《巇谷诗钞》六卷，《诗馀》一卷。

杨载彤堪称家学渊源，其曾祖赵香岩、父赵廷玉、母周馥、二伯赵廷枢、兄赵懿等俱有诗声，形成了在大理喜洲颇有声望和影响的白族文学家族。这一家族的文学创作传承有序，曾有七部诗集与一部文集结集，得以留存至今的尚有周馥之《绣馀吟草》、赵廷枢《所园诗集》以及杨载彤的《巇谷诗草》。杨载彤之《巇谷诗草》六卷，存录诗歌八百六十二首，其数量颇为可观。其间也时有佳篇隽句，如《望九鼎寺》之"鸟没阶前树，僧敲饭后钟"，有清远自在之韵，《寄内》其六之"此后寒衣休远寄，将来添作女儿衫"，得寒苦真切之情，等等。

杨载彤之词，在清中期词人中数量非为翘楚，却也有五十四首之多。其词写景兼纪游者不少，如《解连环·晓过湖心亭》《珍珠帘·湖心亭晚眺》《湘春夜月·大观楼即景》等皆是。这类词作中的湖心亭、大观楼等，皆滇中名胜。其间佳者如《湘春夜月·大观楼即景》：

> 木兰舟，轻如叶样飘浮。好把往日尘怀，豁向大观楼。试看湖山满眼，共天光一色，点缀新秋。见晴沙露处，两行征雁，几个闲鸥。
> 烟波四面，纷纷画舫，呖呖歌喉。栏杆倚遍，想不尽、狂吟烂醉，前辈风流。涛翻浪滚，瞥目间、人又白头。这境界，只孙髯领取，长联题柱，胜迹传留。①

此词堆叠之笔自难尽免，然境界阔大，今昔抚追，读之确有尘怀豁去，天光满眼的快意。其《珍珠帘·湖心亭晚眺》一作亦可读：

> 斜阳影过桃花渡。循堤畔，游向湖心小步。一抹晚霞红，染遍桥边路。柳外帘收春色暮，莫再问、酒家何处。且住。看浦南芳草，生成《别赋》。　　休误。陌上钿车，遇风飘帘卷，湘裙半露。渺渺望凌波，渐入蓬莱雾。贝阙珠宫迷旧景，剩宿鸟、依林绕树。最趣。明月出东山，送人归去。②

此词写翠湖之湖心亭风光及所见所历，触笔细腻而有逸情。发端新美，"斜阳影过桃花渡"，景致在目，句意动人。次句见作者游踪，他循着堤畔，向着湖心走去。所见则是晚霞飞红，让桥边小路皆浸染于一片红霞瑰色之中，景物历历如绘。接下来，笔致荡开，着凌空虚笔，写柳外帘收，莫问酒家，反用杜牧《清明》中"借问酒家何处有，牧童遥指杏花村"。至此句，词渐有伤感意蕴，其后的"且住"与"看浦南芳草，生成《别赋》"点染离愁绪，氤氲在笔。下阕以"休误"二字换头，似暗写当时相遇，装饰华美的车中，有美丽的女子，因风飘车帘，而半露湘裙。其后之"凌波渐入蓬莱雾"用了《洛神赋》中"凌波微步"之语典，写女子步履之轻盈，兼状其神韵之飘逸如仙，与"蓬莱雾"暗相呼应，着读者几许想象之暇。当日旧景，如今何处，只剩下归飞正急的鸟儿，绕树

---

① 廖泽勤编著：《全滇词》，黄山书社 2018 年版，第 224 页。
② 廖泽勤编著：《全滇词》，黄山书社 2018 年版，第 223 页。

三匝,寻觅可以栖息的枝柯。此句景寓凄凉之意。不过,又接以"最趣"二字,风味一改。结末"明月出东山,送人归去"以明月之有情送归收束全词。词所写之游历,自斜阳西沉之时,直至月出东山,颇有移步换景、景随时迁的自然之趣,个中又掺入了相遇离别、物是人非的隐约伤感。全词琢景细腻入微,虚实有度,张弛得法,音韵婉美,读来韵致足而情味深。

杨载彤尚有赋咏景胜之作,如《浪淘沙·他郎十二景》分咏他郎十二景胜。他郎,即今普洱之墨江。杨载彤之十二首词作,其中有部分为清时他郎八景之景胜,亦有非属其中者。杨载彤笔下之他郎,山川秀美兼以壮阔,人情风土更别有韵致,引人入胜,比如其"山村跳月"一首书写当地少数民族生活,便真切在目且颇有趣致:

云径有人家,不理桑麻。刀耕火种是生涯。打豆南山归去晚,月上篱笆。 儿女共喧哗,也学称爷厂民自称阿爷,近日郎邑儿童多效之。竹竿纷舞作钉耙。芦笛乱吹横槊唱,惊起飞鸦。①

在杨载彤的笔下,他郎山川秀美,民风淳朴,其所见所感,历历绘出。此首细致描绘出住在山深处的少数民族,他们不种桑麻,过着刀耕火种的相对原始的生活。他们在南山打豆归来时,月已升,倒颇有陶渊明笔下"带月荷锄归"的意境了。下阕写当地小孩自称为"阿爷"的趣象,使人忍俊不禁。在月下,农耕归来的人们欢聚歌舞,芦笛吹,竹竿舞,横槊唱,好一派乐意融融,野趣无边的山中自在之景。又"竹溪晴浣"一首,亲切而得天然之美,读来使人忘机:

野径绿云屯,溪水微温。茅檐三五自为村。每趁晴天来濯锦,踏破苔痕。 玉笋又生孙,倒插涟沦。浣衣人避浣花人。一路声喧过竹外,晒向柴门。②

此词写景亦细腻入微,"野径绿云屯,溪水微温。茅檐三五自为村",

---

① 廖泽勤编著:《全滇词》,黄山书社2018年版,第235页。
② 廖泽勤编著:《全滇词》,黄山书社2018年版,第236页。

寥寥几笔，便画出春来竹溪边的美好景致。"每趁晴天来濯锦，踏破苔痕"，使人如见如闻，有王维"竹喧归浣女"的妙处。下阕写水边景致，既名竹溪，那么自然溪边多竹了，春来竹笋滋生，生机盎然。"浣衣人避浣花人。一路声喧过竹外，晒向柴门"数句，也趣味无穷，生意盎然。"花坞春耕"一首则写田家春耕之景：

绿水涨溪桥，风雨潇潇。春光初度又花朝。恰好一犁渗透处，腻胜脂膏。　　绣壤起波涛，湿到牛腰。如霜白足插青苗。陇上乱红飞尽也，羞落夭桃。①

春来雨过，正是春耕的大好时节，一犁入地，便翻出如油脂般泛着油光肥沃无比的土壤。因为春耕，所以田间泛起层层波澜，原是土壤被耕后形成的沟壑。耕好土后，便是插秧栽苗了。此时，还有乱红飞舞，花雨翻落，当真是让人欣悦快慰田间小景，读来使人油然生归欤之心，见自在之乐。以上诸作，题材虽不离景胜的描写，但触笔轻灵而有情，尤其写山村与农家生活，所写在目而有远韵，有活泼圆转的生气，迥非堆叠词藻而强咏之作可比。

杨载彤书写自我经历的词作中也有部分有类似的轻灵与真切，比如《一剪梅·春日过呈贡》：

城内喧阗城外哗。眼里钿车，耳里牛车。田合龟纹一径斜。豆子青芽，麦子黄芽。　　陌头羃历若笼纱。道上尘遮，山上云遮。村鸡啼处有人家。红了桃花，白了梨花。②

此词为春日经行游历之词，词风味清俊，有民歌风调，读来生意盎然，清新可喜。词以《一剪梅》为调，双调小令，六十字，上下片各三平韵。龙榆生先生之《唐宋词格律》云《一剪梅》词调"每句并用平收，声情低抑"。此词声情却并不显低抑，而颇有些轻快灵动之感。不过，"合"字属词韵第十九部入声十五合十六洽通用，其馀"哗""芽""遮"

---

① 廖泽勤编著：《全滇词》，黄山书社2018年版，第236页。
② 廖泽勤编著：《全滇词》，黄山书社2018年版，第229页。

"家""花"诸韵字则属第十部平声九佳（半）六麻通用，因而"合"字出韵，当为小瑕。借人声的喧闹，此词在一开始就大笔勾画出城内城外喧哗热闹的景象，显见呈贡城的繁华富庶。其后，笔触转至郊野田园所见，"豆子青芽，麦子黄芽"，读来极其自然，而景物如见，清新可喜。下阕写陌上烟雾弥漫笼罩，如同轻纱覆盖。结合下句所写村鸡啼叫来看，作者经过呈贡城时，或在早晨，故而朝雾弥于田野。"村鸡啼处有人家"也是极其自然流畅，若不经意间道来，接以"红了桃花，白了梨花"，可以想见村舍前后，桃花欲醉、梨花如雪的美丽景象。"红了桃花、白了梨花"句式与蒋捷之"流光容易把人抛，红了樱桃，绿了芭蕉"相似，显然受到蒋捷词的影响。不过，杨载彤此词所书写的景象及内在的心绪，皆全然不同于蒋捷之作。蒋捷之词流露的是流光易逝之感，杨载彤此词则见春日的欣然物态，各得佳处。杨载彤之作清新自然，信手而写，无斧凿之痕，见天然之韵，与乡野风光相得益彰，其景入画，其味悦心。陈力在《云南古代曲子词》中亦对杨载彤此类词作不胜称赏，认为："（杨载彤）词中除抒发个人怨愤的长调外，尤以描写山村风光的小令见长"，且屡以"信手写来，自然天成""简直就是一幅绝妙的生活图画""妙趣横生，鲜活动人"[①] 评之。

杨载彤写节令及闲思琐事之词也近此类风味。比如《忆王孙·庚辰立秋》：

> 归云带雨过山村，久客思乡欲断魂。从展家书仔细温。那堪闻。桐叶惊风乱打门。[②]

此词真切而自然，虽语出寻常，却不流于浅薄。《忆江南·即园夜话》也语浅而情深：

> 心头事，怕向雨中言。隔着窗儿声不住，怀人况是早秋天。生惹泪涓涓。[③]

---

① 均见陈力《云南古代曲子词》，《云南民族学院学报》1990年第3期。
② 廖泽勤编著：《全滇词》，黄山书社2018年版，第225页。
③ 廖泽勤编著：《全滇词》，黄山书社2018年版，第225页。

《捣练子·秋思》与此词亦颇有相通：

情脉脉，夜悠悠，才送春归又到秋。料得今宵留不住，一轮月过树梢头。①

此词则写"秋思"，并无过于明显而浓挚的情感，却也并非为赋新词的强说，而是颇有一种"欲说还休，欲说还休，却道天凉好个秋"的沉含与内敛。词发端以情入笔，直接写情之脉脉，与其后写景之"夜悠悠"相连，读来缠绵不尽，这或许与"脉脉""悠悠"的语感相系。接下来的一句"才送春归又到秋"见节序之惊心，使人想及"风月无情人暗换"的旧句，只在不经意间，岁华便荏苒而去。春归难留，秋来倏然，且月色之美，也是人所难挽留的。结句"料得今宵留不住，一轮月过树梢头"看似闲淡，其实有无限"挽断罗衣留不住，朱颜辞镜花辞树"的伤感与叹惋吧。此词颇见杨载彤情感郁积之深厚，与写词之功力，读来深有馀味，着人感惜。这类词作用语浅近，却不流于浅俗，只因杨载彤经历多舛，故而心中自有深挚的伤痛与无奈。

杨载彤亦以长调书写自我情怀，其格调就更见沉痛而深挚了。比如分别以《云仙引》《庆清朝》《昼夜乐》《瑶台第一层》为词牌而写的"还山"组词，其中便多个人感喟和无奈之下的归去来兮之心，比如《瑶台第一层·还山》云：

三十年华非老也，归田计亦差。野鸥飞去，栖迟无所，自得平沙。天空由我住，领略尽、物外烟霞。林深处，有青山绿水，便是吾家。　堪嗟。功名富贵，几人窥破眼前花。酒场歌馆，欣欣适愿，箫鼓筝琶。隙驹容易过，莽郊原、啼遍寒鸦。觅生涯。且先培芝草，后种胡麻。②

此词发端径云："三十年华，非老也，归田计亦差"，写此时年龄尚不大，归田尚非所宜。次句"野鸥飞去，栖迟无所，自得平沙"见寂寥

---

① 廖泽勤编著：《全滇词》，黄山书社2018年版，第225页。
② 廖泽勤编著：《全滇词》，黄山书社2018年版，第231页。

之思和无依之感，却也不无些许自在。"天空由我住，领略尽、物外烟霞。林深处，有青山绿水，便是吾家"是自我安慰之语罢，却也见作者当时虽有落寞，但还有些许放荡不羁之怀，并未沉伤于只得还山的无奈现实。下阕依然是自勉自慰之语。换头处以"堪嗟"二字领起，接下来历历写及"功名富贵，几人窥破眼前花"的感慨。再写"酒场歌馆，欣欣适愿，箫鼓筝琶"，倒大有柳永《鹤冲天》中"且恁偎红翠，风流事，平生畅"的意味，其实杨载彤与柳永一般，皆不过是自慰而已，并未真正自绝于求功名之途。接下来"隙驹容易过，莽郊原、啼遍寒鸦"写人生之苦短。全词最末以"觅生涯。且先培芝草，后种胡麻"表达自己归隐山林，不再留恋红尘繁华、世俗功名的想法。不过，这或许只是失意之后的一时激愤和心曲而已，总的看来，全词写杨载彤未能得志而欲还山归家之心情历历，亦由此可窥知文人之共感交鸣。杨载彤早于嘉庆丁卯年（1807）便考中副贡生，后来多次赴昆参加科考，屡试不第。在词人三十余岁时写下的这首词作，笔下尚有些许调侃和自解，尚能不无豪气的抒发"长啸一声，归山去也，魂梦俱安"的向往。然而，杨载彤其实从未放下。不仅杨载彤如此，对中国古代文人而下，放下功名，真是谈何容易？因此，杨载彤仍坚持参加科考，然而直至将近六十，仍未能中举。《满江红·甲辰秋闱揭晓自嘲》以词寄托杨载彤于1844年赴昆参加科考不第的心情：

阴雨连朝，分明是、英雄泪血。忙碌碌、半生辛苦，热肠顿灭。纸上功名难入手，瓿间文字空饶舌。矮屋中、况味似儿时，头如雪。

三条烛，光焰烈；一枝笔，锋摧铁。请长缨，欲系海夷歼厥。力拔山兮骓不逝，背城决战霜蹄折。冷官衙、整理旧青毡，陪风月。①

此时的杨载彤，已近六十花甲之年，再次落第的打击之下，其词笔下已无豪气和无力的自解自慰，甚至丝毫的希望也看不到。发端的"阴雨连朝，分明是、英雄泪血"诚为血泪泼聚之语，既关乎自己落第之悲，似又关涉家国天下之恨。回首半生，无限辛苦，只能热肠销尽。然而，伤痛与失望的上半阕后，此词却能在下半阕陡然振起。烛焰光烈，笔锋摧铁，何其有力。1844年5月中美签订《望厦条约》，同年9月，中法于广

---

① 廖泽勤编著：《全滇词》，黄山书社2018年版，第232页。

州签订《黄埔条约》。杨载彤词之抱孤愤而振起，"请长缨，欲系海夷歼厥"或与当年之事有关。然而，接之的"力拔山兮骓不逝，背城决战霜蹄折"已落沉沦之伤。结末的"陪风月"更见无奈与悲楚。

杨载彤尚有部分词作如《意难忘·题出浴图》《花心动·麻姑》等，着实无甚可读之处，亦无价值可言。不过，这类词作在杨载彤的词作中终究是少数，并非主流。从总体上看，杨载彤的词虽未臻上境，其多数词作却能情辞相称，小令有清远自然之态，擅长写山村农家的生活，富于生气，真切生动。其长调寓沉痛真挚之思，在清中期滇云词坛能自成一家，亦是至清中期为止，大理存词最多、成就也相对较高的词人，无愧于"巂谷天才人，工词胜于诗"（袁嘉谷《卧雪诗话》）的盛赞。

五 抱真在心韵自淳——陆应谷及其《抱真书屋诗馀》

陆应谷（1804—1897），陆应谷于道光二年（1822）中举，道光十二年（1833）参加壬辰恩科会试，中进士，授翰林院庶吉士、翰林院编修。此间，曾返乡执教于五华书院。鸦片战争爆发，陆应谷主战。从1842年至1853年间，先后出任山西朔平知府、太原知府、江西巡抚、河南巡抚等。最后，因抵御太平军不力，被降调为直隶按察使，于咸丰七年（1857）病卒于任上。道光二十五年（1845），陆应谷把历年诗作选编成《抱真书屋诗钞》八卷，《抱真书屋诗馀》一卷，并由戴絅孙作序。《抱真书屋诗馀》存词计七十三首，应该比较接近其词之全貌。

陆应谷词，历来并未得到太高的评价，马兴荣《滇词略论》认为："陆应谷现存词十八首。在清代滇词人中，他的词内容一般，但文辞工致，构思较巧，颇有南宋姜、张词的风味。"[①] 而陈力之《云南古代曲子词》更只见其名，而未将之作为清中期的代表而加以分析赏论。实则，陆应谷词内容虽无甚独到之处，读来却颇有韵致，且对景物的把握和描写很有特色，洵足为清中期滇词之一家。学者对之的相对忽略，或与其《抱真书屋诗馀》并不为世所熟知有关，因而多就《滇词丛录》所存之不足二十首词作而观之论之。

自南宋姜张词派直至清代浙西词派，咏物词皆所擅长，亦是其标志之一。陆应谷现存的词作确实有较多的咏物词，马兴荣所论虽就《滇词丛

---

① 马兴荣：《滇词略论》，《楚雄师专学报》1995年第4期。

录》而立,却也拈出了陆应谷词的重要特点。据《抱真书屋诗馀》统计可见,陆应谷有咏物词近三十首,占其词总数的三分之一强,堪称可观。其咏物词南宋风味明显,确得姜张之钵,比如其《摸鱼儿·蝉》云:

> 更能经、几天霜露,秋心已先传与。前身合是吟秋客,残梦惊回无数。声不住。听落叶萧萧,一曲频谁顾。西风暗度。算只有窗前,催寒蟋蟀,断续共私语。　　甚愁绪。似把齐宫旧事,从头低向人诉。螳螂何事频随后,珍重藏身休误。情最苦。高柳外、疏疏几阵黄昏雨。别枝漫去。恁帽侧遥村,鞭催占①道,总是惜伊处。②

此词并无南宋末期《乐府补题》一脉王沂孙等人词作中深切的故国之思与隐约遥深的托意,但其用语、意象、章法与韵味却颇有相近之处。词之意象不外"西风""霜露""蟋蟀""黄昏""雨",着眼便为全词增添萧飒凄清的氛围。词由物而人,兼写浑融,"螳螂何事频随后,珍重藏身休误"看似写蝉而用典,实则恐也是作者历经人生之感悟罢。此词发端有明显的辛弃疾词痕迹,辛弃疾之名作《摸鱼儿》开篇有"更能消、几番风雨,匆匆春又归去",与此词的"更能经、几天霜露,秋心已先传与"何其相似,显然能看出词人对辛词的模仿。马兴荣在陆应谷的咏物诸词中较为欣赏《满江红·落叶》,其词云:

> 一霎西风,断送了、秋华消息。空怅望、绿娇黄嫩,已成畴昔。几树霜繁归鸟乱,五更梦醒寒蛩泣。听夜来、带雨打秋窗,声声急。　　空山外,人无迹。御沟畔,诗谁拾。但红随波逝,碧如烟湿。远浦无心黏宿草,疏林有影悲斜日。待明年、莺燕送春来,重相识。③

马兴荣先生认为:"全词紧紧围绕着'落叶'来描写,但词中并未出现'落叶'或'叶'字,这明显是学习史达祖《绮罗香·咏春雨》的写法来写的。"④ 此说可资参发而未尽然,盖南宋咏物之词,多力避直接出

---

① 疑当作"古"。
② 廖泽勤编著:《全滇词》,黄山书社2018年版,第306页。
③ 廖泽勤编著:《全滇词》,黄山书社2018年版,第300页。
④ 马兴荣:《滇词略论》,《楚雄师专学报》1995年第4期。

现所咏之物，故而得胡适"笨谜"之讥，不独史达祖之咏春雨而已。此词写秋来叶落，正是"萧瑟兮，草木摇落而变衰"时节，兼以词人羁旅在外，岁华迁逝，自然是悲上加悲。发端"一霎"二字陡然而出，见秋气之迅猛，"断送"二字有力。"绿娇黄嫩"的美好，已是过往，终究留不住。眼前景致何其凄凉，秋窗听雨声声急，词人心绪之苦，可以想见。下阕荡开笔墨，遥想关乎落叶之情致典故。"红随波逝，碧如烟湿"用语工巧有致。"远浦无心黏宿草，疏林有影悲斜日"一联，悲怆而有情致，读来口齿噙香，堪称警句。结句略振起，尚留希望，稍解凄凉。陆应谷尚有多首咏秋来景物之作，如《声声慢·秋月》《倦寻芳·秋风》《满庭芳·秋山》《泛清波摘遍·秋水》《永遇乐·秋蝶》《西平乐·秋雁》《霜花腴·秋花》《疏影·秋柳》等。诸作在《抱真书屋诗馀》中连缀而列，可视为一组异调组词，皆为陆氏咏秋之作。其中，《疏影·秋柳》尤其值得拈出一读：

疏枝漏月。有暮鸦点点，芳意消歇。断岸孤村，斜照横桥，萧条一天秋色。腰肢惯向春风舞，甚几夜、露浓霜白。剩瘦痕，万缕飘萧，独对画楼凄恻。　犹记娇春院宇，个人卷翠袖，纤手亲折。倚遍阑干，唱到阳关，冷了声声羌笛。思量翠黛重描画，早怨煞、五更啼鴂。要等他，双燕归来，又是禁烟时节。①

此词风格尤近姜夔，婉转而不流于浮媚，清冷而不失刚劲，尤其上阕之"断岸孤村，斜照横桥"数句，真能使读者击节而发悲歌。其《绮罗香·秋海棠》则风致婉媚，与陆应谷咏秋诸作迥然不类：

袅袅含羞，盈盈解语，一段幽情谁诉。无限娇娆，苦欲将秋留住。恁秋容、今岁凄凉；怎能耐、满园霜露。恨天公、不解多情，美人相对已迟暮。　依稀春日意绪，拟待东风嫁与，春归何处。门掩斜阳，难觅燕莺俦侣。倚阑干、断尽柔肠；散不尽，香魂如缕。是真妃、月下归来，梦回深院雨。②

---

① 廖泽勤编著：《全滇词》，黄山书社2018年版，第310页。
② 廖泽勤编著：《全滇词》，黄山书社2018年版，第294页。

此词咏秋海棠，亦以拟人之法，将花态人意双关而出。词之开篇已见此端倪，写花亦似写人。下句"苦欲"二字有力，接以其后"恨天公"句，当知"苦欲"之求，终究难以如愿，何其悲凉。下阕则以"依稀"二字荡笔至春日东风，因秋海棠之娇美与韶华难留，正与春日花开花落、终难留住相类，故而触动作者之思绪。春归无计留，只柔肠断尽，香魂如缕，而秋海棠，是否是春魂的归来？结句以景结情，回味无穷。

陆应谷之长调多以咏物，间有纪事者，如《花发沁园春·花朝小集》：

> 柳眼青垂，杏腮朱点，几番好景牢记。微云淡雨，薄暖轻寒，正是养花天气。搴裾把袂，同趁取、东风游戏。乍凝睇，细草含烟，恼人无限春意。　　岁岁，燕南一骑。任踏遍香尘，觅紫寻翠。芳园赌酒，月夜敲诗，剩得清狂风味。莺歌蝶睡。怅触起、少年情事。到今日、幻梦初醒，还教重觅残醉。①

此词题作"花朝小集"，本当为良辰美景与赏心乐事得兼之佳会，然词人笔下虽有春景春韵，却在结末以伤感之笔，写愁苦之感。词起笔以"柳眼青垂，杏腮朱点"发端，语皆工致，且色彩鲜明，触笔生春。其下写花朝之天气宜花，趁此好时节，正当相聚出游。词人却笔锋一转，接以"凝睇""含烟""恼人"，句意微带愁韵，与春之明媚快赏不侔，为下阕之感喟铺垫。下阕以"岁岁"句起笔，见时光之荏苒、芳华之流逝。"燕南"，于陆应谷而言，亦是客居之异乡，故而以一"任"字点染惆怅意味。清狂风味，少年情事，到如今，不过幻梦一场。今则年华渐老，如梦初醒，结句大有"回头试想真无趣"之感。着结末之语，则前文之风流胜赏尽化虚无，愈添悲凉。其《花发沁园春·崇效寺看牡丹》亦有相似处：

> 柳飐丝风，草沾酥雨，薄寒轻暖天气。单衣乍试，曲径重寻，来问小园芳事。仙姿漫记，曾谱出、姚黄魏紫。喜艳质，别样风流，新妆第一秾丽。　　叉手，阑干独倚。怪花娇无言，似懒如醉。露朝惹

---

① 廖泽勤编著：《全滇词》，黄山书社2018年版，第293页。

粉,月夜探香,勾引酒阑情味。深期密意。乍回首,都成梦寐。算唯有、不老春光,年年禅榻相对。①

此词以工致语写景为开篇,"丝风""酥雨",点染入画。其后写寻牡丹踪迹而得见秾丽之姿,喜慕之意盎然纸上。下阕则笔墨微转,"独倚"二字已见寂寞心绪,其下"怪花娇无言",看似写花"似懒如醉"的娇慵之态,实则写作者举世无谈者,欲共花语而花却无语的入骨寂寥与无奈,使人联想及晏几道《生查子》中"翠袖不胜寒,欲向荷花语"之苦意,而此词更透过一层,悲凉更深一层。其下"惹粉""探香"句略有脂粉香艳气息,却接以"都成梦寐"之语,顿时化为梦幻泡影。结末,禅榻之句,见陆应谷彼时心境,春光不老对禅榻,看似不俗,实则以繁华衬枯寂,深味有在。

除此类宴集聚会之作有深挚悲感隐约其间外,陆应谷自述羁旅漂泊之词中,也有部分与谢琼、戴绸孙、严廷中、倪蜕等有类似的苍凉沉哀。比如《喜迁莺》:

> 迢遥程路。把百二隙光,匆匆虚度。乳燕巢空,流莺啼老,总是绊春难住。一面画楼人远,千里荒村烟暮。甚情绪,问青青芳草,天涯何处。 去去。看眼底,红惨绿愁,都被东君误。流水无情,落花多恨,只剩一分尘土。梦醒故乡蝴蝶,肠断遥山云树。悄无语,怕杜鹃声里,连朝风雨。②

此词写天涯伤春之绪、荏苒惆怅之悲。开篇入门下马,点出天涯路远、岁月如流、功业无成的悲感。接以"绊春难住"之慨,"绊"字大好。续写旅途情状及心中感思。下阕埋怨东君误人,点化柳永"惨绿愁红"与苏轼"春色三分,二分尘土,一分流水"句意,写伤春意绪。再以故乡蝴蝶、遥山云树写思乡之切。杜鹃如道"不如归去",词人欲归不得,自然怕听,更兼以风雨连朝,春归更速,倍增伤怀,故结句凄怆而沉涵深厚,可堪绕梁。类似的题材,陆应谷亦有以小令书写者,其风格又与

---

① 廖泽勤编著:《全滇词》,黄山书社2018年版,第293—294页。
② 廖泽勤编著:《全滇词》,黄山书社2018年版,第295页。

长调之细腻而悲大有不同,而是注重景与情之交映辉融,语浅而情深,如《临江仙·嶍县道中》:

斜鞚吟鞭砂碛里,遥山数点依稀。乱鸦故故傍人飞。夕阳高树杪,残雪小楼西。 蓬梗年来无定处,红尘染尽征衣。霜鸿来路我归时。邮籤轮十指,愁意减双眉。①

此词亦羁旅天涯之慨。词人以写景起笔,所写之景如在目前。"夕阳高树杪,残雪小楼西"直入画境。上阕虽未直笔抒情,但吟鞭、遥山、乱鸦、夕阳、残雪等景致,皆是景中含情,正所谓"一切景语皆情语"也。下阕则直笔抒情,叙写自己年来漂泊之苦、羁旅之悲。结末"愁意减双眉"写得真切,且引人深思。其《添字渔家傲》构思甚妙,情景融辉而弥足动人:

欹枕薵膡听细雨。唤晓幽禽,送尽行人去。马足无情催日暮。来时路,回头却在云深处。 好梦溪山阑不住。旅馆灯昏,寂寞同谁语。欲把柳丝萦别绪。丝间露,和人泪点流千缕。②

此词捕捉景物极为细腻,上阕直笔叙景,却有馀韵,"来时路,回头却在云深处",语淡而旅途之苦况已在意中。下阕写旅途之寂寞伤感,梦魂飞度,关山难阻,然醒时别绪,如何能住?结句大妙,欲以柳丝牵萦别绪,然柳亦伤心,丝柳清露,同人泪下,正是"树犹如此,人何以堪"之情景相生、妙造无痕的佳思隽句。再如《渔家傲》:

一棹孤舟烟共雨,载将游子和愁去。两岸鹧鸪啼最苦,红日暮。五溪深处花如雾。 满眼关山经几度,匆匆总被浮名误。回首贪看云际树。千里路。离魂却被江阑住。③

此词落笔不重不沉,烟雨鹧鸪,红日将暮,溪花如雾,虽在愁中,不

---

① 廖泽勤编著:《全滇词》,黄山书社 2018 年版,第 298 页。
② 廖泽勤编著:《全滇词》,黄山书社 2018 年版,第 304—305 页。
③ 廖泽勤编著:《全滇词》,黄山书社 2018 年版,第 291 页。

减佳景。下阕着笔于心境,细腻真切之情以直抒之语淋漓而出,结末"离魂"一句有民歌之韵。其《一剪梅》亦将沉伤之情以直切语出之:

岁岁天涯作客忙。行是他乡,住是他乡。黄昏独自倚回廊。醒也凄凉,睡也凄凉。 一度思家一断肠。酒湿衣裳,泪湿衣裳。不如燕子傍雕梁,来日成双,去日成双。①

此外,其《长相思·别意》也颇有可读可赏之处:

山一程,水一程,绿水青山相送迎。离怀到处生。 灯微明,酒微醒,落叶敲窗作雨声。愁人一个听。②

此词发端与纳兰性德名作《长相思》之"山一程,水一程,身向榆关那畔行"相似,或有学习模拟之处,然全词自然真切中见深情与惆怅,语浅而不俗,流动中见沉着,不减纳兰词之高处。陆应谷其馀写自身天涯羁旅之感的作品佳句尚多,如"一点朝光红远树,冷上征鞍,霜满前村路。多少离愁无着处,随他落叶分飞去"(《蝶恋花·晓行》)、"昨岁归人今又至。燕子双飞,借问相逢未"(《苏幕遮·朔州道中》)、"不解虫声何事,凄凄远送人行"(《清平乐·和题壁韵》)等也有情有韵,堪称佳句。

除咏物与书写自身情怀外,陆应谷尚有一类题材颇近唐五代北宋词的自然高浑之风,间或点染民间风味,读来真切自然,时有盎然趣致。这便是陆应谷的闺情相思一类小词了。比如其《如梦令·秋闺》:

容易一朝分手,几日忽因秋瘦。临去说归期,只在月圆前后。来否,来否,已是重阳时候。③

此词笔致灵动,颇有清新之味,亦不乏巧致之思,读来轻快而唇齿留韵。又有《临江仙》一首,亦别开生面,不落闺情之俗套:

---

① 廖泽勤编著:《全滇词》,黄山书社 2018 年版,第 299 页。
② 廖泽勤编著:《全滇词》,黄山书社 2018 年版,第 297 页。
③ 廖泽勤编著:《全滇词》,黄山书社 2018 年版,第 298 页。

见了鸳鸯频拭泪,妒他花下双栖。无情山水把人欺。眼波随日远,眉黛隔天低。　　拟待将书长寄与,见书又恐增悲。不如忍耐到归时。愁惊挨枕说,欢意倩灯知。①

此词入门下马,以情直入,因心中之离绪牵萦,故而山水无情而欺人,鸳鸯惹恨而引泪。眉黛低垂,书成难寄,心事曲折而细腻。"愁惊挨枕说"一句,真切浅近,"挨"字,或可解为靠近,或即云南方言,意为"和"。陆应谷对闺人情态亦有细腻入微的描写和捕捉,写来多真切而盎然情致,比如《浪淘沙·春闺》:

细雨湿帘栊,一阵东风。闲阶满地衬残红。欲藉苍苔频伫立,怕印鞋弓。　　坐对鸾镜中,比较花容。海棠无语亦愁侬。只妒远山新黛色,翠过眉峰。②

此词写女子闺中心曲情态,委婉曲致,刻画入微。词自雨景入笔,次第写及雨后残红。女子欲在雨后伫立而望,又怕留下鞋印,于是顾影自怜。镜中容颜较花更娇,却有雨后远山之黛色,比佳人眉峰更是翠色可掬。词虽撷小景小情而写,无关经国不朽之事,然读来景亦可人,人亦可心。其《蝶恋花·踏青》一首更着力于女子的心事与情貌:

着意寻春春且住。芳草多情,绿遍江南路。赢得眉山新碧聚,踏青有约明朝去。　　不怕疏疏连夜雨。一径香泥,斜印凌波步。湿透鞋帮侬不顾,要郎知道侬行处。③

词自春满江南写起,此时山如眉,新碧聚,春景正好,于是女伴相约踏青。连夜雨后,香径泥软,鞋印易留。作者巧妙地捕捉到这一细微之处,加以心曲的点染,便有了结末的"侬不顾,要郎知道侬行处"。此句大胆而泼辣真切,"不顾"二字活画出情深恋炽的女子心中所想所执,读来既有妙趣,又有感人之力,很有民歌的风味。此类作品尚有许多佳句,

---

① 廖泽勤编著:《全滇词》,黄山书社2018年版,第298页。
② 廖泽勤编著:《全滇词》,黄山书社2018年版,第301页。
③ 廖泽勤编著:《全滇词》,黄山书社2018年版,第302页。

如"欢意青舒眼,愁痕翠敛眉。日斜休上小楼西。怕见陌头杨柳又依依"(《风蝶令》)、"好风如解事,故卷绿罗裙"(《临江仙·纳凉》)、"黄昏倚遍玉阑干,翻怕月儿明早"(《忆汉月·闺怨》)等,便不再一一赘举。

综上,陆应谷咏物之词较多,有南宋之风,其细腻深挚处也足动人,但因并无遥深的托意,故而在滇云词人的咏物诸作中虽不落下乘,却难以鹤立,并无独特的价值。倒是以小令写羁旅之情、思乡之意的词作,得小令灵动婉转之美,语浅而情真,不沉不重,却又切又挚,与倪蜕、谢琼、严廷中等皆有明显的区别。其以小令写闺情之作,趣致盎然,颇有民歌风味。总的看来,陆应谷小令尤佳,精于炼句而臻于无痕,清新自然而有馀韵,有民歌风趣而不落低俗,实堪赏爱。

六 漱芳怀玉一词人——喻怀信及其词作

清中期的滇云词人,除了上述谢琼、严廷中、戴䌹孙、杨载彤存词较多之外,尚有喻怀信。喻怀信,字仲孚,号芳馀,云南南宁人。南宁,为今云南曲靖之旧称,亦是滇云文渊之地。喻怀信为清朝进士喻怀恭之弟,道光二十六年(1846)举人,清同治十二年(1872)任郎岱司马,纂修《南宁县志》,擅长书法,书风敦厚遒劲。其从弟喻怀仁亦有一词存于《滇词丛录》。

喻怀信所存词多自抒积感,故而悲慨有之,苍凉有之,深挚有之,读来动人心魄。喻怀信存词于《滇词丛录》十九首,以长调为主,小令仅得二三。存于《滇词丛录二集》者,则以小令居多,几无长调。加之《漱芳词稿》之存作,今共得词近百首,基本可呈现出喻怀信词作的总体风貌了。就喻怀信现存的词作看,其长调,喜用《沁园春》《贺新郎》《满江红》等调,风格抑塞苍劲,读来磊落大气,间有以文为词之语,却能与词境心境相合,不觉龃龉,反增气概。比如《沁园春·思归》一词云:

归去来兮,孤身万里,云何不归。况风声鹤唳,惊心动魄;狼奔豕突,触目生悲。卒伍虫沙,士夫猿鹤,自坏长城是阿谁。妖氛恶,问挂弓何日,上慰皇闱。　　吾今万念都灰。尚奔走、山巅又水湄。指大江东去,杀机日炽;彩云南望,乐土神飞。息影邱园,怡情翰墨,何苦牢骚歌五噫。私心幸,幸春风报罢,不蹈忧色。①

此词发端以问,大笔振起,气势淋漓。其下以四字句递出彼时之境遇,再以"自坏长城是阿谁"发问,见其家国之忧。下阕则自抒自解,聊以归乡之翰墨山水宽勉,又道何苦要如梁鸿般忧叹家国生民而作《五噫歌》呢?其实,言下虽如此,却正见作者心中充盈难释的对国家危亡、民生劬劳的关切。喻怀信词中亦多纪行兼以抒感之作,如《风流子·初度感怀,时泊汉口》云:

重阳昨又过,怜生日、偏是在深秋。奈身类转蓬,命临磨蝎;漫斟芳酒,酒为侬愁。汉皋晚,喧哗烟里市,突兀岸边楼。□江水有情②,布帆无恙;嗟加今夕,人寄孤舟。　　故园知安否,居人共旅客,两地耽忧。常叹雁程迢递,鱼泛沉浮。算年华易逝,壮心未遂;鬓毛渐白,因甚羁游。情绪郁依何托,聊托东流。③

此词所写,为作者在异乡漂泊,又逢生辰,却人单影只,年华消磨,故而倍感伤情,将一腔幽愤与无奈、愁情尽寄于词中,是以语语真切,情发于中。词发端直笔写时节,着一"怜"字,甚见作者自伤自慨自怜之情。接以"奈"字领起的对句,感叹自己命运不济,身世飘零,连酒亦为我而愁,写得动情。再触笔至行舟所经的繁华之境,以繁华热闹反衬舟中孤寂、心中寂寥,愈加作者之悲。上阕以"人寄孤舟"为结,一笔总括,又引起下阕词意。换头处写词人悬念故乡,体贴出故乡的居人与飘零在外的自己,皆为对方担忧挂心。又感慨路途遥远,山川阻隔,书信难寄。最后,词人问自己,时光容易流逝,壮志终究未酬而人已渐渐老去,又为了什么还要漂流在外呢?自己的一腔郁郁幽懑之情,如何消解呢?只有寄予东流之水了。此词除工稳对仗外,作者并未加多少浮语以作修饰,但因情感深挚,语出肺腑,故而真切感人,读来可使千古不遇之羁旅骚人共洒痛泪。此外,喻怀信有两首《满江红》词为夫子自写,其中自我形

---

① 廖泽勤编著:《全滇词》,黄山书社2018年版,第350页。
② "□江水有情",《滇词丛录》及《全滇词》原为"江水有情",据《风流子》格律,此句当为"仄仄仄平平",此句平仄有讹,据其意,当在"江水"前有一领字。
③ 廖泽勤编著:《全滇词》,黄山书社2018年版,第364页。

象勾画历历，颇见其襟抱性情遭际所感。一为《满江红·自题小影》，词云：

竹石萧森，玩不尽、苍寒景色。君认取、此中有我，呼之欲出。悟到浮沤今古幻，闷来枯坐乾坤窄。算人生、难朽是文章，何庸戚。

红牙笺，青镂笔；琉璃研，珊瑚格。且恣情拈弄，唾壶频击。此后穷通应有定，本来面目休教失。剩一腔、热血贮胸中，时时溢。①

此词为喻怀信自题小影之作，词中间或使用文化句式，有稼轩之风，其中之"我"，正如词人所自道的"呼之欲出"。此词书写了喻怀信对人生的看法，对自己的期许，而结末的热血满胸欲溢，看似豪壮，实则悲凉不尽，读来使人感慨。其《满江红·唐揩之孝廉语余曰："君年卅馀耳，而性情恬淡，学问淹雅，未知少年时即如此否？"拈长短句畣之》亦以词言志，自述生平行径及当时心曲：

君问生平，请少坐、听吾自状。忆前此、少时行径，俊怀难量。屈指年才十六岁，凌云气吐三千丈。笑当初、神采太飞扬，矜豪放。

友古人，定趋向；阅世故，空尘障。顿才华收敛，性情平旷。闭户唯将吾学讲，呈材甘与时贤让。只而今、人视等何流，迂儒样。②

此词亦以散文化句法入词，读来依然有凛然怏然之风，颇见稼轩之气，然当年凌云年十六，而今闭户敛才华，确是历尽人生坎坷之境了。喻怀信词中自写襟怀者往往情怀跌宕，感慨深沉，比如其中调《江城梅花引·秋日感怀》感慨系之，流利中颇见深沉之思：

小窗落叶打萧萧。算秋交，又秋高。塞雁冷蛩，偏与耳相遭。万里家山飞不到，梦难准，惹愁烦、独倚寮。　倚寮，倚寮，鬓空凋。志渐消，心暗焦。写也写也，写不出、千种无聊。何日扬声，振羽到云霄。壮不如人空自慨，天暮也，只寒螀、共寂寥。③

---

① 廖泽勤编著：《全滇词》，黄山书社2018年版，第338页。
② 廖泽勤编著：《全滇词》，黄山书社2018年版，第347—348页。
③ 廖泽勤编著：《全滇词》，黄山书社2018年版，第336页。

《江城梅花引》一调，写作难度不小，下者易滑易浮，主要原因在换头处以两个短句叠上阕之韵，下阕又有叠短韵及套用上句之字处。喻怀信此词虽难称上佳，但上阕写景入心，"万里家山"句真切可感。换头处甚熨帖，承接自然，鬓空凋，志渐消，心暗焦，次第而出，所写实作者衷心之感。结末"壮不如人空自慨"，当真是无限愁绪，无限感慨了，能与不得志之天涯羁旅相伴的，只有寒螀，聊伴寂寥，景况凄凉乃尔。除长调中调外，喻怀信的天涯之思、失意之慨、旅途之见、节序之感亦间或发抒于小令，如《一叶落》：

一叶落，侵书幄。旅怀枨触感离索。雁声入暮云，思家凭高阁。凭高阁，枉负青山约。①

此词短小凝练，以三字句紧凑入笔，其后旅怀雁声、高阁客思，历历写来，词短而感深。又如《卜算子·伤春》：

人总愿春留，侬怕春光至。春至翻添一段情，颇识春滋味。来也任春来，逝也随春逝。侬与阳春两不关，肯把春心费。②

此词以颇有民歌风味的语言写伤春之情，怕春至实因爱春，故作绝情语，其实弥见对春之恋恋。其《捣练子·清明》亦佳，词云：

天气暖，袷衣胜。满眼杨花飞碧汀。客里不知佳节到，猛听山鸟唤清明。清明鸟，滇黔多有之，其声云："清明酒醉"，最分明可听。③

此词写景在目，写情则含蓄无尽，需借作者自注方能体味其词外之意。

喻怀信的部分写景小词亦流利清新，如《调笑令·秋雨》：

秋雨，秋雨，洒上芭蕉千缕。夜深兰烬挑残，辗转绳床睡难。难

---

① 廖泽勤编著：《全滇词》，黄山书社2018年版，第339页。
② 廖泽勤编著：《全滇词》，黄山书社2018年版，第343页。
③ 廖泽勤编著：《全滇词》，黄山书社2018年版，第353页。

睡，难睡，滴得愁人心碎。①

此词颇得唐五代北宋词的神韵，读来自然而情深，语浅而意足。又如其《菩萨蛮·落花》一词云：

惜花无计思春住，留春不住随春去。春去有何凭，落花飞翠楥。燕莺偏唧溜，不管花枝瘦。无奈嘱蛛丝，将花留片时。②

此词婉转空灵，一气流转，结尾颇为情深，且思致甚妙。喻怀信写景小词中，风味最独特的一首当推《浣溪沙·剑门》：

杰阁凌云蜀道难，干霄古柏昼生寒。争奇扼要险由天。　万点山峰攒锯齿，一湾涧水响刀环。冷风吹度剑门关。③

此词虽是小令，却有大笔如椽的快意与雄奇。此词下阕尤佳，妙用比喻，情景如绘，而结末之"冷风吹度"一语使读者思及李白笔下"长风几万里，吹度玉门关"的悲壮苍凉，顿生苍茫的历史感与悲凉感。

从创作数量来看，喻怀信笔下最为突出的题材允推艳情了。此类题材，喻怀信几乎皆以小令为体而写之。其中，既有少数关乎自身之情者，亦有多首泛写闺中情致、儿女相思者。关乎自身者，有《摊破浣溪沙·寄内，时闻患病》一词，词云：

蓦觉凉生绣户秋，天涯游子恁勾留。见说年来消瘦甚，不胜忧。八载苦萦妆阁梦，一灯常伴旅人愁。报道平安无尽意，托书邮。④

以词代书寄于独守旧乡的妻子，词之佳处主要在情感之真，悬想之切，尤其动人的是下阕的"八载""一灯"两句，景况历历，怀思之情可

---

① 廖泽勤编著：《全滇词》，黄山书社2018年版，第339页。
② 廖泽勤编著：《全滇词》，黄山书社2018年版，第348页。
③ 廖泽勤编著：《全滇词》，黄山书社2018年版，第358页。
④ 廖泽勤编著：《全滇词》，黄山书社2018年版，第342页。

掬。喻怀信亦有逢场追欢之词，如《一剪梅·舟泊仙桃镇，听双鬟弹琵琶甚美，戏赋此解》：

> 小雨停桡问酒家。楼下帆遮，楼上帘遮。双鬟度曲拨琵琶，袖掩红纱，人隔轻纱。　钗凤轻盈斗鬓鸦。身又欹斜，眼又乜斜。青衫未湿已咨嗟，卿叹江涯，我叹天涯。①

此词格调虽不甚高，但写得情景如绘，颇见情思，结末化用白居易《琵琶行》句意，青衫泪湿，双鬟女子与自己不也是"同是天涯沦落人"吗？着此一结，词意便高，感慨亦深。喻怀信多数艳情词为泛写之作，其中不乏佳构妙思，如《减字木兰花》：

> 秋深兰槛，小雨凄凄帘幕暗。镜妒蛾眉，一寸相思一寸灰。　梦魂颠倒，苦说登楼消遣好。极目含情，愁接层阴万里生。②

此词颇得词之本色，且不粗不露，缠绵而有思致。发端以景，"凄凄""暗"用笔精到。词人又径引李商隐名句"一寸相思一寸灰"入词，颇觉贴切自然。下阕次第写怀人情状，因难以安枕而登楼，因登楼而倍添愁绪，正所谓情本在心，而触景更添愁情。"愁接层阴万里生"笔力不俗，全首颇耐讽咏。《鹊桥仙·闺思》与此风味略殊：

> 春回弱柳，秋来新雁，瞥眼流年暗负。檀奴底事不归来，叹镜里、红颜难驻。　翠衾愁压，罗巾泪冰，不识梦中归路。教侬何处寄相思，枉孤却、朝朝暮暮。③

此词语真意切，发端春秋相续，写出节序之流转，岁月之匆匆。其后出以直切之语，直陈红颜难驻的伤感与无奈。下阕所写，类似晏殊"山长水阔知何处"的感慨，相思欲寄何处寄？女子之情思与伤感借自陈般通俗的语言写得荡气回肠。其《醉花阴》一首亦可读：

---

① 廖泽勤编著：《全滇词》，黄山书社2018年版，第348页。
② 廖泽勤编著：《全滇词》，黄山书社2018年版，第363页。
③ 廖泽勤编著：《全滇词》，黄山书社2018年版，第340页。

斜掠红巾闲绣凤,漫把瑶琴弄。起坐总无聊,倚枕思量,昨夜鸳鸯梦。　今生自悔情根种,便有情何用。切莫上高楼,衰柳丝丝,愁绪和烟重。①

此词发端细腻描写闺中女子的百无聊赖,绣凤抚琴皆无绪,起坐浑是无聊。为何如此?原来,昨夜梦见了心上人。其后便直切写出女子心中所想,今生自悔多情,有情何用呢?不终究是分离与伤怀而已?此句刻画女子心境如绘如诉,真切之极。结末写莫上高楼,怕烟柳惹愁,使人思及"忽见陌头杨柳色,悔教夫婿觅封侯"的唐人旧句,意深而语雅。其《忆王孙·怨情寄汝才》亦以女子口吻自陈其哀:

个中幽怨向谁论,独背纱窗揩泪痕。悔煞红颜误妾身。又黄昏。冷月清清偏照人。②

此词写得细腻入微,结末之"又黄昏,冷月清清偏照人"两句,一"又"字无限伤怀,一"偏"字无限幽怨,虚字皆用得入妙而到位。其《鹧鸪天》亦佳:

绣阁心情百不宜,恹恹瘦损小腰肢。人非蟋蟀偏多感,病类鸳鸯不肯离。　伤薄命,强支持。相思羞听说相思。悄拈纨扇帘前立,诉与秋风知未知。③

此词佳处主要在下阕,既真切又婉转,清肠动人,尤其结句"诉与秋风知未知"一语,读来口齿噙香。其《满宫花·闺情》一首亦妙:

雁信稀,钿阁暮。太息韶华虚度。灯前聊自决归期,卜惯金钱多误。　敛蛾眉,添麝炷。稽首慈云痴诉。愿为杜宇到郎边,唤道不如归去。④

---

① 廖泽勤编著:《全滇词》,黄山书社2018年版,第348页。
② 廖泽勤编著:《全滇词》,黄山书社2018年版,第349页。
③ 廖泽勤编著:《全滇词》,黄山书社2018年版,第349页。
④ 廖泽勤编著:《全滇词》,黄山书社2018年版,第336页。

韶华虚度，归期无准，女子只能希望自己化为杜鹃，飞至心上人身边，以"不如归去"的啼血之声，唤起心上人归乡之意，何等痴情。其《梦江南》所写则是闺中的别样情景：

闺中好，妆罢倚窗纱。剩得胭脂无着处，和将残粉画桃花。作事太憨些。①

此词将闺中女儿娇憨可爱之举写得颇为动人，而《菩萨蛮·午睡》一首也别有一番风情：

碧纱窗外花光动，碧纱窗内春愁重。愁重困难支，朦胧睡片时。午莺啼树急，欲起娇无力。教婢卷帘看，春阴生昼寒。②

此词写女子午睡初醒之情态，欲起无力，春愁困人，情景如绘。类似写儿女之情的词作尚有《十六字令·愁》：

愁，镇日无言泪暗流。防人问，阳展小眉头。③

此词所写之情境，逼切在目。词以"愁"字领起，所写为女子之愁。所愁到底为何？作者并未明言，而是留白。不过，也多半不出相思与情爱所带来的伤痛。因为下句"镇日无言泪暗流"足见伤心之切，绝非泛泛的闲愁而已。最后的八个字委实动人心，"防人问，阳展小眉头"，其情其心颇类唐婉《钗头凤》中之"怕人询问，咽泪装欢。瞒、瞒、瞒"。不过，此词的感伤程度显然不及唐婉，因为喻怀信此作毕竟是"赋得"闺中女子情状，而非切己之感，便显得清浅而未能沉哀。其《十六字令·思》亦写闺中情怀：

思，红锦缄鸳寄去时。情无那，默数旧佳期。④

---

① 廖泽勤编著：《全滇词》，黄山书社 2018 年版，第 357 页。
② 廖泽勤编著：《全滇词》，黄山书社 2018 年版，第 358 页。
③ 廖泽勤编著：《全滇词》，黄山书社 2018 年版，第 341 页。
④ 廖泽勤编著：《全滇词》，黄山书社 2018 年版，第 341 页。

此词亦有清隽之处，触笔淡而味永，颇有唐五代之风。喻怀信有的艳情小词还饶有趣致。比如《生查子》：

> 彼此不嫌猜，嬉戏忘朝夜。亲极转参商，故效鹦哥骂。　休休我能休，罢罢卿难罢。不意绝情词，又说多情话。①

此词写小儿女情态入微，活画眼前，使人忍俊不禁。开篇道两小无猜之好，接以亲极而生怨的场景，原是小儿女常有之事，看来亲切，而"故效鹦哥骂"何等趣致。下阕"休休我能休，罢罢卿难罢"，恍如实录言语，真切乃尔。结末转危为安，本欲说绝情话语，孰料情在心中，绝情话反作多情语，风波自然消弭无形，读者也终于放心。其《清平乐》一首也趣致有韵：

> 黛蛾浅画，绣被薰兰麝。闻说萧郎今返驾，私把冤家暗骂。满拟鱼水和谐，何期音信全乖。转是春风有准，一年一度归来。②

此词可谓一波三折，闻心上人归来，虽暗骂冤家，心中其实是喜的。而下阕笔锋一转，"何期音信全乖"？结果萧郎却未相见，女子心中自是无限惆怅，无限幽怨，心上人尚不如春风呵，春虽每每离去，着人伤怀，却年年总要归来，音信有准。如此对比，使人忍俊不禁，颇见小儿女情肠心事。其《南乡子·春闺怨》亦妙：

> 临别话绸缪。相约春归愿不酬。想有人人为系足，丢丢。慢把痴心诉女牛。　香梦觉来羞。底事春情不自由。蓦地上心翻后悔，休休。杨柳青青错上楼。③

此词写女子思念心上人，斯人久去不归，却是为何？想来是被人绊住脚了。离别后，女子的患得患失、忧心疑虑，以俗语写之，真切动人，不嫌其俗。下阕化用唐人句意，用语依然通俗流利。其实，喻怀信的艳情小

---

① 廖泽勤编著：《全滇词》，黄山书社2018年版，第353页。
② 廖泽勤编著：《全滇词》，黄山书社2018年版，第352页。
③ 廖泽勤编著：《全滇词》，黄山书社2018年版，第343—344页。

词中颇有俗笔俗语,如《一斛珠》(今宵喜绝)之"着热知疼,欹枕话离阔""私语叮咛,莫要恁轻别"、《卜算子·言愁》之"检点愁从那答藏,心是藏愁具"、《减字木兰花》(天涯咫尺)之"风景无端兜恨起""痴情缭绕,也想忘情忘不了",等等,皆是俗笔俗语。不过,因其所写趣致,用语之俗倒反增其情趣。

总的看来,喻怀信词作,其长调与倪蜕、谢琼、严廷中等颇有相类,以抒写自身的经历感怀为主,风格偏于忧挚伤怀,近于苏辛一脉,而无昵昵儿女之态。小令也有清新之趣,不落靡漫。其艳情小词,与严廷中相近,颇喜俗笔,所写真切在目,饶有趣致,读来可喜可感。

结　语

清中期是滇云词坛极为辉煌的巅峰时期。这一巅峰的出现,并非兀然孤立的,而是纵横皆有山脉相拱相卫、共推共举,是而岸然成峰、卓立峻极。

纵山脉长。自元代以来,滇云于词道逐渐浸润习染,渐行渐兴。元代的滇云词坛基本由外来词人二三词作引领试声。明代滇云词坛已有本土之音,却以杨慎流滇之时为盛。此期滇云词坛由几近无声到群声奏雅,流播士民,可谓蔚然生秀。诸多滇云文人不仅在诗文创作领域有所突破,如张含等还与中原主流文坛互动浸润,渐行渐近,且多于词道有所涉猎。此期如张含、杨士云等滇云本土词人作词虽不多,依然显示出馀事为之或偶一试笔的倾向,尚未成为创作的自觉或牵引。然而,毕竟,相对提升的创作普遍性,使得此期的滇云词坛虽不及诗坛兴盛,却是滇云词坛最高峰出现之前的极耀眼存在了。其后,明末清初至清前期,滇云词坛已有赵炳龙这样词名较盛、创作可圈可点的词人出现,然而此期词坛最引人注目的存在却是倪蜕这样的外来词人。倪蜕虽居滇日久,却终非滇产,其习染浸润亦以入滇前为主。因此,此期滇云词坛的本土创作其实是未显声扬名的。但是,不管是滇外文人还是滇云词人,其创作都在滇云传播并共构了滇云词坛的渐兴。因此,从纵向上看,至清代中期,滇云词坛已历时悠长地浸润习染词道,词心渐舒,词情日盛,蓄积日久,只待一朝勃发。

横山郁勃。清中期是滇云文坛的极盛之期。此期文坛蔚然生秀,诸多词坛要人皆是当时滇云文坛极有影响的诗文词兼擅的文人。因此，滇云文坛在清中期呈现的不是一花独放，而是万紫千红总是春的景象。谢琼、戴䌹孙、严廷中等，在当时皆有声于海内。汉文化熏染日久，其诗文创作皆蔚然中原气息。此时，在主流文坛，清词艳称中兴，清中期也是清词发展较为兴盛之期，且词早已不被目为小道。于是，融入了主流文坛的滇云文人，在词与诗同功且创作风生水起的时期，欣然于词道，并且以其较为深厚的汉文化与诗歌创作积累而浸染于词，卓尔有成，便也是自然之事。

　　此期滇云词坛，堪称名家林立，有专门词集的作者相较前此各期，实有极大突破。同时，词坛名家并不是各自为政，而是辉映相和。此期的词坛名家多为相交之友，故而其创作中屡见酬唱友声。这是此前的滇云词坛较为少见的。盖杨慎与滇云文士的唱和，虽也及于词，但数量极少，因此，滇云词坛的唱和之风实未引人注目。至清中期，正是因为一众滇人文采迥出，互求友声，故而在诗歌唱和之外，词之唱和也蔚然成风。这既是词坛兴盛的表现，也进一步促进词风之盛。

　　此期词坛还有一个值得多次强调的改变，便是在此期之前，滇云本土文人皆非词坛的引领或代表人物。赵顺、杨慎、倪蜕等滇云词坛各关键节点的首要人物，皆是滇外文人。直至此期，外来文人才不再是词坛的灵魂或创作数量成就最突出的人物，而是退居至几乎无声的地位。在滇云词坛叱咤风云的，皆是谢琼、严廷中这些滇云本土学子文士。这确实是值得欣喜的改变，也见证了滇云词坛的成长与终于实现的自立自足。外来文人影响的消减与本土文人成就的提升，其实也不独显现于词坛，而是在滇云诗文创作领域也极为明显的现象。当然，在滇云较为偏僻的地区，这样的情况还并不显山露水，这也是因为习染未深，尚处于渐进的学习熏沐汉文化之中。

　　总的看来，此期滇云词坛人物蔚然，创作兴盛，佳作林立，不少作品风格独具，诸家各有风味，实是滇云词坛的第一个真正兴盛的时期。

第五章

晚清民国云南词坛

时间前行至清代后期的咸同光宣时代，国家之政局与文学之生态已有显著变化。不过，从词脉之延续而言，此期的旧体词创作依然应视为古代词史的一部分，而不应以中国进入近代社会而从云南古代词史中割裂而出。此期词人多有至民国间亦在世者。对此期部分词人视为清代词人抑或民国词人，实有未能尽妥之处，笔者以1880年为界。此年之前出生者，至1912年清王朝终结之年，已三十馀岁，其学养基本已成，故划归滇云古近代词坛范畴。此外，曾中清朝之科第或为官者，即便其出生在1880年后，亦视为清人。其馀1880年至1920年间出生者，则视为民国时人。此划分未尽允妥，只为论述之便及见时代之变而姑且为之。

此期的滇云词坛，较之其前有所变化，应视为滇云词创作层次的提高时期。盖此期大词人少，并无清中期严、陆、戴、杨、谢、喻诸词人群芳竞秀的繁华景象，而是呈现出较为鲜明的两极分化，即存词多者如赵藩、陈荣昌二人，皆洋洋挥洒至二百首以上，其中陈荣昌词近三百首。此外，尚有月溪法师存词百馀首，陈度存词八十四首，钱瑗存词六十二首，《白霞诗词钞》存李宝鍠及尹月娟词五十馀首。其馀存词者存词便皆不多，分布亦零散，不成体系，且多无甚可读之处。自存词的总量来看，此期有词超过一千首，亦可算大观。

自创作成就来看，此期之赵藩、陈荣昌卓然秀拔，多经典之作，且与时势相关，可读可叹。并且，二人于文学理论多有涉猎，并不限于随性填词而已，尤其是陈荣昌还对自己的词作进行了大量的圈点评述，又有《虚斋词自加圈评记》及论词之语若干则（亦题作《虚斋词话》）。因此，此期的词坛，虽未能万壑争流，却也有耀目的星子闪耀于繁星间，并将滇云词之发展引向深度与厚度。陈力的《云南古代曲子词》曾云："清朝末期，从咸丰到宣统，清廷腐败，民不聊生，正值鸦片战争之后，帝国主义势力入侵我国,外患愈急,国势益危。这时期的词人,真实地反映了现实,把满腔悲愤宣泄于词中,在作品里突出的表现了爱国主义的主题。慷慨悲歌,发扬了豪放的风格,形成为近代云南词坛上的豪放派。"① 又云:"这一时期除豪放派外,同时也出现了婉约派,如郑辉典(白族)、张再谨(白族)、缪尔康、施韵琴(女)等人。他们都是沿袭前人步履,抒写一些羁旅乡愁、闲情闺怨的旧题,词中没有一点时代的影子,可见云南曲子词的衰落。"② 这一论说,为笔者仅见的对清末云南词坛的概括性评述,其要在将此期滇云词人划分入豪放、婉约两派,此说实在颇有偏谬,亦不足见此期滇词之价值所在。对此,容后再论。兹先将此期词人及其作品存录情况列表如表5-1、表5-2所示,以见其全貌。

表 5-1　　　　　　　　　清末滇云词人基本情况简表

词人	籍贯	身份	时代或生卒年	存词情况
陈庆生	云南定远	举人,官福建闽清知县	不详,为咸丰辛亥(1851)举人	一首
张璈	云南镇雄	举人	咸丰壬子(1852)举人	二十一首
陈德龄	云南晋宁	岁贡	同治前在世	九首
钱瑷	云南昆明	钱符祚之女,工部主事武进苏寿鼎妻	其父为道光间人,钱瑷于清同治前在世	六十二首
程光祖	云南陆良	举人	同治庚午(1870)举人	十首
关峻	云南元江	举人,官至镇沅教授,主讲沣江书院	同治癸酉(1873)补辛酉举人	四首
李开仁	云南昭通	举人,官至四川叙永厅同知。	1829—1894,同治癸酉(1873)举人	四首
杨高德	云南太和	白族,解元,曾任龙山书院山长	1833—1904年,同治庚午(1870)带补戊午己未科解元	一首
罗瑞图	云南河阳	进士,改翰林院庶吉士,分省补用知府	同治庚午(1870)举人,光绪丁丑(1877)进士	一首
李光	云南鹤庆	举人	光绪己卯(1879)补辛卯举人	一首
张保岐	云南元江	举人,历任大理镇沅教授	光绪乙亥(1875)举人	三首
张再洛	云南剑川	白族,举人	光绪丙子(1876)举人	一首

---

① 陈力:《云南古代曲子词》,《云南民族学院学报》1990年第3期。
② 陈力:《云南古代曲子词》,《云南民族学院学报》1990年第3期。

续表

词人	籍贯	身份	时代或生卒年	存词情况
张再谨	云南剑川	白族，张再洛之弟，举人	光绪乙亥（1875）举人	二首
王宇春	云南永北	举人	光绪乙亥（1875）举人	一首
张保岐	云南元江	举人，大理府训导，镇沅直隶厅教授	同治癸酉（1873）拔贡，光绪乙亥（1875）举人	三首
赵福绥	云南大理	光绪丙子科副榜	光绪丙子（1876）副榜	四首
李龙元	云南个旧	举人，历任官员	1864—1925	二十四首
张申巽	云南蒙自	举人，楚雄府南安州学正	光绪乙亥（1875）举人	十六首
宋廷梁	云南晋宁	进士，历官江西候补知府、权临江府知府	光绪丁丑（1877）进士	一首
万允廉	云南保山	举人	光绪己卯（1879）举人	六首
谢文翘	云南恩安	进士，刑部郎中，贵州镇远府知府	光绪庚辰（1880）进士	三首
李玉田	云南浪穹	白族，举人	光绪壬午（1882）举人	二首
赵藩	云南剑川	举人	1851—1927	二百馀首
陈荣昌	云南昆明	进士，历任山东、贵州等地学正	1860—1935	三百二十馀首
陈启周	云南思茅	拔贡，历任清末及民国官员	1865—1948	一首
吴煦	云南保山	进士，历任山东道监察御史、贵州道监察御史等	光绪庚寅（1890）进士	一首
杨文斌	云南蒙自	江苏知县	1892年任知县	三十四首
刘镇藩	云南昆明	举人	光绪癸巳（1893）举人	二首
熊廷权	云南昆明	进士，任多地官员	光绪癸巳（1893）举人，戊戌（1898）进士	九首
罗森	云南河阳	举人，官琅井训导	1894年举人	一首
吴维馨	云南华亭	举人	1894年举人	一首
吴式钊	云南保山	进士，官分省补用道	1894年进士	一首
陈度	云南泸西	进士，任户部主事，民国时任外交司副司长	1865—1941	八十四首
张肇兴	云南大理	不详	1873—1918	十二首
周宗麟	云南大理	陆良州学正	1860—1929	七首

续表

词人	籍贯	身份	时代或生卒年	存词情况
寸开泰	云南腾越	进士，户部主事，历任多地官员	1863—1925	十六首
由云龙	云南姚安	举人，曾就读于京师大学堂，留学日本，清末民国官员	1876—1961	三十四首
杨文焜	云南镇南	举人	光绪丁酉（1897）举人	五首
夏甸昀	云南昆明	举人	光绪丁酉（1897）举人	一首
罗凤章	云南罗平	举人	1865—1935	十首
赵鹤清	云南姚安	举人，历任官员	1866—1954	三十六首
赵式铭	云南剑川	进士，历任官员	1873—1942	十四首
马太元	云南新平	举人	1874—1961	十三首
袁嘉谷	云南石屏	经济特科第一，官浙江布政使，后执教于东陆大学	1872—1937	一首
袁嘉言	云南石屏	太学生	清末民国在世	三首
郑徽典	云南大理	白族，进士，河南叶县知县	光绪二十九年（1903）进士	十四首
丁石僧	云南宾川	留学日本，入同盟会	1878—1956	一首
月溪法师	云南昆明	僧人，俗姓吴，祖籍浙江钱塘，受戒于禹门寺	1879—1965	一百〇八首
吕志伊	云南思茅	举人，南社社员，曾赴日留学，入同盟会，任民国官员	1881—1940，光绪庚子（1900）、辛丑（1901）并科举人	五首
陈祖基	云南宣威	拔贡，主办云南《民报》，1949年后为中央文史馆馆员	1880—1953，宣统己酉（1909）拔贡	二首
侯应中	云南景东	宣统己酉科朝考二等第八名	1872—1933，宣统己酉（1909）拔贡，后中进士	二首
吴承鑫	云南景东	郡贡生	与黄炳堃、侯应中等同时	二首
黄肇永	云南景东	不详	与黄炳堃等同时	三首
李坤	云南昆明	进士，改翰林院编修	1886—1916，光绪癸卯（1903）进士，改翰林院编修	一首
李光亭	云南祥云	进士	光绪甲辰（1904）进士	三首
邓和祥	云南蒙自	优贡	光绪丙午（1906）优贡	三首
侯来宾	云南蒙自	优贡，官贵州知县	光绪丙午（1906）优贡	一首

续表

词人	籍贯	身份	时代或生卒年	存词情况
杨振鸿	云南昆明	革命党人	1874—1908	一首
吴秉礼	云南腾冲	字鲁生，馀不详	光绪间在世	一首
缪尔康	云南宣威	诸生	光绪间廪膳生	十三首
李子馥	云南人	福建仙游县丞	光绪间在世	一首
杨福增	云南昆明	诸生，工弹琴，隐于卜肆	清末民国在世	二首
魏上遑	云南保山	郡岁贡	晚清人	八首
曹文翰	云南蒙自	附生	晚清人	五首
代紫峰	云南罗平	举人	晚清人	十六首
吴相周	云南罗平	秀才	晚清人	一首
周宗璐	云南易门	官州判	晚清人	一首
袁绩禹	云南石屏	学生	晚清民初人	二首
赵礼兴	云南广南	不详	不详	一首
马之峻	云南阿迷	著有《红蕖香榭诗》	晚清民国在世	六首
李宝鋆、尹月娟	宾川	文士及其妻，在宾川较有影响	他人之序作于1939年，作者亦当为同时或稍前之人	五十一首
张鸿举	云南昆明	国学生，官直隶灵寿县典史	晚清人	三首
王选瑾	云南龙陵	字季晖，号太迁生	晚清人	一首
严天骥	新兴人	举人，官江西盐大使	光绪庚子（1900）、辛丑（1901）并科举人	八首
丁中立	云南昆明	举人，中华人民共和国成立后受聘为中央文史馆馆员	1881—1966，光绪癸卯（1903）举人	六首
高珍	云南永北	不详	光绪间人	一首
孙嗣煌	云南呈贡	举人，历任大竹等县知县	1882—1967，清末举人	一首
骆文安	云南马关	附生	清末人	四首
苏毓琛	云南昆明	不详	清末人	五首
施韵琴	云南昆明	字莲卿	晚清人	一首
车碧鸾	云南昆明	张孝廉鸿博妻	清末人	二首
王湜	云南昆明	字沚清，肄业于省立女子师范学校，有《绮清诗文集》	晚清民国在世，卒于1922年	八首

表 5-2　　　　　　　清末民国滇外入滇词人表

词人	籍贯	身份	时代	存词
吴德澍	四川平昌	举人，刑部郎中补广西司，派办山西司兼直隶司事	吴铣（1800—1856）长子	一首
张凯嵩	湖北江夏	云南巡抚	光绪十年调云南巡抚	一首
黄炳堃	广东新会	景东郡守	光绪十五、十八、二十四年三任景东郡守	二十馀词与滇云相关或作于滇云
许琰	山阴	不详	不详	一首
张联司	不详	曾任大姚盐道	不详	一首
杨恩寿	湖南长沙	据词曾到云南杨林	1835—1891	十馀首或作于滇云或与滇云相关
蒋其章	浙江钱塘	据词曾到云南大理	1842—1892，光绪丁丑（1877）进士	存词一首与滇云有关
蒋玉棱	江苏江阴	曾官云南	1848—1907	十馀首与滇云相关
桂霖	正黄旗人	曾官云南多年	同治十三年进士	在滇时存词二十馀首
范金镛	江西新建	曾官云南	1853—1914	一首与滇云有关
熊宾	河南商城	曾至滇	1867—1924	有《滇南壮游集诗稿》，存词十九首
严俨	贵州贵阳	呈贡知县	光绪二十九年在滇	存词八首与滇云有关
胡道文	四川蓬溪	泸西知事	1917 年任泸西知事	存词四首与滇云有关
金天羽	江苏吴江	曾至滇	1873—1947	存词一首在滇所作
俞锷	江苏太仓	曾至滇	1887—1936	存词一首在滇所作
刘永济	湖南新宁	曾至滇	1887—1966	存词二首与滇云有关
胡小石	江苏南京	曾至滇	1888—1962	存词三首与滇云有关

第一节　石禅老人真词人——赵藩及其《小鸥波馆词钞》

赵藩（1851—1927），剑川向湖村人，白族，滇云著名学者、文人、书法家、藏书家，对滇云文化影响极大，堪称滇云文化的名片。赵藩最为人熟知的，是其在四川成都为官期间撰写的武侯祠"攻心联"①。其联颇见文化底蕴，故而成为武侯祠最具知名度的名联。这一名联的问世，与赵藩长期宦游四川的所得所思有关。赵藩于光绪乙亥（1875）中为举人，其后六次赴京参加会试，皆不第。1893年，赵藩赴川任西阳直隶州任知州，其后在川为官长达十五年之久。其后，1913年被选为众议员，入京主持临时议会，不久因作诗讥讽时事，被袁世凯下令逮捕，便避回云南，后再度出滇，参与政事，终于1920年返滇，致力于滇云文化事业，总纂《云南丛书》，为滇云文献之一巨数。赵藩一生，经历清末至民国的风云巨变，国家不幸诗家幸，赵藩著述颇为丰富，《向湖村舍诗初集》《向湖村舍诗二集》《向湖村舍杂著》等诗文诸作，楹联著述有《介庵楹句集钞》《介庵楹句续编》《介庵楹句正续合钞》。此外，便是刊印于1943年的词集《小鸥波馆词钞》了。此外，赵藩还将所见之滇词加以整理辑录，成《滇词丛录》，为滇云词唯一的总集，实有大功于滇词。

赵藩辑纂之《滇词丛录》共存词三百八十五首，其中除倪蜕非滇籍而长期寓滇外，馀皆滇中作家之作。词作数量虽不多，亦非滇词全璧，沧海遗珠在所难免，却仍可谓滇词文献之巨擘。赵藩辑成《滇词丛录》，是与《滇诗丛录》《滇文丛录》相并行的，也显示出在赵藩心中，词已非诗文集之附庸，而是具有独立意义和价值的文体。又如赵藩言，《滇词丛录》以"保残馀"，而非"操选政"为准的，因此并无评点和对词作的甄选，而基本是见辄录之。即便如此，亦有遗珠，故后有《滇词丛录二集》辑得词作一百六十馀首，然辑者却不详。此辑除间有一二词作与《滇词丛录》相重外，其馀词作皆补《滇词丛录》之遗。然而，《滇词丛录》为滇云词的首部总集，其地位和价值自然不容小觑，由此窥入，亦可探知滇词风貌之大略。

《小鸥波馆词钞》则是赵藩自己的词作结集。此集前有黄炳堃题词，其下为赵藩之自叙。再次，则分为《谥箫词一》《淬剑词二》《味茗词三》《眠琴词四》《觅砚词五》《煮石词六》共六卷，总计有词二百馀首。《小鸥波馆词钞自叙》中对赵藩学词及结集的经历有所叙述，兹引录

---

① 上联：能攻心则反侧自消，从古知兵非好战；下联：不审势即宽严皆误，后来治蜀要深思。

如次：

> 不佞生十六龄学为倚声，积稿数十阕，乱后失去，自是不复为。二十五虽偕计北上，途中友朋牵率，偶为之，其后又数数为之。顾督学无师法，旋为旋弃，自知其不足存也，而门人子弟得辄钞存。就所裒集，已二百阕，而赢暇取阅之，信拙者之词也。虽然，意内言外，词旨微矣，而古今作者工拙判即面目，不可诬也。不佞之于词也，其拙也夫，固能匿不能饰也，姑存之以识愧以求益，以听夫人之觇，知其面目，又奚不可哉？石禅叙。①

从这段自叙可以看出，现存的《小鸥波馆词钞》尚非赵藩词作之全璧，概其十六岁始作之数十阕词，皆已散佚，而今存的二十五岁之后的词作，为其门人弟子"得辄钞存"，而赵藩本人则并未刻意存集，反而是"旋为旋弃"的。这或许是自谦之言。此集之石印刊本在1943年成，时赵藩已逝世，为其门人所梓，而赵藩之自叙则不着年月，当为赵藩早年成集时所叙。对比《滇词丛录》与《小鸥波馆词钞》之叙，似乎可见赵藩对词的认知有些微变化。《滇词丛录》之序直言"词者，诗之馀也"，而《小鸥波馆词钞自叙》则强调"意内言外，词旨微矣"，不过，赵藩对词显然也尚有馀事为之的痕迹，其创作数量既远不及其诗文（赵藩存诗七十馀卷，其量在数千以上），对之的态度亦不甚重视。不过，李玉田之《满江红·书〈小鸥波馆词钞〉后》所见倒有不同。词云：

> 一卷新词，莫当作，偶然游戏。试请看，声情跌宕，心精团聚。细谱喁喁儿女语，豪歌落落英雄气。尽温柔激壮两能兼，才真巨。
>
> 新都至，曾开例；六子后，无人继。慨吾滇词学，从前皆废。嚼徵含宫源乐府，偷声减字轻馀技。便思量，假馆小鸥波，纫兰佩。②

李玉田，字宝岑，云南浪穹人，为光绪壬午（1882）举人。李玉田存词二首皆与赵藩有关，因见采于赵藩编纂之《滇词丛录》而幸得传世。

---

① （清）赵藩：《小鸥波馆词钞》，云南省图书馆馆藏民国三十年刻本。
② 廖泽勤编著：《全滇词》，黄山书社2018年版，第452—453页。

一首为此词，另一首为《满江红·樾村倡捐修二忠墓，撰碑附题其后》。李玉田认为赵藩词不当作游戏看，而是"心精团聚"。李玉田对赵藩词之题材则拈出"儿女语""英雄气"，于其风格则直言"一卷新词，尽温柔激壮两能兼"，所言皆有得。然而，《小鸥波馆词钞》的词作却多温柔而少激壮，关乎个人多而关乎家国少，这与大致同时的滇人陈荣昌有较为明显的差异。不过，马兴荣《滇词略论》中将赵藩的词分为香艳词、咏物词、题画词、记录词人生活和思想的词四大类，并对赵藩词总评曰："赵藩词在艺术上最大的特点是明白如话，但因此也缺少深度"[1]，此论虽是负面之评，但也抓住了赵词的特点之一是语言浅显易懂，然而，说赵藩词缺少深度，则值得商榷了。

赵藩多数词作题材确实较小，然而其关乎家国大事之作在其词集中也颇为引人注目。赵藩有数首长调咏时事见性情，皆足称佳构。比如《高阳台》云：

> 白叠骸邱，红淹血泊，湖湘浩劫堪怜。巨镇名城，行来总断人烟。南强北胜争蜗角，只同根、萁豆相煎。攫金钱，弹雨枪林，各饱腰缠。　　倏和倏战频贻误，是满怀机诈，莽操心传。木屐儿来，便愁席卷山川。一年容易中秋节，月朦胧、碧海青天。最凄然，世上流离，天上团圆。[2]

此词所写，为南北军阀混战后湖湘一带的惨状，"巨镇名城，行来总断人烟"所写与汉末"白骨露于野，千里无鸡鸣"相同。不过，赵藩此词更将批判之鞭直指军阀割据与混战，不过是"各饱腰缠""满怀心机"，又有何人是真以百姓之安危、国家之兴亡为念？下阕之结末转于沉伤，作者踏屐而来，但觉"愁席卷山川"，更逢中秋之夜，本是万家团圆的佳节，可是战乱频仍，百姓乱离，故而结末"最凄然，世上流离，天上团圆"，正可谓以物衬人，以乐写哀，以天上之团圆，反衬人间之离乱，力量足而情意挚。与此词相类的还有《琐寒窗·题秣陵秋眺图》：

---

[1] 马兴荣：《滇词略论》，《楚雄师专学报》1995年第4期。
[2] 廖泽勤编著：《全滇词》，黄山书社2018年版，第431页。

> 满目苍凉，六朝都会，败垣颓瓦。经劫休谈，近事欲提先哑。自张家辫子兵来，小儿衾底啼犹怕。听秦淮水咽，水次枯杨，暮烟微惹。　苦也！叹多少呆女痴男，绿凋红谢。乌衣何巷，只马粪堆成卡。剩钟山、蜡屐登高，酒边嗅菊香盈把。莽愁来，寂寞空城，月黑寒潮打。①

此词写张勋复辟之劫后六朝古都南京的萧条惨况。此词发端直以"满目苍凉"概括，一语笼罩全词。其下次第写人心与人意之危惶，尤其细腻的，是"小儿衾底啼犹怕"一句，不直写却活画出辫子军之残虐可怖。下阕以"苦也"二字牢笼，绿凋红谢，香消玉殒，乌衣旧巷，难辨昔日。其后荡开一笔，出以"酒边嗅菊香盈把"，似还残留一丝希冀。结末则莽然愁来，化用刘禹锡"山围故国周遭在，潮打空城寂寞回"以及周邦彦"山围故国绕清江，髻鬟对起。怒涛寂寞打孤城，风樯遥度天际"旧句，又加以"月黑"二字，境界便别，更见苍凉阴郁以及沉重压抑之感，可谓情景相生，化用前人成句而入妙。其实，除了词中，赵藩有相当数量的诗作也表达了类似的对家国百姓之切切忧怀，比较有名的有是《观音土》："万落千村空雀鼠，树皮草根俱乏煮，翳桑幸有观音土。观音慈悲悯尔饥，食之一饱还归西。不食亦死食亦死，且缓须臾对妻子。"其馀尚有"争城争地战血腥，袁家遗孽祸生灵。断鳌立极今谁是，万里愁云黯北庭。"（《将于役岭南枨触有作示河阳君》）"长江南北岭西东，日日登楼怅望中。兵哄也应三月解，民忧觉万方同。"（《怅望一首柬星海大弟》）"怕上大峨同指点，滇黔粤蜀劫灰痕。"（《辛酉春南社诸君强我叠和旧韵，时方悼亡又感政变勉和四首》）等诗作，所表达的情感和书写的内容与上述两词可参发并观。

除了书写惨状，赵藩尚有铮铮之志与不冷之血流露词间，尤其是其两首《满江红》，更是慷慨激烈。其《满江红·次岳武穆原韵》云：

> 汉业重光，终不愤，才兴便歇。恨丑类，阿承莽操，歌功颂烈。残客醉心燕市酒，遗风泪眼秦淮月。听夜深、中泽泣哀鸿，声凄切。　神州污，须渑雪；匹夫志，难磨灭。炼女娲奇石，补将天缺。斫

---

① 廖泽勤编著：《全滇词》，黄山书社 2018 年版，第 431—432 页。

尔镜中杨广颈，慰他地下苌弘血。看英雄，卷土有重来，清宫阙。①

此词追步岳飞名作《满江红》原韵，词气慷慨，悲愤填膺，有铮铮拳拳之心。上阕哀而愤，下阕则奋发有志，"炼女娲奇石，补将天缺"，可谓壮怀激烈。结末之"看英雄，卷土有重来，清宫阙"与岳飞之"待从头，收拾旧山河，朝天阙"笔法相近，风格也相投。其《满江红·次岳武穆韵滇军军歌》风格与此词相类：

剑佩雄冠，男儿志，昂藏不歇。凭半壁，涤腥湔垢，浩然义烈。金马腾空开宿雾，碧鸡叫梦醒明月。又两番、推倒段和袁，抒诚切。

老松干，耐朔雪；坚金质，难磨灭。辇苍山巨石，补完天缺。尺组终拴默啜颈，寸丹不化苌弘血。大中华、璀璨彩云笼，开宫阙。②

此作虽有直露之处，但词气激壮，正是以词为陶写壮志、激昂风云之具。结合当时的时势背景来看，甚有可取可读可击节而赏之笔。值得一提的是，赵藩还有一首小词《罗敷艳歌》，所写似也关乎家国，而全用比兴：

铜仙清泪如铅水，流到天东。滟滟溶溶，化作飞花万点红。③

此词发端以铜仙（金铜仙人）入笔，含蓄暗示亡国之悲痛。汉宫十二金铜仙人在汉亡时被移出宫殿，任昉《述异记》中有其"临行泣下"的记载。此后，李贺《金铜仙人辞汉歌》中有"空将汉月出宫门，忆君清泪如铅水"的记载，宋末王沂孙《齐天乐·蝉》词亦有"铜仙铅泪似洗，叹携盘去远，难贮零露"之语。显然，金铜仙人是亡国的典型意象与象征。铜仙泪下，是对旧王朝之覆灭的哀悼与不舍，赵藩此词云"铜仙清泪如铅水"并接以其泪直流向东，且"滟滟溶溶"，横无际涯，见其泪之多，其心之伤。结句云泪海化为飞花万点红，隐约化用秦观《千秋

---

① 廖泽勤编著：《全滇词》，黄山书社 2018 年版，第 430 页。
② 廖泽勤编著：《全滇词》，黄山书社 2018 年版，第 430 页。
③ 廖泽勤编著：《全滇词》，黄山书社 2018 年版，第 430 页。

岁》之"春去也,落红万点愁如海"。以落红寓写亡国之悲,其实并不罕见,宋代词人姚云文《摸鱼儿》中便有"落红万点孤臣泪"之句,而明末之剑川词人赵炳龙《醉春风·辛丑送春感作》中亦有"毕竟春光不肯留,去,去,去。那用年年,将侬断送,落花飞絮"之句,其《浣溪沙·壬寅春尽感作》又有"此情只好落红知"之语,皆可与赵藩词相参发。赵藩此词,深挚之情纯以比兴含蓄而出,却语短而情长,泪流成海,悲壮苍凉兼而有之。

除了这类关乎家国大事的词作外,赵藩也有不少写一己之感的作品,此类作品往往情意真挚深沉。比如《临江仙·署函尾寄内》:

> 肠断年年缄锦字,典衣初办归装。白云亲舍梦苍茫。贫家蔬水奉,辛苦累勾当。　　应怪远人邻舍至,心期偏误重阳。芦帘纸阁夜围霜。孤灯偎影坐,愁听漏初长。[①]

这首寄内词委实当得情意真切之评,字里行间充溢着对妻子的感、愧、怜、敬、思交织的复杂情绪。上阕之"贫家蔬水奉,辛苦累勾当"见赵藩对妻子不易的体谅与感怀。至下阕,则着力写妻子对自己的思念与孤寂。赵藩用背面傅粉之法,与杜甫的《月夜》之"今夜鄜州月,闺中只独看。遥怜小儿女,未解忆长安。香雾云鬟湿,清辉玉臂寒"同一机杼,也与柳永《八声甘州》之"叹年来踪迹,何事苦淹留?想佳人妆楼颙望,误几回、天际识归舟。争知我,倚阑干处,正恁凝愁"同其手法。不过,赵藩写得更加细腻,写及妻子因夫婿难归而生恼,并伤感于邻居家的远人归来。因心中伤感,便也难以入眠,只有在夜里独坐。赵藩对妻子独坐情景的描写极为细腻,有体贴入微之意,情景具足。"芦帘纸阁夜围霜"是景,在此景下,"孤灯偎影坐,愁听漏初长"何等真切,尤其一"偎"字,妙造颠毫,活画出妻子寂寞柔弱之态,无有相伴者,只得与自己的影相依偎,与"茕茕孑立,形影相吊"相类,此情足动人心。设若赵藩对妻子无真情无思念,也必不能此。读此句,亦使人不由得想及,赵藩在写此词时之情境心曲,又何尝不是与妻子一般的孤寂伤怀呢?正可谓是"天涯共此时"了。羁旅在外,既带

[①] 廖泽勤编著:《全滇词》,黄山书社 2018 年版,第 400 页。

着对妻子的感愧思念,也难免激发功业无成的悲慨和感悟,赵藩亦如此,比如其《徵招·书旅舍壁》:

> 人生数十寒暑尔,功名大都难必。莽莽好江山,踏遍双芒屐。缁尘喧又寂。算几个、名山坛席。白酒空浇,黄金易尽,可胜歌泣。
> 归路况萧条,斜阳外、指点平林将夕。旅店夜灯青,甚处人吹笛。新词聊扫壁。也不想、细纱笼碧。纵教他,唱彻旗亭,于我究何益。①

此词发端直陈,可谓高屋建瓴。人生不过数十寒暑,光阴短暂,功名如何是能由自己决定的呢?为了功名,江山踏遍,何处是心之栖所?有酒可浇赵州土,黄金筑台揽英才,不过是文人一梦,终究化为长歌当泣的悲绝与无奈而已。下阕,赵藩则表达对功名的冷灰之心,归路萧条,前程难必,又何必苦苦流连?其心曲历历可见。与此心曲相通又微有别的,是《金缕曲·留别王剑庵内兄》的内在情感:

> 对榻潇潇雨。拥寒釭、凄然欲绝,惟吾与汝。千载饥驱成底事,颠倒英雄如许。画不尽、关山行旅。襆被青衫红叶路。怕明朝、触忤离人绪。且拔剑,夜深舞。　羡君洁膳依慈母。叹狂生、东西南北,不遑将父。捧檄由来知己在,富贵吾侪何取。方寸意、灯花能语。穷达无心难自必,算藏山、经世随人处。须努力,争千古。②

此词为赵藩离开家乡时留给妻子之兄长的词作。自词观之,赵藩之矛盾纠结历历在目:既知功名难必,又不得不为了功名抛家辞乡。辞乡之际,其心"凄然欲绝"。"千载饥驱成底事,颠倒英雄如许。画不尽,关山行旅"又写尽古往今来为稻粱而谋的文人之共感与经历。下阕赵藩直写对王剑庵能"洁膳依慈母"的羡慕之情,然而自己却不得不离乡,既对富贵并无过多的钦慕和意愿,又不得不有所争取。实则,这种矛盾与纠结非独赵藩一人有之,古今来多少迁客骚人,尽被牢笼?不过,遭际的坎

---

① 廖泽勤编著:《全滇词》,黄山书社2018年版,第406页。
② 廖泽勤编著:《全滇词》,黄山书社2018年版,第401页。

圹与动荡，倒也不失为赵藩的一笔财富，也为其词提供了较为广阔的题材。经行四方，便难免有登高能赋、遇景辄咏的词作了，比如《满江红·岳阳楼》词云：

> 黄鹤飞灰，剩江上、此楼高绝。凭栏看、洞庭如镜，君山如发。百雉差差排暮霭，万鸥点点翻晴雪。喜年时、鼓角静楼船，烽烟歇。
> 湘妃去，无罗袜；仙客去，无横铁。问何人管领，春风秋月。廊庙江湖忧乐并，东南吴楚乾坤坼。只前贤，一记一篇，诗难磨灭。①

此词落笔高迈殊绝，又接以壮笔写景，"百雉差差排暮霭，万鸥点点翻晴雪"正是范仲淹《岳阳楼记》中春和景明、波澜不惊、沙鸥翔集、锦鳞游泳的美好与疏朗。眼中有此疏朗，与赵藩心中之快意相关，此快意来自彼时烽烟稍息，天地暂得清宁，困民暂得小定。然而一旦思及烽烟，赵藩便难以超脱于外，不免忧虑民生了，因此下阕在写景之外，其词旨更在"廊庙江湖忧乐并，东南吴楚乾坤坼"两句。前句化用范仲淹《岳阳楼记》中的"居庙堂之高则忧其民，处江湖之远则忧其君。是进亦忧，退亦忧。然则何时而乐耶？其必曰：'先天下之忧而忧，后天下之乐而乐'"。以家国天下为一己的负荷，有任重道远之自觉，显然是赵藩内心的执念。杜甫《登岳阳楼》打动赵藩的则可能更是"亲朋无一字，老病有孤舟。戎马关山北，凭轩涕泗流"的衷曲了。国家动荡不安，一己遭际多舛，赵藩与杜甫实有相似，因而杜诗便能兴赵藩之感，触赵藩之怀，而成为赵藩心中，因情怀具足而与《岳阳楼记》并传难灭的作品。

赵藩是幸运的，当他终于决定抛下尘索，回到家乡，便有了一首快意淋漓的《沁园春·南归有日柬刘谦山孝廉有光》，词云：

> 咄咄相逢，歌罢酒阑，慨当以慷。怪淮南败鼎，舐都仙去；笼东破帽，舞太郎当。锦瑟闲愁，铜琶暗泪，甚处欢场不断肠。从人笑，笑平原公子，前度刘郎。　　丈夫失意何妨。曷归卧、潭西旧草堂。且幕天席地，安排伶锸；裁云镂月，料理奚囊。彩戏娱亲，篝灯课

---

① 廖泽勤编著：《全滇词》，黄山书社2018年版，第411页。

子，乐事庭帏未渠央。我先去，向鸥波亭畔，散发沧浪。①

此词读来甚觉畅快，与方才所引之词便有不同。当然，词中依然有潜在的悲愤与抑郁不平，盖政坛失意所致。然而，下阕辄大气转笔，一扫之前的颓郁，而是直呼"丈夫失意何妨？"是啊，失意又有何关系呢？尚能归卧家乡，自在心安。可以幕天席地、裁云镂月地与天地自然相亲近，一如杜甫笔下"自去自来梁上燕，相亲相近水中鸥"的萧散快活。更弥足珍贵的，是词人尚可以孝养父母，亲近妻儿，有多少赏心乐事。这样的生活，正是之前《金缕曲·留别王剑庵内兄》中表达的至为欣羡的生活。结尾快意极矣，"我先去，向鸥波亭畔，散发沧浪"，不再问濯缨濯足，不再理红尘纷扰。此词大笔濡染，心怀尽现，读来快慰。赵藩归乡后之生活，亦见于《剑湖渔隐图》，彼时文人题咏此图，颇得赵藩之形容情味。如吴世钦《壶中天·赵蜇仙剑湖渔隐图》述赵藩归隐故乡后之形容情致：

浮家泛宅，有志和高致，君非其侣。渭水严滩休艳说，但把钓鳌竿举。准备长纶，安排香饵，放棹沧溟去。海天纵目，除君身，更谁与。　　思量便有湖山，终难偃息，烽燧凭吾围。零落英雄乡国恨，这外侮、畴能御。好作陶朱，功成身退，富贵知无取。扁舟载美，那时重泛烟渚。②

吴世钦，字绍春，保山人，光绪己丑举人，官浙江葭沚同知，升用知府，著《袖岳庐诗文》。此词不仅题画，更是写心，深得赵藩无奈归隐而未能忘情家国之情。确然，赵藩的人生未尝没有遗憾，对家国天下也未能全然抛舍，因此赵藩自作《减兰·次龚韵》总结自己如下：

了无凭据，醉乡高枕柔乡住。绮梦如烟，跌宕名场四十年。笠蓑归里，孤篷听雨双湖里。莫便输他，杜老林塘是浣花。③

---

① 廖泽勤编著：《全滇词》，黄山书社2018年版，第405页。
② 廖泽勤编著：《全滇词》，黄山书社2018年版，第454页。
③ 廖泽勤编著：《全滇词》，黄山书社2018年版，第429页。

人生如梦,能"孤篷听雨双湖里"何尝不是幸运的?然而,作者终究难以放下的是杜甫式的情怀,那便是"葵藿倾太阳,物性固莫夺"的执着牵念。这对于赵藩这样的文人而言,又是何等的不幸与纠结。不过,总的看来,家乡的山水毕竟可以着人心安,比之宦途沉浮、异乡流离确不可同日而语。赵藩归乡后,也多以词写一己生活,比如《风蝶令》:

> 倦客愁无那,闲人约肯来。且将幽事寄诗怀,昨日邻家新借笋皮鞋。 小院门敲竹,遥山翠泼苔。一湖春水镜奁揩(疑当作"开"),莫负湖心无数小楼台。①

此词词境清远而蕴山家风味,邻家新借笋皮鞋,最真切语,在词中又是新鲜之语。"小院门敲竹,遥山翠泼苔","敲""泼"二字细腻。此景之下,便自然有了结末的"莫负湖心无数小楼台",情景宛然可见。此词风格清旷萧散,有快哉之意。又如《浪淘沙》,颇见静好安闲之致:

> 檐树定栖鸦,暝入窗纱。小团龙饼试滇茶,石铫泥炉松叶火,也似山家。 寒月被云遮,刚下檐牙。茗烟孤袅画栏斜。如此阑干如此月,只少梅花。②

此词刻画景物亦细腻,作者小窗闲坐,品茗赏月,情景已佳,结句云"只少梅花",见作者对梅花之爱,亦因此句而使全词有清刚孤冷之意。

除写己之外,赵藩也多有会心于他人的超然自在生活。如《眼儿媚·山居》:

> 林果多收当种田,老屋锁寒烟。浅黄柚子,深黄橘子,颗颗匀圆。 园翁三五团圞坐,苦茗一瓯煎。豆棚凉雨,泥他闲话,山鬼狐仙。③

此词虽非赵藩自身的写照,却不失真切。"老屋锁寒烟"略见萧瑟,

---

① 廖泽勤编著:《全滇词》,黄山书社 2018 年版,第 403 页。
② 廖泽勤编著:《全滇词》,黄山书社 2018 年版,第 424 页。
③ 廖泽勤编著:《全滇词》,黄山书社 2018 年版,第 412 页。

又以柚子橘子的浅黄点染秋色之秾丽美好，一洗前句的萧瑟之感。至下阕的园翁围坐，煎得苦茗，情景真切乃尔。结末写园翁不系于尘世，而自在闲说鬼事狐闻，得尘外之趣。其《眼儿媚·溪居》也有类似风味：

> 树里人家树杪楼，楼影倒溪流。回栏曲曲，疏帘隐隐，落日帘钩。　柴门两版青苔闭，门外系渔舟。钓鱼人去，只渔蓑在，飞上闲鸥。①

此词得渔隐高趣，尤其结句"钓鱼人去"，闲鸥飞上蓑衣，确是好一派溪间自得而生机盎然、毫无尘累的情景。同是写渔翁溪居，其《醉太平》风味却迥别：

> 青蓑钓翁，红衣榜童，安排茗椀诗筒。载斜阳一篷。　江山画中，笙歌梦中，消磨六代英雄。只江水日东。②

此词洒落中有悲慨，使人思及杨慎《临江仙》之"滚滚长江东逝水"，见兴亡之变，感慨之深。

赵藩咏物题画之词也颇有佳作，能见其性情。其以《菩萨蛮》为词牌而作的《题潘荫庭祖悬花卉画册》联章诸作，妙语隽思迭出。比如其写"杏花"图之词为：

> 春明枉是春如海，先生归去朱颜改。那不忆江南，青帘野店酤。酒醒楼外雨，低共春人语。雨霁月还明，邻家吹笛声。③

此词将杏花烟雨江南之美掩映入词，画中耶？真境耶？"酒醒楼外雨，低共春人语"，人情雨意，一片浑融。雨过月明，想见杏花柔润之态，吹笛声使人想及笛曲《杏花天影》，结思巧妙，又不落痕迹窠臼。其《菩萨蛮·题潘荫庭祖悬花卉画册　茉莉》为：

---

① 廖泽勤编著：《全滇词》，黄山书社2018年版，第412页。
② 廖泽勤编著：《全滇词》，黄山书社2018年版，第411页。
③ 廖泽勤编著：《全滇词》，黄山书社2018年版，第416页。

> 玉肌无汗偏宜暑，冰瓷雪白稀疏贮。不是午妆迟，穿针自绾丝。枕边吴语软，反侧随郎转。恰有睡功夫，鬓边花不枯。①

此词花人同写，构思亦甚巧妙。自发端之"玉肌"句暗用苏轼《洞仙歌》"冰肌玉骨，自清凉无汗，水殿风来暗香满"词意，便将花与人并作一处。其下阕之"枕边吴语软，反侧随郎转"，极为婉转动人，活画出女子情态。而结句再由人而归诸花，"鬓边花不枯"，尚见茉莉小小，鬓发间留香，全词也由此而馀韵袅然动人。《菩萨蛮·题潘荫庭祖悬花卉画册 秋海棠》与此词相类，意兼花人，浑然无垠：

> 清清冷冷墙阴地，近来憔悴都难睡。不睡待如何，被他红泪多。强扶清病起，风露凉于水。莫唱断肠词，防他蝴蝶知。②

此词读来甚觉凄凉怨慕，清冷墙阴，憔悴容颜，是花是人？红泪满目，清病强扶，正值风露清冷之时。结末之"莫唱断肠词，防他蝴蝶知"句中似有深意，恐关乎作者经历与所感。此作凄凉，赵藩《菩萨蛮·题潘荫庭祖悬花卉画册 菊花》却清旷而淡然如菊：

> 短篱曲曲柴桑宅，十年负汝常为客。风雨又重阳，山中漉酒香。卷帘人瘦损，灯晕秋屏影。一棹径须归，南湖紫蟹肥。③

菊乃花中之隐逸者，陶渊明甚爱之，"采菊东篱下，悠然见南山"脍炙人口，其《归去来兮辞》中又有"三径就荒，松菊犹存"之句，故而赵藩此词自然也有些感怀的。"卷帘人瘦损，灯晕秋屏影"句意皆妙，可与其寄内之"孤灯偎影坐"并观而深味。末句言"须归"，则显然是未归难归了，故而犹触感慨。与以上诸作皆有迥别的，是《菩萨蛮·题潘荫庭祖悬花卉画册 茨菇花》，此作别有村野自然风味：

> 门前燕尾溪流浅，西风叶叶并刀剪。惆怅别西湾，花开人未还。

---

① 廖泽勤编著：《全滇词》，黄山书社2018年版，第417页。
② 廖泽勤编著：《全滇词》，黄山书社2018年版，第419页。
③ 廖泽勤编著：《全滇词》，黄山书社2018年版，第419页。

争他菱芡美,晚饭吴篷底。纤手费厨娘,亲调盐豉香。①

此词读来清新灵动,景既动人,美食亦足使人食指大动,水村滋味,妙在笔端。以上诸词,虽皆题画花之作,却或婉转秾丽,或清旷悲怀,或凄凉怨慕,风味各有不同,与相应的花之风姿情味相合,又能花人兼写,融入自身的经历感受,毫无雷同而各臻妙境,诚堪叹赏。由此,也可见赵藩写词虽不多,但习染却深厚,能有得心应手之妙。

赵藩词中,可称赏的还有其关乎男女相思情爱的小词若干。这类词作是词的传统经典题材,历来书写者多,按说是最难于出新见奇的。然而,赵藩笔下这类小词灵动飞舞,既不落俗媚,又有婉转风致,兼有民歌小曲的趣致与风味,置之唐五代北宋人集中毫无逊色,甚至可成传世名篇。然而,或许僻处滇南的局限等使得赵藩的词流传不广(其词集仅在赵藩身后石印少许赠予亲友,而未广加印发),认可度也并不高。当然,这并无损于赵藩词作之佳隽可赏。也或许正因赵藩自己并未足够重视词,因而其性灵天机方能自然流溢于词中罢。比如,其《浣溪沙》云:

十六轻盈伴浣纱,苎萝江上住西家。可人颜色似朝霞。 六曲帘栊私拜月,五更风雨暗愁花。黄金不换锦年华。②

此词婉转可人,入体合宜,对仗工稳而自然,不落痕迹,已见赵藩小词功力匪浅。其《浣溪沙》诸词多类此风,又如:

满池残红蝶倦衔,晚风妆阁燕呢喃。轻寒犹怯碧罗衫。 宝镜慵开眉已慼,锦书空寄泪难缄。江楼斜日见归帆。③

此词言情更加细腻,"轻寒犹怯碧罗衫"情景动人。末句化用温庭筠之"过尽千帆皆不是,斜晖脉脉水悠悠"。此词境界,妙造无痕,笔意深而句似随意出,更于淡然中见奈何之绪。此类作品有的还掺入民歌化的语

---

① 廖泽勤编著:《全滇词》,黄山书社 2018 年版,第 418 页。
② 廖泽勤编著:《全滇词》,黄山书社 2018 年版,第 395 页。
③ 廖泽勤编著:《全滇词》,黄山书社 2018 年版,第 395—396 页。

言和表达，比如《浣溪沙》：

一别仙山阻绛河，伤心回首懊侬歌。泪潮应是漾横波。　天上蟾光圆处少，世间鸡肋赚人多。情痴端的奈情何。①

此词写及的《懊侬歌》，本是南朝乐府吴声民歌。有此"伤心回首《懊侬歌》"一句，全词便容易使人回归和进入到乐府民歌的情景并产生有关联想。接下来的"泪潮应是漾横波"清浅中有深情。至下阕的"天上"二句，采用了对比手法，月圆时本少，如鸡肋般食之无肉、弃之有味的功名利禄，又骗得多少人为之而分别，如天上月般团圆时少，离别时多？既然如此，痴情者又怎能奈何得了一个"情"字？故而结末有"情痴端的奈情何"，此句亦是真切而自然的。除了几首《浣溪沙》，赵藩还有多首小词，词调各不相同，亦皆可赏。如《南乡子》云：

笙韵静铜瓶，帘押低垂绿绮停。眉月初升纤又没，冥冥。秋味凉生一点萤。　梧叶满空庭，凄切阴虫不耐听。闲向牵牛花下立，亭亭。蓦地抬头见二星。②

此词写女子闺中情怀，细腻入微。笙韵静，绿绮停，帘幕低垂，几笔点染，女子寂寞沉涵之韵已出。至如眉新月冥冥，纤细若无，情已在景中酝酿渐足。上阕最后依然蓄势不发，只以"秋味凉生一点萤"点出季节，更渲染冷寂氛围。下阕次第叙及梧叶空庭、秋虫哀鸣。"不耐"与"凄切"二字并观，便知"不耐"之由。至此，女子心绪之寂寥与凄怆已喷薄欲出，作者偏转笔着一"闲"字，看似轻浅，不过接下来写女子亭亭而立，而"蓦地抬头见二星"，便将天上团圆与人间离散含蓄地暗示，其手法不异于"落花人独立，微雨燕双飞"，与杜牧的"卧看牵牛织女星"的情景便自不同。表现类似情感的还有《阮郎归》：

一屏香梦醒荼蘼，流莺不住啼。伤春人瘦落花肥，东风故故吹。

---

① 廖泽勤编著：《全滇词》，黄山书社 2018 年版，第 395 页。
② 廖泽勤编著：《全滇词》，黄山书社 2018 年版，第 396 页。

慵照镜，懒熏衣，远行归未归。郁金堂北杏梁西，妒他双燕栖。①

此词亦注重将景物与人情作反衬，"伤春人瘦落花肥，东风故故吹"，洵称妙语。"郁金堂北杏梁西，妒他双燕栖"亦是以物之成双反衬人之形单影只。此二词细腻婉转，含蓄中见深情。《采桑子》所写则不同，乃男女相会之景：

回廊屦响无人处，鹦鹉轻呼。月影花扶，不似前番乍见初。冰纨半掩挨肩坐，饮罢荷珠。教憩纱橱，低问今宵醉也无。②

此词颇婉转柔媚，体察入微，叙写入妙而不失含蓄，尤其结末之"低问今宵醉也无"，与周邦彦《少年游》之"低声问向谁行宿。马滑霜浓，不如休去，直是少人行"并妙。赵藩的闺阁儿女情怀一类词作中，笔者以为最妙者当属《生查子》一阕，词云：

小桃几树花，吹作胭脂雨。杨柳万垂丝，不系郎船住。　斜阳湖上山，碧草湖头路。莫漫倚阑干，是个愁来处。③

此词清隽而益然生趣，所写虽仍是女子闺中愁思，但民歌风味甚浓，情致动人。词发端自桃花开落入笔，然不觉伤感沉郁，只觉景致美轮美奂。"几树"二字，微带问之口吻，似闺中女儿声调。接以"杨柳万垂丝，不系郎船住"，"万丝"与"几树"相对。几树桃花，便可飘红成雨，而万丝垂杨，却为何不能系住心上人的船呢？小女儿口吻逼肖，情思动人。下阕写湖上景致，斜阳遥映湖上山，碧草靡漫湖头路。别在此时倚栏而立，因为那会引得愁更愁。此词写得灵动自然，全词一气贯注，情辞清隽，不觉其深而自深，不刻意求妙而自妙，当为赵藩小令压卷之作。

除了摹写闺情外，赵藩尚以小词写景而能巧灵趣致者，如其《调笑令》云：

---

① 廖泽勤编著：《全滇词》，黄山书社2018年版，第400—401页。
② 廖泽勤编著：《全滇词》，黄山书社2018年版，第413页。
③ 廖泽勤编著：《全滇词》，黄山书社2018年版，第402—403页。

春半，春半，记得海棠庭畔。双飞紫燕翩跹，常傍花阴卷帘。帘卷，帘卷，愁被东风偷剪。①

此词则灵动趣致，与《调笑令》的语感正合。结句"愁被东风偷剪"尤妙。

总的看来，赵藩的词确实能兼温柔激壮，温柔者且有清新、超旷、灵动、婉媚等不同风格，其激壮者，则大气淋漓，悲慨深蕴。前人对清末滇云词人陈荣昌评价较高，而赵藩词受到的关注则相对较少。这一方面因赵藩词才为诗才联才所掩，应该也与赵藩词流传范围有限相关。笔者认为，从词笔的精到与词气的畅达以及佳作的比例等观之，赵藩词的创作成就其实高出陈荣昌不少，是值得推重的滇云词人之殿军者。其小令多首，可直追唐宋，别开生面，值得赏爱。

赵藩在当时云南文坛影响较大，为滇云文士活动的重要人物，多次召集文人分韵唱酬，如罗森《金明池·槲丈招泛滇池，分韵得里字》等作便是唱酬所得。与赵藩私人化诗词酬唱的滇云内外文人亦众，其间亦有可读之词。因诸人存词不多，便聊附于赵藩之后一并简述。

王宇春，字熙台，云南永北人，光绪乙亥（1875）举人，存词一首，即见于《滇词丛录》的《虞美人·次槲村韵》：

薰笼坐拥红窗掩，日上寒初减。鸳帏昨夜五更秋。梦见征人相对、话离愁。　找来搁笔供消遣，小韵尖叉检。诗成欲诵又迟留。有个鹦哥晓舌、在前头。②

此词风味与赵藩写男女之情的小词略近，也薄有民歌风味，得清新自然之致。张再谨存词亦仅两首，且皆见于《滇词丛录》，皆为和赵藩之词，显见为赵藩有意收录了。其《虞美人·和槲村韵》与王宇春同韵而和，也有风致：

流苏搴处朱帘掩，睡起情怀减。晨妆镜里不胜秋。照见黄花偎

---

① 廖泽勤编著：《全滇词》，黄山书社2018年版，第396页。
② 廖泽勤编著：《全滇词》，黄山书社2018年版，第384页。

鬟、伴侬愁。　　红笺记约今朝遣，短札须私检。还防好事有勾留。暗把虔香一瓣、祝心头。①

此词风味也略似，清新之味足而雕琢之感少，读来亦是自然真切，颇觉可喜。张再谨之《念奴娇·秋声和樾村作》则苍凉有馀了。词云：

丽谯初动，正黄昏过后，画屏人悄。萧槭渐催风力紧，闪烁一灯红小。月淡横波，阶凉积水，添个寒蛩恼。疏窗齐入，故教和作愁搅。　　偏是客馆宵深，家山万里，别绪方盈抱。撼碎秋心敲碎漏，欺我梦魂颠倒。长夜如年，布衾如铁，欲睡何曾好。鸡声何处，耳边听到霜晓。②

此词写客里之愁。上阕略平，"月淡"数句，境真对切，方渐入佳境。下阕直笔抒怀，以"偏是"二字领起种种况味，写尽家山重隔的秋客愁绪。"欺我"句无理而妙，尽见客中之苦。"布衾如铁"亦极真切。此词苍凉有之，真切有之，直笔有之，细处有之，倒也不落下乘。宋廷樑仅存的一首词亦与赵藩有关。宋廷樑（1852—1908），字梓材，云南晋宁人，光绪丁丑（1877）进士，官江西候补知府权临川府知府。宋廷樑所存《金缕曲·送樾村转赴易门，时余拟先赴京，不果行》一词云：

留别新诗就。怅芳时、浦迷芳草，云停远岫。唱罢骊歌君辱和，下笔风驰雨骤。肯吝惜、心钩角斗。请看河梁千古句，爇心香、苏李才名旧。十九首，情文茂。　　赠行幸得君佳构。笑先鞭、翻输君着，阳关叠奏。泥雪飞鸿留指爪，待兔不甘株守。算意气、纵横宇宙。小别匆匆刚几日，折柳枝、被禊兰亭候。迟后会，清明后。③

此词足见赵藩与宋廷樑之交深情切。词读来大气淋漓，元气浩荡，虽为唱酬词而略有应酬语，却更多真切心怀，诚挚心事。

---

① 廖泽勤编著：《全滇词》，黄山书社 2018 年版，第 392 页。
② 廖泽勤编著：《全滇词》，黄山书社 2018 年版，第 392 页。
③ 廖泽勤编著：《全滇词》，黄山书社 2018 年版，第 448 页。

谢文翘，字秀山，云南恩安人，光绪庚辰（1880）进士，官刑部郎中，存词于赵藩《小鸥波馆词钞》。为赵藩下第时送行之《迈陂塘·赵樾村下第归滇，赋此赠行》三首，皆直切淋漓，大笔激荡，颇为可读：

怪无端、西风严紧，霎时鸿影吹散。记得春明始联襼，相聚黄金台畔。春方半。但把酒狂歌，那惜貂裘换。红牙低按。更谁计欢游，云烟过眼，离别更增叹。　　忆前岁，落魄金华同返。邮亭遍洒词翰。文章自古原憎命，几个腾身霄汉。焦桐爨。甚骐骥、长途骏足难羁绊。牢愁无算。恨归去今年，疲驴踏破，又是录前案。

论斯人、槃槃才大，数奇不至如是。与君识面昆华日，正值桂花香里。六年矣。谅唾手功名，一第寻常耳。天飞无意。有名山事业，富贵浮云，安见愈于此。　　况身外，得失何关乎己。抽刀莫断江水。人生离合浑无定，听说又辞燕市。愁欲死。更东海、乘风破浪今番驶。归帆南指。剩贱子长安，缁尘满目，徒叹肉生髀。

莽乾坤、闲忙苦乐，如馀亦复消阻。中年读律抛儒术，相隔升沉多许。终何补。又前路茫茫，未必冯唐遇。不如归去。把一身出处，当世安危，都不入吾虑。　　果如此，便省年年羁旅。临歧泪无数。知君况是秦嘉婿，想见喁喁低语。神仙侣。算海内、知交几个能同趣。君归吾住。到明月当头，家山万里，忍听捣衣杵。①

这组词作写得大气而苍茫，情意真切而淋漓直下，其间既有对友情的抒写，有对赵藩的勉励安慰，也有一己之怀的记录，皆真而有感发之力，无怪赵藩和作中有"惺惺、低回慰藉，君情忒厚"之句。

赵式铭（1873—1942），字星海，号弢父，剑川人，光绪甲午（1894）副贡，后任习峨县知事，著作颇丰。赵式铭有《望江南·题石禅师〈双湖草堂图〉》一组共十二作，其间有清雅者，如其二：

---

① 廖泽勤编著：《全滇词》，黄山书社2018年版，第451—452页。

双湖好，策蹇过溪桥。惜别青山浑欲语，送行垂柳自弯腰。离思黯然消。①

此词写得清灵融情，得村居之趣及惜别之情。又如其九：

双湖好，秋晓镜奁开。去舫朝磨云树过，归桡暝戛晚岚回。孤雁一声哀。②

此词写景细腻而不落俗套，炼字精准。再如其十：

双湖好，风雪断人行。月黑村舂霜外急，洲寒渔火夜深明。并入晓钟声。③

以上诸作皆有文人意趣，见情怀。赵式铭此组词作中还有数首谐俗而得村居之真趣者，其中趣致盎然，如"水调才惊闻别浦，秧歌忽听起前溪"（其三）、"晌午三杯调水角，敉厨一味卤猪头。儿女不知愁"（其五）、"漆榼沽还坊酒洌，篾筐捞得港鰕肥。童稚候荆扉"（其六）、"铁距野凫红可腊，面肠泥鳅白多腴。饱吃复供租"（其七）、"溪女得钱倾白小，野人带土卖蹲鸱"（其八）。诸词中，彼时剑川村居临湖的生活淋漓而出，亲切而美好，返璞归真处，着人向往。剑川周钟岳亦有同题组词《望江南·题石禅师〈双湖草堂图〉》。虽是同题，周钟岳笔下之画境却与赵式铭各尽其妙，并不雷同。其间可读之作甚多，兹移录数首如次：

其一

双湖好，湖水远连天。万点雪晴飞白鹭，一犁雨足叱乌犍。相约早归田。

---

① 廖泽勤编著：《全滇词》，黄山书社2018年版，第643页。
② 廖泽勤编著：《全滇词》，黄山书社2018年版，第644页。
③ 廖泽勤编著：《全滇词》，黄山书社2018年版，第645页。

其二

双湖好，湖上是鱼庄。放鸭几家通荻港，栽鱼百亩界荷塘。住老水云乡。

其三

双湖好，晴日踏莎行。浅草平芜春试马，垂杨曲港晓闻莺。怅触少年情。

其四

双湖好，岁首赴邻餐。饵块米花供午饷，韭黄荬白荐春盘。得味佐清欢。

其五

双湖好，秋夜泛扁舟。水漫金华山倒影，风飘玉笛月当头。载酒忆前游。

其六

双湖好，斜日下柴扉。野老已闻争席罢，行人间数趁墟归。鸥鹭共忘机。

其七

双湖好，雨后爱良宵。南坨烟收灯出屋，西湖秋涨水平桥。佳景倩谁描。①

总的看来，周钟岳的笔触虽也间或写及野老村食，不过总的来看，文人气息较为浓郁，落笔也比较清雅，见文人对田园牧歌生活的浪漫向往。周钟岳尚有《满江红·题指挥佥事李公镇雄墓》等三作，皆长调，能铺叙停匀，间有佳意，便不再赘述。

---

① 廖泽勤编著：《全滇词》，黄山书社 2018 年版，第 658—659 页。

第二节 《骚涕》有泪出胸臆——陈荣昌词论及其词作

陈荣昌，字小圃，号虚斋，晚号困叟。陈荣昌生于咸丰十年（1860），卒于1935年，卒年七十六岁。陈荣昌祖上因经商自崇祯丙子来滇，便世代寓居昆明。陈荣昌于光绪九年中试二甲进士，朝考一等，点翰林院庶吉士，入词馆，并于此广涉经籍，博猎群书。历任贵州学政、国史馆协修等，后归乡主讲经正书院，赴日考察，旅居沪上地，行迹天涯，著作赅富，有《虚斋文集》《虚斋诗集》《桐村骈文》等著，又辑纂《滇诗拾遗》等，堪称清末至民国滇云文学文献大家。陈荣昌之门人兼友人方树梅为之作《陈虚斋先生年谱》，记载其生平之经历较详。

陈荣昌存词在清末滇云虽数量较多，也结成为集，然而于词道并未十分用心勤力。方树梅于《陈虚斋先生年谱》下册之"民国元年　壬子一九一二　五十三岁"条下云："先生辛亥秋末侨居沪上，壬子春初乃载笔为词，凡三阅月，成数百阕，挈之归里，汰三弃七，编为《虚斋词》二卷，名曰《骚涕》，取《离骚》揽涕沾襟之意也，自有序。"① 据方树梅所言，《骚涕》存词仅约陈荣昌所作之词的十分之三，为其汰选所留之作而结集。不过，《骚涕》今存词约三百首，方树梅所言未必确切。陈荣昌《骚涕》之自序云：

予以光绪丙申南归，舟中填词十馀首，自后不复作。宣统三年辛亥，由山东避地沪上，自冬徂春，旅居无聊，复为之，得三百馀首。时多变，感触无端，身世于是寓焉。明遗老番禺屈翁山先生有词二卷，名曰《骚屑》。昔人称其义精律严，足被弦索。予倚其声为之，拟为《骚泪》，取长歌当哭之意。继思泪清涕浊，改名《骚涕》，示为灵均所唾弃也。姑存之，亦分上下二卷云。

虚斋自记②

---

① 方树梅：《陈虚斋先生年谱》，《清代云南稿本史料》，上海辞书出版社2011年版，第317页。

② 陈荣昌：《虚斋词》，张宏生编《清词珍本丛刊》第18册，凤凰出版社2007年版，第865—866页。

短短一则自记，透露出虚斋词的诸多信息。光绪丙申，即光绪二十二年，时为公元1896年，陈荣昌时年三十七岁。至宣统辛亥，即宣统三年，公元1911年，陈荣昌已五十二岁。彼时再拾词笔，其心境自有不同，而是有长歌当哭、上继翁山、远绍屈原之深意。这，也为《骚涕》一集奠定了其基本格调与内在基础。对此，陈荣昌《虚斋词》之自评也有清晰的呈现，云："虚斋因世变而填词，关系者大，故小令诸词亦无小家气习。"① 综观虚斋词集，除了有词作之外，还有丰富的词论，便先味其论，再品其词。

一　陈荣昌的词学观念与词论

《骚涕》一集，据赵佳聪《陈荣昌〈骚涕〉集初论》统计，包括"《虚窗词》二卷共339阕，《桐村词》一卷33阕，并《虚斋词话》12则"②。今张宏生编撰之《清词珍本丛刊》将《虚斋词》与《桐村词》分别收录，词话则未获见。此版本存词有重页（《惜分飞·落花》与其上一首所在页皆重出）现象。除词话外，《虚斋词》中陈荣昌对自己词作的评点也提供了知人论世研究的丰足空间，并可见陈荣昌对词作的审美追求等为滇云词史及词学观念研究的重要材料。

应该说，滇云一域对词的理论和评说，自明代滇人为杨慎的词集作序始。杨慎在滇所著之《词品》，亦可勉强归为滇著。然前者极为零散，理论性不强，后者视为滇出，毕竟还是有勉强成分。至清代，滇云诗话文话也间有所出，词话则一直寂寂无所作。至清末，有张璇《词谱本原》见诸记载，然未传世，未知仅为词谱类著作，抑或包涵词学理论，便只能姑置而不论。至陈荣昌出，滇云词学理论才算是真的有了自己的代表作。其《虚斋词话》十二则尚未获见。今《清词珍本丛刊》所存虚斋之词话有数则，涉及词之创作、家法、体性等多方面内容。第一则讲学词之门径取舍，云："词既调之长短，声之平仄，皆有一定。非若古文古诗，伸缩在己，舒卷自如也。多用实字硬句，则失之极滞，故必善用虚字以运动之，乃能灵活。虚字多，又失之软弱。此柳耆卿、吴梦窗两家，各得一病，谓

---

① 陈荣昌：《虚斋词》，张宏生编《清词珍本丛刊》第18册，凤凰出版社2007年版，第886页。

② 赵佳聪：《陈荣昌〈骚涕〉集初论》，《云南师范大学学报》1999年第5期。

吴板而柳软耳。故两家皆不宜学,唯以白石、玉田为宗,自无此二病。"① 次之,陈荣昌拈出"曲"为词之要法,曰:"词以曲名,知曲之一字,则可与言词矣。不浅露,则隐曲之谓也。不直率,则曲折之谓也。用意宜隐,用笔宜折。言在此而意在彼,是之谓隐。气求其贯,而语善于转,是之谓折。词无长篇,惟《戚氏》一调,过二百耳。字馀皆百字上下,小令尤短促,非笔妙如环,又含蓄有味,安得佳作?即东坡、幼安以气胜,其用意用笔,亦未有直而不曲者。他家可以隅反。"② 其后,则借他人对自己之词的发问,而于自答中见其对词的追求和理解以及学词之门径,云:"或曰:'子之词何如?'予曰:'百日之功,何足言词?顾予之为诗,以气象为主。今虽学为词,雕红刻翠,实非所长。又自恨俭腹,吴梦窗之典晦,非但不愿学,亦不能学。柳耆卿之浅俗柔媚,则性不相近,又不屑学。其馀诸家,或雅丽,或豪迈,或谨严,或流利,从心所向往者,皆学之,故有一二似此者,亦有一二似彼者。不名一派,即不成一家。大抵以意为主,以气为辅,欲合苏辛姜张而兼之。惜才薄功浅,有志未逮。然乐笑翁所谓词贵清空,不贵质实者,予窃有取焉。若出以问世,不知世之阅吾词者,能许其有一二合作否也。至抑郁牢愁、悲歌感慨处,则贾生之痛哭、老杜之呻吟,时势使然,不关于学词之家法也。'"以上三则可视为陈荣昌词论,为壬子岁三月廿四日陈荣昌于上海之寓楼所识。综观此三则短论,从词取法之径来看,陈荣昌不喜吴文英之典晦凝涩与柳永之软弱浅俗,在第一、第三则中皆直接加以訾评。从虚实字使用合宜的角度,陈荣昌推崇姜夔与张炎一脉为宗。第三则中直书自己"欲合苏辛姜张而兼之"的极则,又拈出"词贵清空,不贵质实"一说,显示出对姜张一脉清空词风的歆慕与追求。对词的艺术技巧,陈荣昌着力强调的则有虚字实字的使用、曲折而不浅露的构思,这显然也深受姜张一脉的影响。不过,在强调"曲"的同时,陈荣昌也强调了以气贯之与"隐"的结合,如是,则隐而不滞,沉而不晦,于此观之,则也见陈荣昌在词的创作艺术追求上确有合苏辛姜张之得。

《虚斋词》二卷后,有《虚斋词自加圈评记》,此记写成时间在壬子

---

① 陈荣昌:《虚斋词》,张宏生编《清词珍本丛刊》第18册,凤凰出版社2007年版,第975页。

② 陈荣昌:《虚斋词》,张宏生编《清词珍本丛刊》第18册,凤凰出版社2007年版,第975—976页。

四月,在其词话三则之后。《虚斋词自加圈评记》阐发自己对自作之词加以圈评的方法和要旨,并阐述自加圈评之因,颇有意趣,且有深心在其间。故移录如次:

> 虚斋既撰《骚涕》,分上下二卷,手钞之,又朱其句读,可者连圈之,得意者密圈之,并缀评语。评语分数种,一自论其处变之当否,及其归宿;一发明词意,比于昔人作文自加小注,亦无足怪;一自赞其词之佳妙,是则不经见者。当是时,心口相商,口问于心:"词,心声也,评亦心声也,皆子为政。虽然,自词而自评之,无乃不可?"心应之曰:"是有例,不自我始。后世能文者,莫昌黎若。其《与李生书》既曰'醇而后肆',又曰'长短高下皆宜',是即昌黎之自评矣。所差异者,彼总评,吾分评耳。且吾试还问于子:'传自作乎?祭文可自作乎?自传自祭较自评,又甚者也。陶渊明作《五柳先生传》即自传,又为自祭文。渊明不病狂,何妄为如此?吾尝求其心矣。晋既禅宋,天下皆宋人也。渊明独为晋遗民,不自传,谁传之?不自祭,谁祭之?吾犹渊明也。不自评,谁评之?子其谓我何?'"口不能答,乃听心所为,且从而助成之。又以圈为足,每一咏叹,辄请加密焉。噫!心苦矣,口亦劳矣。词自口出,亦自心出。评自心出,亦自口出。心口如一,是之谓矣。说而存之,以俟后之君子。岁在壬子四月三日。
>
> 虚斋自记于黄浦滩畔寓庐①

这则自记,值得咀含之味甚丰。除陈荣昌对自己自评的之语的大致分类归纳外,还包括陈荣昌对词的根本性认知以及其在清末民初时的心灵自白。陈荣昌巧妙地以心口对话的形式来完成了对上述问题的自陈。首先,陈荣昌强调"词为心声"。这一观点本原出于"言为心声",《法言·问神》指出:"言,心声也;书,心画也。"其后元好问《论诗绝句》中有"心画心声总失真,文章宁复见为人",将心声与文章相联系。词的性质则经历了较多的转变,从助欢的娱乐到与诗同为陶写之

---

① 陈荣昌:《虚斋词》,张宏生编《清词珍本丛刊》第 18 册,凤凰出版社 2007 年版,第 973—974 页。

具。上述观点虽非独得之秘，却直接体现了陈荣昌对词体的价值判断和认知，与陈荣昌词题材的选择以及成就的取得不无关联。其次，还值得咀味的是陈荣昌对自我身份的认定和呈现。陈荣昌之自陈"吾犹渊明也"，强调的是陶渊明在宋时独以晋遗民自居，因而不自传自祭，又孰为之传祭？而自己，也是"不自评，谁评之"。因而，从心态上看，这种自我认定与《骚涕》的得名是有内在呼应的，皆体现了陈荣昌词创作时内在的情意结。

从陈荣昌《虚斋词》的词作及自序自评中，可以窥知其词取法之门径与对文人词家的评骘臧否等，亦可作词论看。

表 5-3　　《骚涕》及其序、自评所见陈荣昌之取径家法

文人	出处	评语
屈原	《八宝妆·望月》自评	与屈大夫《天问》同一牢愁
	《诉衷情》（词家鼻祖是灵均）	词家鼻祖是灵均，忠爱是天生。何物美人香草艳，只是写离情
古歌谣	《月照梨花·金陵兵变》自评	只写凄凉之象而兵变自见，得古歌谣遗法
	《帝乡子》（龙龙上天云尔从）自评	二阕纯用比体，亦似古歌谣，读之泣下
	《南乡子》（圣帝遭洪水）等四阕自评	把却似古歌谣，体兼比兴
岑参	《羽仙歌·昆明黑龙潭，相传为三真九仙之地，心向之，故赋》自评	以一"潭"字贯二句，岑嘉州诗长于此法。滇诗朱丹木亦然。此运笔妙法也
温庭筠	《唐多令·题温飞卿集》	丽句挟天葩，才名艳八叉。玉溪生，绮靡争夸。一样高文都折福，休自悔，读南华
南唐	《长相思》（新相知）	清灵而隽永，似南唐作
苏轼	《望海潮·吴江怀古》自评	看尾遍一气赶下，此等笔力，与苏子瞻、辛稼轩相近
	《燕归梁》（系得香丝一缕红）自评	此词较东坡"燕子楼空"数句，殆青出于蓝，彼仅包得古事，此则寓身世之感
	《琵琶仙·闻笛》自评	起笔陡健得势，以下纵笔一扫，两遍直成一贯。词家具此气魄者甚鲜，的系东坡幼安家法
岳飞	《忆王孙》（夜来忽梦斩楼兰）自评	雄快似武穆《满江红》气概

续表

文人	出处	评语
辛弃疾	《望海潮·吴江怀古》自评	看尾遍一气赶下，此等笔力，与苏子瞻、辛稼轩相近
	《琵琶仙·闻笛》自评	起笔陡健得势，以下纵笔一扫，两遍直成一贯。词家具此气魄者甚鲜，的系东坡幼安家法
	《轮台子·题辛稼轩词后》及自评	"但见英光伟气，自肺腑，奔来纸上。人言祖述东坡，我道比坡豪放。那同玉树娇歌，付红儿，学弄黄鹂。要关西大汉，铁板铜琶，高声唱。平生万卷撑肠，又雄略，足称健将。喜貂蝉自兜鍪换得，穰苴何让。矧爱士怜才，更征雅量。看落魄刘生，万昏重相。若而人艰危足仗。最堪惜，种树东郊。投老悲闲旷。" 自评：只起二句，便画出辛词气象。首遍论文，尾遍论其人
	《风入松·忆松华坝先茔》自评	辛幼安词云："不恨古人吾不见，恨古人不见吾狂耳。"此以"不怕"一呼，"怕"字一应，得幼安笔法。卷中惯用此法，故为指出
姜夔	《解佩令·吊曹娥》自评	姜白石作《越九歌》，有祀曹娥曲
	《醉红妆·题姜白石集》	香词飞上小红唇。风雪里，唱阳春。老骚客，大名存
	《东风齐着力》（吹得花开）自评	亦流丽亦谨严，姜张之亚
张炎	《东风齐着力》（吹得花开）自评	亦流丽亦谨严，姜张之亚
屈大均	《骚涕》自序	义精律严，足被弦索
	《东风第一枝·题屈翁山先生集》	怜公家学，一句句，离骚真味。又何止，鹊镜蛾眉，使我怆然垂泪
	《燕归梁》（系得香丝一缕红）	小令能一句一顿，一声一咽，从屈翁山得来
纳兰性德	《双声子·题纳兰词后》	不图华族，有佳公子，能作当代词豪。……愁苦似赋离骚
	《忆桃源慢·寄少庚》自评	一往情深，酷似纳兰

从表5-3可见，陈荣昌将词之鼻祖上推至屈原。其说之根源，在于陈荣昌对词体的价值体认，即词与诗文同，亦为心声，故而屈原之忠爱与词之情感内核有深度契合。虚斋论词时屡屡将词与古歌谣、岑参诗作等相参发，亦见其对词非小道而与诗同用的核心认知。在词人中，陈荣昌之词

作及自评，涉及南唐、温庭筠、苏轼、岳飞、辛弃疾、姜夔、张炎、屈大均、纳兰性德等，可与其词话夫子自道所谓"其馀诸家，或雅丽，或豪迈，或谨严，或流利，从心所向往者，皆学之"相参发，而词话中自陈并不愿学也不能学的柳永与吴文英确也未曾对陈荣昌词作的门径有何影响。其词序、词作、词评除能见出陈荣昌师承取法之外，还有极为丰富的词法、词艺、词格等观念的呈现。兹初步将陈荣昌词自评中有词学理论价值者分摘如表5-4所示。

表5-4　　　《骚涕》序及自评所见虚斋对词艺的观点

类别	细类	出处	原文
功能手法	因事而词	《望江梅》（牵牛好）	虚斋因事变而填词，关系者大，故小令诸词亦无小家气习
	超乎娱乐	《女冠子》（岁在辛亥）	短章钜制，与唱小曲者自别
		《玉女摇仙佩·喑王采臣丧偶》	唁慰处皆沉痛语，时为之也
		《潇湘神二阕·赠友人还湘》	意深而语苦 沉痛不忍读
	寄托	《江城子·题采莲图》	有寄托而语雅气灵，是词家正轨
		《山亭宴·鬻书不售感作》	一"怪"一"笑"，无聊甚矣。前遍纯是怪话，后遍纯是笑话。牢骚情事，游戏文章，彼按谱填词者安得有此境界
		《巫山一段云·闻鲍润漪语感作》	寓意幽绝
		《八宝妆·望月》自评	与屈大夫《天问》同一牢愁
		《南楼令》（何处白云乡）	吊屈原耶？躬自悼耶？且不必问，只觉"烟波江上使人愁"耳
		《谒金门·忆北京西山》	无穷感喟
		《惜分飞·落花》	语苦极，盖时势为之
		《望远行·送诒孙赴日本》	身世之感，期望之意，文生于情
		《阮郎归·赠杨次典》	廿三字写尽身世之感
	大笔	《摘红英·题樱花图怀钱翊臣。钱死日本，今数年矣》	大笔如椽，是虚斋擅长处
		《忆少年》（苍苍江色）	大笔淋漓

续表

类别	细类	出处	原文
章法	抱题	《雨淋铃·本意》自评	借题抒愤，须是抱住本题，意在言外，此与下篇俱是
	起	《花犯·为军人狎妓作》自评	两遍起语（起语）皆得机得势，以下放笔归去自佳
		《醉落魄·怀亡友张鼎立》	起势亦飘忽
	过变	《念奴娇》（忧心如醉）自评	词之过变处有三法，一承接法，二转折法，三挺起法。张玉田《乐府指迷》云："过变处不要断了曲意"，此只说得承接法，殊未备矣
		《浪淘沙慢·江河水灾未平》之自评	过变处两字呼起，用韵者最要稳当。此用"诸君"二字，承上启下，如生铁铸成
		《忆旧游》（记双张溢露）自评	过变处将南北行省一笔包扫，古文家大手笔也。诗家不多见，词家更绝无仅有
		《应天长》（向禽三太息）自评	过变处挺起，以此为最佳
		《过秦楼》（梦境迷茫）之自评	前贤教人作词，谆谆说过变处忌气不贯。虚斋词通体一气，安有过变不贯气者
		《南浦·寄朱燮臣。予去鲁时，燮臣假资斧以成行》	过变用挺起法。此三语是通篇最注意处，好在自然流出
		《塞孤·怀少庚》	过变处接法，最有笔力
		《满庭芳·吊伍员》	过变处笔意不平
		《雨中花慢·杜鹃》	过变语极警策
		《浪淘沙慢·江河水灾未平》	过变处真非词家所能
	结	《沁园春·愚园》	收笔最佳
		《侍香金童·唁邻居陈梅生同年失偶》	收笔简净
		《玉蝴蝶·本意》自评	收笔奇警，感慨系之
	承接	《百字令·为避地沪上者作》自评	前遍用"有"字，后遍亦用"有"字，遂使两段联络，亦承接一法也
		《湘灵鼓瑟》之自评	二遍各有三转。首遍以事之曲折为词之曲折，妙造自然。收笔亦庄亦骚
		《大酺·题钱南园十八马图》	首遍从图着笔，尾遍从马着笔。俯仰歔欷，收处尤不可一世
		《齐天乐·杨次典将燕子笺桃花扇故事比较成诗十四首……》	后遍说兴亡，收笔兼顾离合，尤为周到
		《风入松·忆松华坝先茔》自评	辛幼安词云："不恨古人吾不见，恨古人不见吾狂耳。"此以"不怕"一呼，"怕"字一应，得幼安笔法。卷中惯用此法，故为指出

续表

类别	细类	出处	原文
章法	曲折	《减字木兰花》（垂杨绿处）	四层四折，可谓善转 可当一"曲"字
		《潇潇雨》（宵深灯渐）	曾文正论文谓："气要直，笔要曲"，词与诗何独不然？此首可当得此六字
		《菩萨蛮》（莺肥鸯瘦休相消）	此调笔与韵俱转，自佳
句法字法	句法	《桂枝香·寄怀敬甫》	"箜声"三句最警策，佳在语简而意赅。若笨伯为之，恐五六句亦说不了
		《卖花声》（何处撷华树）	"花亦艳魂苏"五字千金，得此一句，以下顺势归去，便成佳作
		《如梦令》（头上一茎华发）	前四句刻挚极矣，末句放开，最得法
		《虞美人影》（虞姬歌罢）	首遍末二句意在侧，落反嫌浅率，能改则成绝调
		《菊花新》（人远只疑天反近）	语语警策
	炼字	《渔歌子·忆昆明湖》	一"裹"字，一"我"字，天然稳当，妙妙，意亦悠悠不尽
		《渔歌子·思大明湖》	集中屡用"他"字；皆极有味
		《昭君怨》（颜好何如钱好）	"识"字妙，识者只有情操，此昭君所以怨也
		《解连环·题陈圆圆尼装小影》	虚斋人甚忠厚，文却狡猾，看他"竟""似""怕""又"等字，总不认圆圆勘破红尘，尾遍嘲笑三桂亦佳
		《羽仙歌·昆明黑龙潭，相传为三真九仙之地，心向之，故赋》	以一"潭"字贯二句，岑嘉州诗长于此法。滇诗朱丹木亦然，此运笔妙法也
声韵格律	词牌解说	《浣溪纱·一作山花子》	《摊破浣溪纱》，易名《山花子》，非《浣溪纱》之又名也
		《摊破浣溪纱》（少日题诗过御沟）	此又名《山花子》。《浣溪纱》原调不名《山花子》也，因破原调七字为十字，故名摊破
	格律	《塞孤·怀少庚》	过变十字，原调五字一句，此作一句则六字，下当作一豆。是否合，不敢定，然词特能宛转说尽
		《八九子·忆昙华寺》	此调隔三五句方押韵，非有笔力不可
		《卜算子》（昔日碧桃花）	此调苏石两原韵调末句五字，皆二三，此独用"看只"两字领下四字
	声情	《伤情怨》（何须篱落左右）	节促韵长
		《眼儿媚》（金猊烟袅一丝斜）	节短者，音宜长

续表

类别	细类	出处	原文
气韵风格	气	《白苎·清明日作》自评	起笔好，以下亦一气贯注，后遍多短句，而能运气，尤见笔力
		《好事近》（萍末起雌风）自评	层次井然，一气贯注
		《剪湘云·王采臣设饯，同席为吴少春刘谦山高寿农诸君》自评	笔自曲折，气自雄直，佳制也
		《望海潮·吴江怀古》自评	他人作词患气不足，虚斋自不患此。看尾遍一气赶下，此等笔力，与苏子瞻辛稼轩相近
		《潇潇雨》	大气磅礴
		《洞仙歌》（希夷几载）	两遍一气贯注，是辛刘家法
		《双声子·题纳兰词后》	一气旋转，俯仰夷犹
		《蝶恋花》（凰母能生幺凤）	有肮脏不平之气
	气象	《眼儿媚》（金猊烟袅一丝斜）自评	节短者，音宜长。篇幅虽狭，气象宜阔。此与下《青衫湿》一阕均得此法
	神韵	《秋水》（挽着青春长作伴）	一片神行
		《桂枝香·寄怀敬甫》	尾遍一片神行，语尤痛
	含蓄	《寻芳草》（芳草几时歇）自评	言情以含蓄为上，此片末句一语，便止，昔人所谓言尽意不尽者
		《玉连环影》（春草长遍瀛洲岛）	含蓄有味
		《点绛唇·桃花》	虚斋言情之作大致如此，总以含蓄为归
		《酷相思·题桃花扇侯生重访香居》自评	此虚斋言情最至者，亦决不涉于媟亵
		《江城子·题采莲图》	情致不浅，然虚斋言情，亦只如此，无过媟亵处，致蹈词家流弊
		《齐天乐·杨次典将燕子笺桃花扇故事比较成诗十四首……》	情谁能割？三句深挚而不媟亵。言情只应如此
	空灵清灵	《一剪梅》（抚髀悲歌不自聊）自评	一片空灵，词趣浑成，所谓妙手偶得之也
		《秋水》（挽着青春长作伴）	清灵中有警策，故佳
		《长相思》（新相知）	清灵而隽永
	流丽秀丽	《东风齐着力》（吹得花开）	亦流丽亦谨严
		《满宫花》（半池萍）	通体秀丽，"东风"二句尤佳
	谨严	《东风齐着力》（吹得花开）	亦流丽亦谨严

续表

类别	细类	出处	原文
气韵风格	隽永	《长相思》（新相知）	清灵而隽永
	哀婉	《醉落魄·怀亡友张鼎立》	通篇哀婉，死生句、生句尤痛
		《春草碧·忆松樵》	虚斋诗中多忆弟之作，此词亦哀感人心
		《柳梢青》（何处沙场）	哀感极矣
	出奇	《临江仙·水仙花》	"寒梅"一问，出人意表，所谓妙手偶得之者
		《粉蝶儿·本意》	首遍奇想奇气，八句当作一句读
		《河传》（试望）	倚思未经前人道过
		《苏武慢》（汾水云寒）	从诗派上归结，详人所略，亦自别致
		《西江月》（枯树回黄转绿）	"明月"二句，亦浑成亦新颖
		《忆少年》（苍苍江色）	集中自以此阕与《应天长》之第三阕为空前绝后之作
		《燕归梁》（系得香丝一缕红）	此调较东坡"燕子楼空"数句，殆青出于蓝，彼仅包得古事，此则寓身世之感
		《锦缠一作锦缠道》（但醉红裙）	此则不腐，诗词家怕作道学语，能如此九字，则反新颖矣
		《镜中人》（昨如脂）	末二句未经人道
		《五张机》（五张机）	奇情，亦无聊极矣
		《应天长》（苍天死去黄天立）	以天上喻人间，奇想奇词，却是实情实事

首先，从表5-4可见陈荣昌对词之体性和价值的认识。陈氏认为，词关乎大事，非徒为倚声而唱的小曲，其功能和价值并不限于娱乐而已，因此他多强调自己的词作"因事变而填词，关系者大""无小家气习""与唱小曲者自别"，其词所涉及的内容则关乎事变世变及在特殊时势下人之历程与心境，故而每有寄托，时见感喟牢愁。陈荣昌自评其词的另一重要着力点则在章法结构，显见其对章法结构的重视。其中，对过变之法着力尤多，又对词章法之曲折有所强调，与其词话可参发并观。曲折之中，要有气，陈荣昌对词气也一贯比较看重，这显然也与他对词的功能体认有关。陈荣昌借引曾国藩论文之语而云："'气要直，笔要曲'，词与诗何独不然？此首可当得此六字"，且其词之自评涉及"气"者，有将近十条之多，显然可见对"气"的推重。其余，则或强调写情之含蓄，或强

调创作之出新，或细说词律之声情，而在风格评价中，陈荣昌使用频率较高的有灵、丽、韵等，可见其对词作风格的追求。

当然，陈荣昌词的自评也有不少对自我的溢美，也有部分无关乎词艺词学的夫子自道，包括对人生的理解和看法（如《人月圆》之自评云："忠臣孝子、义夫节妇皆有情人也。无情将无天地"①等），以及对个人性情、当时经历和心境等的补充说明（如《如梦令》之自评云："虚斋善睡，故以睡为消愁妙用。近来睡不着，奈何？"②）陈荣昌之夫子自道地呈现出他对词的观念、对词的艺术技巧风格的认知等，可视作陈荣昌《虚斋词话》的补充与注脚。同时，陈荣昌部分自评还呈现和叙写了他的内心、经历以及他对事物的看法等，是词作的重要补充，因而，其价值也不容小觑。

在滇云文学史中，词所占据的份额原本不算太大，影响也不足以与诗文相比肩，词学理论的薄弱也就不言自喻。如严廷中这样的词家，亦仅有《药栏诗话》却无专门词话，便可见滇云词学理论梳理和归纳之薄弱了。有幸的是，晚清至民国之间，陈荣昌的出现填补了滇云词史中的这一空白领域，使得滇云有了词话存世，并且还以词集自评这一颇为出位的行为留下了个性化的一笔色彩。同时，其对词的诸多观念，是带有鲜明时代痕迹的，正是时势之下的作者行迹、心声与词的融合所产。

二 陈荣昌的词作及其价值

陈荣昌词的自评内容颇丰，其间，也有少年狂态，自视甚高，比如，自评其《八九子·忆昙华寺》云："是阕可与秦少游一词比矣"③，《忆桃源慢·寄少庚》自评云"一往情深，酷似纳兰"④等，皆有过誉之嫌，其

---

① 陈荣昌：《虚斋词》，张宏生编《清词珍本丛刊》第18册，凤凰出版社2007年版，第878页。

② 陈荣昌：《虚斋词》，张宏生编《清词珍本丛刊》第18册，凤凰出版社2007年版，第866页。

③ 陈荣昌：《虚斋词》，张宏生编《清词珍本丛刊》第18册，凤凰出版社2007年版，第915页。

④ 陈荣昌：《虚斋词》，张宏生编《清词珍本丛刊》第18册，凤凰出版社2007年版，第963页。

自赞己作为"直佳制也"①"佳作"②等,更属常见。由此可见,陈荣昌对自己的词作评价颇高,虽然强调自己学词时间甚短,但他对词道却是极为重视的,并不似赵藩的若不经意,而是有意于此。

陈荣昌的自矜也并非毫无依据,他擅长以词写时势时事,能将身世之感、怀友之思与时世之慨融汇一炉,因而有相当的词史价值,比如《阳台路·为军士赴关陇以西者作》云:

> 着鞭去。纵孺人稚子,牵衣奚顾。听长飙、卷起边沙,遮断玉门关路。名隶军书,短后曼胡,岂辞征戍。雄心在,说大河前横,飞马能渡。几辈高谈方略,问子弟、谁能部署?警传风鹤,莫愧负、武人靴袴。天山雪、长城明月,要比暖风先度。头颅好,任苍穹,抛从何处?③

此作可谓大气淋漓,雄浑中有凄紧。发端"牵衣奚顾",于雄壮中见决绝和隐含的凄切,尤为动人。其后次第写来,玉关旧路,长飙卷沙,何其悲凉。上阕过换处却以"雄心在,说大河前横,飞马能渡"振起,为下阕之雄笔快句铺垫。结末再融壮悲于一句,着人感喟。其《声声慢》则悲切更甚。词云:

> 心随鼓壮,血入笳飞,拚将几许头颅。报捷书来,残骸早委荒芜。只教孺人肠断,念相逢、唯有黄垆。呼天哭,觉阴风衰飒,吹上松梧。　更甚孤舟嫠妇,有国殇魂魄,和尔呜呜。冷月林边,声声有啸哀狐。将军帐中歌舞,请停樽、来吊霜嫠。知尚有,杞梁妻,凄绝敞庐。④

---

① 陈荣昌:《虚斋词》,张宏生编《清词珍本丛刊》第 18 册,凤凰出版社 2007 年版,第 962 页。
② 陈荣昌:《虚斋词》,张宏生编《清词珍本丛刊》第 18 册,凤凰出版社 2007 年版,第 918 页。
③ 陈荣昌:《虚斋词》,张宏生编《清词珍本丛刊》第 18 册,凤凰出版社 2007 年版,第 899 页。
④ 陈荣昌:《虚斋词》,张宏生编《清词珍本丛刊》第 18 册,凤凰出版社 2007 年版,第 918 页。

此作陈荣昌自评为"佳作",显见推许之意。从词意来看,此作当作于战后。值得推重的是,陈荣昌并未因所谓的报捷战胜而欣然鼓舞,而是深彻地着眼于战后牺牲的将士及其家人的悲惨,仅就此立意而言,已足称佳作,境界和立意迥出侪辈之上。此作笔触极悲而细,"血入笳飞",情景在目。其后"报捷书来,残骸早萎荒丘",悲喜对比鲜明,触目惊心。接下来细写家中妻子肠断伤感,情景具足。至下阕"将军帐中歌舞,请停樽、来吊霜嫠"直让人击节。高适《燕歌行》中有"战士军前半死生,美人帐下犹歌舞",此则直陈请将军停樽罢舞,为国殇军士的家人一哭一吊,其笔沉雄,其气劲直,其势浩然,其情哀挚,有此句,此篇当传。陈荣昌还将个人身世与对亲友的怀写与时势相融,如《扬州慢·怀管石青、卞仲勋》云:

璧玉销沉,琼花散乱,维扬满地戈鋋。看瓜州渡口,与铁瓮城边。大都是官人眷属,翠抛珠坠,争上逋船。料隋堤、杨柳摧残,无数烽烟。① 邗沟一水,有两家、茅舍多椽。② 想皋帽归来,连城献罢,松气依然。只恐昨宵烽火,惊鸥鹭、不得安眠。盼波心红鲤,衔书遥讯江天。③

此词亦是触笔细腻,可作史观。姜夔曾以《扬州慢》写扬州兵后之惨烈,陈荣昌此作以怀友为主,然而非泛泛怀友,而是在特定时势背景下的怀与忧。故而,触目见"翠抛珠坠"的乱离之惨,着笔有"昨宵烽火"的惊心之象。因此,其词之沉痛,便兼有怀友与忧国双重意蕴,这也正是虚斋词之"大"的所在。若读陈荣昌小令《潇湘神·二阕赠友人还湘》二首,则其小令寓大怀之妙就更可得于心了。词云:

春夜长,秋夜长,劝君归莫过潇湘。帝子精灵销不得,苦闻山鬼泣幽篁。

---

① 按:校格律,上片缺三句。
② 椽,疑为"椽",或形近而误。
③ 陈荣昌:《虚斋词》,张宏生编《清词珍本丛刊》第 18 册,凤凰出版社 2007 年版,第 890—891 页。

春月斜，秋月斜，潇湘浦上客还家。从此更无宣室召，令人翻羡贾长沙。①

对此二作，陈荣昌自评分别为"意深而语苦"和"沉痛不忍读"。词意在言外，送友，更见对时势的沉伤。这其实是陈荣昌词的一大亮点，即善于小中见大，驾驭小令这样原本比较轻清狭促的词体来书写大事。对此，陈荣昌的自我认定也颇为突出。比如其《女冠子》：

岁在辛亥，说是昊天真坠，杞人悲。一片娲皇石，飞为五色丝。麻姑感东海，王母降西池。万灵方扰扰，鬼群嬉。

此作之自评云"短章巨制，与唱小曲者自别"。显然，此词所涉及的时势当为辛亥年的山河巨变。姑且不论词作优劣或臧否其立场，仅就此词之功能来看，显然是以词陶冶之具，而一改《女冠子》一类小词轻小窄的取径与自限，这无疑是一种可贵的突破与尝试。又如《五张机》：

五张机。烦君为我制天衣。人间赤子寒生粟，雨丝烟缕，织成奇服，一被万穷黎。②

此作自评云："奇情，亦无聊极矣。"确实，此作结想奇而立意高，虽自陈其无聊，却见襟怀，见对寒者贫者的悲悯与同情，否则，结想再奇，也难有此意。更值得称道的是，以本多写男女思情且颇有民歌韵致的《五张机》为词牌，一改其味而并无龃龉之感，呼号之切、情感之挚、发想之奇更足动人心。其《忆王孙》一词也甚值得称道，词云：

夜来忽梦斩楼兰，夺得头颅飞入关。内使传呼赐玉盘。柝声酸，

---

① 陈荣昌：《虚斋词》，张宏生编《清词珍本丛刊》第18册，凤凰出版社2007年版，第889—890页。
② 陈荣昌：《虚斋词》，张宏生编《清词珍本丛刊》第18册，凤凰出版社2007年版，第938页。

龙剑依然伴枕寒。①

此词笔力沉雄，颇有老将气度，尤其，《忆王孙》这一词牌很少用于书写较大的题材，以其体小而微，似颇难承载厚重之题，宏大之体。不过，陈荣昌却能蹊径独辟，以此调写戍守边关之将士所梦，并以梦境与现实做了对比：梦中已夺头颅入关，凯旋荣极，而被柝声惊醒，便顿归眼前，不过只有"龙泉依然伴枕寒"的枕戈待旦与坚守。词情景历历，构思颇巧妙，"柝声酸"三字牵合梦境与现实，形成突出的对比，读来使人心酸之下有感喟，沉雄之中见苍凉。词中四个七字句，拆出来看，其风骨近似盛唐边塞七绝。陈荣昌自评此词云："雄快似武穆《满江红》气概。"其实，在笔者看来，此词在"柝声酸"之前诸句足称雄快，而三字一转，便成悲凉苍郁。然而，无论如何，此词之佳自在观者心目，毋庸言语多赘。另外，值得一读的陈氏以小令写大事之作尚有《月照梨花·金陵兵变》：

月好花好，江南春好。底事今年，莺悲燕恼。花月随处生愁，鬼啾啾。　啾啾鬼哭阴风起，青山色死。血浣秦淮水，夜深磷火，飞逐人。悽怆销魂向谁论。②

此词陈荣昌亦有自评，其自评点出其写法之要旨，云："只写凄凉之象，而兵变自见。古歌谣遗法。"此词上下阕之间以"啾啾"二字的顶针来承接，并不多见，颇有乐府歌谣之韵致。从词境来看，可谓寓情于景，以"凄凉之象"见兵变之惨与衷心之痛，其手法颇得含蓄之妙，而含蓄中见曲折笔致。发端连用三个"好"字串联月、花、江南春，似一派乐景，欣欣荣荣。接下来便以"底事"二字斗转，以"莺悲燕恼"这种主观之情投映客观之景的笔法来转入对惨状的叙写。其后又着笔花月生愁，顿与发端之月好花好形成突出对比。下阕所写更是惊心。鬼哭阴风，已是惨烈，而以"死"形容青山之色，炼字狠准而下笔重拙，使人击节。其

---

① 陈荣昌：《虚斋词》，张宏生编《清词珍本丛刊》第 18 册，凤凰出版社 2007 年版，第 868 页。

② 陈荣昌：《虚斋词》，张宏生编《清词珍本丛刊》第 18 册，凤凰出版社 2007 年版，第 957 页。

后碧血浣秦淮之水，磷火逐往来之人，其间之凄怆悲凉，更不言而喻。陈荣昌在结末以"凄怆销魂向谁论"化实为虚，留馀韵于感伤难诉。陈荣昌自评此词"得古歌谣遗法"，而其《南歌子四阕》及《南歌子·又四阕》则更"似古歌谣体比兴"（陈荣昌自评）。此组词作，前四首俱以"问天天不语，奈何天"收结，后四首则俱以"问虫虫不解，可怜虫"束尾。前四首兴发强烈淋漓，移录如次：

圣帝遭洪水，明王苦旱干。孰是太平年。问天天不语，奈何天。

跅躇流芳誉，曾思被毁言。孰是国人贤？问天天不语，奈何天。

黄土有彭老，碧山无偓佺。若个是神仙。问天天不语，奈何天。

绝塞红颜弃，深宫白发怜。若个是婵娟。问天天不语，奈何天。①

此四首直接列举出人世间的不合理现象，再发文，结以"天不语""奈何天"，见感慨之淋漓。《南歌子·又四阕》则皆借虫豸蛙豹等物而发端，更得引类譬喻之比体之妙，此四作为：

引类鹰招鹊，同盟蠚倚蛮。党见几时融。问虫虫不解，可怜虫。

立国同蛮触，称王判螳蜂。界限几时通。问虫虫不解，可怜虫。

蛙腹馋吞月，蚿心酷爱风。好恶那能同。问虫虫不解，可怜虫。

狸化能成豹，蛇飞亦作龙。变幻那能穷。问虫虫不解，可怜虫。②

此四作借物发论，涉及"党见""界限""好恶""变幻"，所写虽因

---

① 陈荣昌：《虚斋词》，张宏生编《清词珍本丛刊》第18册，凤凰出版社2007年版，第870—871页。
② 陈荣昌：《虚斋词》，张宏生编《清词珍本丛刊》第18册，凤凰出版社2007年版，第871—872页。

时代之隔而难以确征实证，但其深有寄意而托于比兴则是极为明显的。这类词作，审美价值恐怕并不甚高，只是在手法上有一定突破，因而也有一定的关注和研究的价值。相较而言，陈荣昌有一部分借物寓情而深有所慨的咏物词可读性更强。比如《惜分飞·落花》词云：

> 此恨深于垂老别，花与春风并歇。散乱还奇绝，一天白雨掺红雪。　蝶怨蜂愁鹃更泣，点点看来是血。离思从谁说？深宵诉与枝头月。①

陈荣昌对此词的自评云："语苦极，盖时势为之"。显然，此词是有托意的，写落花是表，因时势之痛而有苦极之语则是里。如此，则景之凄凉沾染时势之不堪，苦极也在意中，确能动人。陈荣昌颇为自赏的此类词作还有《燕归梁》，虚斋自评此作"寓身世之感"。词云：

> 系得香丝一缕红，红尚去年同。美人应在画楼中，楼似旧、已成空。　玳梁虽好，青春无主，未忍入帘栊。双栖且借乱花丛。愁落日、怨斜风。②

此词虽为小令，却有顿挫曲折，如陈荣昌自评其为"一句一顿、一声一咽"。自评所谓"较东坡'燕子楼空'数句殆青出于蓝"虽不无自夸之嫌，不过此词确实称得情韵具足，身世之感暗藏其间，不露却也不涩，咀含可得其味。其《杨柳枝·燕》亦是如此：

> 故垒犹存未忍归，是因谁？去年为我系红丝，那人非。　别有谢家双燕子，重来此。风前立断绿杨枝，语多时。③

---

① 陈荣昌：《虚斋词》，张宏生编《清词珍本丛刊》第 18 册，凤凰出版社 2007 年版，第 902 页。

② 陈荣昌：《虚斋词》，张宏生编《清词珍本丛刊》第 18 册，凤凰出版社 2007 年版，第 926 页。

③ 陈荣昌：《虚斋词》，张宏生编《清词珍本丛刊》第 18 册，凤凰出版社 2007 年版，第 950 页。

从陈荣昌自评此词所谓"伤心语出以绵邈"观之，此词亦非泛泛咏物而已，而是有深感有沉哀之所为。其《菊花新》一作也颇可读而似有意：

　　人远只疑天反近，终日见天人不见。笑问桃花君，君知否、去年人面。　　可怜隔岁春风变，换香巢几家莺燕。小立夕阳边，心碎了、落红千片。①

此词确实无愧"语语警策"之自评。触笔虽小，却因虚斋尚寄托深寓意的小令笔法，总使人读来觉言外有言，"可怜隔岁春风变"等句尤其如是。不过，即便无深刻托意，此词读来也是秀丽兼清婉，有哀而不怨的风致韵味。当然，陈荣昌也有部分词作看似更单纯的写景，此类作品往往下笔轻灵，颇有韵致。比如《山渐青》一词云：

　　草萋萋，黛痕齐。山似佳人一笑来，春风为画眉。　　深入时，浅入时。楼上新妆学翠微，舍辇对夕晖。②

此词便显得颇为清新而有宛转之致，佳人山色浑然相融，触笔生春。《行香子》一首写春景也轻快生风：

　　河水南流，海水西流。引涓涓、翠抱田畴。梅芬夺桂，茶艳欺榴。便趁春风，迎春女，送春牛。　　龙卧潭头，凤唠冈头。又松醪、载上湖楼。尘香薰马，浪软眠舟。看花中人，风中柳，水中鸥。③

此词读来可喜，春色浓醉，人亦喜乐，景物如在目前，欣悦之意跃然

---

① 陈荣昌：《虚斋词》，张宏生编《清词珍本丛刊》第18册，凤凰出版社2007年版，第970页。
② 陈荣昌：《虚斋词》，张宏生编《清词珍本丛刊》第18册，凤凰出版社2007年版，第944页。
③ 陈荣昌：《虚斋词》，张宏生编《清词珍本丛刊》第18册，凤凰出版社2007年版，第921页。

笔端。不过，此类写景而轻倩绰约者在陈荣昌笔下不多。许因所历而有深感，陈荣昌笔下所写之景多带伤情，比如《满宫花》词云：

> 半池萍，漂不住，惊醒一双眠鹭。东风拗断白杨丝，带着愁痕飞去。　花影黏人香满路，碾过钿车无数。明年今日卧山中，人识春嬉何处。①

此词自评为"通体秀丽，'东风'二句尤佳"，可谓的论。词秀丽中带伤感。"东风"二句发想甚奇而语字甚新，"拗"字见锤炼之功，"带"句有哀婉之韵，读来口齿噙香。写景而兼身世之感的小令在陈荣昌笔下也佳作迭出，比如《菩萨蛮》：

> 莺肥鸾瘦休相诮，春花冷眼微含笑。几日落花飞，莺悲燕亦悲。莫悲花落去，明岁花如故。只苦看花人，颜凋不复春。②

此词初写花落之悲，用字新警。下阕则自"年年岁岁花相似，岁岁年年人不同"中来，写人之苦，更甚于花，由景及人，"苦"字直切。全词层次曲折，如陈荣昌自评"此调笔与韵俱转，自佳"。其《柳含烟·思润漪语颇感怀遂志之》则是写景怀人之作。词云：

> 台城柳，眼青青。青眼含情向我，似愁飞絮化浮萍。又飘零。
> 烟外鹧鸪声欲断，苦唤迷途逾远。西山夕照未全低，盍归来？③

此词风味清绝亦凄绝。上阕句奇而意深，赋物以情。下阕直陈悲怀寄远之意，情挚而真。

怀人之外，陈荣昌也有挥之难去的天涯之感，其《青衫湿》一作便

---

① 陈荣昌：《虚斋词》，张宏生编《清词珍本丛刊》第 18 册，凤凰出版社 2007 年版，第 911 页。
② 陈荣昌：《虚斋词》，张宏生编《清词珍本丛刊》第 18 册，凤凰出版社 2007 年版，第 922 页。
③ 陈荣昌：《虚斋词》，张宏生编《清词珍本丛刊》第 18 册，凤凰出版社 2007 年版，第 950 页。

借白居易《琵琶行》中脍炙人口之句发端，见思考与伤情。词云：

> 江州司马今何在？依样泣琵琶。谁非沦落，水迎山送，个个天涯。　古时明月，而今照我，今古同嗟。更知潜在，泪痕衫影，落在谁家？①

此词显然写天涯牢落之感，其佳处在虽自白居易发端，又切于自身，却不局限于一时一己，而是有深层而厚重的古今之感，将今古牵笼一处，浑然不辨，于是一己之感便上升为千古之慨，具有更为普遍的感发之力。《眼儿媚》一词同样写天涯羁愁，却不着眼于古今之通感共伤，而是将思绪荡至当下的家国时势，与此词情同其真，机杼却大有不同：

> 金猊烟袅一丝斜，飞去逐残花。红霞淡处，翠云浓处，春老天涯。　南朝剩有青山在，戎马尚纷拏。夕阳江上，白□②无际，人未还家。③

这类词作自然难掩离思愁绪，天涯羁愁，自古已然。陈荣昌此词却有值得称赏之处，在于将一己身世与家国时势相系，故而沉哀而不促限，伤怀而不琐屑，跳出一己，颇见境界之阔大。诚如陈荣昌自评之所谓"篇幅虽狭，气象宜阔"。词上阕写景，细腻处有之，如"一丝斜"便入微在目。"红霞淡处，翠云浓处"八字见天涯之春，无处不老，已荡出细处，颇见阔大。下阕接"天涯"二字而以"南朝"暗写当时，剩水残山，戎马未定。如此时势之下，人老天涯未还家，便将一己之恨与家国之变相系，较之单纯的羁旅思乡，便不可同日而语了。其《潇潇雨》一作，与此《眼儿媚》其实机杼相同，只是一倚小令，一托长调。《潇潇雨》词云：

---

① 陈荣昌：《虚斋词》，张宏生编《清词珍本丛刊》第 18 册，凤凰出版社 2007 年版，第 966 页。

② 原文漫漶不清。

③ 陈荣昌：《虚斋词》，张宏生编《清词珍本丛刊》第 18 册，凤凰出版社 2007 年版，第 966 页。

宵深灯渐炧，正和衣、冷傍铁衾眠。忽高檐下屋，雷声若注，注到心田。万里羁愁最苦，又响咽寒泉。教一腔幽恨，洒满江天。

起视云昏月黑，念东南吴楚，西北秦燕。故人蒙雾露，新鬼泣烽烟。知何时、放牛归马，与遗黎共享太平年。盼天雨、洗兵戎，勿使客魂颠。①

此词的格律颇有些错乱出律之处，不过诚如陈荣昌自评，此词确能当得"大气磅礴"四字。词笔下自然，情景宛然可掬。其佳处在下阕，跳出自身眼前之窘困，而将胸怀托系天下，"天雨洗兵戎"使人不由想及常建《塞下曲》中"天涯静处无征战，兵气销为日月光"的美好愿景。此词又自评云："曾文正论文谓：'气要直，笔要曲。'词与诗何独不然？此首可当得此六字。"显然，陈荣昌对此作颇为推赏。此词笔致宛折，而内在充盈浩然之气，故而能佳，故而可赏。

前文已述及，陈荣昌词既有关乎家国时势者，亦多借物托意，或景中见情，多悲怆而少欢悦。显然，其对家国的忧思可谓眉间心上颇难回避，不过忧思既多，便也难免时有弃之自顾之叹，故而陈荣昌笔下便间有二三小作，抒其闲散之心和借酒忘忧，抛却时势之愿。比如《酒泉子·振卿师老而豪饮》三首云：

天许长鲸，吸尽盏中明月。但从春瓮问桃花，老何嗟。　　归来茅舍竹篱笆，日日杖头钱挂东家②。饮罢兴犹赊，过西家。

一笑掀髯，无量乾坤无量酒。刘伶李白尔何人，且沽春。　　鸡虫世界枉纷纷，独把酡颜消岁月。莫将醒眼看风尘，怕伤神。

苦慕长生，春未阑时花已□③。散问花奴何鸟语，是提壶。

---

① 陈荣昌：《虚斋词》，张宏生编《清词珍本丛刊》第18册，凤凰出版社2007年版，第900页。
② 此句与《酒泉子》词谱不合，然句意完整，姑存之。
③ 据《酒泉子》词谱及词意，此处疑脱一字。

百年拚作醉乡主，长醉无愁苦。渔人歌罢扬舲去，笑三闾。①

此组词有陈荣昌自评，将此词创作的深层背景交代得很清晰。其词之第二首题下有云："荣昌按：振卿与曹竹铭前辈，皆老而能酒，皆今之正人，岂真嗜饮耶？盖亦有□②而逃也。"第三首上方页眉处之评注则云："报章载振卿返鲁，偶出游，人割其发辫，大怒而归。然则东家西家亦不便往，只有闭门独酌耳。居今世，为遗老亦不易，令人慨叹，姑志之。""昨闻友人言，振师居近东华门，所有衣物尽被兵掠，存者只书籍而已，恕杖头钱亦不可多得，可叹。"有此三处评注，则可知陈荣昌创作此组词，既是感叹师友，其实也有自伤自叹之意在其间。词之艺术性虽未臻上乘，但淋漓可见彼时遗民心迹，可读可感。其《渔歌子·忆昆明湖》也可归入此类，词清隽可喜：

绿杨丝，白莲朵，小舟围在长堤左。盘巨石，钓清波，不管残阳西堕。　笠与蓑，随身裹，群鸥见惯休藏躲。春韭熟，午炊香，隔岸渔翁唤我。③

此词甚有渔家风味。渔父形象，在中国古代文学中源远韵深，味在难言。陈荣昌此作佳处在于细腻而随性写来，妙造自然而有舒徐不迫之韵，这就与渔父深心之得相会相成。读至词结末，趣味盎然。陈荣昌自评云："一'裹'字，一'我'字，天然稳当，妙妙。意亦悠悠不尽。"此评虽是自夸，却也如实不虚。

在陈荣昌词作中，还有部分写情的小令。自陈荣昌之词话及对其词的自评而观，虚斋词言情主含蓄，勿落亵淫为其坚守之原则。因而，其言情之小令往往婉转有风致，有近唐五代之妙，情而不淫，而不似北宋部分《品令》之尘下。比如其《江南春》二首云：

---

① 陈荣昌：《虚斋词》，张宏生编《清词珍本丛刊》第 18 册，凤凰出版社 2007 年版，第 895—896 页。

② 此字漫漶难辨。

③ 陈荣昌：《虚斋词》，张宏生编《清词珍本丛刊》第 18 册，凤凰出版社 2007 年版，第 877 页。

  桃叶渡,杏花村。久居虽不易,小别又销魂。檀郎正作扬州梦,那管倾城是美人。

  花月夜,雨云身。莫愁湖最好,莲子满湖湣。侬心恰似莲心苦,但把莲心剖示人。①

  二作皆有民歌之清新与风致,近乎唐五代词之元音期的风味。尤其第二首之"侬心恰似莲心苦,但把莲心剖示人"一句甚妙,深有南朝乐府韵致,民歌的清新与真淳跃然纸上。又如《捣练子》一词云:

  一匹练,白如银,裁作香裙称妾身。捣罢玉砧私自语,压残金线为何人?②

  "苦恨年年压金线,为他人作嫁衣裳",唐人秦韬玉《贫女》中的名句在此词中有了更见宛然的点染运化,陈荣昌添加了捣砧已罢的前景,又以"私自语"三字酝酿出女儿情致,故而读来婉转而深有动人心处。其《伤情怨》一词也颇可读。词云:

  何须篱落左右,撷一枝红豆。恐惹相思,情根天种就。 纪念春燕似旧,怪阿侬比燕还瘦。将酒浇愁,酒边愁暗逗。③

  此词有陈荣昌自评云:"节促韵长",此评的是。词韵律甚有急切错落之感,而阿侬之情之心,却婉转纸上,情态隽永,可见陈荣昌之笔力。

  陈荣昌强调词的寄托,注重词旨之大与词气之壮,故而其词重而能阔,情而不淫,关乎家国者多,立意促狭者少,读来能见时势见襟怀。诚

---

① 陈荣昌:《虚斋词》,张宏生编《清词珍本丛刊》第18册,凤凰出版社2007年版,第901页。
② 陈荣昌:《虚斋词》,张宏生编《清词珍本丛刊》第18册,凤凰出版社2007年版,第947页。
③ 陈荣昌:《虚斋词》,张宏生编《清词珍本丛刊》第18册,凤凰出版社2007年版,第947页。

如陈荣昌所言，其词与唱小曲者有绝大不同。总的看来，陈荣昌词题材较丰富，风格也有民歌之清与诗文之大，置于当时，诚为滇云巨擘。不过，由于对词同于诗文的功能性比较看重，陈荣昌词间有格律和语感不太和谐之处，亦是其微瑕。

第三节　清末至民国滇云其馀本土词人及其创作

清末滇云词坛，相对较为兴盛的是清民交接之际，而咸丰同治间则相对凋零：存词百首以上的本土词人没有，存词二十首以上的滇云词人也仅寥寥几人。相较于清中期，似乎突然回落而冷寂了。其实，也不独词坛如此，诗坛也是如此。至光宣间及清民之交，或因时事激荡，滇云词坛也蔚然有声，不独有赵藩、陈荣昌诸家为滇云词坛巨峰，崇岭峻峰也所在多有，颇见风力与感慨，为滇云词坛在清中期的蔚然生秀之后的又一可观之期。

一　咸同间滇云本土词人及词作

咸同之间，为时较短，也是滇云词坛声息较微之时，亦似为其后的光宣词坛蓄力之期。不过，此期却有女词人钱瑗，堪谓滇云女词人之首。此外，此期较堪代表的词人尚有张璈及陈德龄等，便略述之，以见此期滇云词坛风貌。

（一）钱瑗及其馀滇云女词人

钱瑗，字玉爱，云南昆明人，为钱符祚女，工部主事武进苏寿鼎妻。钱瑗生卒年不详，仅知其于同治前在世，故系于此期。钱瑗著有《小玲珑词舫》，为云南女词人中唯一存词集者。今存词六十馀首，多有佳作。今存词于世的古近代滇云女性词人，尚有刘存存、赵尔秀、顾兰湄、车碧鸾、王湜、施韵琴、尹月娟等，如算上元之高氏等人[1]，也刚及十人。其中，刘存存、赵尔秀、顾兰湄、施韵琴等存词皆不过一二，存词较多的除钱瑗外，尚有尹月娟存词二十馀首，车碧鸾存词四首。诸人或存词寥寥，或所作泛泛，故钱瑗允推为滇云女词人翘楚。

---

[1] 因二人之作是否为词尚有疑，故有此说。

钱瑗之词,题材并不算丰富,却颇见彼时女子生活及情味。钱瑗笔下,咏物之词较多。或美或韵的诸花在钱瑗笔下动人而出,多能得其神味,如《虞美人·素心兰》:

> 此花淡极天然瘦,香被风儿透。任他蝴蝶最情痴。几度飞飞不敢、上新枝。　冰姿不媚时人眼,只许姮娥看。素心一点不知愁。却与清风明月、两忘忧。①

词以"淡极"领起,点出"素心"。下阕又以"冰姿"写素心兰,道其不媚时人之眼,见其清标高格。结末二句超然尘外,兰不知愁,又何须忘忧?妙笔值得深味。钱瑗《烛影摇红·并头莲恭和大人元韵》一作亦佳:

> 花也人耶,姮娥作意偷窥汝。前身应住有情天,情极心良苦。怕损双双眉妩。愿新秋、暂停风雨。红衣零乱,翠盖离披,依然楚楚。
> 谁是同心,同心只合花为侣。一番欢喜一番愁,总待花偿补。花下吟声如诉。更休猜、喁喁私语。花开昨夜,花谢今朝,寸肠几许。②

此词写并头莲却不着祥瑞之颂,也不尽是欢意如许,而是情思袅袅,着墨于并头莲当是有情之花,然"情极心良苦"一语惊心。下阕亦是伤感,花开花谢总难禁,总不由人,故而此词写并头莲却极伤怀动人,凄楚哀感。此外,钱瑗之《虞美人·水仙　代妹氏作》之"替他欢喜替他愁,也并梅花一处、梦罗浮"也清绝兼有情愫,见水仙之风骨,也见女子之情味。其《满庭芳·垂丝海棠》之"息息三二月,花如人瘦,人比花慵"花人同写,情致盎然。《虞美人·虔南榴花三月已开,因拈此解》之"一樽且复醉花前。未卜明年花又、是谁怜"则怜花兼以自怜。钱瑗确是爱花之人,其《卖花声·葬花》亦颇值一读:

---

① 廖泽勤编著:《全滇词》,黄山书社2018年版,第982页。
② 廖泽勤编著:《全滇词》,黄山书社2018年版,第995页。

花事尽残春,春也怜人。飘茵堕溷总前因。直到为泥犹有艳,留作愁根。　埋玉唤真真,愿化香云。一杯浇泪奠芳魂。佳丽从来无寿相,莫怨花神。①

此词上阕警句已出,"为泥有艳"堪绝唱千古,其后下阕便继之乏力,凑泊之感稍显。不过,全首虽未臻绝佳,却也在滇云女性词人中不落下乘。

爱花咏花之外,钱瑷写柳之作亦有数首,且多可赏,如《一斛珠·柳意》云:

怎生抛得,丝丝化作离愁色。含情偷向楼头立。多少春烟,只许闺人织。　记画双蛾才几日,东风做了天涯客。小蛮睡起浑无力。渐近清明,又怕花飞雪。②

此词中"多少春烟,只许闺人织"一语无理而见小儿女任性之态,确是绝妙。全词柳人兼写,细腻而真。其《淡黄柳·敬和大人写柳用石帚韵》则云:

纤痕悄织,摇曳芳春陌。待欲登楼情恻恻。隔断帘儿瘦影,只为离怀怕伊识。　片云寂。阴晴做寒食。卖花卖到谁宅。斗双蛾、久已春无色。远岸长堤,晓风残月,一任丝丝弄碧。③

此作虽为奉父命而作又和南宋姜夔之韵,却写得极见女儿情思,与男子写柳有所不同,触笔更为细腻,角度新异,口吻间更似与柳絮语叨叨,亲切而兼自然。钱瑷尚有一首《水龙吟·秋萍》,落笔亦是不俗:

镜波晓启菱花,怪秋颜一般憔悴。浮踪应笑,天涯倦鸟,飘零何意。弱絮重生,无根独活,欲飞难起。偶因风摇曳,圆浮点点,惯惹得、轻红缀。　不改缠绵情性,到秋来、依旧春似。夕阳影里,我

---

① 廖泽勤编著:《全滇词》,黄山书社2018年版,第987页。
② 廖泽勤编著:《全滇词》,黄山书社2018年版,第985页。
③ 廖泽勤编著:《全滇词》,黄山书社2018年版,第995页。

偏怜惜，橹痕揉碎。生傍芙蓉，耐他清冷，芳心未死。最无聊、倚遍池阑，唤不醒，闲鸥睡。①

钱瑷其实更擅小令，不过此作虽为长调，却力气能继，始终不懈。钱瑷咏物之词中，"我"的存在是较为明显的，此作下阕"夕阳影里，我偏怜惜"亦是如此。全词境意清冷，佳句迭出。自然之物的题咏而外，钱瑷尚有《蝶恋花·影》一作，趣致而兼伤怀。词云：

伴我一生胡太苦。到处相随，抵死终无语。忽地临池偷自窥，又教明月轻扶住。　　万种闲情痴莫诉。每到天阴，便尔抛侬去。侬未生时卿在否，不知卿更居何处。②

此词以戏笔写影，着笔精准而有趣致，"明月扶住"诸语情味盎然，境界空灵。下阕则略见伤怀，有思有致。

题咏诗画戏剧之作在钱瑷笔下亦不鲜见，其中尤以题画之词为多。其间虽无上佳者，却也多能在得画境之外兼味画意，点染不尽韵味，如《菩萨蛮·题〈送君南浦图〉》便清绝而情味盎然：

重重叠叠春江水，江波又送人千里。遥碧最伤心，暮云深复深。　　舵楼高不见，舵尾桃花片。两桨縠纹生，只嫌来去轻。③

此作发端便见新警，"重重叠叠"形容江水，使人眼前如有见，却未为前人所道。其后淋漓而下，写送别而见女儿细腻之心的是"舵尾桃花片"。全词工细而含情，题画而不滞于画，含不尽之意。钱瑷题画之作不少，多能情境相得，佳句琳琅，如"春在指尖尖上透，一两三分"（《卖花声·题韵香女史画兰，和璞含韵》）、"细数更筹，寂寂晚风吹牖。把双蛾、几番吹皱"（《锦缠道·题〈斜倚熏笼坐到明图〉》）、"时节近清明，雨雨风风，只有花知道"（《醉花阴·题〈春雨种花图〉》）、"晚阳晴未，卷帘人坐红雨"（《百字令·题〈春雨种花图〉》）皆有情味，颇

---

① 廖泽勤编著：《全滇词》，黄山书社 2018 年版，第 984 页。
② 廖泽勤编著：《全滇词》，黄山书社 2018 年版，第 986 页。
③ 廖泽勤编著：《全滇词》，黄山书社 2018 年版，第 988 页。

耐讽咏。钱瑗题他人诗文集之作的代表则是《凤凰台上忆吹箫·题黄韵珊孝廉乐府五种》：

> 修月帘栊，纤云庭榭，最宜琴语缠绵。为爱拈红豆，瘦了三年。病酒伤春情绪，都付与、急管丝弦。消魂处，夕阳无限，只在愁边。
> 　　谁怜。拍中换拍，千万折柔肠，欲断还连。算一番花放，一度离天。唱到青青柳色，催梦去，梦也难圆。歌筵畔，拚将此身，化作啼鹃。①

黄韵珊，即黄燮清（1805—1864），原名黄宪清，字韵珊，又字韵甫，别号茧晴生。从此词来看，钱瑗对黄韵珊之生平情怀是较为了解的，言下也多体恤感怀之意。此词题其词集而不滞于词集，更多道其心事遇境，可谓得其词心，读来倒颇怅触情思，着人感喟。相较于词而言，黄韵珊更是晚清著名的戏剧家，其院本《帝女花》问世以来，洛阳纸贵，流传广而题咏亦极多。钱瑗亦有题咏词《长亭怨慢·代大人题〈帝女花〉院本》云：

> 问何事、兴亡重谱。为惜琼花，惨遭风雨。几点残山，待谁来画旧眉妩。杜鹃啼苦。家国恨，从头数。缺陷总难偿，合付与、伤心人补。　　三五。算华年草草，强向乱离中度。金经绣佛，梦不到、旧时宫树。倩絮影替写愁痕，又生怕、斜阳无主。只一缕情丝，还被犀帘勾住。②

《帝女花》院本所写，乃是明崇祯帝女长平公主事，传长平公主为崇祯帝砍断手臂，明亡后为清兵寻得，嫁与周世显，婚后故国之思难解，抑郁而终。黄燮清自陈此剧"俯仰兴亡"（《帝女花自序》），诚然如此。钱瑗也深体其意，词中见兴亡之感、家国之思，淋漓痛彻。同时，或因钱瑗同为女子，故而落笔有缠绵不尽之意，写得极为细腻入微。

在咏物题写之外，钱瑗亦多着力于时景节序或写一己即事偶感，如

---

① 廖泽勤编著：《全滇词》，黄山书社2018年版，第987页。
② 廖泽勤编著：《全滇词》，黄山书社2018年版，第997页。

《卜算子·饯春》《清平乐·春日无聊偶拈此解》《解语花·七夕》《菩萨蛮·晚夏即景》《清平乐·夏日即景》《重叠金·元旦》等皆是。其中《双调江城子·立春》云：

> 葭灰飞琯小庭中，酒融融，饯残冬。笑问年华、底事恁匆匆。剪采钗头还对镜，春又到、盼东风。　梅花酿雪绽猩红，影重重，隔帘栊。新柳将舒、嫩色似眉峰。只有高楼今夜月，千万里，一般同。①

此词写立春，却非纯写节序，而是写节序中的一己所行与所感。钱瑗笔下颇有小儿女情味，不管是剪采对镜，又或是笑问年华，抑或是高楼伤月，皆见其情态心事，读来真而切，语语自然。其《重叠金·元旦》中"梅花新酿酒，笑祝椿萱寿。弟妹喜随肩，题诗侬独先"亦是如此，生活之真历历纸上。《卜算子·饯春》一作也颇见女儿情肠：

> 春本不关心，偏要留春住。见说明朝春欲归，辗转无情绪。　相约送春行，毕竟归何处。只有花间蝶最痴，拦住春归路。②

词发端逆语而出，"春本不关心"，何曾如此？自钱瑗之诸词观之，她对春可谓关心之至。"偏"字见女儿娇痴任性之态。"辗转"二语可见钱瑗惜春不舍之意。下阕问春归何处，又道蝶最痴。实则，蝶痴耶？人痴耶？或是皆痴罢。

春归之后，夏日便至，夏日诸词中，钱瑗的生活与心事亦有在焉。如《清平乐·夏日即景》云：

> 炎风吹堕，花影穿帘过。满院骄阳无处躲，且向桐阴小坐。　不知何处蝉声，一天碧树无情。忽把眉痕低蹙，应嫌人太聪明。③

此词写得真切，最有趣是结末"应嫌人太聪明"一语，读来不禁莞

---

① 廖泽勤编著：《全滇词》，黄山书社2018年版，第994页。
② 廖泽勤编著：《全滇词》，黄山书社2018年版，第983页。
③ 廖泽勤编著：《全滇词》，黄山书社2018年版，第1000页。

尔。《菩萨蛮·晚夏即事》三首亦佳而有致：

> 晚来几点疏疏雨，通宵枕簟凉如许。睡起摘珠兰，绿云堆一鬟。凉生新浴后，照水还怜瘦。风弄薄罗衣，转嫌花影肥。
>
> 槿花开后荷花老，梧桐又报秋来早。生小忒多情，却教人奈何。晴云舒复展，隐隐雷声碾。蝉噪绿阴中，夕阳天半红。
>
> 儿女情性天生就，将人心事常猜透。折福是聪明，有才先避名。棋敲深院静，茶瀹清泉冷。更剖绿沉瓜，卷帘招月华。①

三词中，首作似犹佳，夏日女子情事寓目入心，颇觉真切。次作直写自己多情，微见无奈。末首更直更切，写自己情性与聪明，见反思之意。秋来暑热未退，故而钱瑗又有《如梦令·秋热如焚，夜不成寐，起而拈此，以涤烦襟》二首，也颇真切而细腻，见钱瑗之心性及小儿女情怀：

> 睡也何曾睡着，况值梦儿多恶。树杪有微风，不肯翻人罗幕。衣薄，衣薄，汗雨如珠乱落。
>
> 蟾影窥人帘罅，竹映窗纱如画。胆小是天生，鸟语虫声都讶。灯灺，灯灺，慈母教侬休怕。②

次作结末之"慈母"语，如在耳畔。夏日秋日诸词中，钱瑗将自己的形象刻画历历，胆小、多情、聪明，兼之细腻情思、婉转情怀，如此女子，着实真而可爱。

钱瑗一生多游历登览，见诸词中，其自我形象亦较为清晰，如《点绛唇·舟次》云：

> 懒画双蛾，云鬟照水偏还整。绿杨倒映，波荡人儿影。　　细雨

---

① 廖泽勤编著：《全滇词》，黄山书社 2018 年版，第 993 页。
② 廖泽勤编著：《全滇词》，黄山书社 2018 年版，第 989 页。

连宵，花意嫌春冷。非关病。离愁难醒，梦也浑无定。①

词之落笔，便与男子舟次之感决然不同，笔触婉转灵动，情思深蕴。秋日登高之际，钱瑗又有《离亭宴·登高》云：

独自凭高潇洒，遥望碧天如画。四野笼烟烟拥树，树里小桥横跨。风雨喜全无，且醉东篱花下。　何必台登戏马，人比远山蕴藉。过了重阳秋易老，红叶残荷都谢。小婢折茱萸，犹插芦帘茅舍。②

此词发端便见洒落之气，独自凭高，碧天如画，眼前所见，钱瑗着实是喜而愿一醉的。下阕稍见伤感，又以"小婢"句见节序之意。

钱瑗尚有多首题赠之作，或与弟璞含相和，或赠寄闺友如莲卿等，又或与其夫婿酬唱，多有可读。如《点绛唇·舟行和璞含弟韵》：

岭树如簪，云衣乱裹斜还整。山明水映，照见双鬓影。　何处梅花，风过吹香冷。恹恹病。离人酒醒，摇梦波无定。③

此词写舟行之感，与《点绛唇·舟次》略近，全词清灵而细致，读来可喜可感。钱瑗之《虞美人·恭送三叔父大人北上，即以志别》亦是佳作：

斜风细雨清明近，柳色笼烟嫩。流萤也解替人愁。飞去飞来江上、屡回头。　春山只笑离人瘦，别味浓于酒。相看欲语泪先垂。珍重一声从此、各天涯。④

此词情思俱佳，在滇云女词人诸作中堪为翘楚。词笔清灵有馀，时见佳思。其中"流萤也解替人愁"句，倒与"蜡烛有心还惜别"同一机杼，

---

① 廖泽勤编著：《全滇词》，黄山书社 2018 年版，第 988 页。
② 廖泽勤编著：《全滇词》，黄山书社 2018 年版，第 992 页。
③ 廖泽勤编著：《全滇词》，黄山书社 2018 年版，第 995 页。
④ 廖泽勤编著：《全滇词》，黄山书社 2018 年版，第 990 页。

所谓融情入景，无理而妙。下阕之"春山只笑离人瘦"也是赋予无情之物以人之情感，故而春山能笑离人。结末方直笔写离情，从此天涯一别，各自珍重而已。全词笔触自然而空灵，情真而韵长，堪称送别之佳者。同题之《长相思·恭送三叔父大人北上，即以志别》则稍逊此词情思之真而巧了。

钱瑗尚有三词与闺友莲卿相关。莲卿其人，不详生世，自钱瑗词观之，莲卿遭际多悲，故钱瑗所写与莲卿有关之词，也多悲怆凄怀。其《蝶恋花·莲卿才适商人，忽被见弃，偶拈此解，聊以代言》：

　　身似浮萍无着处，才傍溪边，又被风吹去。沦谪几番因媚妩，楼高那得留春住。　　纨扇承恩情万缕。小字莲花，心比莲花苦。一卷金经私忏度，蒲团绣佛从今悟。①

此词写及莲卿被弃，语虽含蓄，情却深挚。"心比莲花苦"一语沉痛极矣。《踏莎行·莲卿女校书，无计挽留，词以宠行，并下转语》二首或作于莲卿被弃之后，然无明确记载。词亦伤感：

　　水月空圆，烟云难聚。偷拈红豆轻轻数。秋光从未识相思，相思只在秋深处。　　弱草含情，名花解语，幽香忽被西风妒。荷衣零落太堪怜，而今才识莲心苦。

　　但有长离，从无久聚。此间不是栽花处。嘱花切莫再生根，愿花早化昙红去。　　落落长星，萧萧冷露，爱花转被因循误。怪他空自藕丝长，几曾牵得秋荷住。②

诸词见钱瑗对莲卿心苦之怜与伤，其间"而今才识莲心苦""嘱花切莫再生根"等语着实是痛定思痛之语。与莲卿相较，钱瑗无疑是幸运的。钱瑗与苏寿鼎既是夫妻，亦是文字友、知音人。这从钱瑗与夫婿相关的寄赠酬唱之作可见一斑。惜苏寿鼎或游宦日久，故而钱瑗与之的"相见时

---

① 廖泽勤编著：《全滇词》，黄山书社2018年版，第998页。
② 廖泽勤编著：《全滇词》，黄山书社2018年版，第996—997页。

难别亦难"之苦便多见诸笔端,如《凤凰台上忆吹箫·寄外》所云:

> 回忆当时,怕思今日,黛蛾偷画窗前。算一春相聚,<small>小住虔州刚刚一载</small>。别了三年。多少离怀欲诉,肠万折、欲断还连。浑无语,闲情脉脉,小病恹恹。　堪怜。那知去后,魂绕遍关河,梦亦难圆。看隔帘明月,凄绝如烟。私向姮娥低问,金粟影、知落谁边。凝眸望,泥金远来,雁足先传。①

长调之词,钱瑗驾驭亦到位,一气贯注,且字字融情,见无穷遗憾,无尽伤心,无垠思念。发端"回忆当时,怕思今日"何等直切惊心。其后如"肠万折""看隔帘明月"诸句,读来皆使人凄然有感。全词直笔淋漓而情肠毕现,叙事兼以抒怀,无奈离别之感,并未凭借太多景物的掩映,却真切而足动人。《百字令·和外元韵》一作则更见二人之深情及钱瑗之坚强:

> 离情珍重,劝东风莫怨,归期轻误。若把心心同印证,相别浑如相聚。曲曲连环,丝丝香络,<small>赠有环盒等物</small>。勾起愁千缕。楼高懒上,倚栏惟弄缃素。　堪羡文字因缘,名山华国,添了新词赋。<small>寄示成均课艺</small>。屈指春衣重染绿,一纸红笺飞度。月画初三,花簪第一,低咏霓裳句。紫泥端正,愧侬偏爱荆布。②

此词中,最令人感喟的当是钱瑗对夫婿的喁喁安慰之语。宋时秦观曾有"两情若是久长时,又岂在朝朝暮暮"以写天上情缘,而钱瑗此词中"若把心心同印证,相别浑如相聚"则写尽人间深情。须知彼时分别之苦,迥非今日可比,其间的惶惑苦楚,在外的男子与居家的女子,各自况味,各自消磨。钱瑗却能以相别如相聚之语慰夫,实在难能,是爱夫已极,方能出此语。有此语,全词便不落一般离别闺怨之套路,而是如秉烛夜话般历历叙写,读来亲切自然,字句间皆是款款深情,不必直陈而触目入心。想来,钱瑗夫婿苏寿鼎读到此词,当有同感。

---

① 廖泽勤编著:《全滇词》,黄山书社 2018 年版,第 990—991 页。
② 廖泽勤编著:《全滇词》,黄山书社 2018 年版,第 994 页。

在中国文学中,女性的形象极多,词中的女子多见雷同之态,少细腻独特之处。滇云女性词人数量本不多,创作数量也难称可观,而钱瑗之词笔下的自我形象却使人耳目一新,可喜之外,兼之可感。就词作本身而言,钱瑗于长调小令皆有涉笔,长调能体格停匀、气力不懈,小令尤多佳思妙境,空灵而情真,在滇云女性词人中并不多见。

钱瑗之外,卒于1922年之王湜所作虽不多,却也有可读。王湜,字沚清,亦为昆明人,有《绮清诗文集》,存词八首,多节序写景寄怀之作,如《浣溪沙·清明》《西江月·秋兴》《西江月·山中岁暮》等。其间较佳的,当属《忆江南·四时幽居即景》:

山村好,杨柳乍舒青。桃花红娇依嫩叶,绿阴疏处听啼莺。游赏及时新。

山村好,小阁数间宽。曲沼荷香清十里,夜窗竹影上千竿。新葛称轻纨。

山村好,秋气入幽居。篱畔菊花香对酒,楼头皓月坐观书。风急雁来初。

山村好,集霰景偏佳。松径风寒堆白玉,纸窗梦冷绽梅花。扫雪煮新茶。①

此组词作清远而不染俗境俗意,词笔纯熟,对仗工丽,四时之景与幽居之兴,皆能历历写出,境意俱足。同为昆明人的女词人还有车碧鸾,举人张鸿博妻子,有《倚竹轩诗草》。车碧鸾存词皆为咏史之作,共得四首,咏及昭君、玉环,又以两作吊项羽。所作皆算入体切题,却殊无新警之句意,多叙述史实,实在泛泛而已,便不赘录。尹月娟,民国时云南思茅人,曾任宾川县立女子高小校长,与李宝鍠合著有《白霞诗词钞》。尹月娟虽主要活动于民国,不过其诗词创作之习染却是源自传统,所作也间有可读,便一并附于此处,与其馀云南女词人并论。尹月娟词多小令,所

---

① 廖泽勤编著:《全滇词》,黄山书社2018年版,第1003页。

存二十馀首词作中，仅两作长调，亦算入格，却少独到之美。其小令多写景咏物之作，间有佳句，如"乳燕穿帘方效舞，梅萼将绽未成阴"（《浣溪沙·春闺》）等，见其于词亦有习染。惜其诸作多乏新意，虽皆如格，却乏上佳之作，故而创作数量虽不少，其成就却难与钱瑗并论了。

（二）张璈及其词作

张璈，字云雅，云南镇雄人，咸丰壬子（1852）举人，官四川涪州鹤游坪州同，著有《词谱本意》《滇云集诗词》等。据《全滇词》，张璈存词二十一首，以小令为主，长调仅得二三作。其题材涉及题赠、咏物、写怀等，而其中最为突出的是闺怨相思类题材。此类作品较近唐五代小词风，而又晕染民歌格调，读来颇为清新趣致。比如其《如梦令·春闺》：

> 深院落红点径，掩幔怕看流景。倦绣倚花裀，忽梦玉郎相近。可恨，可恨，燕子惊人又醒。①

张璈此词写景宛然，刻画女子心态情景如画，忽梦玉郎，至被燕子惊醒数语，较之唐诗"打起黄莺儿，莫教枝上啼。啼时惊妾梦，不得到辽西"更见蕴藉，盖诗语直切而刚，此词则柔嗔而怨，风味有别，也见诗语词语之殊。其《点绛唇·春暮闺感》写得更见伤怀：

> 欲唤春归，流莺枝上啼声迅。烟光转瞬，绿满蘼芜径。　却恨年年，三月恹恹病。无人问，柔肠一寸，付与菱花镜。②

此词笔触细腻。"欲唤春归，流莺枝上啼声迅"，将人对春天的不舍，投映到流莺声上，写流莺啼声急切，是想要把春天唤回。然而，春光终是难以再回，因此词人笔下有"烟光转瞬，绿满蘼芜径"，见春归之速与伤感之深。下阕转入对闺中女子的情态捕捉。"却恨年年三月，恹恹病"，写女子之娇弱与伤情，年年三月，为春而病？为人而病？含蓄无尽。最后，以"无人问，柔肠一寸，付与菱花镜"，写出女子的寂寥与对影自怜之苦。词确实情致盎然，有小儿女婉转情态，细腻入微。其《如梦令·

---

① 廖泽勤编著：《全滇词》，黄山书社2018年版，第368页。
② 廖泽勤编著：《全滇词》，黄山书社2018年版，第369页。

秋闺》亦佳:

> 昨夜雨风乱搅,愁损黄花多少?呼婢卷湘帘,整理东篱清晓。可恼,可恼,叶满苍苔未扫。①

此作语言清新而有生机,读来自然有味。"昨夜雨风乱搅,愁损黄花多少"是闺人之情,亦是作者之意,显然还受到李清照"昨夜雨疏风骤"的影响。"呼婢卷湘帘,整理东篱清晓",此是女子情态,却是隐逸之士的男儿情怀,可谓借闺人之酒杯,浇心中之磊块了。结末"可恼,可恼,叶满苍苔未扫",有感发之力。其《甘草子·闺情》则笔触趣致盎然,使人忍俊不禁:

> 欲遣闲情无遣处,唤玉架鹦哥共语。背后金钗郎暗取,早被鹦哥睹。②

张璇此词妙在转折,情景如画,使读者忍俊不禁。"欲遣闲情无遣处,唤玉架鹦哥共语"颇有"闲教玉笼鹦鹉念郎诗"的寂寞与情致。而正在女子百无聊赖之时,她的心上人却悄悄来到她身后,"背后金钗郎暗取"活画出男子偷摘女子金钗的趣致场景。更妙的是,鹦鹉早已见到男子所行。见到之后,是发出叫声,惊得女子回头?又或如何?词并未继续写下去,只以富于情节性和故事化的场景来捕捉男女情事之微。全词不流于亵,而得趣传神,堪称妙作。总的看来,张璇的闺情之作颇得唐五代神味,如《更漏子》之"孤雁唳,早乌啼,月明长短堤"等句,也是情韵宛然,读来可感。

除写闺情之作外,张璇的羁旅之词也还算可圈可点。其中写得比较直切怆然的是《鹊桥仙·旅怀》:

> 浮名误我,十年一瞬。赵北燕南历尽。匆匆春梦马蹄忙,又篱畔,黄花报信。 飘零书剑,凄凉衾枕。聊借兰釭破闷。何堪风雨

---

① 廖泽勤编著:《全滇词》,黄山书社 2018 年版,第 368 页。
② 廖泽勤编著:《全滇词》,黄山书社 2018 年版,第 369 页。

闹重阳，听夜半，栖鸦乱阵。①

此词明白如话，真切直陈。发端直指浮名之误，其后历历写十年痕迹。篱畔黄花一语，点出时为秋令。下阕"飘零""凄凉"高度概括出为浮名所误的凄然。其后点出"重阳"，"何堪"与"闹"相连，写出作者心境之伤。结末"栖鸦乱阵"暗示作者伤感而彻夜难眠之苦。全词几无雕饰，却情景历历，在目触心。其《唐多令·闻雁》一作也写羁旅之情：

嘹唳断人肠，遥天字一行。写西风，意兴悠扬。结伴年年关塞转，不似我，滞他乡。　问我住何方，滇云万里长。叹年来，归梦茫茫。欲寄一缄随汝去，道从不，过衡阳。②

此作借闻雁而抒发思乡之情，感叹人不如雁，不能年年回转，却长留他乡。下阕模拟雁之口吻询问词人又自答，趣致中见悲凉心肠。雁不过衡阳，欲寄书却也不能，何其哀感！

张璈其馀题材如咏物等，作品较少，间有佳句如"一任群芳斗艳，西风自有开时"（《清平乐·咏菊》）等，尚可一读。不过，总的看来，张璈之词虽在咸丰间为滇云翘楚，不过相较同时主流词坛及此前的嘉道间滇云词人，却是颇有不及。

此期尚有陈德龄等词人。陈德龄，晋宁人，生卒不详，仅知其同治前在世，姑将之系于咸丰间词人之目。陈德龄存词仅九首，虽多可读，然为数寥寥。其间颇有意趣者，如其《一剪梅·渔樵耕读四乐词》云：

一蒿春水一溪烟，物外清闲，世外神仙。绿杨深处系家船。月钓秋天，雪钓冬天。

肩挑红叶半山坡，朝也樵歌，暮也樵歌。乱松声里听鹦哥。采罢岩阿，睡足云窝。

---

① 廖泽勤编著：《全滇词》，黄山书社2018年版，第369—370页。
② 廖泽勤编著：《全滇词》，黄山书社2018年版，第370页。

> 山田十亩两黄牛，春有春收，秋有秋收。官租输后便无忧。邻舍轮流，斗酒悠游。
>
> 清高毕是读书堂，野寺山庄，净几明窗。滴来花露写文章。笔亦生香，字亦生香。①

陈德龄此组词作题非新异，不过触笔宛然生意，得山野之乐，见其内心的清高不俗之意。与此组词作可参发的，还有其《黄莺儿·隐居》一作：

> 深山处士家。半亩桑，半亩麻。几椽茅屋石头架，有闲摘花。
> 无事煎茶，流泉直通厨灶下。乐烟霞。自耕自稼，教儿学种瓜。②

此词所写虽为隐居，却不是"松风吹解带，山月照弹琴"的脱俗与清雅，而是充溢着人间烟火气的。桑麻丛植，流泉入厨，种瓜摘花，皆盎然着生意与俗味。然而，正是这样的俗，却充溢出离红尘机心之清与远，故读来可喜而亲切。陈德龄笔下能写如此之境，实与其对官场疏离而清醒的淡荡心态有关。其《行香子·箴言》可谓夫子自道：

> 宦海浮沉，万孽随身。甚功名、富易违仁。风云际会，雷雨经纶。实上欺君，中负己，下殃民。　枉用为臣，不若恒人。乐雍雍、各尽天伦。诗书教子，菽水怡亲。尚务农桑，知礼仪，表乡邻。③

自此词来看，陈德龄心清明，知取舍，乐世外。欺君负己殃民诸语，可谓字字诛心。有见于此，故而陈德龄选他途而自安自怡，得心之所安，身之所适。

综观陈德龄词，尚有写景节令之作，如《行香子·观莲海心亭》《西

---

① 廖泽勤编著：《全滇词》，黄山书社2018年版，第382页。
② 廖泽勤编著：《全滇词》，黄山书社2018年版，第383页。
③ 廖泽勤编著：《全滇词》，黄山书社2018年版，第384页。

江月·元宵》等，虽也入格，却非佳作，便不多赘。

二　光宣至民国云南本土词人及词作

此期词人，多自清光宣间而存至民初，然其于词道之习染皆主要在清时，故而一并于此论述。此期词人中，熊廷权、陈度等创作较为突出，虽不及赵藩、陈荣昌等的创作数量与质量，影响力也远远不及，却与赵陈等词坛翘楚共同构筑了此期滇云词坛之风貌，共推了此期滇云词坛之成就。

（一）陈度及其词作

陈度（1865—1941），字古逸，号琴禅居士，云南泸西人，光绪甲午（1894）举人，甲辰（1904）进士，任吏部主事，后丁艰归滇，筹备滇越铁路，民国间任外交司副司长，著有《泡影集》《泡影续集》。陈度存词八十馀首，颇有成就，堪为近代滇云代表词人之一。陈度存词题材也涉猎颇广，其中自不能少闺情相思一类。此类词作，陈度多以小令写之，其中《喝火令·昵》《喝火令·偎》《喝火令·睡》一组共八首，下入香奁之体，着实不佳。较佳者有《人月圆·秋闺》一作：

> 怀人香泪弹阶前，化作海棠花。年年花发，年年泪湿，人在天涯。　盼将人至，花酣朝露，人醉流霞。不知今日，离愁别恨，又在谁家。①

此作写得颇有心思，既见情怀，又有浪漫兼寓伤情的想象。上阕所写，实为想象之辞：思念之泪洒落阶前，化作海棠花，年年花开，年年却又泪洒于花，只因人在天涯。从洒泪化花，到泪又复洒于花，时间如此流逝，见女子泪未曾断，心未曾放。且年复一年，皆是如此，见其无望，见其悲戚。下阕笔势却陡然一转，写所盼所思之人终于归来，于是有"花酣朝露，人醉流霞"的热闹与欢喜无尽。然，喜悦畅怀之馀，却也不忘他人之苦，盖推己及人，故而悬想离愁不知又在谁家？这，自然也是多年别恨萦心，方能有此感触了。陈度之《离亭燕·别意》亦写别怀：

> 满目零红狂絮，帘卷一阶新雨。草色波光天外绿，那处是春归

---

① 廖泽勤编著：《全滇词》，黄山书社2018年版，第592页。

路。望断塞云飞，又碍遥峰远树。　　南浦孤帆飞度，人竟与春同去。情比鸳鸯情更密，却被流莺相妒。故意唤愁来，不唤骊驹停住。①

此词也写闺情而暗含想象之语，并借想象将人情物意浑融一处。上阕平淡无奇，下阕则渐入佳境。思虽苦，而笔触却妙，孤帆远去，竟与春归同时，留下的，只是无尽凄凉罢了。流莺相妒、故意唤愁之语，则是女儿心性了，娇憨任性中，带着无限幽怨，也有着无限无奈。陈度《浣溪沙·题画》一作，所题之画虽不详，自词作观之，所题亦当为闺人闺思之画：

漠漠湘帘下玉钩，杨花乱与湿云流。春寒晓起懒梳头。　　也识归期今不远，生来心事惯多愁。愁人无奈又登楼。②

此作颇有唐五代及北宋词之风味，浑涵天成，语语入妙，尤其"杨花乱与湿云流"一句，境意皆足。陈度亦有多首词作写节令时序之感，以男性视角着笔，如《醉花阴·春寒》：

一缕曙光壁隙，并作凄凉色。天意不怜春，冷雨数峰，冻得梅花白。　　连朝多少春寒积，只有愁能敌。检点旧棉衣，忍见沾裾，香泪前番湿。③

此词上阕写景而含情，"并作凄凉色"一句，实伤而入妙。其后"天意不怜春"数句亦佳，境清冷，语新警。下阕直笔写及愁思。检点旧衣，犹有香泪，无限思念与感伤。与此作所写情怀略似的还有《离亭燕·夜宿板桥驿》一作：

芳草半枯生意，枫叶染红清泪。残角晚钟荒驿冷，树外夕阳西坠。野店买村醪，未饮便教心醉。　　明月惯将愁至，好梦不留人

---

① 廖泽勤编著：《全滇词》，黄山书社 2018 年版，第 593 页。
② 廖泽勤编著：《全滇词》，黄山书社 2018 年版，第 592 页。
③ 廖泽勤编著：《全滇词》，黄山书社 2018 年版，第 596—597 页。

睡。挑尽银釭听断漏,辗转究因何事。冷透铁衾单,省识别离滋味。①

此词写得直切,旅况客愁,淋漓而下,残角晚钟,斜阳西坠,增人愁思。"明月惯将愁至"一句,无理而妙,着一"惯"字,境界全出,伤怀全出。下阕尽以直笔写情,却得真切之妙,而无粗露之感。

陈度尚有《夺锦标·海心亭夜坐》长调,所写不拘于羁怀或思念,而是更见文人风怀,清雅有韵:

草浅蛙喧,枝低鸟宿,水外雨声初歇。静坐西亭逭暑,琴弄枯桐,笛吹寒铁。看芦洲荻渚,半零落、渔灯明灭。喜荷香、静透筠帘,沁我诗心清绝。　　无际烟波浩阔,只有鸳鸯,睡稳不知离别。触起新愁多少,金缕歌残,玉阶虫咽。凭回栏倚着,又无奈、孤烟残月。听城头、画角声哀,转瞬初秋时节。②

此词锤炼精警,动词的使用尤其到位,"喧""宿""歇""逭""弄""透"诸字动静合宜,活画出景物之清绝灵动,而"喜""沁"等字,则点染出词人清雅诗心。下阕则怀想无限,时序之伤,情怀之触,皆在其间,孤烟残月,画角声声,心与物动。全词铺叙得当,情辞相兼,气力不懈,深得章法,亦情切语挚。所写虽不过絮絮眼前所见,心中所思,无关家国,但真处可感,清处可赏。又有《薄幸·秋日晚眺》云:

西风筠笛。又吹起、孤云弄碧。碧云外、书空新雁,雁外斜阳无色。忆暮春、堤畔垂杨,而今老去谁攀折。看野蓼红边,乱山青处,不比愁人心窄。　　花事了、香尘断,都付与、莺怜燕惜。只平芜一片,秋容寂寞,登楼望远空沾臆。极天萧瑟。荡寒烟、憔悴芦花,未老头先白。光阴似水,华发何人免得。③

---

① 廖泽勤编著:《全滇词》,黄山书社 2018 年版,第 593 页。
② 廖泽勤编著:《全滇词》,黄山书社 2018 年版,第 592 页。
③ 廖泽勤编著:《全滇词》,黄山书社 2018 年版,第 593 页。

此词境意与前作颇为相近，皆为秋令人意的抒写。不过，细较之下，前词清绝，此词意境却更苍凉孤寂。上阕之"斜阳无色"已是警句，空旷与悲凉冷寂之感兼得。其后"老去""愁人心窄"诸语更见伤怀落寞。下阕凄迷愈甚，花事已了，香尘皆断。纵有莺怜燕惜，却又奈何？只馀一片秋容寂寞，登临人满目萧瑟，空自流泪而已。寒烟芦花，未老头白，凄凉乃尔。结末写光阴流逝，人亦老去，何人能免？如此，让读者皆入目触心，有所共感，便不由伤怀与作者同悲了。

总的看来，陈度作词数量较多，其间佳作却不少，见其于词道是有较深的习染和功力。其词虽有涉笔香奁，但佳者能清能灵，读来可喜，在清末民初，确是滇云词坛中不可忽略的存在。

（二）赵鹤清及其词作

赵鹤清（1866—1954），字松泉，别号瘦仙，姚安人，光绪二十三年丁酉（1897）举人，历任他郎厅长官等，著有《滇南名胜图》《松泉游草》《松泉词钞》等。赵鹤清今存词三十馀首，多能入格，其间也有不少佳作。赵鹤清写时令之作颇有情致，如《惜分飞·春暮》：

> 雨后轻寒侵翠幕，怕向花间觅句。何物添愁绪，落红阶下堆无数。　　垂柳丝长春欲去，且对乌衣细诉。飞到春归处，殷勤去把春留住。①

此词写得直切而饶情致，尤其下阕诉与燕子留春，倒宛然小儿女情态心曲。赵鹤清还有闺情之作数首，如《浪淘沙·闺情》：

> 风送野花香，丽日初长。未知春去在何方。燕衔花瓣过墙去，暗把春藏。　　独自理红妆，无限思量。不看绣阁对芳塘。雏鬟未解人心事，教看鸳鸯。②

此词更灵动有致，因春之归处而发奇想，原是燕衔花瓣，藏春不舍，趣致处使人莞尔。下阕则更直接地写女子闺中心事，无限思量。最使人忍

---

① 廖泽勤编著：《全滇词》，黄山书社2018年版，第624页。
② 廖泽勤编著：《全滇词》，黄山书社2018年版，第626页。

俊不禁又妙达人心的，是结末不解人心的小丫鬟"教看鸳鸯"，着实扎心。《误佳期·远归》则写归来相见之喜：

> 昨夜灯花又落，疑是归期爽约。梦中无夜不相逢，只是情萧索。今日乃归来，面目应看确。几回偷眼觑檀郎，生怕人知觉。①

此词上阕将女子百折千回情肠写得如在目前，无可遁形。下阕则情景历历，与上阕所写迥然别境，乃是归来之喜。尤其"几回偷眼"之句，真切乃尔，趣致乃尔。《浪淘沙·送别》一作则不是代拟闺情，而是作者自己所历之情景了。词云：

> 彻夜数残更，直到天明。鸳衾软语细叮咛。待到明年青草绿，莫误归程。　一雨白波生，江上舟横。呜呜汽笛不堪闻。珍重一声君去也，云白峰青。②

此词落笔自然平易，写离别前之实事实情，温存与伤感之意跃然纸上，软语叮咛，又如在耳畔。下阕写离别之时，雨后波生，舟横江上，汽笛呜咽。离别之后，斯人已去，但见云白峰青而已，正得"孤帆远影碧空尽，唯见长江天际流"之境意。

赵鹤清也有多首以一己视角写旅途所见或羁况之感、文人情怀之作。其间既有苍凉得怀古之意者，如《临江仙·金陵怀古》：

> 金粉南朝多胜迹，唯留一段台城。斜阳芳草晚来青。后湖波皱，眼看得、最分明。　若许英雄都化碧，残碑断碣纵横。奔腾澎湃大江声。四时流滚滚，似作不平鸣。③

此词上阕平平，不过寻常之语，寻常之境。下阕则陡然别开生面，荡气回肠，悲凉又兼雄浑，其间有不平之气，愤懑之感，怅触心怀，激荡莫名。赵鹤清之《丑奴儿·洛阳道中所见》则别开生面：

---

① 廖泽勤编著：《全滇词》，黄山书社2018年版，第628页。
② 廖泽勤编著：《全滇词》，黄山书社2018年版，第627页。
③ 廖泽勤编著：《全滇词》，黄山书社2018年版，第626页。

元宵过后春光嫩,风酿黄沙。丽日初斜。得得青驴送小娃。弓鞋如指藏还露,鬓压鲜花,面罩轻纱。窃喜今宵到婿家。①

洛阳道中,多见素衣化缁之伤、功业无成之慨,羁况乡愁,屡见不鲜。赵鹤清此作却存天真之意,见眼前之境。上阕之"得得青驴送小娃"已是可喜,下阕的女子则更跃然目前,情景极真。结末虽是作者之悬拟妄揣,却趣极。

赵鹤清之词,多笔意灵动,颇觉可读,虽数量不多,但在清末民初滇云词坛中也自有一席之地。

(三) 熊廷权及其词作

熊廷权,字仲青,晚号佚叟,昆明人,光绪癸巳(1893)举人,戊戌(1898)进士,历任各地知府,有《绮香阁词存》,惜已佚,今存词九首。自存词观,熊廷权小令入体,清绝灵动,长调虽少,但格调具足,显然于词道习染深而得三昧。其小令如《吴山青·春怨》《一痕沙·秋怨》题目有趣,尤其"春怨"一作,更于趣致中见情思:

妒桃花,骂桃花,花落花开水一涯,流不到仙家。 忆江南,望江南,望到春归三月三。碧沉千尺潭。②

此词以妒骂桃花发端,怒得有趣,其后却笔触渐挚渐哀渐苦。"忆""望"直至春末碧沉,已是一反发端之趣,而是沉哀入心了。其《一痕沙·秋怨》也得闺中情思:

漠漠秋阴不雨,切切秋蛩苦语。多少断肠声,月三更。 梦熟晓钟催起,日上不闻鹊喜。帘卷玉钗斜,恨黄花。③

熊廷权此作,沉涵有味,着人细品。上阕情景兼得,断肠之声见女子伤感。下阕亦细腻,"梦熟"含蓄,读者却知女子沉醉佳梦,不愿醒来独

---

① 廖泽勤编著:《全滇词》,黄山书社2018年版,第627页。
② 廖泽勤编著:《全滇词》,黄山书社2018年版,第456页。
③ 廖泽勤编著:《全滇词》,黄山书社2018年版,第456页。

自断肠,"不闻鹊喜"便透露了女子心念皆在夫婿的个中消息。结末着一"恨"字,再度点出女子心事,含蓄而兼深挚。

熊廷权自写情怀之作也有佳者,小令如《醉花阴·杂咏》云:

> 枕簟凉生宵雨小,疏竹惊秋早。孤卧不成眠,断角残钟,相次催天晓。　镜颜消瘦风怀老,禁得愁多少。记否绿窗人,软语声声,道是归来好。①

此词写得风致别具,尤其是结末之语,语语缠绵,如在耳畔。然而,正是这一"记否"及叮咛之"归来好",更真更切地映衬出作者此际的孤冷凄凉、愁苦无奈,正所谓"天涯岂是无归意,争奈归期未可期"。熊廷权尚有《满江红》长调一首,写得情怀悲壮,慷慨激烈,与其闺情之作风味迥别。词云:

> 一点孤城,白茫茫、四边皆雪。记昨夜、极天关塞,梦魂飞越。李广数奇连弩折,终军气壮长缨绝。是谁教、夫婿觅封侯,匆匆别。　洒浊酒,肠先热。看孤剑,皆横裂。正败寺无灯,钟停鼓歇。无量河边雄鬼闹,大荒台上饥鹰立。莽书生、勒马万山巅,人踪灭。②

此词所写,颇似边塞登临所感,然从"记昨夜、极天关塞,梦魂飞越"而观,则更似作者梦至关塞。词作发端寥寥几笔,写梦如真,孤绝冷寂之境意毕见,笔力不俗。"记昨夜"后,便写梦中所见所感。其间纵横古今,捭阖万古,笼罩边塞之苦辛与豪壮。结末之句,凄凉兼有雄壮,似见熊廷权胸中之浩气。

总的看来,熊廷权存词虽不多,却有不少可读之作,且风格多样,落笔多不泥窠臼,在清末民初滇云词人中,亦是一家。

(四)严天骥、张肇兴等其馀词人词作

严天骥,字伯良,新兴人,光绪庚子(1900)、辛丑(1901)并科举人,官江西盐大使,有《玉屺山人吟草》。严天骥存词八首,其中《桂枝

---

① 廖泽勤编著:《全滇词》,黄山书社2018年版,第458页。
② 廖泽勤编著:《全滇词》,黄山书社2018年版,第458页。

香·武昌感怀》步王安石《桂枝香·金陵怀古》旧韵而颇见模仿之笔：

> 凭高远瞩。正芳草晴川，天气清肃。一带江山如画，浪花如簇。西风斜照征帆渡。盼琴台、凌波高矗。船桅林立，苍烟雾起，画情难录。　　忆曩昔、龙争鹿逐。怅夏口汉阳，悲感交续。千古英雄，试问终归埋没。孙吴霸业随流水，但寒烟衰草迷目。大江东去，而今犹唱，坡仙逸曲。①

此作写武昌，怀古之情历历，然笔触尚显稚嫩，为王安石原作句意所囿处极多，难以超脱而出离原意之上，似少年稚笔初学。不过，从此作却可见滇外文学对滇人创作的影响。严天骥之《鹧鸪天·春望》则颇得佳境，迥拔《桂枝香》一作之上：

> 杨柳堤边淡淡风，伯劳飞燕各西东。闲门静掩浑无事，撩乱春光迥不同。　　梨雨淡，杏烟浓。落花芳草夕阳中。可怜两岸桃花片，化作鹃啼血泪红。②

此词境意两佳，上阕读来闲淡从容间隐含哀伤。东飞伯劳西飞燕，已是离思无尽。"撩乱"的何止春光？想必亦有心事。下阕梨雨杏烟次第而出，浓淡相宜。夕阳之下，落花芳草，灼红浓碧，本是丽色无尽，却尽归作结末之化作鹃啼血泪，当真是伤感已极了。

张肇兴（1873—1918），字景中，大理人，光绪庚子（1900）、辛丑（1901）并科乡试解元，曾赴日留学，入同盟会，多有著作，今存词十二首，多咏物写景之作，较为清远。如其《临江仙·题虚亭》：

> 古刹苍凉尘俗外，茅亭藏在云间。回栏种竹补青烟。小园幽处辟，消受静中天。　　山鸟时来窥案几，树饮绿满中边。道人松下去飘然。问谁风月主，过客漫流连。③

---

① 廖泽勤编著：《全滇词》，黄山书社2018年版，第649页。
② 廖泽勤编著：《全滇词》，黄山书社2018年版，第647页。
③ 廖泽勤编著：《全滇词》，黄山书社2018年版，第640页。

杨振鸿（1874—1908），字秋帆，昆明人，存词一首《满庭芳·吕合题壁》：

> 大陆沉沦，河山惨淡，英雄气短心寒。西风夜紧，阵阵送狂澜。追想昔时往事，沧桑后、渐渐凋残。甚凄凉，天昏日暗，弗忍回首看。　世无干净土，涉身此际，坐卧难安。虽抱满腔热血，又向谁弹。肠断鹃声啼破，伤心泪、洒遍西南。莫思量，舞刀直进，沙场死亦甘。①

夏甸昀，字稷平，原名尚忠，字子平，昆明人，光绪丁酉（1897）举人。夏甸昀存词虽仅一首，但习染颇深，笔下不俗。其《水龙吟·己亥仲夏，挂帆北洋，只身南旋，盖羁京三年，愁萦恨饱，经是空阔，快可知也》一词豪壮慷慨，快意淋漓：

> 凭兹万里长风，舟轮如驶冲烟雾。湘灵瑟裂，冯夷鼓急，鲸鳌起舞。指点空濛，抗声悲啸，喝狂澜住。喜满腔热泪，频年羁恨，挥洒在、沧茫处。　端的片帆轻渡。有云车、引将征路。天风欲堕，海涛如屋，不妨樯舻。放胆狂歌，开怀酣饮，登高四顾。甚铜琶铁板，倚栏高唱，大江东去。②

此词读来如沐千里快哉之风。长风万里，快舟破雾，狂澜惊波，作者接以"指点空濛，抗声悲啸，喝狂澜住"之语，直使人击节叹赏其傲然凛然浩然之气。"喜"字领起往事的约略概言。下阕续写目下之情景，可谓险中得乐，豪迈超宕之处，过于昔年坡仙。

周宗麟（1860—1929），字香石，号瑞章，晚号疢存山人。周宗麟为云南大理人，曾任陆良学正。周宗麟存词七首，其中颇见忧时伤民之感，如其《江南好·丁卯生日自题小像》云：

> 疢存老，垒块满胸中。攫利徒伤争骨狗，捧官无奈磕头虫。相习

---

① 廖泽勤编著：《全滇词》，黄山书社 2018 年版，第 649 页。
② 廖泽勤编著：《全滇词》，黄山书社 2018 年版，第 646 页。

竟成风。　　国家事，件件使人恫。外患狮熊时进迫，内忧蛮触更交攻。难作信天翁。①

此词虽为生日自题，其实系怀家国天下，垒块满心，皆为忧国。其馀词作尚有具体写及北伐收复北平、日军肆虐山东、官员贪酷等，几乎首首无关风月，可谓与国与民同忧，词之技艺高下倒可不论，其情可感，其心昭昭。

刘镇藩，字锐卿，昆明人，光绪癸巳（1893）举人，《滇词丛录》存词二首。其中《菩萨蛮·菊英》一作较可读：

庭前读罢离骚句，东篱竟夕餐英去。去去菊花开，白衣来不来。秋花如我瘦，莫使晚风透。相对读陶诗，幽情只自知。②

此词虽非咏菊上佳之作，却也情景相兼，其中"秋花如我瘦"诸语清而含情，读来有韵。

此期滇云本土词人还有缪尔康、月溪法师等，便不具述。又及，此期滇外入滇文人数量不少，诸人存词数量亦多。诸人之词，见采于《全滇词》者甚夥，然细考之下，其中有不少词作难归属于滇云词坛。诸词或作于滇外，或作时不明，或无明显的证据证明与滇云相关，即便可归属于滇云词坛的作品，其数量、成就及影响，也已迥不及杨慎、倪蜕诸人了。诸作只能算是零星出现，各自为政，并无突出的值得关注的人物、词作或现象，亦不备述。

结　语

清末至民国，滇云词坛再臻兴盛，以赵藩、陈荣昌为引领的滇云文人将词坛推上了新的高峰。此期词坛，虽不如嘉道间名家云集，众声和吟，却表现出引人注目的新成就，体现出对词创作更为深切的探究与求索，因

---

① 廖泽勤编著：《全滇词》，黄山书社2018年版，第461页。
② 廖泽勤编著：《全滇词》，黄山书社2018年版，第455—456页。

而，有了与既往不同的新特点与成就。尤为突出的，是赵藩和陈荣昌以当时词坛及文坛领军的身份，对词之创作、理论、整理所进行的不同探索和努力。

赵藩在滇云词坛是极为重要的人物，这既是因为赵藩本人作词极多，且风格多样，并多模拟和追和词史中的名家名作，显示出赵藩对词之风味与创作方法的有意探求。其《小鸥波馆词钞》中，《眠琴词》《炙砚词》中已零星有《满江红·次岳武穆韵》《洛阳春·用欧阳公韵寄桐村》《应天长·闰七夕用韦端己韵》《八声甘州·用耆卿韵》《惜红衣·用石帚韵》《满路花·题〈仙姝别意图〉，用清真韵》诸作，皆用名家名作旧韵，不过或许尚未足证赵藩的有意为之。其《煮石词》则有十三首次韵之作，分别为《清平乐·次毛熙震韵》《清平乐·次晏殊韵》《抛球乐·次冯延巳韵》《蝴蝶儿·次张泌韵》《天仙子·次皇甫松韵》《巫山一段云·次毛文锡韵》《减字木兰花·次秦观韵》《散馀霞·次毛滂韵》《一络索·次辛弃疾韵》《采桑子·次李后主韵》《谒金门·次周密韵》《清商怨·忆珩女，次周邦彦韵》《浣溪沙·赠沈小峰，次孙光宪韵》，则可见其有意的风格学习与探究了。赵藩对滇云词史至为重要的贡献更在对词籍文献的整理。在赵藩之前或大致同时，滇云已有不少文人学者对滇云诗文进行搜集，整理为总集，使得滇云诗文的面貌、历史与成就得以显现，然而，词集的整理和词作的搜集尚付阙如。赵藩对滇云汉文学创作有着较为全面的关注和整理，其整理滇云文学文献的代表作便是《滇文丛录》《滇诗丛录》及《滇词丛录》。赵藩的整理，文诗词并重，不仅显示了滇云词作已堪称可观，也可见赵藩对词之文学地位的认同，且填补了滇云词史无总集的空白。赵藩于民国十年（1921）为《滇词丛录》作序云：

  词者，诗之馀也。滇诗总集，肇始于保山袁苏亭先生，而昆明黄文洁侍郎、石屏许五塘教授、昆明陈筱圃学使，一再踵事增华，称为大备。即滇文，亦有袁氏总集，而词独无之。藩收藏滇人著述，经史子集之属都百馀种。其间诗与文，有出前三家著录之外者，词亦间有可采者。因启当事，辑刊《云南丛书》，而于畸零之诗文，则别录为二书，曰：《诗丛》《文丛》，以囊括之，因以递及于词。常谓吾滇僻处天南，风尚朴质，作词者尠。即作，亦不喜标榜市名，多未刊行，岁月寝久，稿率散佚。加以咸同兵燹，绵历廿年，而残编断帙，尤澌灭几尽矣。藩粗嗜倚声，四十年中，随时搜辑，薄有所得。其幸存吾箧衍者，深惧不亟为裒录付梓，他日无征，益滋遗憾。乃准準诗文丛例，按时代先后，录为词丛，凡三卷。作者所诣，自判浅深；观者之心目，要有所别白，而兹录则于无大疵类者，即亦不事苛绳。本以保残馀，而非操选政也。撷粹汰芜，将以俟后之能者。

辛酉冬日剑川赵藩识于昆明寄庐①

当然，赵藩虽博学广涉，然限于当时之所见，赵藩所集自然阙漏甚多，但作为滇云词的第一部总集，存文献之功却是无可置疑的。在《滇词丛录》之后，民国间又有《滇词丛录二集》等续存滇词，使得滇云词坛词史之面貌更为清晰。

陈荣昌对滇云词坛的贡献则主要在理论上。在滇云文坛中，诗话文话并不鲜见，词话则少。文人如严廷中等，固然已在其《药栏诗话》一类的文学理论著作中零星记录词坛之事或创作之感，却似偶然。总体而言，滇云词坛对词创作的理论探究是极少的。陈荣昌则在清末民初补裨了词学理论上的相对空白。陈荣昌《虚斋词》末，附有数则词论，见其对词之认知与思考。尤为突出的，是陈荣昌本人对《虚斋词》的点评，虽不无自誉之处，却见其对词的重视和对词创作技巧、理论的有意识追索。

这些，看似偶然，实则显示滇云词坛至此期，历经长时间的浸淫衍育，已经沉涵蓄积，达到由自发到自觉的质变。这显示的是另一种形态的繁荣与成就，也表征着滇云词坛达到了新的高度。当然，这样的高度相比于彼时的主流词坛，可谓不足一哂，然而，就僻处天南的滇云而言，却是空前的。

---

① 赵藩：《滇词丛录》，《云南丛书》，中华书局2009年版，第24211页。

馀　　论

　　云南古近代文学的研究在近年来得到稳步推进，不过分体文学史的研究和撰写还有较大的补缺空间。

　　词，自来被称为"诗馀"。虽赵藩编纂《滇文丛录》《滇诗丛录》及《滇词丛录》，并未忽略词体在云南古近代文学中的存在，不过，从现存作品的数量及作家的影响力等来看，词在云南古近代文学中也并不是创作成就最高和影响最大的存在。

　　然而，这并不等同于云南词体的发展和价值仅仅为诗文的附庸。历史上云南的词创作起步较晚，缺席了词发展的黄金期，而萌生于词体的中衰期。这既是云南词史的遗憾，却也使得云南词史有了自己的发展轨迹与特色，有了相对独立的空间。然而，云南古近代词史发展又不是孤立绝缘于外界的，而是在外来词人的影响和交流中逐渐发展成长的。从云南词坛中外来者自引领称雄退居到存在不显的状态，其实可以看到的是云南本土词人的成长。

　　还值得一提的是，云南古近代词史发展相对于诗史而言，既有独立性，也有伴随性。独立性表现为，相对于诗坛的发展，云南的词依然是滞后的，直至明代，词的"诗馀"性质还比较突出。比如，张含诗作累累，词却仅得六首。清代，词与诗同脉的文学价值更为突出，专门的词集也出现。因此，云南词的发展总体是遵循着文体发展规律的，虽然也受制于云南整体文学的发展脉络与轨迹，却又表现出一定的滞后性和总体的独立性。总的来看，云南古近代词发展的巅峰是清代中期，这一巅峰与云南古代诗文发展的巅峰是重叠的。也可以说，云南词史经过了较长的积累和追赶期，在清代中期，基本与滇云诗文并驾齐驱，诸多文人对词有了与诗同构的重视与创作成就，造就了云南古近代词史的辉煌期。至清末民初，赵藩和陈荣昌成就也较高，且显示出时代的声音。

　　总的来看，一部云南古近代词史，其内蕴是丰富的，有待深入挖掘的也还有很多。

参考文献

总集别集

陈荣昌：《虚斋词》，载张宏生编《清词珍本丛刊》第18册，凤凰出版社2007年版。

（明）李元阳：《李中溪全集》，《云南丛书》第21册，中华书局2009年版。

李根源辑：《永昌府文征》，云南美术出版社2001年版。

廖泽勤编著：《全滇词》，黄山书社2018年版。

（清）彭定求编纂：《全唐诗》，延边人民出版社2004年版。

（清）钱谦益纂集：《列朝诗集》，中华书局2007年版。

（明）杨慎：《升庵长短句》《升庵长短句续集》，赵尊岳辑《明词汇刊》，上海古籍出版社2012年版。

杨镰主编：《全元诗》，中华书局2013年版。

佚名辑：《滇词丛录二集》，云南省图书馆馆藏稿本。

（明）张含著，殷守刚、徐秋雅点校：《张愈光诗文选》，云南教育出版社2019年版。

张謇、陈荣昌：《癸卯东游日记　乙巳东游日记》，朝华出版社2018年版。

赵藩：《小鸥波馆词钞》，云南省图书馆馆藏民国三十年刻本。

赵藩辑：《滇词丛录》，《云南丛书》第46册，中华书局2009年版。

赵寅松主编：《情系大理——历代白族作家丛书》，民族出版社2006年版。

史志年谱

（嘉庆）《楚雄县志》，《中国地方志集成·云南府县志辑》第59册。

（康熙）《楚雄府志》，《中国地方志集成·云南府县志辑》第58册。

（乾隆）《大理府志》，《中国地方志集成·云南府县志辑》第71册。

（清）师范：《滇系》，《云南丛书》第10册，中华书局2009年版。

方树梅：《陈虚斋先生年谱》，《清代云南稿本史料》，上海辞书出版社2011年版。

（康熙）《黑盐井志》，《中国地方志集成·云南府县志辑》第68册。

（雍正）《建水州志》，《中国地方志集成·云南府县志辑》第54册。

（清）金钟：《皇明末造录》，《清代云南稿本史料》，上海辞书出版社2011年版。

（道光）《昆明县志》，《中国地方志集成·云南府县志辑》第2册。

（道光）《昆明县志》，《中国地方志集成·云南府县志辑》第2册。

李春龙、牛鸿斌编纂：《新纂云南通志》，云南人民出版社2009年版。

（后晋）刘昫等：《旧唐书》，中华书局1975年版。

（民国）《蒙化志稿》，《中国地方志集成·云南府县志辑》第80册。

倪宗新：《杨升庵年谱》，中央文献出版社2013年版。

（宋）欧阳修、宋祁等：《新唐书》，中华书局1975年版。

（乾隆）《石屏州志》，《中国地方志集成·云南府县志辑》第51册。

（民国）《嵩明县志》，《中国地方志集成·云南府县志辑》第15、16册。

（明）宋濂等：《元史》，中华书局1976年版。

孙秋克等著：《明代云南文学家年谱》，商务印书馆2017年版。

（明）杨慎：《南诏野史》，和生弟、王水乔主编《大理丛书·史籍篇》，云南民族出版社2012年版。

（民国）《宜良县志》，《中国地方志集成·云南府县志辑》第24册。

（光绪）《永昌府志》，《中国地方志集成·云南府县志辑》第31册。

（康熙）《元谋县志》，《中国地方志集成·云南府县志辑》第61册。

（民国）《昭通县志稿》，《中国地方志集成·云南府县志辑》第4册。

（乾隆）《赵州志》，《中国地方志集成·云南府县志辑》第77册。

《中国地方志集成·云南府县志辑》，凤凰出版社、上海书店、巴蜀书社2009年版。

（清）周沆纂修，杨圭臬点校：《浪穹县志略》，洱源县政协文史资料委员会、洱源县地方志编纂委员会翻印，1989年版。

诗话词话

（宋）计有功：《唐诗纪事》，上海古籍出版社2008年版。

（清）况周颐：《蕙风词话续编》，《蕙风词话 人间词话》，人民文学出版社1960年版。

（清）严廷中著，刘炜笺注：《药栏诗话笺注》，中国社会科学出版社2022年版。

（明）杨慎：《词品》，《词话丛编》第一册，中华书局1986年版。

（清）朱庭珍：《筱园诗话》，《云南丛书》第47册，中华书局2009年版。

著作

方国瑜：《云南史料丛刊》，云南大学出版社1998年版。

方国瑜：《云南史料目录概说》，中华书局1984年版。

冯良方：《云南古代汉文学文献》，四川出版集团巴蜀书社2008年版。

蓝华增笺释：《云南诗歌史略——赵藩〈仿元遗山论诗绝句论滇诗六十首〉》，云南人民出版社1988年版。

孙秋克：《明代云南文学研究》，云南人民出版社2010年版。

陶应昌编著：《云南历代各族作家》，云南民族出版社1996年版。

云南省图书馆编：《云南地方文献概说》，云南美术出版社2005年版。

云南省文史研究馆纂集：《〈云南丛书〉书目提要》，中华书局2010年版。

张福三：《云南地方文学史》（古代卷），云南人民出版社1997年版。

周锦国：《明清时期白族家族式作家群研究》，云南大学出版社2018年版。

周雪根：《明代云南流寓文学研究》，云南人民出版社2015年版。

论文

陈力：《云南古代曲子词》，《云南民族学院学报》1990年第3期。

陈友康：《古代少数民族的家族文学现象》，《民族文学研究》2004年第 3 期。

邓长风：《清代学者倪蜕生平及贡献述略》，《云南师范大学学报》1988 年第 3 期。

马兴荣：《滇词略论》，《楚雄师专学报》1995 年第 4 期。

汪超：《全明词辑补 42 首》，《五邑大学学报》2011 年第 3 期。

赵佳聪：《彩云深处稼轩风——论稼轩词对滇词的深远影响》，《云南师范大学》2005 年第 5 期。

赵佳聪：《陈荣昌〈骚涕〉集初论》，《云南师范大学学报》1999 年第 5 期。

周锦国：《明朝洱源"何氏作家群"作家亲属关系及生平》，《大理学院学报》2009 年第 5 期。

后　记

提笔欲书，不无茫然。照例，后记是要有感谢的。支持出版的学院、辛勤校稿的编辑、帮我照顾孩子的父母，都是我感恩的。然而，我一开始是并不想写后记的，固然是因为感激大可长存心间，而未必需要形于纸上，也更是因为惭愧、遗憾和伤感太多，竟至不敢下笔。责任编辑慈明亮先生说，后记或许可以简单写点，方勉为此记。

2008年到大理后，陆续出版了两部学术专著，然《多元共生的系统与文化——北宋怀古咏史词研究》实为硕士学位论文的进阶版，《明代中后期词坛研究》则基本是博士学位论文的微调。编著的《滇词丛录选评》《云南古代词类选评赏》并非纯粹的学术著作。因此，这本《云南古近代词史研究》应该是我入滇后的第一部学术专著，书稿大约完成于2022年，又于2024年面世。算来，距我入滇已是十数年了。

滇中明月虽好，往事却何堪回首？入滇之后，学业日疏，怠心渐长，每每愧对师友。关于云南古近代词的研究，直至书稿完成，也是"半折心始"，最初所设想的对滇云词坛生态的深入关注、对其与滇外词坛的互动影响以及纵横对比等都未能实现，因此，愧多于得。只是，以现在的精力之有限和学问之无进，却又难有大的突破，故而虽然付梓，内心感愧实多。

写至此处，实在想念先师。记得先师扬忠先生为《明代中后期词坛研究》作序云，若兰君若兰君，在彩云之南能否做好学问，吾诚跂而望之，吾诚跂而望之。然先师已归道山近十年，切望殷殷，言犹在耳，我却终究没能做好学问，甚至离学问越来越远，只自困于为母则碌的混乱庸常，且堕怠日甚，虽时而自愧，却终难于振拔。这也是我初不敢为后记的原因。记得多年前，先师与师母相携到滇云，我幸得与先师、师母同游，一路从大理到丽江，再同到武汉参加词学研讨会，十数日时光弹指而过。

犹记得，虎跳峡见惊涛骇浪，先师振臂为山河之壮色而长叹；束河雨檐之下，与先师、师母共酌清酒、闲叙往事而品虹鳟之味。记忆最深刻的，是武汉分携时，心实不舍，忍泪而别。别后在机场候机，忽先师来电，殷殷道：刚才看你离开时很舍不得的样子，依恋老师和师母是好的，但也要慢慢成长，要学会控制自己的情绪。当时便忍不住再度落泪了。后来，先师罹患肝癌，终于不治。从先师去世以后，词学研讨会便也没有再去参加了，既是因为冗事杂繁兼之为母不便，其实，更多的是怕伤感。先师在世时，每两年参加一次词学探讨会是我所切盼的，因为可以与先师相聚，而现在，既与学问日远，复不能见先师音容，参加研讨会便是伤怀不尽、唏嘘无已了。

张若兰

2024年1月5日于大理山水间